图书在版编目（CIP）数据

苔 / 余岱宗，应贵勇，何君主编. —福州：海峡书局，2015.6（2024.7重印）
（闽水泱泱：福建师范大学文学院文学创作丛书）
ISBN 978-7-5567-0099-8

Ⅰ. ①苔… Ⅱ. ①余… ②应… ③何… Ⅲ. ①散文集-中国-当代 Ⅳ. ①I267

中国版本图书馆 CIP 数据核字（2015）第 122308 号

责任编辑　廖　伟

苔
TAI

主　编	余岱宗　应贵勇　何　君
出版发行	海峡书局
地　　址	福州市台江区白马中路 15 号
印　　刷	三河市兴博印务有限公司
厂　　址	河北省三河市杨庄镇大窝头村西
开　　本	710 毫米×1000 毫米　1/16
印　　张	24
字　　数	380 千字
版　　次	2015 年 6 月第 1 版
印　　次	2024 年 7 月第 2 次印刷
书　　号	ISBN 978-7-5567-0099-8
定　　价	98.00 元

版权所有　翻印必究
如有发现印装质量问题请寄承印厂调换

闽水洪流

福建师范大学文学院文学创作丛书

编者的话

本书是福建师范大学在校本科生与研究生近期创作的散文作品合集。阅读年轻朋友的作品，你会发现作者对自我的感受书写具有相当复杂的密度。同时，年轻人对自我经历与现实生活形态的反思亦具备了一定的透彻性。譬如《树的事》和《苔》这两篇散文，作者描摹往事所形成的记忆叠层，既有追忆的温暖，又不时挥洒出割舍不去的怅惘与困惑。记忆与现实交错着，形成内心的挣扎。这种挣扎源自于一种两难——想留住既往可留恋的种种人事、景象，又明白这种留恋终究是虚幻的、无力的。往事如烟，虚幻感具有强大的美化能力。记忆过滤出的种种意象、场景、人事，因为不可逆，更显可贵。就这样，在接受与抗拒、体谅与质疑之间，年轻的作者将当下之我与历历往事的关系，书写得既富有审美的感伤感，又具备清醒的反思力。正是情感的复杂性与意象的独特性，让平凡的树、青苔、院落，内蕴着环境急剧变化的镜像，勾勒出近二十年来中国社会变迁的轨迹。《肆食杂记》等篇什是关于美食的记忆，读来"滋味"十足。美食的快乐又岂止于舌尖？食联系着家庭、亲情与乡情，母亲的米粉汤、父亲的鱼头汤、家乡的咸饭，食材的配制、烹调的火候，一路写来，趣味盎然。文中对家中美食的思忆，坦诚而调皮。可贵的是，这坦诚中有感恩，调皮中有对生活的极大热情。集子亦编入了《盛开的回廊》这类叙事生活苦难的佳作，这表明我们的学生不是生活在真空，他们的叙事牵连着当下社会的各个层面与侧面。大学生作者以年轻的心，以乐观的姿态，感受并回应着当下社会的种种变化与各种问题。这是一个审美书写越来越具有活力的一代，也是一个懂得感动、感恩并对美好生活有着极度渴望的一代。

他们要经历成长过程中不可避免的疼痛和迷惘,但有理由相信,他们具有足够的勇气和能力创造更好、更美的未来。

余岱宗

2015 年 5 月 18 日

目 录

编者的话

苔

树的事　叶少言(福建师范大学文学院本科2012级)／003

苔　王莲华(福建师范大学文学院本科2012级)／008

拾年——写给最亲爱的外婆　刘丽华(福建师范大学文学院本科2012级)／013

他们的河塘　石俊英(福建师范大学文学院本科2012级)／020

如水的记忆　李玲(福建师范大学文学院本科2012级)／023

烟波江上使人愁　李美玲(福建师范大学文学院本科2012级)／029

悠悠小巷情　林素坊(福建师范大学文学院本科2013级)／033

山里人　陈思榕(福建师范大学文学院本科2012级)／036

听说不朽曾经有过　吴玉娟(福建师范大学文学院本科2012级)／038

秋意浓　杨煊莹(福建师范大学协和学院经济与法学系法学2014级)／045

一念痴痴到江南　杨煊莹(福建师范大学协和学院经济与法学系法学2014级)／048

肆食杂记

肆食杂记　蔡静璇(福建师范大学文学院本科2012级)／053
咸菜　杨凯芯(福建师范大学文学院研究生2014级)／059
吃的故事　林柳欣(福建师范大学文学院本科2012级)／062
为候醇香一缕　陈香君(福建师范大学文学院本科2013级)／066
秋日的霜　许庆伟(福建师范大学文学院本科2012级)／068
银杏及其他　蔡安妮(福建师范大学文学院研究生2014级)／071
夏夜　郑佳贝(福建师范大学文学院本科2013级)／073
深秋　张珍(福建师范大学文学院研究生2014级)／076
秋昧　徐紫仪(福建师范大学文学院本科2012级)／078
有月亮的晚上　金力(福建师范大学经济学院本科2013级)／080
畅饮孤独　程丹丹(福建师范大学公共管理学院本科2012级)／083

向着白夜前行

向着白夜前行　王珂斓(福建师范大学文学院本科2012级)／089
夜车　周雁朝(福建师范大学文学院研究生2014级)／095
写给爱情　吕东旭(福建师范大学文学院本科2012级)／098
一代容颜为君尽　蔡安妮(福建师范大学文学院研究生2014级)／100
记忆　姚建花(福建师范大学文学院研究生2014级)／108
掌心的温暖　刘楠(福建师范大学文学院研究生2014级)／112
匆匆　江婷烨(福建师范大学法学院本科2014级)／114
是什么使我们光彩照人　陈暾泓(福建师范大学物理与能源学院本科2014级)／117

盛开的回廊

散梦记　宋玮(福建师范大学文学院本科2012级)／121
盛开的回廊　张心怡(福建师范大学文学院本科2012级)／126
父亲的样子　蔡艺彤(福建师范大学法学院本科2012级)／132

书店奇人录

读书人　林诗蕾(福建师范大学物理与能源学院本科2014级) / 137

图书馆的秘密　李燕(福建师范大学教育学院本科2013级) / 139

书店的样子　杨欧婷(福建师范大学文学院本科2012级) / 141

书店奇人录　郑植军(福建师范大学文学院研究生2014级) / 148

邂逅好书引我思　孔薇(福建师范大学文学院本科2012级) / 153

我害怕写作　陈雨涵(福建师范大学文学院本科2012级) / 156

游离佳旅　叶杨莉(福建师范大学文学院本科2012级) / 158

周作人与酒　郑晓晖(福建师范大学文学院本科2012级) / 161

向死而生——由伍尔芙《达洛卫夫人》及其翻拍电影谈论开来
沈淑婷(福建师范大学文学院本科2013级) / 164

透过相片看巴金　李兰婷(福建师范大学文学院研究生2014级) / 167

我　辜玢玢(福建师范大学文学院本科2012级) / 170

童话　余珺华(福建师范大学文学院本科2012级) / 173

往日追忆　林海(福建师范大学文学院本科2012级) / 176

自由、欲望与婚姻之辨以及如何呈现——看《纸牌屋》第三季
朱一鼎(福建师范大学文学院本科2012级) / 181

我一遍一遍描摹你的痕迹　马若琳(福建师范大学文学院本科2013级) / 184

上巳偶感　张强(福建师范大学文学院研究生2014级) / 188

长安注我　康宗明(福建师范大学文学院研究生2014级) / 190

天国的诗篇

天国的诗篇　刘青青(福建师范大学文学院本科2013级) / 195

我的爷爷　林凡艺(福建师范大学文学院本科2012级) / 199

爷爷　林秀榕(福建师范大学文学院研究生2014级) / 204

走回村庄　高鑫(福建师范大学文学院研究生2014级) / 209

印象童年　张雅琪(福建师范大学文学院本科2012级) / 213

须臾　钟雨晴(福建师范大学文学院本科2012级) / 220

我们的"走古事" 曾巧玲(福建师范大学文学院本科2012级) / 222
社庆 朱婉麟(福建师范大学文学院本科2013级) / 225
生活家 黄修平(福建师范大学文学院本科2012级) / 228
竹林访此君 王莲华(福建师范大学文学院本科2012级) / 232
楼管阿姨 程丹丹(福建师范大学公共管理学院本科2012级) / 234
遇见更加美好的自己 沈洁(福建师范大学经济学院本科2014级) / 237
病床边的守望者 陈阿兰(福建师范大学法学院本科2013级) / 239

在路上
这个冬天不太冷 张晨琳(福建师范大学文学院本科2012级) / 243
雪乡散记 叶杨莉(福建师范大学文学院本科2012级) / 246
在路上 林强华(福建师范大学文学院本科2012级) / 250
太姥山小记 黄蔚雯(福建师范大学文学院本科2014级) / 252
台南人 吴蕊巧(福建师范大学文学院研究生2014级) / 254
霜颜华鬓旧梦追 蔡安妮(福建师范大学文学院研究生2014级) / 256

心疾
心疾 王星雅(福建师范大学文学院本科2013级) / 261
散落的清香 吴金明(福建师范大学文学院本科2012级) / 264
谁的童年不犯二 徐敏(福建师范大学文学院本科2012级) / 266
月升起了 夏林溪(福建师范大学文学院本科2012级) / 268
迷路与出口 许秀婷(福建师范大学文学院本科2012级) / 271
感觉 何思(福建师范大学社会历史学院本科2014级) / 277
这是不是我旅行的意义 李曼媛(福建师范大学经济学院本科2014级) / 280
火车·旅途 程丹丹(福建师范大学公共管理学院本科2012级) / 283

思忆走廊
时光里的成长 薛回回(福建师范大学文学院本科2012级) / 287

以箭为翅　杜婷婷(福建师范大学文学院研究生2014级) / 292

思忆走廊　周飞(福建师范大学文学院研究生2014级) / 294

榕树的记忆　王冬妮(福建师范大学文学院本科2012级) / 297

未解忆锦官　曹怡丹(福建师范大学文学院本科2014级) / 299

逝去了,草原魂　孟苏凡(福建师范大学文学院本科2012级) / 302

水　阎恺祺(福建师范大学文学院本科2013级) / 304

听雨　林辰靓(福建师范大学文学院研究生2014级) / 306

雨影　纪悦(福建师范大学文学院本科2012级) / 308

所谓伊人　黄欣欣(福建师范大学文学院本科2012级) / 311

山　吴佳颖(福建师范大学文学院本科2012级) / 314

铁道旁异物　康晓玲(福建师范大学文学院本科2012级) / 317

问中医几度秋凉——对百年来中西医论战背后的文化思考
张晗妮(福建师范大学文学院本科2012级) / 319

你为什么觉得丑会对你不利　冯欣颖(福建师范大学教育学院本科2014级) / 324

万山如墨一灯明

万山如墨一灯明　郑文静(福建师范大学文学院本科2013级) / 329

人·路灯·影　丛龙洋(福建师范大学文学院本科2013级) / 331

雨·回忆·幻想　张广玉(福建师范大学文学院本科2012级) / 334

我们的旅行,还在路上　刘云帆(福建师范大学文学院本科2012级) / 337

外婆　林宝丽(福建师范大学文学院本科2012级) / 342

外婆家的那缕花香　谭佩(福建师范大学文学院研究生2014级) / 345

十八岁的妈妈,十八岁的我　蔡安妮(福建师范大学文学院研究生2014级) / 348

最是一脉心香　王莲华(福建师范大学文学院本科2012级) / 350

我的那一年　沈观生(福建师范大学文学院研究生2014级) / 352

相思　陈星典(福建师范大学文学院本科2013级) / 355

岛上清景——记八月份青岛旅行　黄露佳(福建师范大学文学院本科2014级) / 357

向日葵的眼泪　王怡(福建师范大学文学院研究生2014级) / 359

遇见最幸福的生活　温家宁(福建师范大学文学院本科2012级)／361
远方的辛夷坞芙蓉　郑睿(福建师范大学文学院本科2013级)／364
支教札记　何丹(福建师范大学文学院研究生2014级)／367
我不怕矫情　翁田瑶(福建师范大学文学院本科2012级)／371
写给最亲爱的你　孙星(福建师范大学文学院本科2012级)／373

TAI ▶

苔

树的事

叶少言
福建师范大学文学院本科 2012 级

我还住在老房子里的时候，我能看见树。

老房子挨着山丘，山腰和山脚莫名长满了成片的相思树，叶片细狭。不明白它们是哪天生长起来的，似乎谁也说不清，也许是我出生前，候鸟衔来了饱满又坚硬的种子。相思树枝干生得细长，赭褐的树干在繁密的细叶里透出一点儿影子来。因为是攀附着山腰生长，所以树木生得层层叠叠，鳞次栉比，姿态自由，不拘一格，一直伸到楼下的婆婆家的阳台上。我很羡慕。每次从学校放学回来，看到绿色的枝叶攀附着六楼的阳台，心里就莫名被什么牵扯着，眼巴巴地盼望着树再长高些，能让我家的阳台触摸到它毛茸茸的绿色。

傍晚放学回来，我在楼道上兜兜转转，遇到楼下的婆婆招呼我，我就怯怯地收下她给的几个星星一样的小玩意儿。婆婆和我妈妈很要好，算是麻将搭子，工作上也有交往。有一次，妈妈把我寄放在婆婆家里，我就像一个被寄存的包裹，安分地端坐在和家中格局相同的客厅里，认真地看一部不知所谓的动画片。婆婆给我糖和其他一些小东西。我不拿，但婆婆总是笑着的。

夏天，我睡在铺好竹席的地板上，听到树下几个年轻女孩子愉快的笑声，她们在讨论一会儿要去哪里喝奶茶。那时我还小，只羡慕她们拥有自己买奶茶喝的自由——我当然并不真正明白"自由"是什么，也许就是像奶茶一样甜蜜的东西。在这样自在的笑闹声里我闭上眼睛，翻过身，听到妈妈在客厅里和外婆谈起楼下的婆婆。我半睡半醒的脑海里构想出妈妈垂着眼睛择菜的样子，她用那种漫不经心又带些垂丧语气的本地话说:"如果我像她一样有那么多身家,我还苦什么?我爱干什么就干什么去,自由得很。"

后来,到了夏天的末尾,黄昏是一种很是破旧的黄色,这时候总是要刮风的。热而盛大的风,从东面的海上赶来,呼啦啦地占领夏季的天空。旧旧的风吹着山腰上的相思树,泛黄的相思树就像一面记忆的旗帜。

楼下的婆婆一家搬去城里了,她摘给我的玉兰枝还插在我的泡泡糖瓶子里。

两棵珠圆玉润的玉兰就长在楼下,破裂的水泥花圃围着它们绕一圈,树下的瓦房里住着大人们的自行车和小猫。夏天阳光很好的时候,在玉兰树下可以瞧见金色的光斑,和树梢上蜘蛛撑开的金线。半开的玉兰从树尖儿一直开到垂枝。遍地都是掉落的玉兰花瓣,风里都是一股洁白的香气。我指挥着小玩伴收集花骨朵,拾回来泡在清水里,好像某种圣洁的仪式。那时候隔壁的小玩伴开始学钢琴,每个夜晚,她家里断续的钢琴声和着楼下的玉兰气味一直飘过来、飘过来。玉兰花瓣和钢琴键都是象牙白的,像一枚枚厚厚的月亮。小时候的我好像总是生活在某种羡慕的情绪之中,我曾经摸过伙伴的钢琴,那是一种玉兰一样圆润的美,可是家里自然不让我学钢琴。

"你爸你妈都忙得底朝天,天天一条线里来回跑,哪顾得上你学这个?仔细学习自己的数学,学学好!"外婆既然这么说,我就灰了心,天天听着玩伴和我抱怨学琴不自由,玩儿的时间都没了。我倒是从心底里羡慕这种不自由。

我小时候很怕见人,遇见人,也不敢打招呼,哪怕是住在一栋楼里的老邻居。

老邻居都是父母的同事,好像也并不在意我的不礼貌,有时会宽厚地对我笑笑。下班回家,他们用竹竿勾来玉兰花,慷慨地送我。我暗地里喜欢观察他们,就像观察绿叶的脉络一样,他们平时不急不缓的动作,说话时柔和的样子,就像爸爸曾经撕开玉兰叶子让我闻到的那股宁静又透明的味道。我觉得楼里的各家都自在、幸福。

一天下午,我上学走到楼下,听到一楼一个尖厉的女人的声音在急促地咒骂,语调硬而刺。这声音我辨认得出是谁的,却不知道在骂些什么,听起来不像是我平日里在楼里能听到的话。一楼人家的窗子上安着生锈的防盗网,女人的声音从网里钻出来，带着锈迹斑斑的气息。我忽然想起这家人好像在闹离婚。这个场景总是在我几年后读《围城》的时候飘然而至，我好像从那时候开始明白了什么叫做"围城"。

晚上回家，在饭桌上听到爸爸打电话，他在说评职称的事情。"他就是那种人，"爸爸听起来有点生气，说，"自己评不上，也要把别人拉下水。我可算看透这种人了。"

我大概明白发生了什么事情，尽管从来没有人告诉我。

一切糟糕的记忆都朦朦胧胧，只因为我有不去探寻的自由。我从没触碰到那些事件冷而硬的内核，直到我离开老房子。对某些往事、某些人，我只是怀有某种带着敬畏的猜测，从未定性，也自然不用接受什么、颠覆什么。

一个孩子哪里想得了那么多？这些和我有什么关系呢？毕竟玉兰花还开得好好的。我和伙伴在楼下的旧仓库里捉小猫玩，那是一只黄色的小野猫，东躲西窜，机灵得很。这就足够我耗掉所有空闲时间。

老房子周围有竹子。玉兰树的下坡，有一丛矮竹。冬天过去，春天来了。我喜欢把还没舒展开的竹叶卷从竹枝上抽出来，集成一把，就像集市上成捆出售的翠色蔬菜。不明白为什么要这样做，就是乐此不疲地把还没长成的小竹叶都归为自己所有，最后又都丢在附近的沙坑里。就算我这样刻意阻挠竹子的成长，它们还是自顾自长得很好。有一天我去上学，看见其中一棵竹子的底部刻着四个歪歪扭扭的字——小鸟之墓。从此有一只小鸟睡在矮竹之下，不明白是哪一只，也不知道是楼里哪一位伤心的小孩干的。

春天来了，我和伙伴去操场上放风筝。从前在江边放过风筝，那里的沙滩广阔，风大而凉，只要松开手，风筝就能自自在在地升上天。

老房子旁边的操场上长着许多松树，有年头了，笔直向上，枝叶肆意横生。

我和伙伴好不容易就着春天的微风将风筝送上天，它总是不稳，我们牵着线，提心吊胆，担心它要掉下来，然而最终没掉下来——风筝卡在了松树枝上。暗绿的松枝上困着一抹橙黄，样子甚是突兀。我们不敢用力扯，线断了就彻底没戏了。怎么也没法把风筝弄下来，我突然想起小时候见过的场景：一只野猫上了操场上的一棵桦树，怎么也下不来，树下好多人围观，猫在树顶瞪着眼睛。此时我们站在树下瞪着眼睛，活像那只上树的猫。路过的一个陌生阿姨抱着宝宝,好笑似的看着我们说:"拿不下来的。"

我不记得最终有没有把风筝拿下来,或许没有。它也许永远在那儿。伙伴被父母叫回家练琴了,我回家写数学作业,我们都回到了高高的七楼。自此后,我们很少下楼玩耍,春天里的风筝怎么样了,我们也不关心。我们都没太多时间。

七楼上的日子过了很久,有多久呢?只记得日子一晃而过,拖着一条光秃秃的尾巴,就像我每天在阳台上望见的小镇公路边荒凉的行道树。我躲在七楼的老房子里写作业,眼睛盯着课本和蜕皮的墙面,心里却想着刚刚看过的顾长卫的电影。电影里有一个漂亮而疯狂的姑娘,她一切灿烂的理想和自由就像一棵在台风天里孤立无援的树苗,这让我想起我那只困在树上的风筝。没由来却又似曾相识的恐惧和焦虑,促使我没日没夜地向前跑,逃离这破旧的一切。

楼里的人们也在逃离,他们搬的搬、走的走,很快又住进来一批陌生的脸孔。爸妈说我们也在城里买了新房子,年底就能住。新房子在十楼,不大,但是至少不像这老房子,一下暴雨就漏水。楼下的婆婆搬走了就再无音讯。很快我们也要搬走,也要报复似的、扬眉吐气似的不留音讯。

隔壁的小玩伴用一块白色的蕾丝罩把钢琴盖住,开始认认真真地写作业,和我一样,筹备着一场预谋已久的告别,从此以后的夜晚,再也没有钢琴声。

然而,事情就发生在我快搬家的那段时间里。

有一天,放学的我,从老房子旁边的小山丘旁经过,看到了一个牧羊的孩子。这件事情现在成为我的谈资,在城里长大的同学们听过之后都觉得这件事情不可思议。是的,确实不可思议:我走在路上,一个孩子突然带着一群山羊从山坡侧面奔下,带着树的气息,赶着羊群,逆着下班放学的人流,不顾众人侧目,迈着和羊群一样轻轻快快的步伐,从身边一闪而过。轻快自由如风中树。

不可思议。

也是在那段时间,楼下的矮竹没了。它们被人齐刷刷地砍了,干净利落,带着歪扭的"小鸟之墓",被扔在某个角落的垃圾堆里烧掉了。

更早之前,操场的松树也都统统被推倒,带着我滑稽的橙色风筝,被运往垃圾堆。从此操场光溜溜一片,平整而广大,像一块案板,很适合放风筝,只是再也没有人放风筝。高三放学回家,一抬眼看见楼下两个空落落的树桩,连着花坛也一并被席卷而走。心里升起一股无名的怒火,像是被人偷走了什么。玉兰也没了。她们的尸体被截成一段段运走了。听人说是被卖掉了,卖了多少钱?不明白为什么要砍,为什么要烧,为什么要卖。这世界让人不明白的事情太多了。然而最后我终于明白,世界并不是为了让人明白而存在的。

我想起爸爸曾经撕开一片玉兰树叶递给我。我闻到的那一股玉兰香,透明宁静,却带着锋利腥气。那种透明的绿是树的血液,那种宁静,其实是血液的气息,血里裹挟着阳光和夏风,也包裹着冬雨和微生物的尸体。长成参天的大树,散发出这样迷人的气息。

一切都戛然结束在后来的一个夜晚,我独自躺在竹席上,脑袋空空,却又突兀地感叹起来,又是夏夜呀!只是这个夜晚是我高考结束的夜晚。我依然能听到楼下传来的年轻人的笑声,却早已没有了小时候那种窥探未来时光的新鲜感——不知不觉,我竟然也成为一个"年轻人"了呀!楼下的老车库也被拆掉了,猫都跑光了。这让我觉得有些东西终于还是悄然离我远去了。我喜欢树,从前的我不近视,能在阳台上数相思树狭长的叶片,这简直是我荒芜童年里不多的乐趣之一。竹子也是喜欢的,它笔直翠绿、修茂挺拔,慷慨地让我抽走它的小叶子,没什么理由不喜欢它。最喜欢玉兰树,就像喜欢楼下破车库里刚出生的那只小猫,就像喜欢夜里的钢琴声。

而在这个夏天的夜晚,玉兰与矮竹凭空消失,无影无踪。相思林还在。只是我也要走了。等我离开,老房子也要拆。这令我费尽气力、期待已久的别离时刻,为什么来得这么悲凉?树都砍光了,房子也推平了。我的记忆从此柔若无骨。这一段树的事,只能依靠我脆弱的脑神经搭建出曾经的样子。

时间好像又回到那个春天。我背上包,抛开一切疑惑与烦恼,从老房子黑黢黢的走廊里逐级走下,路过玉兰树,穿过相思林旁的小道,去放一只春天里的风筝。

苔

王莲华

福建师范大学文学院本科 2012 级

有些记忆,注定用来磨灭

有些记忆,却属于光阴

朝朝暮暮,岁岁年年

偏执地、无动于衷地

守在原地

阡陌、院墙、绿苔

还有,被遗忘了的废弃的老屋

挣脱不掉的落寞,道不明的情结

颓唐了旧时光

谁为谁守候

如果就视觉上的取舍而言,我们经常会习惯性地选择宏伟高大、美丽奇特的事物作为观照对象,而那些不起眼的、渺小甚至卑微的存在却常常成为感官遗漏的对象。然而,记忆的选择似乎总是有别于感官。

有些记忆,是能够轻易被遗忘、覆盖、磨灭的;有些记忆,是属于光阴的。它不需华丽,不必唯美,也可以不要有什么思想的穿透力、情感的感召力,只是那般沉默地存在着,任凭千百年的沧桑变幻、雨打风吹,依旧偏执地、无动于衷地固守着属于自己的一方天地,阡陌、墙角、园子,还有那早被遗忘了的废弃的老屋。它是那般的低调,甚至于无声无息,若非有心,几人能留意到它的存在?但正是这少许的几人,这粗糙的、素朴的甚至可以说是卑微的绿苔,便不再是一种单纯的物质形式,它早已凝固为一种情结,一种挣脱不掉的寂寞的、孤独的、道不明的情结,朝朝暮暮,岁岁年年。

一直以为,自己不至于那么多愁善感,只是再与这绿苔相遇,竟是在那熟悉的院落废弃了七年之后。别处何尝不相逢,只是唯有此情此景下的触动,才这般铭心刻骨。这成片的青苔似乎在掩盖着什么,又似乎在暗示着什么,更像在守护着什么。

爸妈是不愿让我单独回到这里的,因为环境过于冷清,所以我与这个曾经栖身过的地方、曾经撒过野的地方、做过梦的地方,一别竟是七年。迟到了太久,终究还是回到了这里。我的心里,难以掩饰的一番挣扎,泛起涟漪。记忆的光片瞬间掠过心头,曾经温暖的感觉在这一刻竟至于陌生了。

如今,早已老去的村庄,渐渐颓唐的泥巴墙,孤独地承载着那段衰败了的岁月、落寞了的旧时光。门是锁着的,锈迹斑斑的铁锁开起来费了好一番工夫。轻推开院门,咯吱咯吱的声响,熟悉却又是如此遥远。时间最无聊,一点点地遗落;气候最无序,雨水一点点滴落。老屋就这样一年年地在青苔里、在雨季里,接受着洗礼,一点点改变,变得破败、变得荒芜、变得落寞。

如我所料般,屋顶破落了。毕竟,七年的时光足以使一个人变得面目全非,何况这久无人住的老屋。我的脚下,是挨挨挤挤的绿苔,沿着那条卵石铺就的小路一直绵延到院子深处。旧的、新的、老的、幼的飞燕在檐下滑翔,如此往往回回,已过几度春秋。这长年坚守的绿苔,又在为谁固执地守候?孤独的院落,唯有这绿苔与之相看无厌。

残阳未灭,余烬未消,远山只剩一个朦胧的倩影。此时风声已息,老树的虬枝,渐渐平复了内心的躁动。那些未落的黄叶,絮絮低语着,扫除身体里落定的尘埃。我只身一人地踟蹰在这久别的院子里。四周,静得如夜之谧,只有我自己的脚步窸窸窣窣,发出轻微的声响。然而,这不过是一个人的萧疏断肠罢了,泪水悄然泅湿眼角。夕阳终是不忍了,用丝绸般温柔的光亮,轻抚过绿瓦和残壁,以至于蓬松泥土止不住一阵骚动,头皮屑般的灰尘簌簌落下,眼里便有微微的刺痛。潮湿的绿苔沿着废弃的台阶一路攀缘,是苔深不可扫,还是无人扫?

它如此偏执,用一种不可捉摸的、苍苍茫茫的神态,静默着,用它卑微的躯体,诠释着生命的顽强、坚韧与尊严,还有,我知道,它是在试图挽留那一段回不去的旧时光。

如果时间可以倒退几年,这个院子怎会是今日这般景象?记忆将我带回了那些炊烟袅袅的日子。我的童年,很长一段时间,就是在这个小院里度过的。那时爸妈忙于工作,便将我托付给了姥姥、姥爷,他们很宠我,比起爸妈的严厉管教,我在姥姥家反而悠闲自在。院子足够宽敞,容得下我和一群孩子在这里嬉笑打闹,整日叽里呱啦,没完没了烦死人。村庄是这般惬意祥和,牧童骑着一头青牛归来,黄色的稻浪翻滚着,泥土氤氲着馨香的气息。那一盘古老的石磨,被安置在棚屋里。老井永远是热闹的,清晨铁桶碰到井沿哐当哐当的声音,或者啰的一声掉进水里,井台边扁担、水桶放了一大片,家长里短也撒播了一大片。

往日的欢声笑语犹在耳际,可如今,人呢?都去了哪里?为何只成了我一个人的记忆,还有地上的绿苔点点。如果可以,我情愿不要长大,因为我一直觉得是我的慢慢长大,让姥姥放心地走了,接着曾姥姥也走了,然后,我少了这两个可以躲在她们怀里撒娇的人,也再不能使坏向她们告舅舅的状了。后来,阿姨们都结婚了,舅舅们到大城市打工、做生意,在城里安家落户后,理所当然把外公也接走了。最后,只留下一个院子,年年岁岁一直空荡着、冷清着、死一般地沉寂着。从此,只剩下满地的绿苔与之厮守。

其实,又何止外公一家如此,在这个大山里的村落,这样荒弃的院子遍地都是。曾经热闹的村庄沉默了。曾经炊烟葱茏的院落,失去了往昔光鲜的外衣。然后,眼前只剩废弃的老屋爬满瓜藤,只剩成片的青苔铺满墙角。门上的铁锁紧紧锁住的,是那段属于老屋的记忆,还有那曾经烟火缭绕的岁月。

绿苔的沉默,老屋的失落,也许本就注定是必然的。时代在不断变化,当闭塞的大山再也无法遮蔽人们的视线,年轻的一辈谁还会甘心死守着半亩薄田,劳碌以终老?他们向往大山外充满诱惑的大千世界,虽然不知此去前路如何,哪怕面临的是失败的危险,他们也无论如何愿意放手一搏。然后,那些或南下或北上的打工的人,在迈进城市的那一刻就迷失在楼群高耸、车水马龙的浮华里,就沉醉在城市闪烁的霓虹里。就像饥饿的鸟儿离开乡村的枝头,四处觅食,落到城市的街头捡拾遗弃的果实。一开始的路,注定是坎坷的,他们像浮萍一样在风雨中飘摇,这座城或者那座城。离开家乡熟悉的厚重的泥土地,弥望的尽是钢筋水泥,还有那轻易就能刺痛他们的冷漠、怀疑、鄙夷甚至厌恶。可是,终于,渐渐地,他们的眉头舒展开了、皮肤白皙了,浓重的乡音里有了城市的卷舌音。然后,他们在城市扎根的同时,也就义无反顾地将深扎于村庄的根拔起。这些人,是村里的土著,可是他们最终抛弃了村庄。在异地他乡,果真能得到身体的放松、思维的安眠、感情的停泊吗?

于是,空留在这大山里的空荡荡的院落,守候着最后的惨淡。

院子不再是昔日的院子了,越发沉默寡言、坍塌荒芜了,然后一步步走向萧条、枯萎和静寂。

终于发现了一户没有上锁的人家,于是,我走上前轻敲院门,出现的是一个苍老的面孔。这位老人我认识,在外公家待的那段时间,这户人家的小孩是我最好的玩伴。老人已经不记得我了,不过简单的自我介绍后,他还是有印象的。我们随即畅快地聊了起来。偌大的院子,只有老人和他的老伴守着,一如既往地相依为命,只是少了儿孙承欢膝下的欢乐。年轻人都在外打工,一年不过回家一两趟,就是打电话也很少。老人们的描述中,我能感觉到深深的失落和无奈。

院子深处的那棵老树,还是这般葱茏,旁边荷塘的水依旧波澜不惊,偶尔几只野鸭在水上嬉戏,不时发出孤独的鸣叫。此情此景之下,我感受到的,只是一个家族的衰落、一个村庄的荒芜。曾经的鸡鸣狗叫不再,鲜活的面孔少了,唯有用这绵延不断、生命力极强的绿苔来填补这份空白。于是,荒院里有多少留白,绿苔就用多么繁盛的背影填补上去,透露出一种生命独有的苍凉。此时此刻,谁又能告诉我旺盛与荒芜是属于绿苔还是院落?

绿苔并没有因为这份担当赢来更多赞许的目光,依旧还是那么不起眼,纵使它的生命力再顽强,密密匝匝,但是,即便它像一床绵延不尽的绿毯子,渐渐涂抹、慢慢地渗透它的所到之处,终究还是焐不热大地的情愫。可是,又是什么样的力量使它还是有着几分和人类斩不断的情结呢?

绿苔给我最初的感动,可能就是它倾其一生去诠释的孤独。打从一落生开始,它就注定了一直孤独,从一个地方蔓延到另一个地方,从这个世纪延续到另一个世纪。走过原始,走过蛮荒,走过每一段岁月的风声,纵使有雨、露、阳光、泥土诸多上苍仁慈的赐予,依旧无法改变它孤独的宿命。可是,你不得不慨叹,越卑微的事物越能保持清醒与静谧,宁静致远。所以,我一直觉得我是能够体会这深秋时节绿苔那愁苦面容的,寒风中那样疲惫、憔悴、无助,于是,它们拼命地挤成簇、抱成团,想用彼此的体温相互取暖,但终究还是无法摆脱既定的宿命,枯荣于大地上,自生自灭的循环往复是其必经之路。

我承认自己身上有一种很浓重的怀旧情结,目睹曾经熟悉的一切就那么轻易地销声匿迹,总不免惆怅。这种心情需要寻找一个对应物和承载体,或许,以为绿苔承载着太多悲欢、太多哀乐,也正是自己的一厢情愿吧。

生活中总有太多事情力所不及,面对现实,我们普遍表现出一种无力感。就像这老屋、村落、古老的农耕文明的种种迹象,时代在前进,它们注定渐行渐远,逐渐隐藏在历史的帷幕之后,最终淡出人们的视线。但总会有人怅惘、有人依恋、有人牵挂,渴望留住这一份失落了的记忆,而这些记忆,真要全部留给绿苔去背负吗?

天黑了,我小心翼翼地关上门,生怕碰坏了什么。还是不得不承认,过去的点点滴滴,在岁月的冲刷下早已不复当年模样。连我这个故作一副恋恋不舍姿态的人,最终不也转身离开了,还有什么资格要求谁来守护村庄?

舅舅打来电话说,他今年会回家把老房子整修一下,毕竟根在那儿。这对于我而言,确实是一种稍稍的安慰:会回来的,至少过年的时候把积年累月的苔痕扫扫吧。

拾年
——写给最亲爱的外婆

刘丽华
福建师范大学文学院本科 2012 级

出于对时间流逝的恐惧，出于对记忆力的怀疑。终于意识到自己无法阻挡地成长，终于意识到最舒适的年华即将逝去。大学生这个身份的另一面是一个二十二岁的成年人。有人说："当你回忆过去，你就开始老了。"开始老了？我不承认。但是我清楚地知道，当我对时间和往事执意地留恋，就意味着我开始失去了。

地堂

一九九几年，九三、九四、九五，还是九六、九七、九八年？

夏天是从家里开启吊扇开始的，一圈一圈，越转越快，最后三瓣的扇叶只能看到一抹绿。门外那一排黄皮果树也是一片绿。南方的植物一年里变换千百种绿色，又只有绿，但是只有夏季的绿最光鲜，因为阳光给予了它们最大的热情。

额头的汗水并不会因为吊扇的工作而褪去晶莹，轻薄的衣料却会被它鼓动，翩翩飞舞。

那个时候，村子里基本每家门口都有一块空地，无论是铺上石板还是铺上水泥，能晒东西的，就叫地堂。

中午太阳在头顶的时候,外婆开始发动我们几个小孩"晒水"。把洗澡的大塑料桶和大锡盆摆在地堂中间,外婆在井头打水,我和二表哥、大表弟负责用小桶把水运到大桶盆里。水井就在地堂边上,从井头到盆子不过三四米的距离。较劲似乎是小时候的一个习惯,提个水我们几个也要较量一番。两个男孩子总是越走越快,莫名其妙地就比试上了。最开始明明是一起出发的,后来就变成了我倒水的时候,他们提水。走得快了,水就在桶里不安分起来,洒到了小腿,皮肤上黏腻的汗水被清凉的井水冲走,留下舒爽的凉。几个小短腿提着小桶在地堂上来来回回,放在现在,可以配上一条广告词——我们不生产水,我们只是大自然的搬运工。

太阳斜一点的时候,桶壁上和盆底会冒出小小的气泡,也不浮起来,密密麻麻地贴满了桶壁和盆底,大红的塑料桶里的是红色的,锡盆里的是雪白的。有时候我会偷偷地跑到地堂上,把手伸到水里,水是热的,却不烫人。手在桶壁或者盆底一划,小气泡就升起来,就像是村口小卖店里的冰镇可乐,一撬开盖子,突然出现气泡沿着透明的瓶壁涌到瓶口,看着就凉到了心里。偶尔运气不好,"玩水"行为被发现。如果是大表弟撞见了,他就扯着嗓子喊:"阿华!你把洗澡的水弄脏了!我要告诉阿婆!"看,我们一起长大,他从不喊我"姐"。如果是外婆撞见了,她就会板着脸说:"太阳大,还不快点进屋!"

每隔一两天的这个时候,外婆就会从地堂上提一桶水到水井边上。她总是要在午间洗头。一张板凳上放了盛满水的洗脸盆,她弯着腰,把长长的头发垂到水盆里。洗完了还一遍一遍地梳,直到梳子不再受阻。那个时候,她的头发乌黑柔顺,总是干净清爽又富有光泽。她对她的头发有着极严苛的要求,即使是头发还没有干透,她也不会让它们散乱地披着,她会梳一个半头——不至于干不了,又不会在她干活的时候垂下来遮住视线。

太阳落山,晚霞还挂在天上。二舅妈站在那一排黄皮果树下朝外边喊:"弟弟——回来吃饭——"然后二表哥屁颠屁颠地从外面跑回来。我们家边上是教堂,教堂的地堂是全村最大的。那个时候,那里是村里小孩的游戏天堂——捉迷藏、打木棍、跳皮筋、弹玻璃珠——唧唧喳喳,嘻嘻哈哈。只要一到晚饭的时间,妈妈们找不到自家孩子,就会来这个地方领人。

再晚一点,天空变成宝石蓝的色泽。外婆把地堂扫一扫,再洒上水,散去太阳的最后一点余温。吃过晚饭,也没什么电视节目看,外婆在地堂上铺上一张大凉席,坐在上面乘凉。我们几个总是不安分,在席子上追逐打闹。如果邻居家奶奶来找她说话,她就叫我们去教堂的地堂上玩。我们玩累了就一窝蜂地跑回来全扑在了她身上,像猴子找到了大树。外婆也不恼,哈哈大笑,把我们从她身上扒下来。邻家奶奶也跟着笑眯了眼,随手抱过来一个,说:"真是一帮小人精。"偶尔我们也安安静静地在外婆身边躺成一排,听外婆给我们讲采茶戏里的故事。夜很安静,外婆的声音也很轻。她给我们讲抓小孩的沙虫妈、抛妻弃子的状元郎,也有讲狸猫换太子和梁山伯与祝英台。我不像表哥表弟那么多问题,听着听着就睡着了,迷迷糊糊之间,听到外婆说:"阿华睡着了,剩下的明天再一起讲啊,阿婆给你们唱歌谣。"外婆的蒲扇轻轻地拍在我身上,一下一下,驱赶了蚊虫,送走了暑气。外婆唱起了歌谣:"团团转,菊花园,阿妈(奶奶)喊我看龙船,我不看,看鸡仔,担去卖,卖得几多钱?卖得三百六银钱,一百打金钗,二百打银牌……"

一九九几年,九三、九四、九五,还是九六、九七、九八年?

秋天的时候,地堂上不再"晒水",因为稻谷收回来了,地堂要用来晒稻谷。冬天的时候,地堂上也不"晒水",因为要放过冬用的柴火,地堂上堆满了木头。

花布

外婆喜欢穿碎花的衣服,每每换了季节,她总是要牵着我到裁缝铺去做衣服。春夏挑颜色清浅的布匹,秋冬挑的虽是深色的但也有暗花。偶尔也挑布料给我做一两身。大概是上到小学五年级,同学全都穿上了成衣,我就不肯穿裁缝店里的衣服,也就再也没做过了。前两年开始流行复古风和碎花,我发现外婆以前的衣服花色特别时髦,和她说了,她竟问我要不要拆了给我做裙子。

今年暑假,要去参加一个朋友的婚礼,心血来潮,想做一件及踝花布长裙。外婆是行家,邀她一起去裁缝铺子,她显得异常高兴。外婆轻车熟路地把我带到铺子,裁缝夫妻十年如一日地坐在店铺中间的两台相对的缝纫机前。旧时的飞人牌缝纫机,带着富丽的金色花纹的黑色机头,木头抬板,铁架子,踏板是镂空的翅膀和"人"字标志。我们家以前也有一台,我小时候经常坐到缝纫机前装模作样,转转转轮,踩踩踏板,看针上上下下,听缝纫机发出"纺纺纺"的声音。

有时候踏板踩得太快,脚放开,踏板还在动,针还没有停。2001年搬新家的时候那台缝纫机还被一起搬到了新家,这两年就不知所终了。

裁缝夫妻看到我和外婆进了铺子,也没有多大的热情,依旧做着手上的活儿。

老板娘问了一句:"要做什么?"

外婆说:"我外孙女想做条裙子。"

老板娘看了我一眼,那眼神是好奇,是惊讶?我不知道,或许都是。毕竟现在去她店里做衣服的基本都是和我外婆年纪相仿的人。

老板娘又看向外婆,说:"那先看看布吧。"

店铺两侧挂满布,墙壁随时光一起老去,而幸得布料的更替一直保持着新颜。布料一头连着布轴卷成一卷,另一头穿过光滑的竹竿从高处垂下来。左侧的是花布——绛紫、灰蓝、青碧、藕荷、月白、竹叶、玫瑰、水纹、圆点……右侧则是低调的纯色布匹——漆黑、黛蓝、苍青、紫檀、烟灰……

选了左侧的布料,黑底白花,五瓣月牙组成的花朵有序排列。加密的雪纺料子,入手清凉。我问外婆的意见。她也很喜欢。

"这个花色靓哇!"她摸摸布料,又在身上比一比,朝我说,"你讲我穿好不好呢?"那眼里,充满了期待。

我浅笑,知道她也想要做一件衣服的,她已经很久没来做衣服了。妈妈和阿姨们前些年只是在她生日、春节这种日子给她买布,给她做衣服,她有绝对的自由。可是近几年她们把外婆的衣服全包了,都是给她买成衣,也是碎花,款式新颖,价格还比做的便宜。但是我知道,她最喜欢的,还是来这裁缝铺做的衣服。对于美,她有自己的定义和主张。

"好看!你也做一件,"我想到她夏天的衣服都是整套的,又说,"还是做一套?"

"是吗?"她欣喜地说,"可是这个花不是细的那种,做一整套太花,我做一件上衣就好。"

老板娘也说:"是哦,这个花好看,而且刚到两天,还没什么人做。到时候做好了地说,婆孙一起穿,靓哦!"

外婆呵呵地笑起来:"靓也是她们后生妹靓哦!"她找了张凳子坐下,又说,"那就量量身吧,先给她量。"

老板终于停下了手里的活儿,从脖子上取下软尺。

量完尺寸裁完布,临走的时候,外婆对老板娘说:"我的不着急,先给她做,她要穿去喝(喜)酒的,初八就喝酒啦。"

老板娘一脸"这都不是事儿"的样子:"今天初五,你初七中午来拿。我两件都做好给你。"

回去的时候我挽着外婆的手臂,和她并肩同行。我可以轻而易举地看到她头顶稀疏的白发。和小时候很不一样。小时候我被外婆牵着走,我走得慢些,就只能看到她的背影——熨帖的花布衫和一束随着她的步伐晃动的黑发。我走得快些,就可以和她并排,和她说话的时候,我仰头,她低头。

离别

死亡是这个世界上最彻底的离别,容不得一丝挽留。

五月初七,这是我第一个铭记于心的,除了节日和家人生日之外的农历日期。从去年的这一天起,这个日期就被打上了特殊的标签——我外公的忌日。

母亲告诉我的时候我还在学校上课。手机锲而不舍地震动,我一接起电话她就哭喊着说"外公啊——外公啊——你快点回来——",抽噎让她没有办法多说出一个字。那声音就像是涂满辣酱的五指在我心上缓慢地一遍一遍抓过,火辣辣的,生生的疼。我脑海里飞快地闪过"没事的,妈妈也没说什么不是?没事的,我听话回去就好"。发紧的舌头和发抖的嘴唇也没让我多说出一个字,只答应"好"。

外婆总是嫌弃我做什么事情都慢吞吞的。但是我挂了母亲的电话之后,做了有史以来最快的一系列反应。

我飞快地从学校到机场,飞快地从福州到南宁,飞快地从南宁到江平。

可是交通工具哪里有人走得快!

我飞奔进家门,所有人都在。外公就躺在大厅中间的凉席上,凉席上方支起一顶蚊帐。我能隔着蚊帐看见他的脸,他安静地睡着。我差点脱口而出问大家为什么那么晚了都在这里。妈妈扑过来抱住了我,呜呜地哭。我经历了有生以来的第一次震惊。

震!惊!

思维出现了几秒钟的空白。我看清了妈妈手臂上系着的麻布条。我想要说话,但在那之前我先闭了嘴。我这才知道我震惊得张开嘴巴。我再看向外公,盯着他的胸膛看,我放慢自己的呼吸,深深地,吸气——呼气——我用尽全力瞪大我的眼睛,可是外公的胸膛没有起伏!可是他真的就像平时睡着觉一样啊!我企图在其他人那里得到认同,我看向了他们,他们早已全部都看着我。一双双红肿的眼让我丢盔弃甲,溃不成军。那一种感觉,就像溺在浩瀚的海洋中心。

我终于张开了嘴巴"啊呜"一声哭喊了出来。

表妹扶着外婆从厅侧的房间出来,平时梳得一丝不苟的头发凌乱披散,向我冲过来,扑在了我的身上,顿时整间屋子哭声震天。

这夜,天地不眠。

第二天早晨外公入殓时,我看了外公最后一眼。穿戴整齐,是他平时最爱穿的手工中山装。他依旧像平时熟睡的样子。封棺时,外婆唱了哀歌。我清楚记得那一字一句,辣烈辛酸,铭心刻骨。

"我夫啊我君啊,你真系诶忍心啊,丢我们诶母子啊。你有嘴诶不讲啊,你有脚诶不行啊。我夫诶傻笨啊,有屋你不住啊,出外诶被日晒风吹啊。我夫诶你真忍心啊,你丢我自己诶,你不教子女啊。我夫诶委屈啊,做得大屋来诶你不住啊,你真系诶傻啊。"

外婆的哀歌就像撒进时间长河的网,轻易地把记忆打捞起来,而时间长河似乎遵从守恒定律,我们得到了美好的回忆,作为等量交换条件,它索取泪水,直到填平缺失。

葬礼过后,家里依旧阴云笼罩。外婆不知从哪儿翻出了一包黄花菜和一包粉丝,我看见她捧着两个塑料袋穿过了走廊,她把它们双手捧到了我的面前,微微颤抖。她和我说,这是你外公买的,我还没来得及做给他吃……又是一次痛哭,撕心裂肺。还没来得及为他做汤羹。

当大人脆弱得像小孩的时候,小孩只得迅速长大,像一个大人一样。然而时间给予感情珍重的质地,我渺小得无法适应它的重大。"感同身受"不过是一个苍白的词汇,哪怕我们经历着同样的哀伤。我无法给予安慰,只能安静地站在她的身旁。

将近一个月的时间里，外婆不敢一个人睡。那些我陪着她睡的夜晚，她反反复复地向我哭诉，她那天中午煮好红薯特意挑了两个大的留出来，给外公打电话叫他回来吃。她说："他还应我说就回来。"而在她挂完电话不到一个小时之后，就有人来电话叫她去医院。上午还好端端地上街去玩的人，中午刚过就突然没了。

家里人说她胆子小。可我知道，她不惧鬼怪，她畏惧的是死亡。外公是哮喘病突发走的，临终也没见得上任何亲人。外婆有心脏病，夜里经常心绞痛，她害怕的是自己也这么突然没了，一句交代都没有。

生命里有一些"一定"，但是我们并不时刻准备迎接它们。就好像我们知道人生来就会死去，但是我们不会告诉新生命"你一定会死去"，因为活着不是为了死去，我们有活着的意义要去探寻。我们畏惧死亡，也是源于我们对生的敬意。

他们的河塘

石俊英

福建师范大学文学院本科 2012 级

小时候,我们家门前有一条南北走向的河流,不知道它从哪里来,靠着路,绕着田,朝东去。溪水不深,我常常蹲在路边,看成群的小鱼,然后一跺脚,吓得它们四散而逃。那土堆高地生长的草,像商量好似的,总会蔓延到水中,成为鱼儿的庇护所。

在河流的另一边,是一个河塘,两相连着。溪水源源不断,河塘水满草长。可奇怪的是,从与溪水接口的地方开始,往河塘对岸的方向画一个被压扁的大圆,这大圆外围长满高高低低的草。努力寻找的时候,才会看到一小洼一小洼的水,在阳光底下也变成了绿色。河塘的东南方向,长着一小片茭白,老高老高,叶片扁而宽,从叶鞘处伸展出来,垂成弧形。每当风过的时候,那长长的叶片互相推搡着,发出刷刷的声音。

那是爸爸告诉我的,原来我们吃的茭白长在水里。我以为我们拥有了一片茭白,想吃的时候可以随时去采摘,可我从来没见过邻居们下水,茭白没有变多,也未曾少过。才知道,那不过是野生的,长不了果实。那一刻的遗憾,其实是很长一段时间里的庆幸——如果有果实,大家怎会放任它们生长。那样,风吹叶摇、白鸭独立而憩的图景,我如何能自己安插?

盛夏,每当连下几场大雨后,河水跟河塘里的水都涨高,河水从上游带来了一些鱼,不是那种细小的游鱼,通常是鲫鱼,有爸爸手掌三四指宽,偶尔还有胡子鱼。认真盯着水面看的时候,泛着涟漪向外散开的地方,可以隐约瞧见鱼儿的踪迹,一下子,又消失不见,仿佛是我的错觉。

最高兴的,就是爸爸穿着连体下水雨裤,拿着两件渔网下河塘,我蹲在路边看爸爸在水里走动,深的地方才到爸爸大腿中部。我盼着爸爸快点儿放好渔网,不要惊吓到我的大鱼,万一它们都很聪明,知道有渔网,只在旁边游动,就是不上当呢?这一天,在家里的我,一听见摩托车开过的声音,就十分懊恼,一天好几回地出去,站在离河塘稍远的地方,瞧着是不是有鱼撞上网挣扎的痕迹。

"爸爸,要不要收网看下有没有鱼呀?"每一次我都问得兴冲冲的。

终于要收网了,爸爸带着大红桶下河塘,我紧盯着爸爸的手,顺着每一次拉起的一段渔网,搜索鱼的影子,看见被渔网缠住而挣扎的鱼,激动地手舞足蹈。

河塘的好处,妈妈无疑是看准了的。

铁线网、木板、木头、泡沫塑料,像有魔法似的,就变成了小鸭子的房子,安置在树下。几只小番鸭,几只水鸭,喂水和饲料,很快就长大许多。小番鸭的毛色慢慢变浅,水鸭子的毛色渐渐加深。"房子"住不下了,妈妈终于将它们放下河塘,还与爸爸合力,在河塘与溪水间的泥土高地上,为鸭子造了小型木板房,并用长木板和黑色塑料网围出一小片水域,供鸭子活动。这时候,鸭子不再吃颗粒状的饲料,而是在低矮广口的塑料桶里,用糠加上切碎的菜梗或地瓜叶,还有田螺肉,掺水搅匀了给鸭子吃。那桶也像是有魔力似的,不管我们是提着调好的饲料去,还是去取空桶回来,休息的和水里游着的鸭子,不知是谁带了头,围拢而来,也不惧怕,我们只能用脚拨开路,然后关上木栅栏。

番鸭红了脸的时候,羽翼丰满,成天闹腾着,一只大番鸭骑在另一只的身上,啄着对方的羽毛不放,不是什么怪事儿。从陆地上到水里,穷追猛打,连塑料网也阻挡不了,扑打着翅膀,一下子飞出好几米,整片河塘都是它们的天地了。

这下子,妈妈和爸爸又开始忙活了,把河塘的外围用塑料网围起来,围到鸭子飞不出去的高度。每当村里的人经过的时候,都会发出一阵赞叹。熟人甚至还会几番逗趣,说:"阿琪子,你妈妈养那么多鸭子到处飞,再不煮来吃,可就飞走了。"村里认识的人,都喊爸爸叫阿琪,我就成了阿琪子。

这时候妈妈在的话,就会打趣着应和说:"怕什么,不煮难不成还会飞到你们家碗里去?"

"那可巴不得……"

后来的一天,来了两个男人,站在河边的路上,对着河塘,像是在说些什么。我认得他们,其中一个是村里的干部,可他们为什么对我们的河塘指指点点呢?问爸爸的时候,心里就打鼓。

"那是人家的田,打算以后盖房子的。"爸爸说这话的时候有些无奈。

我们的河塘,怎么就是人家的田呢?一眼望去,河塘那边全是田地,为什么偏偏就是我们的河塘呢?我觉着委屈。真怕有一天放学回家的时候,就看不见河塘了。

就那样过了两年,不见动静。妈妈养了一批又一批的鸭子。

当我再看到那些人的时候,我就知道,河塘保不住了。他们让爸爸妈妈将河塘边上的鸭栏拆掉,收起有用的东西,说运土填河塘,就这两三天的事儿。

那鸭栏,是我看着爸爸妈妈一手一个钉子造的,还给他们打过下手。那天,妈妈不在家,爸爸只是将比较新的塑料纱网、大木板和竹子拆下来,留下残破的样子。

很快,我就看着一车一车的黄土,从新搭建的石板桥向河塘里倾倒。一车、两车、三车……空气里全是灰蒙蒙的尘土,不知带着哪座青山的记忆,占领了我们的河塘。不过一天的时间,河塘成了地基,再也不能撒网捕鱼,再也不能打水漂,再也不能伴着青蛙的叫声入睡……

看着路旁的田地一块块减少了,新房建起来了。我站在家门口的路上,看不到昔日的绿野。离家百米开外,曾经种花生和水稻的田,似乎还能听见妈妈在田里大嗓门地喊着我("隔空对话"是常有的事儿),而如今也被别人家的新房挡在身后。爸爸妈妈总是感慨:"爸妈一辈子没本事,只能住爷爷奶奶留下的老房子,你要是争气,以后帮衬着弟弟,也在咱们家的那块田上盖新房。"

他们的河塘,我们的念想。

如水的记忆

李玲
福建师范大学文学院本科 2012 级

一

我总觉得记忆如水。

在某些极其宁静的夜晚,一绺月色凝聚万物之声,闯入屋子,停靠在我的脸上。此刻无需开窗仰望,那些思绪、那些记忆便被无端地挑起。也只有在这样的夜晚,记忆才能不掺杂质,纯净地、流畅地涌上心头。

二

由于家庭原因,我经常奔波于农村和城市之间。说不清是什么理由,我竟对城市林立的高楼毫无眷恋之意,反而是农村的羊肠小道,甚至一块石条,总能勾起我的思绪万千。

农村在我眼里就像是乌托邦,家家户户的木门时时敞开胸膛,迎接串门的孩子与"借"柴米油盐的妇女们。说是"借",其实都是不需要还的,甚至会额外赠送一些男人们从田里刚采摘回来的新鲜蔬菜。家家如此,一来二去,感情也就浓厚了,把别人家的孩子当做自家的宝贝来疼爱,把别人家的老人当做自家的长辈来照顾。慢慢地便给这种关系安上名分,干爹干娘之类的称呼遍布村庄。许多年后,走在小巷子里,每个人都是亲戚。

村里种得最多的要数榕树了。榕树是一种生命力极其旺盛的植物,它不需要施肥,不需要浇水,它常从石缝中冒出,甚至撑裂大地,百年不倒。老榕树庇护着全村,那些天真无邪的孩子,那些金灿灿的稻谷,没烦恼地茁壮成长着。

农村的人都像稻谷一样朴实无华,对穿着一般不大讲究。大人穿着都是朴素的,单色调、无花纹,"缝缝补补又三年"这样的话在外婆那个年纪的人还派得上用场。小孩的衣服颜色会稍多一些,但很多都是捡年长的孩子不能穿的衣服。记得我上六年级的时候,看到我幼儿园时的衣服还被亲戚家孩子穿着呢!当时母亲还在制衣厂工作,我的衣服,包括家里的被单、枕头都是捡厂里用剩的布做的。剩布一般不大,几块或者几十块布拼在一起,花花绿绿的,倒也挺好看。

说起制衣厂,我想起了一件事。那是一个夜深人静的晚上,母亲加班后载我回家,我兴奋地唱着儿歌,双脚直晃。母亲苦口婆心地说那样是危险的,我偏不听。危险果然发生了,我把脚晃进了自行车轮子里。母亲一看,吓得脸色苍白。她赶忙用颤抖的双手拨通了父亲的电话。电话那头的父亲很快就赶来了,把我送到最近的一家诊所。诊所早就关门了。砰砰砰——没有人开门。继续敲,砰砰砰——砰砰砰——寒冷的冬夜里,父亲竟流下了豆大的汗珠。终于门开了,可是不幸的事又发生了。母亲由于紧张过度,双脚瘫软无力,在踏入诊所的那一瞬间被门槛绊倒了。

那天夜里,我隐隐地听到了母亲抽泣的声音。后来我才体会到,那几声抽泣不是因为伤口的疼痛。

三

村庄里大部分公共的地方都是狭窄的,一座座房子紧紧地挨在一起,一块块田地精明地连成一片,一切都是亲密无间的。但还是有两个地方是较为宽敞的。一个是庙前的大庭院。庭院前面是荷花池,荷花盛开的时候,孩子们都爱到那里玩耍。荷花不开的时候,孩子们也爱到那里玩,因为可以放肆奔跑的地方实在是太少了!前往庭院有两条路,一条是小桥路,一条是"捷径"。"捷径"是一条凹凸不平的长满杂草的狭窄土路。其实"捷径"并非真的比较近,而是因为那条路充满了冒险的趣味。有一次我要从"捷径"跑到庭院,遇上了一个挑着扁担的大伯,大伯害怕撞到我,紧张得连扁担都挑不稳,两个扁担在肩上左摇右晃,大伯也跌跌撞撞,差点摔入池里。而我却机灵地从人与扁担的空隙中钻到了另一头,抿着嘴笑着大伯的"多此一举"。

庭院旁有一块未开发的草地,那里也是孩子们的游乐天地。小时候的玩具屈指可数,便成天跟着哥哥堆沙雕、玩弹珠、捉蟋蟀。那块草地里的蟋蟀最多了。三五成群的孩子趴在草丛里,聚精会神地观察蟋蟀的动静,再小心翼翼地把抓到的蟋蟀放进塑料瓶。一会儿时间便能满载而归。回家后,我和哥哥会先挑两只"最好"的蟋蟀进行一场搏击。我的"最好"总是那种嫩绿色的小蟋蟀,因为可爱,却没有一点攻击力。但我还是坚持我的"最好"。

庭院还是"大型娱乐节目"演出的地方。记得有一年来了一个马戏团(说白了,就是三四个外来人牵着一匹马,带着几个道具进村了)。村里的人都兴奋得不得了,尤其是小孩子,逢人就说。到了表演的那天晚上,孩子们早早地就乖乖吃完了饭,拽着大人的衣服,吵着要去看表演。在我印象中,那天就表演了两个节目,一个是嘴里喷火,好多人都看得目瞪口呆,连连叫好。这时有个女人拿着个纸盒,挨个要赏钱,大人们能推就推,推脱不了的只好随便给点。其实谁都知道马戏团表演不容易,可是来看表演的几乎都是老人和小孩,小孩没钱就不必说了,老人平日里习惯了省吃俭用,也实在是怪尴尬的。还有一个是骑马。孩子骑上马,马戏团人员牵着马绕庭院走一圈便收五元钱,真是没几个人愿意这样"烧钱"。因此在我印象中,再没有马戏团进村了。

没有马戏团,村里还是挺热闹的。逢年过节,第二大宽敞的地方——戏台便围满了人。妇女们看戏,每次都看到很晚,打瞌睡了也不愿回去,偏要半睡半醒地把戏看完才舍得离开。孩子们也爱看戏,但都是"身在曹营心在汉"。我已经记不清当初上演的是些什么样的戏了,只隐约记起唱戏的几乎是女人,因此女人还得扮演男人的角色。尽管大家都知道那是女人扮演的,但嘴里都夸这个"男人"演得好。其实演什么对于那时的我来说一点都不重要,只要有冰糖葫芦,只要能晚睡一两个小时,看什么戏都愿意。

四

我喜欢倾盆大雨。家家户户的屋檐下摆满了花花绿绿的水桶,坐在门槛上,看雨一串一串不停歇地落进水桶里,不一会儿便一桶了。这时就可以唤来大人,把雨水倒进储水大缸。看着大缸的肚子渐渐填满了,一种莫名的兴奋油然而生。

  大雨过后,农村的小道总是积满了水。水浅的时候,我喜欢和伙伴们换上雨鞋,用力地踏起片片水花。水花溅了同伴一身,也溅了自己一身,夹杂着泥土,弄得每个人脏兮兮的,这才舍得回家。记得二年级那年夏天,积水特别深,大人们不允许踩水花。那年哥哥刚小学毕业,考得不理想。父亲调侃地当着哥哥的面告诉我,哥哥"三科一百分"。我羡慕地看着哥哥,哥哥却一言不发。紧接着父亲说,是三科总共一百分。我不可思议地看着哥哥,哥哥还是沉默相待。

  下雨那天,哥哥拉着我的手,示意我把课本都撕了。我照做了。之后我们折了小船,放满了整条街。小船承载着哥哥所有的情绪,渐行渐远。

  大抵农村有两种人:一种为了出人头地,没日没夜地读书,发誓一定要靠读书光宗耀祖。这种人有很强的意志,设定了的目标一定要达到。另一种是好劳作而不好动脑,相信双手也能创造幸福生活。哥哥属于后者。他劳动,像上一辈一样劳动,再苦再累从不抱怨。他拥有"小确幸",一份安稳的工作、一个和谐的家庭足以让他幸福每一天。

五

  时间一晃就过去了。哥哥结了婚,孩子已经上幼儿园了。那天哥哥让我到庭院喊侄子回家吃饭,侄子却闹着要再玩十分钟,我允许了。

  我一个人坐在庭院里的石条上,看着侄子玩耍。突然,我发现那条"捷径"不见了。我的心像被时间掏空的沙漏,目光便四处寻找童年的足迹来填补空缺。这时,夕阳把金光撒在我的脸上。我顺着金光环顾四周,看见好多房屋都已经物是人非了。兀然,我发现庭院对面的小屋仍旧守着最初的模样。尽管披着金光,我仍旧可以清楚地看出这排小屋的肤色是黝黑的,就像其中一间小屋的那个主人一样。那是一个跟外婆年纪相当的男人,邻居们都叫他连。不论春夏秋冬,连伯伯总是穿着一件深蓝色或是黑色背心和一条深蓝色短裤。他出门从不撑伞,皮肤黝黑是不言而喻的。其实村里的人几乎都是不撑伞的,一来因为干活不方便,二来村民们不像城里人那么矫情,晒黑对于村里人来说是健康的最好证明。连伯伯的与众不同刚开始让我害怕与他接触,但后来他经常拿吃的到家里来看我,我便渐渐喜欢上了这个连伯伯。

连伯伯年轻的时候经常做豆腐花。那时候,豆腐花是孩子们最喜爱的一种零食,甜而不腻,入口滑滑的,一股暖气直捣心底。大人们小时候也吃豆腐花,他们也喜爱孩子吃豆腐花,因为这一带的人都认为豆腐花是干净而且营养的零食。卖豆腐花的基本上都是中年妇女,她们肩上挑着两担豆腐花,扯着嗓门喊着"热豆花——热豆花——"。孩子们习惯开玩笑地跟着喊"热豆花,掺牛粪啦!"(这用闽南语喊出来倒是挺顺口的)虽然口里喊着这么令人倒胃口的东西,但说归说,吃起来还是津津有味的。

忘了从什么时候开始,连伯伯开始不做豆腐花了。也忘了从什么时候开始,连伯伯开始穿上了厚厚的衣裳,一件,又一件……后来我问他怎么开始穿这么多了,他只是笑着说:"老了!"老了!多么可怕的字眼啊!可怕的不是没有豆腐花了,而是没有力气磨豆腐花了;可怕的不是多穿了几件厚衣服,而是身体不再健壮得能支撑起蓝背心了。

吃过晚饭,侄子拉着我去戏台旁的杂货铺买零食。十几年了,仍是那个老板,经营着那家杂货铺。唯一不同的是,零食同老板的白发一样,增多了。

已经十几年没来这里买零食了。依稀还记得当年杂货铺只有一个矮的玻璃柜子和高大的木柜子。零食大多摆放在玻璃柜子里,只有老板能拿到,没有零钱的孩子只能透过玻璃眼巴巴地看着心爱的零嘴被关在里面,宛若世界上最遥远的距离。木柜摆放的是生活用品,种类并不齐全,数量也少,但村里人喜爱到这里购买。

当年我最经常去的一个杂货铺已经不再经营了,因为老板的儿女都很有出息,日子越过越滋润,不需要经营小小的杂货铺了。其实,老板几年前已经过世了。

小杂货铺开在外婆家对面的一条小巷子里。巷子里住着四户人家,但巷子极其狭窄,只能勉强让一辆摩托车通行。虽然出入不便,但四户人家从不争闹,你谦我让,和谐得很!其中一户人家打开面朝巷子的一扇窗,在巷子里放一块石条,孩子们踩在石条上便能清楚地看见里面的商品了。五六平方米的小房间,却堆满了琳琅满目的零食,看得孩子们垂涎欲滴。有时候买零食的孩子多了,巷子便被堵上了。遇到车辆经过时,老板便打开家里的门,邀请我们进屋挑选商品,这种时候孩子们总能开心得上蹿下跳。

六

村与城最大的区别是天空。

村里的天空总是湛蓝得充满童话色彩,一朵朵姿态万千的云悬挂着,好似一颗颗神秘的棉花糖,等着一个个纯真的孩子采摘。城里的天空也好看,不过那种好看是靠高楼的繁华映衬而来的,久而久之,缺少了幻想而来的惊喜。

夜幕降临后,霓虹灯点缀城里的天空,试图取代星星的地位。其实谁都知道,星星纯纯的亮光远比色彩斑斓的灯光更有诱惑力。

天空连接着村与城。即使在城里无法细数漫天繁星,呆望着天,我也能细数流年。

烟波江上使人愁

李美玲
福建师范大学文学院本科 2012 级

一

童年印象，残碎若蝶影联翩。我像个固执的拾遗者，在洪荒岁月里弯腰采撷一朵朵幸免于被岁月冲走的浪花。即使人生如梦幻泡影、朝露过电，但乞词笔能使人依稀绣出往昔春风模样。

茅檐低小，溪上青青草。醉里吴音相媚好，白发谁家翁媪。
大儿锄豆溪东，中儿正织鸡笼，最喜小儿无赖，溪头卧剥莲蓬。

——辛弃疾《清平乐·村居》

我和这村子里的每个人一样，生在群山脚下，长在清流溪畔。

迟日春光里在灿烂的油菜花间追逐着翩翩飞舞的白蝴蝶，仲夏长夜里枕臂在竹床上指点着满天的繁星，秋来的早晨总会看到阿爷拿着大扫帚扫掉昨夜被西风吹落门前的黄叶，冬天呵着热气推门而出便看到株上的雾凇。身处其中时不觉为美，回首再看时才知其实成长岁月里每个寻常的场面就是美。

电线杆上聚集的麻雀的唧唧喳喳声，一夜秋雨缠绵的滴阶声，春耕季节吃草黄牛的哞声，女人浣衣时一泓碧潭水里响起的咚咚声，熟透的杏子从枝头直线坠落的声音，大自然的每一个音符构成了我少年时代全部的听觉。

曾卷裤脚涉浅水踏过青荇软沙,曾捻花温柔放掌间细细摩挲,曾在白雪堆积的大地小心留下一串串脚印,曾因贪吃一根刚出锅的煮山芋被烫红手指。我一直是个好奇的孩子,不停探索着大人忽略的童趣。

月夜开窗幽幽飘来的桂花香,阿奶蒸饭时钻入鼻间的白米香味,睡眼惺忪起床就闻到案上刚摆好的豆腐花香味,年夜饭桌上提来的篮中传出的野外摘来的野菜清香,感谢它们,我今天才拥有了一个灵敏的鼻子。

我吃过的所有佳肴,都没有一种食物能与奶奶亲手烹调的一碟青菜媲美。我尝过的所有果实,都没有用晒衣的竹篙从自家栽种的那颗枣树上打落下来的枣子甘甜。我喝过的所有饮品,都没有十一岁那年在山涧里掬起的泉水沁人心田。我毫不怀疑地相信,凡是沾有故土风味的食物便是这世上最令我甘之如饴的。

二

在云脚出岫、晚霞织锦的背景下起居生息,良辰美景,赏心乐事,似乎在老村的十几年光阴就已占尽。

故园,在你收拾行装离开这块朝夕相处的土地时,才发现它早已与你身体内的灵魂、血液交相融为了一体。年轻时,你怀揣梦想,渴望远方,狭小的村野注定无法满足你拳拳的报负,只得选择松开臂膀任你飞翔。只是他年,你当着异乡的月亮,为何长叹归去的路竟如此漫长?

"王孙游兮不归,春草生兮萋萋。"

——淮南小山《楚辞·招隐士》

升入高中后,在家每逢黄昏,我喜欢一个人爬到三层的楼顶骋目远望四周的风景。

如果是在肃杀的秋季,抬眼会看到,巍峨连亘的釜顶山依然秉着一副青脸相迎,车辆冷清的公路像一条细长丝带蜿蜒在大山下,全然没有尘世那种惯见的车马喧闹声。犬牙交错的阡陌安静地沐在落日斜照里,刈割后接连起伏的农田呈现出一种旷阔悲凉的气氛,根根稻茬像硬汉的发须竖立在苍茫的原野上,邻户的废井处开放着大片带有晚湿的紫色牵牛花,生机勃勃。门前并排的两棵高大的枫杨树在两三年前新房落成时被以妨碍视线的缘由伐去了,自此,我再也听不到先前令我无比憎恶的聒噪蝉鸣,后来却在某个异常清静的午日怀疑自己是否因一棵树的离去而失去了完整的夏天。树下零星排列的大石头也被移走,我们曾一度都坐在大石头上乘凉、下棋、闲聊或是绕着绿杨干的下围试图找到一只粗心休憩在干瘪乌皱的树皮上的知了。而现在那里空空荡荡,少了繁茂的枝叶横逸,旁人可以一览无余地朝前欣赏风景,而我却随着大树的倒下失去了童年最美的风景。在我视野的东边,少时常常流连忘归其上的长满覆盆子、金银花、野菊花的小径早已荒芜,偶尔兴起踱到这条小径上,面对满目的半人高的蔓草不由感伤起来,大概再也不会有人与我共卧在青草茎间享受清风吹拂了,再也没有人仅因为嗅到一朵花的芬芳而催我一路替她寻找了。难道我们一心期盼的成长是以失去童趣、泯灭赤子之心为代价?

　　远看空置的暖暖村舍时,它们张着空洞的窗户眼,一定在殷切地等待着居住其中的主人归来,再打开它的铜绿门,拂去它桌椅上累累的灰尘,等待着妇人抱来薪柴重燃起久违的灶火,肤色黝黑的丈夫再举起搁置许久的酒杯自酌。近些年,村子里盖起了越来越多崭新漂亮的楼房,村庄里仅存的几间灰墙黑瓦的石头老屋像陈旧古董一样被展览着,同时越来越少的人留守在村中,滞留下来的大多是妇孺和老人。大多村人的门环紧锁,幽闭的庭院里杂草萋萋,就连过去流窜入屋觅食的猫的踪影也不见了,只有旧时燕子依旧多情地斜穿在结满蛛丝的房梁间。古老落后的乡村如同一个风烛残年的老人,凄冷兀立在连绵四合的群山下。逼仄狭隘的老巷沉默地送走了一批批成群奔跑嬉戏的孩子,送走了一个个搬着凳子在门口晒太阳的寂寞老人。我心想,那些流浪在冰冷的都市森林里的村民们,是否会在忙碌过后忽然想念起遥遥故里的桃花流水、鸡鸣狗吠呢?

　　时光来复去,其实只有老山村安静地站在原地。

三

　　初来长安的少年,自信有笔头千字,胸中万卷,致君尧舜,此事何难。谁料挥毫落笔如云烟的才情,招得此生祸灾。天涯路际,烟波江上,那峨眉的青翠几次扫空,这舀起的水可是来自岷江?我说的是苏轼,也不仅仅单指苏轼;我道的是乡关,也不仅仅单指乡关。古今所有思归怀远的词句,都不过是被失意潦倒的人拿来寄寓远离纷争的理想。

  楼上谁将玉笛吹?山前水阔暝云低。劳劳燕子人千里,落落梨花雨一枝。修禊近,卖饧时。故乡惟有梦相随。夜来折得江头柳,不是苏堤也皱眉。
              ——张炎《鹧鸪天》

  谁泛小舟一叶做了武陵人误入桃花源的梦,梦里黄发垂髫,怡然自乐,醒来只余船头涛声。
  西风起,莼菜熟,鲈鱼脍,牛背吹笛的牧童可见到洛阳归来的马匹?
  柴门荆扉,风雪夜里归来的是隐士还是潜僧?
  哪个太守抛却案牍,登楼远眺,惊觉池塘已滋生了春草?
  有人春夜肠断《折柳曲》,有人怕闻月下捣衣声。
  "青箬笠,绿蓑衣,斜风细雨不须归。"白鹭鳜鱼羡煞了多少徒为虚名浮利苦劳身的士子。
  鹧鸪山鸣勾动了几多羁旅之人不如归去的愁怨。
  杜鹃斜暮里,孤馆薄衾的行人怎可奈三更春寒?
  何方使君久谢江神,诗云有田不归如流水。
  极尽才思的诗句,能否换一晌化鹤归来?
  我翻开沓沓诗集,留意到万古不变的乡情浓如酒醑,好似此身也共它们花前醉倒。可是这世上安存桃花净土耶?有几人能真正做到抛却满床簪笏,甘愿种豆南山,归来满头插菊?当济世之志遇上归隐之心,谁美其名曰不如中隐?
  故乡山水,不过是成全我们避世的温床。日暮烟波江上,愁中思念的乡关,是故乡水土还是涵养我们受伤心灵的理想之境?

悠悠小巷情

林素坊
福建师范大学文学院本科 2013 级

  悠悠小巷，苍劲古树，隐幽老宅，被风吹开脑海中泛黄的书页，慢慢翻开第一章——
  "燕子筑巢唷——吉祥到！"顺着蜿蜒的小巷，尽头是一幢老宅，正门上方中央是古时木质牌匾，赫然行书"林府"。林府是一幢大大的四合院，里面的人身体里都流着同源的血液，虽然后代渐渐有了旁支。
  在老宅里活了大半辈子的老人们喜欢有事没事搬一张矮板凳，坐在自家门前，从口袋里慢慢摸出折的方方正正的纸巾包，极小心、极细致地一面一面打开，颤颤巍巍捏着一瓣黑黑的瓜子直接送入口中，用舌头上的味蕾仔细地吮吸着咸咸的味道。老人们得暇就看着过路的人，时不时用浓浓的方言说着什么，似是自言自语，又似是认真地交谈，大人们虽说仍礼貌地点头答应，可多是有口无心的。所以往往老人们最好的"聊友"就只能是我们这些小孩了，因为每每和老人们说上一会儿话，老人们都会奖赏我们五角钱一包的"广澳梅"，因而即便老人们絮絮叨叨、颠来倒去，我们总会强作精神耐着性子等到日落西山，这时候老人们的家里差不多该开饭了，而对我们来说，也到收"工钱"的时候了。
  这样一来二去，我渐渐发现老人们时常喜欢对着老宅大院嘀咕着谚语——"燕子筑巢唷——吉祥到！"虽然懵懂，可大约也听出来是好话，所以每天回家第一件事就是看看树上有没有燕子的巢。可是几年下来老树都是空空落落，我的心也总空空落落，尤其是看到邻居家的屋檐上有燕子筑巢的时候，心里真有些不是滋味。老树越长越高,枝叶越来越繁茂,我疑心燕子其实已经筑好巢,只是怪我没有发觉。于是在一个昏昏沉沉的午后,撸着袖子抱着树干,右手左脚、左手右脚地一点一点挪上去,终于挪到树枝处手脚有了着力点,再一使力,整个身子稳住重心。小心翼翼地伸出手探了探,伸长脖子左看看右瞅瞅,这样保持了许久终于有些支持不住,可还是不甘心就这么下去,又停留许久,直到半蹲着的双脚有些酸麻了,蓦地余光瞥到前面似乎有个黑点,心里一喜正想探出身子瞧个究竟,不料酸麻的脚竟不听使唤地不偏不倚踩到老树上的青苔,眼瞅脚滑出一道墨绿色印记,暗叫不好,只听得"咚——"一声,转眼就和地面零距离接触,四仰八叉躺在地上,全无形象地一抹鼻涕大哭起来。不一会儿周围就围满了人,有嘘长问短问哪里疼的,也有忍俊不禁在一旁乐呵呵的,也有幸灾乐祸直说"哎哟丫丫的鼻子歪咯"的……

  后来的事情记得不太清了,只依稀印象中从那时起我就不大爱出门了,就怕别人拿这件事取笑我,连带着对那棵老树也产生了恨意,仿佛它是因着我说了谎话或偷了嘴,然后大人们借机派来监视、惩罚我的。

  我在家的时候,常常是一个人,我已经不大出门了。虽然感到无聊,可是我发现每每到晚饭前总会伴着日落余霞,从小巷那头传来一阵唢呐声,声音尖厉,说不上刺耳,但也绝非悦耳,但因着我实在百无聊赖,所以也常常就着这声音闭着眼睛躺在床上。

  "爷爷,这是谁在吹啊?"

  "噢,这是前面老X家呗。"

  后来我知道,这唢呐声是小巷那头的一个黑黑干瘦的老汉吹的,老汉家境不好,只能以吹唢呐营生,这一会儿是出工回来抓紧练练。后来几次在白事上见到老汉吹唢呐,运足气力,深吸一口,含在嘴里并不吐掉,鼓足腮帮,对准吹孔瞪大眼睛,手指轻轻点着什么,一首悲怆的曲调就这样流泻出来了。原来隔着一整条巷子,不比现在这样面对面的、尖厉的声音直接刺破空气,撞向我的耳膜,虽是音调低沉,可我怎么听着就特别不舒服,慢慢地老汉的唢呐声在我的心里仿佛成了白事的代表,像极了电视剧里常有的"幽灵使者"。所以后来在家里听到小巷那头的唢呐声,也都索性裹在被子里,使劲用手捂住耳朵,不让一点点音律传进来,好像听了就会被夺了魄去似的。

可是这个老汉待我又是极好,每次路过他们家门前,他总会抓一把花生米放到我的口袋里,干瘦的黑脸拉开一道道皱纹,绽开一朵朵花瓣儿似的,黄黄的牙齿一张一合,流利方言吐出来:"丫丫听话,给你东西吃。"我虽然极为恐惧他的夺魄唢呐,可是花生米的诱惑也是极大的,这时候我突然觉得他那黑黑的手也显得那么可爱,我想老汉对我这么好,一定不会拿唢呐也勾了我的魂去,这样一想我就放心多了。可是这样安心的日子没过多久,直到下次在白事上又遇到他,我突然想到他一定也这样和别人套了近乎,所以别人才能乖乖让他勾了魂去——这么一想,我又开始了一惊一惧的生活……

悠悠的小巷唷,现在只剩残垣断壁了。唯愿所有小巷的人都能一世安好吧!

山里人

陈思榕

福建师范大学文学院本科 2012 级

　　她不知道这场雨又会让心在这一年里积攒的怨怼更添多少分，就如同她不知道这样的路还有多少天才能到尽头，不知道什么时候能离开山里回到她的城里去。

　　雨天的教室有一种潮湿阴郁的气息。用木板一层一层堆叠好的屋顶，还是会滴答漏水。特别是在泥石流爆发的季节，木板总是会随着震动，抖落一些泥块。雨水滴落在沾满黄泥脚印的水泥地板，会有零星浑浊的水花微微挣扎着扭动一下然后最终还是无奈溶于水和泥之中。斜倚在教室里破旧的课桌旁打着补丁的大黑伞，湿漉漉滴着的水会在讲课经过时候在裤腿上留下令人懊恼的痕迹，穿着冰冷的雨靴，在里面穿多厚的袜子也会觉得冷冰冰。她又一次怀疑这样的日子是她想要的吗？当初的壮志凌云、豪情万丈都哪儿去了？

　　她开始怀念那个当初令她仓皇逃离的城市。怀念车水马龙，怀念红灯绿酒，怀念让人讨厌的觥筹交错，怀念送礼、收礼，怀念一张张假面的笑脸和她厌倦了的故事。那虚伪的让她毅然决然丢下所有而逃离的一切，仿佛都变得美好，仿佛都被她怀念了。而现在的她，甚至想要丢下大山这里的一切，丢掉那个年少的教书梦，逃回她的城市，做回并不适合她的却已经做了五年的银行小文员，更彻底地拆掉她大学四年所一步一步堆砌的实现梦想的堡垒。

　　"叮零零……"上课铃响了，她抽回思绪，边摇头边拍自己的脑袋，罢了罢了，上完这节课，再说吧……再说吧……"接下来，我念，你们跟着念。""京口瓜洲一水间,钟山只隔数重山。春风又绿江南岸,明月何时照我还。""明月……何时照我还……"她何时才能还回到她的江南呢?"报告!老师,对不起,我迟到了。"她转头看到生满铁锈的门被推开,门后站着小溪,那个怯懦的小女娃子。

天哪,她是怎么了!浑身的黄泥,只有一张小脸还算不脏,头发有的还湿着,有的已经和着干掉的黄泥结了块,黄泥顺着她来时的路延伸,像小怪兽的脚印,张牙舞爪,背上那个塑料的透明的书包已经糊满了泥巴,不能看见里面的课本,她用手背擦了擦衣服唯一干净的里层,然后用勉强干净的手从书包里掏出语文课本,摆在桌上,抬头用溪水一样干净的眼睛看着她:"老师,课上到哪里了?""先去后面厕所洗洗吧。""小溪不怕脏,老师快点上课吧,不要浪费时间。"然后很用力点头笑了一下,仿佛真的没有关系。掉了两颗大门牙的笑容,触动了她心里最柔软的地方。"来,我们继续念。""咬定青山不放松,立根原在破岩中。千磨万击还坚韧,任尔东南西北风。""我们要像竹子一样坚强,不管环境多么恶劣,我们都要坚持自己的梦想,走出大山去,去看看外面的世界。"

"可是老师,山里也很好啊,"小溪抬着脑袋,然后甜甜笑着说道,"我想一辈子待在这里。"小溪一脸满足。山里好吗?这里的什么吸引那时候的她呢?

对啊,山里也很好啊!没有通电的山里,只有烛火摇曳在窗里。天气晴朗的时候抬头就可以看到一整片的星星,就算近视眼让我看不清它们的具体,但是满天的璀璨也足以感动我。记得初来大山的那个夏天,夜夜都在宿舍外的小院子里看星星,总是看到舍不得睡觉。还有草丛里飞舞的萤火虫,是上中学以后再也没见过的,害羞地在你手心周围飞来飞去,似乎是要让你捉住又逃开,娇羞的待嫁闺女般。清甜的溪水和清甜如溪水般的小姑娘,和清甜的眼睛里的笑容,围着头巾的大妈会在生日的时候送来长寿面和土鸡蛋,还有热心的大叔会多砍些柴火送来,逢年过节可以在村里吃大锅饭聚会,这些琐碎的温暖被那个甜甜的笑,一下子全部拉扯出来。是啊,山里多好。日子好像不再是数着手指过,一切都被太阳照到,温暖如昔。

"老师,山的外面美吗?"

"外面美不美,自己看过才知道。可是老师也觉得,山里,最美。"

山里的花、山里的树、山里的人,最美、最动人。

听说不朽曾经有过

吴玉娟

福建师范大学文学院本科 2012 级

我们登过素皑的雪山,感受过咆哮的三江并流,也并排躺在草地看整夜的星。

我们在普达措伸手触摸云朵,去热带雨林骑大象冒险,也看过跳舞草跳跃的身影。

我们在布达拉宫脚下虔诚的跪拜,在长城的顶端留下世纪微笑,也一起牵手走过雨水打湿的漫长的石板路。

我们,是最佳拍档。

我们一起,牵着手,度过无数的晴朗和日暮。

我们在过去的岁月里留下的脚印,将在未来的时光里,变成发光的星。

我们,是最佳父女。

一

2000 年,距离现在已经有十五年了。

我和爸爸开始了我们奇幻旅程的第一站——北京。

列车载着我们自南而上,三十四个小时,三千两百七十六公里,车轮碾过铁轨,隆隆向前走着,那是我人生中的第一次旅行。2000 年的北京,远没有现在的繁华,没有鸟巢,也没有水立方,还是老舍文章里的老北京做派。拉黄包车的师傅穿梭在大街小巷,冰糖葫芦的叫卖声随处可闻,老胡同口的小商贩卖一块钱一根的冰棍。自在的、旧画里的北京模样。

凌晨五点,还处于半睡眠状态的我被爸爸背着,他要带我去天安门看升国旗。我伏在爸爸的背上,看他踩着一路星光,将亮的天还带着寒气。

当年去天安门看升国旗是一件很神气的事,爸爸说一定要早点去,不然占不到好位置。确实,我们到达的时候已经是人山人海。爸爸把我托在肩膀上,他说这样我就是人群中最高的人了。身高一米七的他,用肩膀和手臂托着我,双脚还在努力地往上垫,他也想要看看那万人期待的景象。

离开时,爸爸骄傲地说:"你要记住,天安门前的升旗仪式是我托着你看的。"十五年了,我确实从未忘记过爸爸当时神气的模样。

八达岭,也是天刚擦亮我们就去了。爸爸穿着一双塑料凉拖鞋跑上长城。那句话是怎么说的?不到长城非好汉。他站在八达岭的烽火台上眺望远方,觉得自己也是一条真真正正的汉子,多么了不起。

那些长城上的照片被印出色彩,它们一帧帧躺在相册的透明塑料膜后,爸爸依然年轻。手交错抱在胸前,目光看着远方,很像是摆出一副"高瞻远瞩"的样子。高瞻远瞩,长城是龙,我的爸爸驾驭着龙。

那是我印象里的北京,和爸爸的神气模样一起,被收藏在心里。

二

2002年,热带雨林的国度,西双版纳。

去西双版纳完全是出于一时的兴起,爸爸曾在那之前和我炫耀他去过四次西双版纳,眼红的我,缠着他也要带我去一次。

因为是自驾游,当时的西双版纳和昆明还没有修建高速公路,白天接着黑夜,我们要一路翻山越岭,走过的全是环山公路,危险又刺激。刚进入新世纪的旅游业远没有现在这样发达,常常因为赶路,我们找不到可以吃饭的地方,挨饿不说,还要忍受晕车给胃带来的翻涌,实在算不上是顺利的旅程。

终于到达的时候,只有一个感觉,那就是路上受的苦都是值得的。由于挨着边境线,那里的人生活习惯和建筑都完全和我们所生活的城市截然不同。我坐在车上,一路望过去都是绿色,傣家竹楼掩映在郁郁葱葱的植物里,佛教的金塔和寺庙比比皆是,浓郁的异国风情完全要将人包围起来。

那是一个温暖花开的夏天,爸爸带我到热带雨林里,到处都是花朵,软绵绵地开在我们脚边。我们去骑大象,说起这个,心里到现在都心有余悸。大象用鼻子卷起我往前走,一边走还要一边将我向上抛,如此高难度的动作放到小小的我这里真的只剩下惊吓。可是爸爸完全没有担心,他在旁边开心地为我拍照,像个小孩子。

因为爸爸,我才有了这样特殊的经历,我的爸爸虽然没有给我买过洋娃娃,却带我骑了大象,不一样的童年。

三

2005年,冬天,赴一个与梅里雪山的约。

爸爸曾说过要带我去看白雪皑皑、清明日出的地方。他说那是他的向往之地,每到冬天就演成一幅雪国之景。为此,我对它也是憧憬的,这对于从小就没有看过雪的我来说是怎样的期待。

我们去了梅里雪山。

依然是凌晨时分,大概五点多的样子,我们从客栈出发,入眼皆是铺天盖地的白色,就连苍穹也好像被染白。烈风随时都在肆虐,干冷而岑寂,所谓的银装素裹,这是生在南方的我从未敢奢望的。爬上雪山,时间刚好,我和爸爸一起看到了日出,清明自高山曲折而来,刹那间,激动自心中喷薄而出。

也许是周围人不多的缘故,一直以来低调的爸爸向着对面的山大声地呼喊我的小名,一遍一遍地叫我"囡囡!囡囡!"。很像电影里的桥段对不对?可是这确实是不善于表达的、羞涩的爸爸用来表达爱的方式。

许是受到环境感染,我想起有一年我们去了香格里拉,那个素来以宁静、圣洁而著称的天堂。

为了去普达措,爸爸牵着我的小手,徒步走过七公里,清晰的足音一遍遍敲出叫做永恒的鼓点。因为他坚持走路看到的风景要比搭车看到的多,而我也赞同他的看法。

普达措有一个高原湖泊叫做碧塔海,被称作是高原的一颗明珠。湖水透彻得像明镜一般,如果我们心存杂念,都不敢直视它。远处有牧棚悠悠冒起的炊烟,湿地里百花盛开,实在美得不可方物。

脚踏在三千多米海拔的高原上,抬头便可看见仿佛触手可及的云雾缭绕,乍寒还暖的朝阳已经把我们的生命抚摸得非常柔顺,那是再一次的、来自于爸爸给我的感动。

我在想,时光就此停驻该多好,我和我的爸爸,我们能拥有不过期的记忆。

四

2009年,朝圣之旅,西藏。

我们想去西藏已经很久了,算是一个共同的梦想,并且在一直准备着。终于在2009年的时候,天时地利人和,我们出发了。

呜——呜——呜——我和爸爸乘坐的列车驶过一望无际的田野,偶有几只飞鸟略过,倏尔远逝。列车载着我们奔向目的地——拉萨。人们俗称的日光城,一年四季都接受阳光普照,湛蓝的天空纯净得让人移不开眼。

列车上有不少的藏族人,五官立体,皮肤有着长年在日光照射下的红晕。爸爸告诉我,在西藏要称小伙子为扎西、小姑娘为卓玛,如果有高原反应就不能洗澡,否则会有生命危险。他煞有介事的表情逗笑了我,爸爸其实也很紧张吧,第一次带女儿去这么远、地域环境这么特殊的地方。

一路上走走停停,几十个小时的路途,只在偶尔经过大站的时候可以下车放松。到达邦达的时候,海拔已经高达三千多米。邦达到八宿基本上都是很漂亮的溪流、红叶、牧场,每一处都有秋色之美。而八宿到然乌以雪山为主,一路雪山让我和爸爸感到十分震撼。在八宿停留时,我下车仰望高耸入云的崇山峻岭,被雪完全覆盖像是从未苏醒过的神祇。感受寒冷的烈风穿透自己的身体,喟叹这十月的雪山所表露出的生命的本真和安静。如此纯洁,从未疯狂。

到拉萨的路上是最美的,正好夕阳下,一路都是杨树林,沿路挂着五彩经幡,密密麻麻写着藏经。越往前,我便越觉得我们怀着一颗虔诚之心。

我们到达拉萨的时候已经是几十个小时以后了,天色已经很晚。当晚便住进一个藏民家,没有住旅馆是出乎我的意料的,爸爸很得意地告诉我这是他特意安排的,可以感受真实的藏民生活,不枉来一趟。

再一次,为我的爸爸感到骄傲。

我和住家的女儿诺布睡一间房。她很羞涩地用僵硬的汉语问:"你要吃一点东西吗？赶这么久的路,很饿吧。"我欣然同意,跟随她进入厨房。她给我弄了烤羊肉串、馕还有青稞酒。说实话我不大会喝他们的酒,味道很清淡可是入喉却十分辛辣。入睡前,诺布小声地给我介绍拉萨各处的胜地,她嘱咐我一定要都去走走看看。

翌日,我和爸爸早早就出发了。

布达拉宫,我们到达的时候正好一队喇嘛过来参观,爸爸带我悄悄混进这支队伍里面。广场上的诵经刚刚开始,当地人和本地人混在一起听经,没有人不耐烦。太阳懒懒地照在我们身上,突然觉得生命中的美好幸福不过如此简单。

后来,我们去了纳木错。

去往纳木错没有专车,爸爸找到一个刚好要运货去纳木错的老师傅,请求他载我们一同去。路上老师傅和爸爸交谈,自己年轻的时候没有赚到钱,摸爬滚打直到现在才赚了点钱,他一共买断了两条线路,一条从拉萨到樟木,另一条从拉萨到香格里拉的,就这样来回运送货物为生。生活的不易,我从他身上看到完整的诠释。

半路上,遇到一位和我们反方向走的大爷,我估摸着他怎么也有七十岁了吧。与我们开车不同,他只身一人,手里拿着转经筒和印有佛字的发音机,一步一跪拜地缓缓向前走去。

爸爸告诉我,那是最虔诚的朝圣者。

突然间我的心里尽是心酸和感动,想他是从哪里来,走了多久才走到这里。其实他的右腿是有点跛的,行走并不方便,我们都很钦佩他有这样的决心和毅力如此远行。也许,支撑他向前的信念,真的很强大。

到了纳木错,无法用言语形容它那极致的美。只能喟叹,大自然是如此神笔,竟刻画出这样的山水。

西藏之行,是爸爸送我的毕业礼物。我想,这礼物带给我的不仅仅是大山大水,更是对人生的感悟。

谢谢我的爸爸。

五

2012年,我们没有旅行,爸爸一路千里迢迢,护送我来到福建。

从小我就是个幸福的小孩,一路以来都有爸爸的呵护。好像是六岁左右的样子,有一次我说想吃糖糕,然后爸爸就陪着我在大冬天的街上一直走,走到很远很远的地方去买一块五毛钱的糖糕。沿路都是古老而又高大的香樟树,我们就走在那落光叶子的香樟下,那时候的心里,比糖糕还甜。

记得念小学的时候,爸爸锻炼我的独立,要我放学自己回家。我很开心,没有大人管,在回家的路上东瞅瞅、西望望。殊不知,爸爸其实就在我身后远远地跟着,他要锻炼我,又不放心我,被我发现时,他哈哈大笑掩饰自己的尴尬。可是在我小小的心里,那份温暖和感动从没忘过。

后来搬了家,学校变得很远,爸爸就开始长期接送我。每天早晨他很早就起来,给我做早饭然后送我去学校,其实他不用这么早起,全是为了我。高中晚自习下课已经是深夜十点,无论他多忙,都会来接我。经常打开车门前我都看到他缩在小小的车厢里假寐,其实他不用这么辛苦,全是为了我。

我的心里,是感恩,是抱歉,是心疼。我的爸爸,这么多年,在我需要他的时候,从未缺席。

大学报到,我的家在昆明,也是爸爸送我来。我们一起搭火车,在炎热的夏天,他背着我们最重的那份行李,带我找学校,为我安排好一切,嘱咐我很多很多的事,我觉得他啰嗦,可是心里钝钝的疼。

告别的时候,我们坐在学校的长椅上彼此沉默。爸爸向来寡言,他爱得深沉,不轻易说出口。我知道,可我还是在等他说些什么,因为我怕我会哭。最后,到时间他要离开,我们没有拥抱,没有挥手再见,他只是摸摸我的脑袋,告诉我:"囡囡,你要乖。"

转身,他就离开了。

我看着他的背影,眼泪就决堤了。我不敢喊他,我知道,爸爸心里其实很沉重、很不舍。我们都一样,不善于表达爱。

我想,我在那一刻,真正明白了朱自清先生在写《背影》时的心境了。

一直以来,只要是出远门、走远路,都是爸爸和我同行。这一次,我们一起出来,却是他一个人回去,剩下的路,都将是我一个人在走了。

爸爸明白,他终将要放手的。而我,也必须要长大。

六

人总说时间过得很快,顷刻间,再回头望,就是朝不及夕的距离,鞭长莫及,无法追回。

我的爸爸,陪伴我走过生命里每一个阶段。无论时间过去多久,他在我的心里,永远都是带着我走遍各地的、一直呵护我的、神气的爸爸。

我希望自己可以变得强大。

那么,前半生一直陪着我走的爸爸,就可以放心地把后半生交给我,换我来陪伴他走。

爸爸,不要老。爸爸,不要生病。爸爸,我要和你一起,一直一直走下去。

秋意浓

杨煊莹
福建师范大学协和学院经济与法学系法学 2014 级

昼夜均,寒暑平,雷始收声,转眼秋分。

晨起,凉意泛,清秋转,寒鸦不肯栖。至此阴阳相对,太极双生,天地分明。万物随时而然,内心静静而凉,掌中自有一副八卦锦绣,内藏乾坤。

今日秋分,一醒来便坐在窗前发呆,感到露水中微微的凉,于是开始翻箱倒柜地从柜子里整理出长袖衣衫,将被子换上厚厚的被套,将凉拖背心收起,就这样忙忙碌碌一早上,只因一个秋分。细细想来,突然就开始认真去聆听四季的辗转,开始一点点去品读节气,小时不懂春秋,日子一天天过,每一个季节的转换都那么理所当然,妈妈会在夏日拿出漂亮轻薄的衣裙,到了冬日,衣柜里自然会有厚实保暖的大衣,似乎除了换在身上薄厚衣服的不同,四季于我并无不同。可是今日轮到我自己去感受,才懂得人就是会突然学会使用灵魂,会在夏日看花木繁盛而莫名欢喜,在冬日听凛凛寒风而枯守诗书,一点点去对这个世界心存善意,一同欢喜,包括你之前认为俗气的大红大绿,烦躁的爆竹锣鼓,不再讨厌逃避,会觉得喜气同安然。

就如同今日,对比从前并无不同,可就是细细去看偏生觉得日光开始温和清风开始凉飒,不再适合畅快淋漓地吃着冰淇淋、喝着冰镇酸梅汁,应当站在炉火旁慢慢熬一杯姜茶,加入红枣桂圆,最后放上一大勺红糖,让寒意慢慢褪去,暖人心。

细品春秋。

今日秋意瘦,让指间点点绕出了青霜,生生困顿了笔下的触碰,心意凉淡成了烟水寒,秋心正浓,夏意阑珊。此刻看窗外,日光沉静,温良了山水,清浅了人心,时间便这样一点点简宁了起来,天朗风畅,一切凝成琥珀、妆成画。在镜前细细描摹点嫣红,镌刻一般情意,点点玲珑心,已是清欢。

喜欢在这样的时节里,泡上一杯铁观音,听上一段牡丹亭。那丝线描摹的牡丹,胭脂渲染的红妆,水袖婉转,曼妙多情,千娇百媚别样愁。就这样任思绪一点点融入戏里韵,曲中浓,秋意浓浓的凉,人心温温的良,什么都不骄不躁,什么都不热不烈,一切都在这一刻慢下来,慢成昆曲,慢成诗。

少时便去看戏,周围全是苍苍白发,独我其中青丝如墨。听到入迷处,也同老人一起,随着唱腔一起摇头晃脑,手指按着韵律一下下敲击茶桌,偶尔随着轻声哼上一两句喜爱的唱词,大概如痴如魔便是如此了吧。

也不是没有过厌烦听戏曲的年岁,小时候陪着外婆听南音,听京剧,始终不明白为什么戏台上的人一句话不能完整地说完,一定要千回百转,拖着长长的尾音,短短七个字,却感觉怎么唱也唱不完。那时候,在古厝的拔步床上,昏黄的房间,暗沉的阳光,看着戏里怎么也唱不完的故事,那冗长的咿呀之声,让人觉得生活了无乐趣,也太容易让人睡着。心中最渴望的是快点结束,然后出去同伙伴玩耍。可谁又会想到,一离开那古厝,一脱离童年,我竟像外婆一样爱上了看戏,爱上了那妖娆且百转的唱腔,且时常一遍遍不知倦地反复听同一支戏。

所谓情不知所起,一往而深。红尘万般缘由,不昧三千因果。

听过伶人咿呀的吊嗓,那声音细如丝线,一点点钻进人心,一回头一转身,眼中媚意不动声色地流露,眼前早已姹紫嫣红开遍。看过十七八岁的少年在练功房挥汗如雨地翻着跟头,一板一眼地练着,汗落了也不擦,任它那样滴着。身边老先生拄着拐杖一招一式地指点着,面露安详,只突然间亲自演示,亮相地那一刻眼神中仍有着震慑四方的气场。单单只是台下的练功便已是令人惊心动魄的美,只因它足够深,深如枯井幽幽,不见底。你以为你懂得,却仍是浅薄,不饮自醉。

有人说,爱听戏曲、爱看长书的人,就已经老了。戏曲是一种已经老了的东西,伶人泪也沧桑,其中有着斑驳的戏台,陈旧的红幕,丝线一般的音可袅绕满角角落落,一转身,水袖飞扬缱绻,一招一式中,是不动声色的老。许是那个时候就同他们这样老了,老成了一炷香,一点点将时光熏成灰烬,带着旧式家具中尘埃的味道,暗而沉,别样的香。

今日又重听《牡丹亭》,那青衣一出场便夺人心魄,清水出潋滟,氤氲成倾颓,媚色无限。杜丽娘在镜中看自己,镜中韶华,珠玉莹润的颜,金银插鬓的妆,一笔一画用胭脂晕染的红,连浅笑也是雕刻的花,突然听到她那样令人惊心地叹:"你道翠生生出落的裙衫儿茜,艳晶晶花簪八宝钿,可知我常一生儿爱好是天然。"这般闺阁里端庄修成的佳人,也爱随心随性的不雕琢。

引为知音。

杜丽娘的美,就是戏曲里的韵,都是岁月热烈后收起了飞扬张意,安静、内敛、含蓄、不张扬的诉说,幽暗婉转的告白,身上所有的明艳都是岁月一点点沉积下的安稳和喜气,惊心动魄的妆容,大红大绿的衣饰,一切都是幻丽艳色,却不让人心生恐惧,而是厚实炊烟里的安宁和素简,喜气逼人,爱不释手。

一如我不爱夏日的蓬勃旺盛,独爱秋天的冷淡寂静。山寒水瘦,清淡的凉,秋意的随心随性,惹得风情无限,心就这般柔软了起来。白露成霜,一念兼葭苍苍,看风又潇潇,心自悄悄,深栖于花荫,与天地交心,寡欢的辰岁,静静而过。

从此山寒水阔,我自安好。

一念痴痴到江南

杨煊莹

福建师范大学协和学院经济与法学系法学 2014 级

行断江南，一念痴痴。

不是我爱江南，而是那里有着让我稳妥的安然，是情谊相投、八字相合。

在我开始计划去苏杭的时候，很多人同我说起，苏杭不需太多的时间，走走看看也就过了，生命里大把的好时光着实应浪费于漠北西南，那里有大片的风光好河山。可我仍是辗转徘徊在江南，不肯老去。那里有一种情怀，浸透了千年沉积的历史，透过岁月无情吞噬，仍从缝隙中留到今日，未因变迁改。

江南，是风尘世界的一抹倾城朱砂，比《诗经》上的白露为霜更蛊惑人心，比"诏曰"中的"奉天承运"更不可逆违。烟雨重楼，冰弦落纱窗，桂花无人寻，满苑莺语声。冉冉素韵，缱绻一笔丹青屏障，是千百年来文人墨客不愿醒来的红豆相思。深念江南，念它的群山连绵，念它的溪水蜿蜒，更念这里的淳淳民风，用温润山水滋润出的柔肠，是江南特有的知情知性。

所有的浮世浪沧，都不及一首诗的风流，只因为，那是江南。

于是背起行囊，布裙素钗，赴一场与江南久别重逢的约。

到杭州的那个夜晚，拖着行李箱穿过整个南宋御街，找寻那个深藏其中的小旅馆。夜色里弥漫着令人温润的气息，心不自知地便柔软了起来。其实没什么不同，千年前的那条南宋御街已成陈迹，早已围上护栏，书上"历史遗址"四个大字，也不过得人偶尔驻足缅怀，今时今刻的南宋御街，不过是凭着个噱头哗众取宠的商业街罢了，外表是装饰华美的仿古建筑，走进去全是这个时代的物件。

可是仍是看得欢喜,只因我在江南。

那日去灵隐寺,在里面兜兜转转不知归路,走到路边问了正在休息的阿婆,阿婆一听便说要亲自带我们出去,然后送我们上了公交车。在这里总是可以遇到一些善意温和的大娘,会热情地帮你找到公交车站,会拿着地图告诉你杭州该去的美景,甚至会告诉你从哪里上去可以看到不一样的风景(主要是可以逃票),会和你抱怨家长里短,会让你不要买那些骗人的特产。这就是苏杭,多少文人笔下缠绵的思念,即使它已伫立起一座座高楼大厦,已在一点点被钢筋水泥所包围,可这里沉浸的是不曾消磨过的落落风骨,是文墨画下的磊磊深情。我固执地辗转于江南,只是因为它有着属于苏杭的人、属于苏杭的故事。有时候旅行之于我的意义,不是看过了多少美景,而是缅怀了多少故人。而我爱这座城市,是爱这座城市里千年游荡的魂灵,爱那些人那些事,那些旧光阴下涤荡的人和神才是这里最美的精魂。

一如我来苏杭寻那把油纸伞的故事,寻那把油纸伞下的她。

那把油纸伞,那场雨,那座断桥,是属于白娘子和许仙的西湖,属于《白蛇传》的杭州。她白衣胜雪,长发飞扬,转身的那一个刹那便将真心托付。"风雨湖中识郎面,我爱你深情眷眷风度翩翩。"站在断桥上听到阿婆唱着昆曲,老人头上灰白发相间,却仍一丝不苟地盘着,带着耳环,穿着旗袍,画着淡妆,手中轻轻勾起的兰花指让人忍不住去猜想多年前的风情,我就这样在四周回望寻那日他们的回首,白娘子脸上女儿家的娇羞,许仙眼中柔柔漾漾的倾心。百转多情寻佳话,追随他们遗落于尘世的一段箫音,也不过是盼有一天能亲自为一个人洗手做羹汤,相伴炊烟人间,一起烹茶煮酒,闲话桑麻,执手走过岁月细水流长。一如白娘子,放弃千年修为,放弃飞升成仙,一路红尘追寻,也不过只为了求同许仙慢慢变老的这一世。将这一身亦慈亦悲的百转多情,寄身于这段流转千年的佳话,静待一个人跋山涉水来寻梦醒后仍念念不忘的红妆。

白娘子的深情谁都见过,那么熟悉的故事唱了一代又一代,而我仍固执地站在雷峰塔下等一次夕阳。就这样在余晖中看她的归宿,永镇雷峰塔,她为了爱犯下的错太多,昆仑盗仙草、地府追魂魄、水漫金山寺,情字难为,但不死不休。

或许不是逃不出雷峰塔,而是参不透情关,困住她的不是高深的法力,而是躲不掉的情劫,情字难为,所以愿意为你生生困顿在这魔障重重。

千年走一回,这一回,一醉方休。

这就是江南,是属于江南的不老、传说的不老,一路路辗转,一世世流传,一次次印刻成尘世的白玉雕花,涤荡岁月,泛起莹莹温润不染瑕的光。

那些传说中的人和神,才是这里最美的精魂。

一念江南,次次辗转于那些古镇巷陌、青石板、砖瓦房、老城墙,故地行断几许山水,只在苏杭停留了几晚,但每夜都习惯出来游荡,不同于白日的暑热,夜晚清凉,微风徐徐,古城墙同霓虹交相辉映,有种恍然应提着红烛灯笼上街的古意。穿着一条天青色长裙,在苏杭夜深的画舫里摇荡,贴近这一段山水里的柔情。我想这一刻我已是江南里温婉的女子,可在春意慵懒里缱绻、在夏日热烈中浅笑、在秋叶萧瑟时静好、在冬日薄凉处安然。可自任门外惊心动魄,屋内酽茶相候,美成尘世里波澜不惊的温良。细细地听着船上的老人们说着吴侬软语,我站在船尾看风凉凉而过,更深露重,却万古不寒。

在离开苏杭的许久后才写下这段文字,但每每想起,都仍觉得不曾远离。梦里自有梦里的归期,我幻想过与江南的每一次初见,却从未想过不是初见,而是重逢。或许前世我与江南羁绊颇深,那里轻易一个风景便可勾起我的诗情。或许,我去杭州,是和杜丽娘一样在寻一场春梦。

看着窗外的夜色,已寂寂无声,雨停下得悄无声息,却留下了那一丝凉意,勾起那不经意的情,轻轻吟唱。

爱雨夜里与草木相交的知心知性,爱在雨夜里次次在一草一木中寻得的万般诗情,信万物自有它的灵性,可托付,可用情。或许,寄情在花魂里的倾城意,自有花妖为我送来一片倾心。山水万物,如佛如魔,点点勾住人心,却不知缘何时起,但仍愿那时落落光华满树流光,那时月满中天朗润池荷,山色浅黛,而你,就在。

我仍记得,苏杭里,在千年之后寻千年之前的她,但千年不老的传说,只有青石板上千年不褪的青苔记得,岁月里深藏的深情,只有断桥旁百年苍郁的老树见过,草木有情,不畏岁月。

那里,有我到不了的江南。

SI SHI ZA JI ▶
肆食杂记

肆食杂记

蔡静璇

福建师范大学文学院本科 2012 级

  食,日常生活之事,在我眼中本无甚可注意之处。大概自小被父母养惯,对饮食诸事习以为常。一日三餐,唯需饭饱饮足而已。

  来福州已是第三年,异地求学,独身在外,少了父母的庇佑,却也没什么大异。若要说有不同,便只有伙食不同罢了。

  这伙食不同,本无伤大雅,可每逢佳节,每至寒暑,这感觉就不由自主地蔓延开来。正如今年严冬,寒极入骨,窗外虽不说冷风萧萧,但这寒夜,竟让我想起了家中母亲那一碗热腾腾的煮米粉汤。

  母亲的米粉汤,在我心中自是外界各种米粉汤所不能及的,因为它毕竟最合我口味。在外许久,各类煮米粉炒米粉也算吃过一二,但总归觉得欠缺点什么。

  彼时正勤学苦读,为各类考试手忙脚乱,心中徘徊迷惘。也是在这冬日的夜晚,独自一人顶着寒风踩着脚踏车行过夜自习下课的路。回到家,父亲或没回来,或已呼呼大睡。母亲便从暖被窝中走出给我开门,帮我放好车,问一句:"饿了吗?"

  此时我的脸颊正被风吹得僵硬,哆哆嗦嗦地点头,放下书包还得学习。母亲走进厨房,喊了一句:"吃什么?"

  "米粉汤。"

  母亲煮的米粉汤与家家户户的米粉汤做法大同小异。先是将锅油烧热,放入葱头一炸,噼噼啪啪的响声过后,浓郁的葱油香就散发出来。有时母亲爱给我煎个蛋,白瓷碗中筷子一阵搅动,蛋"刺啦"一声入锅了。因我平日不喜吃荷包蛋,母亲每每煮蛋便都将蛋拌匀。不一会儿,金灿灿的煎蛋盛入一旁的碟子,随后才有那葱花的油香扑鼻。

随后倒入开水,待水沸后放入米粉。家中常吃的湖头米粉细且晶莹,呈半透明,取一片完整放入锅中,加之香菇、笋丝、虾米、西红柿等物,佐以少许盐,稍煮片刻,整体的香味立即沁了上来。

米粉易煮快熟,熟成后色泽鲜白,松韧可口。少许葱花飘忽其上,汤水的乳白与西红柿的红相辅相间,将出锅时放入的青翠的春菜或上海青、香菜加以点缀,再撒上一点胡椒粉,一大碗煮米粉汤就这样完成了。

室内盈满了暖暖的气息,先喝一口汤,冬夜的寒气立马消失不见。大口吸溜着米粉,香菇笋丝虾米挂在莹白的粉丝间满满一大筷子,入口生香,配之以汤水,不腻不涩。先用白瓷汤匙舀半匙汤,夹上一小撮米粉放入匙中,半汤半粉送入口中。那滋味抵消了御寒苦读的疲劳,舒缓了僵直紧绷的胸口,热气熏蒸着冻得冰凉的脸,一时间,水汽模糊了镜片,荡开了这寒冬夜里奇异的感觉。

幽幽的暗色和橙色的灯光交互掺杂,在木质小桌上冒腾的团团烟气渐渐弥漫于空气,邻舍早已睡去,外头偶有几声凄凉的狗吠更显这屋内的宁静。母亲不说话,于一旁整理着灶台,准备着明日一早要煮的地瓜,刷拉刷拉的削皮声传入耳里,异常动听。

偶尔,晚饭剩了些汤水,或鱼头汤或丸子汤,母亲便拿来作米粉汤的底子。一阵子,父亲在灶上熬了骨头汤,那骨头汤便成了家中各式汤面的汤底。或是炖了牛羊、煮了排骨,那也无不可用之处。母亲一向节俭,并得了一个好鼻子,只要材料新鲜,即成我们桌上之食。

这情景持续了数年,直至今日仍念念不忘,求学在外,离家千里,且已少了当日苦读情境,自然再难以找得那份慰藉。只是母亲的关怀,那份心思,却仍还在。

家乡属海边小城,日常吃食自与海分不开。因而每至饭点,桌上必有一海鲜。虾蟹非每季皆有,但鱼常有,故饭桌之鱼,或是蒸鱼,或是烧鱼,或是煎鱼,或是鱼汤。

蒸鱼多桂花鱼,家中少吃。烧鱼多红烧,选鲷鱼、带鱼、比目鱼等。洗净后以盐、料酒腌入味，先用油锅炸至金黄再煮，搭配葱、姜、蒜、白糖、料酒等酱料烧汁。酱汁丰美甘醇，带有鱼的鲜味与糖醋的甜酸，以佐午餐晚餐之食。

煎鱼则是祖母最爱，老人家口味较重，几乎顿顿离不开煎鱼。虽对健康不利，但亦劝说不过，只好以适量控制。煎鱼做法简单，重盐腌制的鱼风干后，最适合作为早餐白米粥的配菜，或晚间腹中油腻不适，咸鱼干搭配白米饭也十分得宜。而我最爱的便是秋刀。新鲜的秋刀鱼微微抹盐并未风干，入锅煎后肉质鲜美，外酥里嫩。秋刀鱼肉厚实但油多，在此时切开一颗柠檬，将汁挤于鱼上，柠檬的天然清爽的清香挥发于空气中，渗入鱼肉纹理，食之美味清口，搭配白米饭，简直妙极。

而这鱼汤，则是必不可少。家中父亲与我喜食干白米饭，晚餐中必有汤配饭。因此，家中常有鱼汤飘香。

家中鱼汤，首推鱼头汤和木瓜鱼片汤。鱼头汤当属父亲做得最为地道。应季时，父亲清早赶往菜市场，亲挑鲜活的鲢鱼或草鱼，母亲收拾完毕，就在晚间取那大鱼头煮汤。

被劈开成两半的鱼头被腌制完静躺在盆中，热锅后"噼啦"一声略微起烟，加入料酒收汁，再加水没过鱼头，盖锅，便可静待美味。

鱼头汤以汤色乳白为佳，而这汤色又与煎鱼时火候的掌控有关。家中唯祖父与父亲两人最会掌握，但祖父多年不做饭，现能尝到的，唯有父亲的鱼头汤。

汤色煮至乳白是鱼头汤的一大部分，而另一部分就是这调料的添加。所加调料，则看父亲心情。有时枸杞当归，有时豆腐海带，有时山药白菜……偶尔心血来潮，加个酸菜或是来个水煮，也是随心所欲，游刃有余。每至夜色如幕，华灯初上，父亲端上亲手所做的乳白色的鱼头汤，汤上漂着几缕葱叶或香菜，缀着几颗殷红的枸杞，放于餐桌正中，任汤中鱼头浮浮沉沉，若隐若现。那热气升腾的鲜香，味美滑嫩的豆腐，父亲、母亲、弟弟……那情那景，至今仍萦绕于脑海，明亮而鲜活。

父亲的鱼头汤是一绝，母亲的汤也不逊色。平日里都是母亲做汤，摆弄家务。家中后院与房舍右侧井边的地便是母亲的天下。母亲不爱整日劳累地种菜浇水，便在闲暇之余种些花花草草、小葱青瓜以慰烦情。今年此时井边一丛薄荷矮小葱翠、碧绿可喜，到明年，就成了一排姜花在绿中如玉色蝴蝶展翅欲飞；今年还是红火鸡冠花开一片，明年就是郁郁紫苏叶叶层叠。而在屋檐边角，母亲就会栽上几株木瓜。

木瓜易栽种，易养活，随便几颗瓜子撒下，过不了多久就会有木瓜苗长出来，在春夏季长得尤为迅速。常常不知不觉间，才到腰间的小嫩株就已经要拿梯子才能爬上去了。不多时，家中已有诸多木瓜可食。甚有一年，母亲将后院及井边种满木瓜，从楼上往下望去，蓬蓬的阔叶遮住了视线，只觉放眼苍翠，随风轻摆。待木瓜将熟未熟之际，父亲便架来竹梯一一摘下，存放于纸箱中。

木瓜鱼片汤，是母亲最为得意的一道汤。昔日母亲参加市内举办的厨艺比赛，拿出手的就是这道汤。

那几日母亲格外开心，回家就直奔仓库取来木瓜，削皮去籽后让我们试试口感。

木瓜放置一段后，逐渐变得成熟，不用加糖就可生食。取出一颗木瓜，料理好后放置一旁。新鲜的草鱼取身侧的两片鱼肉，片好浸入姜汁中，加以地瓜粉、姜碎末、白糖、料酒等，抓匀待用。剩余的鱼骨鱼尾入锅炸至金黄，做法与鱼头汤大同小异又略有区别。加入其中的木瓜已切至薄片，融入汤中。至最后，色泽乳黄略带透明的木瓜鱼片汤成了。

母亲的鱼片汤，连一向挑剔的父亲都赞不绝口。鱼片入味，口感甚好，蒸煮中又吸收了木瓜的清甜，细碎的姜末去除了鱼本身的腥气，带了一丝微辛脆口。鱼片薄厚适中，外头裹着一层透明的地瓜粉，Q弹顺滑。老到的切片法让挑刺简易不至烦琐误伤喉咙，每每安心品尝鱼片，在安静的氛围中看着周围亲人细品鱼汤的模样，一时莫名膨胀的心情，逐渐消散于木瓜的味道中。

家乡的咸饭是一大特色，几乎每家每户都做。不管是家中来客，还是乡里有什么重要大事，小锅饭大锅饭，总离不开这咸饭。

家乡在南边，户户家中均有一块小土地空闲着。因此，有时在门口边上，有时在后院窗下，随处走走都能看见一抹抹不一样的绿。各家各户有的种些小白菜，有的种点小藤瓜，有的搭个葫芦架，有的辟片韭菜花。这茬长完就种些新的，变个花样又是一番新景象。在这其中种了些萝卜、芥菜、南瓜，就成了咸饭最主要的材料。

咸饭,有芥菜饭、白萝卜饭、胡萝卜饭、南瓜饭、包菜饭、芋头饭等,做法省力省时。有时家中厌烦了四菜一汤,也厌倦了煮面炖骨,那就简简单单地来上一锅咸饭配上紫菜蛋汤,利落又舒心。不管是哪一种的咸饭,做法都差不多。就以芥菜饭为例。先用猪的肥肉炸成油热锅,或是葱花、姜等炸出的植物油,将洗净切段的芥菜加以泡好的鱿鱼干或小虾皮微炒,再量米淘米,全部放入电饭煲或高压锅中煮熟即可。

在家中,几乎人人都会做这咸饭,而且每个人做出来的口味都不一样。老一辈的喜欢将菜与饭放一起焖煮,这样菜的味道就会渗入到米饭中,香味扑鼻。年轻的一辈喜欢先炒菜,再将煮熟的白米饭一起拌着吃,这样的菜松脆爽口,饭粒不会因焖煮而过烂。而综合了这两种方法的煮法,是先各自炒菜煮饭后,先一拌,再微微用电饭煲一煮,掌握好时间后,煮出来的咸饭既不会过烂,又使饭粒中有了芥菜的香味。

最简单的咸饭添加的配料少,若是想用点心,加些不同的材料,煮出的咸饭味道也会不同。最常见的是鱿鱼干,脱水的鱿鱼干剪成丝,会使饭增加鲜味。除此之外,还有小虾皮、虾米、蚝干、蛏干、蛤干等亦可替换。花生也是常见,吃上几口咸饭,配上一粒脆生生的花生粒,在口中绽开的奇特味觉会让人不由自主地想要感受更多。

不同的饭吃下去也会有不同的体会。芥菜气味微辛微苦,尝后口感微甘,搭配亮绿的颜色,在冬春时节别有一番活泼新鲜的生气。南瓜、白萝卜、胡萝卜均在秋季收获,南瓜润肺益气,在干燥的秋季十分适宜食用。煮熟后的南瓜颜色金黄诱人,味道香甜绵软,深获家中大小喜爱。每年南瓜成熟,弟弟都欢欣雀跃地要求母亲给他和南瓜合影一张以资留念,形状周正姣好的南瓜都会被弟弟喷彩涂鸦,收入画册之中,那劲头,如同庆贺狂欢一般。

南瓜用处多,连剩余的南瓜子,也有妙用。大部分的瓜子在家中都拿来炒着吃,留下一小部分洗净晒干,存放留种。到明年,又是一片新的藤蔓,郁郁葱葱。

一年复一年,家中的南瓜不知都长了几回、收了几回了。每次看着母亲给我发来的弟弟与南瓜的合照,还有弟弟献宝似的图册,就仿佛是另一个时空的景象。那份向往,莫不是离家久别的愁绪?

也道是别后才有相思,才有相忆。家中饮食,在未曾离开之际,仅作填腹之用。只有这离家许久,难以尝到,方觉可惜,虽是日常饭菜,滋味却觉胜于山珍海味。异地独居许久,尝尽各类美食,终不抵家中的一点粗茶淡饭来得合口贴心。莼羹之思、鲈脍之情,也仅有寒冷冬夜的煮米粉、夜幕初临的草鱼汤、丰收时节的南瓜饭,才可娓娓道出深藏于心的那份思食之意。

咸菜

杨凯芯

福建师范大学文学院研究生 2014 级

那日看《舌尖上的中国》中有关朝鲜泡菜的介绍，我突然想到北方人下饭时必不可少的东西——咸菜。

我家在内蒙古自治区包头市。包头是一个特殊的城市。在历史上它是与走西口有关的内陆物流中心——以小麦为主的集散中心。包头是一个移民城市，本地人并不多。在这些"新走西口"的移民中，东北人、山西人最多，而他们则带来了各种各样的"咸菜文化"。咸菜的品种实在太多了，如果硬要分类的话，则以腌菜与晾菜为主。

我们家的习惯，腌咸菜是从买秋菜开始的。入秋后，北方的寒意渐浓了，各种新鲜的绿色蔬菜就越来越少。这时候，大白菜、大葱、土豆、芥菜便上市了，市场上一片繁忙。小贩们吆喝着菜价，主妇们则等着落价。时机一到，家中的男子就成了主要劳动力，开始上百斤地买秋菜。

白菜和芥菜是腌菜的主要原料。白菜，将被腌成酸菜。酸菜并不难做，只要把大白菜的心儿取出来放入盛着盐水的坛中，用压菜石压死、密封后，就等着时间的奇迹了。我一直认为压菜石是块魔法石。长期浸泡使它变得光滑，而白菜在它的挤压下才能变得更美味。腌芥菜就十分辛苦了，每年妈妈总会用一晚上的时间，洗净上百斤的芥菜，冰水把她的手冻得通红。芥菜头部有芥菜英。这些芥菜的"头发"是要被取下来的，做成另外一种独具风味的咸菜。整个冬天我们一家都要与白菜、土豆、咸菜为伴了。在我们那里，咸菜是一种既不值钱又很珍贵的东西。每家都要腌咸菜，但风味大不相同。不知为什么，有些人腌的菜总是很臭。这并非变质，而是自带的怪味。我妈则是腌菜的高手。她的菜不仅要供应我们家还要送给其他人。不过，要想腌好咸菜还是有秘诀的，那就是勤快。妈妈每天要用炊厨打好几遍缸。每次她从缸里捞咸菜后，我总要拉着她的手闻好久。那又酸又香的味道是我最痴迷的。咸菜的吃法也很多。芥菜炒黄豆、酸菜炖猪肉、芥菜英炖鱼是最常见的几种。据说，咸菜是没什么营养的，可我经常就着芥菜炒黄豆吃下一大碗饭，这时妈妈总会微笑地看着我。不知为什么，只要吃到妈妈腌的咸菜，我总是特别开心。大概心里的营养可以补充身体的营养吧。我生病时，妈妈总会亲手为我切好一盘酸菜，熬一锅小米粥。那酸菜的清爽、酸香最是生津，配上暖胃的小米粥，胜过了补药。

　　至于晾菜，我最喜欢的一种就是晾萝卜条了。这要借助大自然的伟力。搓上五香面儿、辣椒粉的青萝卜条，在风的作用下，变得又香又有嚼劲。关键因素是风，北方干燥的风，让青萝卜条迅速脱去水分。因此，萝卜条是一定要晾在外面的。这时候，妈妈就会站在太阳下，一边与人聊天，一边晾着咸菜。她打发着时间，而时间和风则忙着准备一道美味。

　　北方人的饮食确实粗糙，尤其是家常菜，不讲究外观与品种，与南方菜相比少了几分细腻。但是，北方人对时间和自然的利用是绝不逊色的。酒糟在时间的浸泡中酿出了美酒，盐与水在时间的积蓄中腌好了咸菜。这种方法，最符合传统、自然的生活方式。等着、等着，不需要太多的外部干预就能享受到家的独特味道。咸菜的美味是不能描述的。首先，这种不值钱的东西口味重，是不能被南方人接受的。其次，这种妈妈的味道在每个人口中也千差万别。因此，没有最好吃的咸菜，只有最合个人口味的咸菜。中国人的家常饮食最讲究一个"情"字。咸菜绝对不配进入中国任何一种菜系中，但在这个工业化时代，这种简单的手工制品，却染上了浓浓的情意。当一家人围着桌子喝着稀粥、吃着咸菜时，不仅仅是填饱肚子，而是在享受家庭的温暖与轻松。

　　原来，我并不懂这其中的味道，可自从我异地求学，这种感情就日渐浓重了。前年开始，妈妈总把腌好的芥菜擦成丝后晾干。每次我离开家时，她总会给我装上一袋。吃不上新鲜的咸菜，就姑且用晾晒这种浓缩的方式代替吧。从北京到福州，这路途的艰辛可想而知。当我拉着沉重的行李箱，经过天安门广场,穿梭于一趟趟地铁中间时,我身上很疲惫,可我心里很踏实,因为我带着家一起旅行。在我父母生长的那个贫穷的二十世纪六十年代里,咸菜可以当孩子们可口的零食,而对于身处异乡的我,则是可以感觉得到家的存在的方式。因此,咸菜最可以体现我的自私。我不愿和任何人分享咸菜,那是因为世界上没有任何一个人愿意与外人分享对家的感情。我平生最痛恨的就是某某营养健康学专家的言论:咸菜是致癌食品,不宜食用。我想,说这种话的专家一定不是北方人,他根本不了解北方人是多么依赖咸菜这种食物。

这几年的背井离乡,也让我渐渐明白:我最珍爱的不是那五十多平方米可称为家的房子,而是那房子里的人和他们带给我的味道。

吃的故事

林柳欣
福建师范大学文学院本科 2012 级

看李安的电影《饮食男女》，让我想起了我的父母亲，以及他们对饮食的讲究。要知道，从小到大，吃是我们家最重大的事情。

在我小的时候，因为母亲自身体质不佳，担心我步她后尘，所以十分注重我的饮食营养。我的体质偏凉性，母亲只要听说有什么东西是热补的，就买来做给我吃，尤其是那些山珍野味，恐怕也是吃了不少。味道如何如今已经不大记得了，倒是与食物相关的故事，还记得一些，回味起来有点意思。

杨梅和猫头鹰

我母亲很擅长制作杨梅干，不是那种店铺里卖的，表面沾满糖粉的蜜饯，而是带着汤汁的，这种杨梅干吃起来酸酸甜甜，润口开胃，我以前经常在闲暇的时候吃它，多大碗的杨梅干都能一下子吃个精光。制作杨梅干就要去买新鲜的杨梅，刚好我家附近有座小山头上有杨梅林，每当杨梅长得好的时候，我的父母亲和三两好友都会到山上亲自摘杨梅，然后买回来制作杨梅干。

有一次，我随大人们到种植杨梅树的山上摘杨梅，那些杨梅树长在一个四层楼高的小悬崖边上，我们从悬崖一边看到对面的悬崖壁上有一个洞，里面似乎有什么生物在动。恰好这时悬崖底下有一个男人，大人们便呼唤他去看那个洞里的生物，结果那个男人用衣服把洞里的生物扑了下来，跟我们会合之后才发现，竟然是一只大猫头鹰和它的幼崽！那可是我第一次见到真实的猫头鹰，而不是对着书上的彩画识别,小孩子的心情既兴奋又满足。那人把大的猫头鹰带走,留了一只小猫头鹰给我们,还说了许多猫头鹰的营养价值,似乎是想让我们吃掉它。那时候,人们保护动物的意识还很弱,捕到什么动物首先想到的便是可不可以吃、有什么营养价值之类的。所以也许我的父母亲把小猫头鹰煮了,也许归还给了那个男人,也许送给同行的好友了,也许让它自生自灭了,总之,我不记得了。后来我问过父母亲,小猫头鹰最终怎么样了,但他们也不记得了,只记得我们家是没有吃掉小猫头鹰的。可能是出于对弱小生命的怜悯吧,那时候我也还小啊!

不管怎么说,遇见猫头鹰都是一件神奇的事情,过了那些时光,再也难寻它们的踪迹了。

逃跑的蜥蜴

其实我也说不清楚那生物的真名,既然长得像小型蜥蜴就姑且称之为蜥蜴吧。那时我才读小学一年级,有一天放学回来,就看到窗户边上挂着一个封闭的红色塑料袋子,里面有东西在扭动,幸好我年少胆子小,没有乱动,不然手指该被它们咬一口了。这是后来我妈妈告诉我的,还说这个东西是多么的热补啊,亲戚家的小孩三个人吃两只就嘴唇红彤彤之类的,但事后吃下两只的我唇色依旧。不过在这些小家伙被吃之前,它们还上演了一出"出逃记"。

说起来,那天我因为写生字的时候,硬是要把"人"字的第二画加上一个弯钩,而且屡教不改,只听老师教不听父母劝的态度,让我父亲一生气便拿起衣架就打了一顿。衣架可是铁丝做的,每一下都在身上留下淤青痕,幸好他也只是吓唬吓唬我,真正没打几下。也许就是在这个时候,蜥蜴们挣脱塑料袋四散而去。但我们都没有发现,我母亲当时不在事发现场,回来的时候我父亲刚刚放下衣架,她忙着询问缘由,还一面责备我父亲下手太重,我父亲就辩解说我母亲平时也是用衣架打我,我母亲又气又急地否认说,都是用小竹棍,既不会伤及体肤,又比较痛,能够起到警醒的作用。总之他们俩就在那你一句我一句,讲了很久才停下来。然后才终于发现蜥蜴不见了。还好窗户都有防蚊子的细网,门在此期间也没有开过,便开始了大搜索,由于蜥蜴会咬人,我父亲还是拿着老虎钳去抓的。总共就那么三两只蜥蜴,却是"大难临头各自飞",有的躲在客厅的沙发下,有的跑到了房间的床底下,还有一只居然躲到挂在浴室的毛巾后面,如果没有及时抓出来的话,恐怕要惊魂一场了。

奇怪的是,后来我再提及的时候,我父母亲都不记得这些逃走的蜥蜴了,反而是对于我挨打一事印象深刻。母亲说那是我最后一次挨打,也是父亲第一次打我,想来他们心情从过去到现在都是五味陈杂的吧。

治愈牛排

不知从何时开始,我的脚后跟到了冬天就会皲裂,小孩子家的就如此,让我的父母亲十分担心,四处寻访根治良方,终于打听到一个好的办法,就是牛排炖汤吃。那时候牛排还不贵,跟猪肉价钱差不多,这方法可谓方便又实惠,只可惜,味道太浓遭到年幼的我的排斥。

为了我的脚后跟,每顿饭都成了没有硝烟的战争。我母亲也真是很有耐心,或是半哄半骗,或是棍棒在手,总之是软硬兼施,尝试了各种办法,才让我把牛排吃下肚。其实挑食这件事我早有前科,听我母亲说,在我还不会走路的时候,味觉已经很灵敏了,凡是不喜欢吃的食物,即使裹在其他食物中一起喂食,我也会把它单独吐出来。可我母亲是吃过挑食的亏的,她小时候家庭不算穷苦,三餐上的食物是别人家小孩十分羡慕的,她却这也不吃、那也不吃,因为兄弟姐妹多,我外婆无暇顾及她,结果骨瘦如柴、发育不良。所以我母亲怕旧事重演,我这顿不吃,下一顿她就换一种煮法,直到我接受为止。除了牛排之外,苦瓜我也不爱吃。印象最深的是有一次邻居家的小伙伴来找我玩,恰逢我面对着苦瓜汤发愁,我母亲便让小伙伴和我一起吃,一人一口,对小孩来说,像在做游戏,最后总算是吃完了。

后来我长大了,倒是很爱吃牛排了,尤其是自家煮的,每每狼吞虎咽之时,都会被我母亲拿童年的事打趣。这样一来,我反而更加喜爱牛排了。这道菜的背后,不止有我那被治愈的脚后跟,还有小时候的喜怒哀乐。其他一度排斥的菜,也渐渐被我接纳,让我一路茁壮成长,像是庭院里母亲悉心灌溉的那棵树苗,长得枝繁叶茂。

正如《饮食男女》中老朱所说的,"其实一家人,住在一个屋檐下,照样可以各过各的日子,可是从心里产生的那种顾忌,才是一个家之所以为家的意义。吃到嘴里是酸甜苦辣,各尝各的味。"食物,不是因为本身让人难忘,而是其背后的故事,即使父母亲不曾为我准备过奇珍异味,在充满爱的氛围中,我也照样能品尝出家的味道。

为候醇香一缕

陈香君

福建师范大学文学院本科 2013 级

湖南人素以豪爽周知。与湖南人交朋友很简单，似乎只要一张饭桌、一壶好酒，聊上一会儿就能开始感慨相见恨晚。酒，成了生活的一部分。

在我家，酒文化尤其浓厚。不过我不是酒鬼，要和大家分享的，与其说是酒类，更像是一种饮料，这就是"老甜酒"。说它是酒，因为它和酒一样需要用糯米通过发酵制成；说它更像饮料呢，是由于它的酒精度数低到几乎可以无视，而且还是甜的。

在异地时，特别到了冬天，就会非常想喝家里酿的甜酒。

还是孩提的时候，奶奶经常叫我帮另一位老奶奶做"酵母"，当然它叫酵母是我长大后才知道的，冷江话里它的读法很奇怪（原谅我无法用类似读音的字告诉大家它的发音）。那些记忆已经很模糊，记不起来是几岁了，依稀记得它是用一种草和糯米做成，把这些材料放在一个石坑里，坑上有一个锤子，锤子上连着很结实很长的木条，就像跷跷板的原理，我们小孩在木条的这头踩一下锤子就吊起来，老奶奶就用棍子把石坑里的草和米搅拌一下，然后我们的脚松开，锤子就掉下去。就这样反复多次后，石坑里的草和米就会被捣碎混合在一起变成泥状，接下来就是将泥状的物体揉成一个个的小丸子，再把它们晒干，酵母就做好啦！长大后再回到原来做酵母的那棵芭蕉树下，发现已经荒废很久了，我因此曾经一度好奇了很久——没有这个石坑，人们要怎么做成酵母？

为什么要花那么多笔墨介绍酵母呢？因为它是制成甜酒的关键。想要做成醇香的甜酒,在夏天就要做好酵母了,到了入冬的时候,买好糯米回家,洗净、蒸熟,然后放在大簸箕里摊平,等它慢慢达到适度的温热。这是我最喜爱的一个步骤,不知道为什么小时候的我特别喜欢在这个时候趁奶奶不注意,用脏兮兮的小手抓一团糯米急匆匆地塞进嘴里,然而每次都会被奶奶发现……到后来每次做甜酒,糯米煮好后奶奶就会先抓出一团给我,我就会拿着糯米坐在小板凳上看奶奶把糯米装进一个大缸,奶奶总会时不时转过头来看着我笑说:"真是个贪吃鬼!"

等糯米冷却到恰到好处的温度时,就将酵母碾碎,均匀撒在摊平的糯米上,再把与酵母混合的糯米装进洗净晾干的缸里,盖上一些棉袄稻草之类的东西给缸保温。如果天气暖和的话一两天就大功告成,如果气温较低可能就需要多几天时间,在等待的几天里,奶奶会偶尔掀开一个角落,观察缸里的发酵情况。等糯米开始变软,它就变成甜酒的初成品了,于是就将这些初成品转移阵地,装进一个大小适中的酒坛里密封好,一般来说只要再过一个星期就可以取出甜酒来喝了!

甜酒不是取出来就可以直接喝的,需要再将其煮热,通常会在煮的时候加入鸡蛋、桂圆、红枣等增加口感。

我从小就是性子急,所以总是会催问奶奶甜酒什么时候可以取出来吃。这时奶奶就会摸着我的头对我说:"要有耐心等待,等得越久,等来的甜酒就越好喝。"现在当我急于求成时,还是会想起坐在小板凳上看奶奶悉心做甜酒时的模样,想起奶奶和我说过的话,想喝上一碗甜酒。

秋日的霜

许庆伟

福建师范大学文学院本科 2012 级

蓝天、秋风、稻谷。

眼前野菊开出了灿烂的笑脸，散发着令人心醉的光芒。

可怎么，野菊的淳朴却让他感到了迷乱？怎么在大山的眼中，这样在以前看来多么熟悉、多么亲切的场景，现在看起来竟感到几分晕眩？

大山的眼里似乎有晶莹的东西。

秋风轻抚着他的衣袖，好像在表示着对这位青年挚诚的问候。这次，他提着和四年前一样的行李，只不过，这次的方向相反；只不过，这次没有了全村人期待的目光。

低着头，默默走在田间小路上。他怕看见田垄上人们的目光。他不想让人知道四年前考了全县第一的风光早已消失殆尽，今天那个所谓的第一竟然沦落到蜗居在三线城市的下场。此时此刻的他只想当个逃兵，不愿再苟延残喘。可是，他却未曾想到回到小山村后走的每一步都是那么艰苦。

头低得不能再低，他大步向前走。是不是他的错觉，怎么一直听见割稻穗的村民在窸窸窣窣，愈往前，这样的压迫愈强烈，这样的压迫愈强烈，他就走得愈快。

"啊——"他没留神脚底下的那块石头，摔了一跤。

拍拍身上的尘土，他看见一双手递了过来。

手上那条标志性长长的疤，大山永远认得。那是父亲的手。枯槁的皮肤，被烈日晒得黑得不能再黑的颜色。小时候因为他的调皮,没少挨过这双手的揍。

抬起头,大山看了看父亲平静得跟水一样的眼神,没接过手,也没说什么,自己站了起来。

"回去吧。"父亲转过身,点燃一根烟,说道。

父子俩一前一后,一个吐着烟雾,一个背着行李,在夕阳下连成一片剪影。

更晚的时候,霜来了。

深秋的霜可来得不是时候。小村落还没收割稻穗的人家这个时候可就着急了。一旦霜雪过大,冻伤了稻穗,那么整年的收成就要化为泡影了。

抢救稻穗!

父亲第一反应就是抓上铁耙,抬起一车秸秆,准备往地里冲。

"还看什么?走啊!"父亲厉声吼道,对发着呆的大山。

深秋的霜果然不是省油的灯。一到地里,阵阵冷风就扑面袭来。潮湿的空气混着汗水,让父亲额前的头发全部湿透。父亲严峻的脸色中解读不出慌张,而是一种异常的冷静。只见他麻利地叉上秸秆,一点一点,一点一点,迅速地包围住整片田地。划上火柴,一遍一遍,一遍一遍,点燃了包围的秸秆。燃烧的秸秆使整片田野有了温度,呛人的浓烟卷成一团,就像一只披着灰色铠甲的龙开始吞噬着霜雪的侵略。渐渐地,空气变得浑浊也变得干燥,有了热度。

父亲望着被浓烟赶跑的霜雨,从口袋里掏出发皱的烟壳,又点上一支烟,还是那样,吞云吐雾。大山看着父亲迅速解决了这场抗霜大战,自己只是愣愣站在一旁,却不知道该说些什么。

父亲的背已经湿透,汗水从额头径直地向下流。

大山开口问道:"要……要不要喝水?"

"倒吧。"父亲看了一下大山。

父亲坐了下来。

"怎么,在外面混不好?"父亲略带开玩笑地说。

大山没说话。

"混不好也比这种田强!"父亲抖了抖烟灰,掷地有声。

"你看看这霜,就算它再冷,我只要点一把秸秆,就能够把它赶走。可是我如果什么都不做,那我们家今年就彻底吃不上饭了,也别指望什么收成了。"父亲拍了拍大山的肩膀说,"我干了半辈子农活,以前我不会斗霜,可是我绝对不会不去做。那你呢?"

"那你呢?"

"那你呢?"——这句话怎么就那么直击人的内心。

男儿有泪不轻弹,只是未到动情处。已经年近半百的父亲现在还在忙农活,还在为自己担心,自己怎么就那么残忍。这个之前对自己那么严厉的男人,在自己最潦倒的时候,没有一点责怪的意思,而是以一种近乎疼惜的诘问在鞭挞着自己的心。只有自己至亲的人会如此。

眼泪为自己的不争气、为自己的不努力、为自己的没出息,一点一滴,滴在干燥的田埂上,也像一把把刺刀扎在大山的心上。

就像父亲所说的,不去做就什么也没有。

明天早上的公鸡一样会照常打鸣,太阳还会照常升起。大山母亲在今晚为大山再次准备好了行李,就像四年前一样。

银杏及其他

蔡安妮
福建师范大学文学院研究生 2014 级

不觉已入冬了,宛若清商的秋到底过去,知行东街上的银杏落了一地。起初不觉,竟以为是一时间忽然的景致,宛若一夜白头的少年。银杏的黄那么纯粹,满树一色,没有间杂,虽说绿与黄的过渡亦是美的,但这样的黄了,仿佛是美人迟暮,倦了就倦了,不抵抗,自有徐娘半老的美好。正如余秋雨先生所说,没有皱纹的祖母是可怕的。

但银杏不老,春来时又将有墨绿新装。然而,这已是另一番轮回了。

北京的秋与冬,不消说,自是与江南十分之不同的。江南的秋冬都太温婉缠绵,一树的叶总不肯落尽,留一半,仿佛怕归乡的游子认不出旧时容颜似的。蓦地想起一句旧诗,系船犹有去年痕。

高中校园里,曾有两棵瘦削的银杏,入冬后便只剩秃秃的枝桠,茕茕孑立的模样,固执地一直守到春天。记得曾拾过一枚银杏叶,夹在书页里,边缘微微染着浅绿色,恬淡安详。终不知是随手夹在了哪一册书里,有一次忽然想起,却怎么也找不到了。只是找不到,所以念念不忘,每次翻彼时常读的那些书,总还是不死心地翻一遍,然而终归是失望。不知那两株银杏而今是否开始落叶了。

挨着银杏走,偶尔会得到伊的垂青,落下一叶在肩上头上,一瞬间微妙的感觉。记得朱光潜先生的一则轶事,说有学生要打扫庭中落叶,先生拦住,道:"我好不容易积到这么厚,可以听到雨声。"此处却不用劝"信道扫迹情留",惠园里没有这般负责却煞风景的人,亦是极好的。旧集里爱苏东坡那句"簌簌衣巾落枣花"的意味,尽管它本身并不是极突出的句子。读诗时很不喜欢那些挖掘的人,曾有"表达一位关心人民生活的太守对雨后农村新景象的喜悦之情"云云的说法,只觉得大有嚼蜡之感。怕是有心人从蒹葭中都能看出生民疾苦之类的大道理来,蓬莱有路教人到,亦应年年税紫芝,上古文字得以保存,亦是这"蓬莱"之幸吧。

夜里在银杏树旁走,运气好的时候,月色澄明,看银杏小小的掌状的叶片与明月分辉,煞是可爱。看月在枝桠间游走,似羞怯的美人。江南湿气浓,空中少有无云的,婵娟乐得随人性情,本应朗照的夜晚也躲躲藏藏。北京的月却慷慨,所以偶有这般半遮面的姿态,反而得了物以稀为贵的珍惜。

精通植物的好友曾与我说,银杏又叫做公孙树,大抵是说年代的久远。可惜我空有这样的好友,却不曾沾得许多灵气,仍是一窍不通。若不是银杏好认,混沌错认了也未可知。好友还说了许多,可惜是学术文字,虽是勉力记下些,却不过是文字符号,于我没有太多意义的。理性的丈量阐述纵然客观,我却宁可在感性中自欺而获取些满足。若古人已有了我们现今的"智慧",不知该损失多少。然而就大智若愚来说,我却很喜欢慢慢的步调,走得太快,掠过的风景太多。慢慢走,欣赏啊。这又是朱光潜先生的句子了。人说魏晋时的人不成熟,许多举止是我们无法想象的,是啊,可那是多么可爱呀!

夜已深,银杏亦当歆享青灯古佛的幽静。

夏夜

郑佳贝

福建师范大学文学院本科 2013 级

暮色渐渐暗沉，直至将我整个人包围起来融入这凉爽静谧的夏夜。我走在回宿舍的斜径上，抬头看隐在花树枝叶中明亮的星，它们仿佛在冲我诡魅地眨着眼睛。晚风轻柔地拂过面颊，我倏地想起了童年乡村的夏夜，那些浸透着纯真与烂漫的回忆不断在眼前浮现更迭……

炊烟在覆着层层灰瓦的屋顶上打着旋寥寥升起，空气中飘荡着木桶饭的清香，不远处传来群鸭在妇女驱逐下聒噪的声音。奶奶迈着小步子在厨房的泥地上发出滞缓的声音，间或让我进屋帮忙看火。我总是应付地跑到灶旁，往亮堂堂的炉灶中塞几块木头就溜出屋，继续和表哥他们玩耍，奶奶含着疼爱的斥责声伴着我轻快的脚步散在暮色里。

吃完饭之后，大伯和村里的叔叔们聚在门前的长椅上，三三两两地坐着，叙着日常的见闻和趣事。我们几个孩子在门前撺掇着年长的哥哥讲鬼故事。奶奶蹒跚着从屋内走出来，倚在门边，总是眯着眼睛仰着头听叔伯们的谈话，偶尔发一两句无足轻重的议论，脸上和蔼地笑着。

门前的庭院没有围栏，隔着马路横亘着汪汪的水库，傍着水边生长着许多茭白和水生植物，浅绿深绿一片片，在朦胧的暮色中窸窸窣窣地响着，于晚风中伏着身子。院子左边置放着柴垛，穿过甬道就可以上山，山上密密匝匝地长着高大茂密的红豆杉、盘虬的锥子树和缠着忍冬藤的槐树。夜色渐浓，山间的凉风从水面袭来，将倒映的澄黄月亮荡得支离破碎，湖面波光粼粼，如同镀上了薄金。这风又带动着满山的树沙沙作响,树蓬绽开着、摇曳着,像一群孩童盛开的笑靥。穿枝拂叶的风还夹着青草和黄泥的气味柔和地拂过人的面庞,拂在疲累而休憩于木墩制的矮凳上的农民脸上,拂在老人紫棠色的脸上,掠过孩童奔跑时飘荡在风中的发辫,使它扬得更高……

沐浴在月光下闲聊的叔伯们因为蚊虫的缘故,常常持着蒲扇不停地摇动。有时听到四婶的尖细嗓子嚷着:"啊呀!好大的蚊子,吸了我这么多血!"说话间,她已经用指尖捻着蚊子的尸体,蹙着眉在朦胧的月光下觑着。"山里的蚊子太毒了——"闲聊的人群里有微弱的金老太的声音,"你看看,我这么大年纪它也咬,呶——我这块肿起来的就是这虫子咬的。"表哥他们撺掇着我和侄女、表弟这些年龄小的去厅堂门后的柴垛那里拿艾草。我们欣然应允了,顾不上许多一齐欢喜地冲到厅堂。小表弟抢在前面,两只小手环着艾草捧在胸前得意地穿过我们,突然传来舅舅尖厉的声音,"小崽子,谁让你拿这些!""爸,蚊子这么多,点些艾草熏蚊子吧……让弟拿少些。"表哥赧笑道。"是哥哥让我……"不等小表弟呜咽着说完,表哥在获得舅舅答应后立即扯着表弟跑开了。站在我前面的侄女眼尖,挑了几根长长的带穗子的艾草递给我,我们欢快地挽着手去找表哥。

火柴头在表哥熟稔的划拨下,贴着盒身,哧溜一声窜着鲜红的火苗出现在我们眼前。只见几个小脑袋在红光的照映下,瞪着黑亮的眼睛凝神屏息,手里紧紧攥着各自的艾草轮流等待表哥神圣的点燃。艾草末端的穗子一碰到火花就烧起来了,唬得侄女脑袋往后闪躲。我们咯咯地笑起侄女来,晚风萦绕着我们的臂膊和脖颈,憩息在湖间芒草丛中的蛙鸣和蟋蟀声此起彼伏,随着晚风散在夜空中。艾草带着烟熏味的香气越来越浓,我擎着艾草在空中尽兴挥舞着,穗子燃尽后,枝干闪着点点的星子。在我的更卖力挥动下,团聚的星子借着风力燃得更旺了,我和侄女相视着,脸上洋溢着满足的笑容。我们从里屋窜到外屋,又绕着院子跑,舅舅背着手站在门前,时而受到感染似的亲切地望着我们笑,时而严厉地训斥表哥看着表弟以及注意艾草的火星别抖到柴垛里去。聚在院中的叔伯和邻居们饶有兴致地看着我们乐此不疲地挥舞着手中的"小火把",金老太笑脸盈盈地夸赞我们勤快利落,是"驱蚊能手",我们逗趣地相互嚷开了。

拖曳着白缎似的艾草变得越来越短,而空气中已经盈满了艾草的香气。侄女和表弟被烟熏得眼眶红红的,惹人怜爱。夜深了,院中稀稀拉拉的只剩几个老人有一搭没一搭地叙着农事和天气。蛙声虫鸣仿佛更嘹亮了,响彻夜空,呼应着点缀在黑幕中闪烁的星。橡柱底下一堆艾草燃剩的短茎,未熄的草枝还缭绕着细细的烟。楼上二姨传唤着表弟快去洗澡,声音起初很清晰,后来越飘越远……

  我仰起头来凝视着夜空,乌桕树枝干一隅的天幕悬着静默的月牙。我深吸一口气,想一口吸进这美好的夏夜的精髓。

深秋

张珍
福建师范大学文学院研究生 2014 级

在家乡时,也曾写过深秋。如今,来到这里,也有一段时间了。入秋后本想写秋,却拖到了这深秋及冬才提笔。

故乡是在鄂北,紧挨秦岭大山,那里的秋,特别是深秋,一如北方的秋。田野上,放眼望去,尽是一片干枯的鹅黄,是一种统一的、有气势的秋。在家乡时,每及深秋,心中便会因此而荡起一种特别的情愫。

谈及秋,不免想起萧索、肃杀这些令人伤感惆怅的词眼。自古至今,皆是如此。杜甫的"无边落木萧萧下,不尽长江滚滚来",酣畅淋漓,一抒悲秋伤怀之情。古往今来,由秋感悲的文人骚客,数不胜数。若曹孟德般能写出"烈士暮年,壮心不已"这样气势豪迈、雄心勃发的壮诗的自是少数。

如此之言,也只不过是为自己在秋季容易感怀,找了一个有力的借口罢了。秋确实太容易撩拨起心中的那丝弦。

不过,在家乡,即便有了些许悲情,也不用担心。那里的秋自有一股魔力把它带走。稍闭双眼,静静地倾听秋的诗语。秋风吹动了枯叶,发出嗖嗖的声音,那是来自远方成熟长辈的告诫之语:人生能有多少个春秋值得蹉跎感伤?它会让我瞬间获得一种力量,让原本起伏不定的心慢慢地平静下来。

或者,只需静静地看着那一片片在秋风中欲落而未落的黄叶。它们是那么成熟,落地不是命运,不是挣扎,是经受风霜雨雪的折磨后的顺其自然。当它们想要脱离树干同自己的影子相聚时,且已经成功地摆脱树干的束缚时,它们便真正地获得了自由。没有什么可以阻挡这一切,即使无理取闹的风总爱挑逗戏弄它们。因此,当树叶打了一个圈,悠然落地时,我们应该为她鼓掌,为她欢呼。这个她从春做到秋的梦终于实现了!

人生恰如此,当我们倾尽全力靠近目标时,总会无可奈何地遇到各种坎坷挫折,总让我们产生一种遥不可及的距离感。而一旦达到了目标,这段生命便就自然地落幕了。所以秋叶应让我们感到欣慰和羡慕,而非感伤。

我的故乡,有一个黄叶铺展而成的深秋。它是一位胸怀抱负的暮年诗人。它用黄色填满了整个深秋,却没有丝毫压迫感,像是在擂大鼓。鼓声激昂铿锵,催人奋进!

黄叶主宰了故乡的秋天,也让故乡的秋愈感深沉。然而这里的秋,与故乡却是不同的。它的黄没有那么齐整和壮观,因此也没了那份深沉。

她是一位怀着梦想愈发成熟的女性,美得让人沉醉。披着斑斓华美的外衣,无比绚烂,颇为神奇。

她的外衣,色彩多变,越变越精彩,以至于我都忘了描绘出她美的全过程。及至深秋,才猛然醒来,来摸摸这秋的尾巴了。

这里的秋,除了常青树的深绿,便是各种各样的红。半绿半红、浅黄红、橙红、深红、暗红……无所不在的红,愈来愈深,愈来愈浓。

她像是一位新娘,披了红红的嫁衣,却不知要嫁向何方。

在一个暖阳尚未抬头的早晨,我裹着大衣,轻轻地踏进了那片宁静的时光。深秋是如此的唯美奇特,魅力无限,我竟无意间掉入了她的怀里。

压住怦怦跳动的心,我深深地呼吸着她的美丽。她让我陶醉,让我痴迷。我不禁感叹:好一个令人沉醉的深秋!

秋味

徐紫仪

福建师范大学文学院本科 2012 级

国庆期间回家过节，要说起来，其实有那么一些可惜。虽有家乡诸多小吃作陪——尤其中秋过去不久螃蟹肥时，正好热了黄酒洗净毛蟹一起煮了，加上姜片去腥、红糖调味、桂花增趣，极其美味；但时间确是不对——桂花已尽，橘子未熟，实在遗憾。

商业街上种了两排桂花树。还在家里读书的时候，九月里丹桂与银桂一齐盛开，丹桂香浓，银桂味淡，自行车装置的温黄色车灯投在沥青路面上，偶见粒粒碎金像要融进灯晕中去。凉风携来香盈袖，早早晚晚、日日夜夜漫长得如同占了整季的魁首——不过"十一"却只见人行道上小簇小簇凋零的痕迹，再闻不见香气。

当假期接近尾声，橘子也熟得差不多了。大多是早熟宫川，只还不是最好吃的那一茬。最好的橘子当属临海涌泉蜜橘。极好的那一茬，个头不很大，果皮紧贴果肉，剥皮细碎难以完整，这样的橘子清甜无核，水分很足。当秋至橘红，沿着公路不过几步便是一摊，橘子黄澄澄地溢出货栏；橘子一茬接一茬，可以一直吃到过年。

临行前妈妈买来一袋橘子给我解馋，还说起一则笑谈。卖橘子的爷爷夸自家的橘子是最好的涌泉蜜橘，妈妈却反驳说这橘子不是涌泉产而是东阳摘的，老头惊诧道你怎么知道！怎么知道，听口音就知道了。老头哎了一声说东阳和涌泉离得近，不差多少都好吃！我听了直笑，妈妈总是那么清楚精明。我听不出东阳和涌泉口音的区别,顶好的涌泉蜜橘时候不到是吃不上了,橘子不论东阳还是涌泉都甜,外面的总好不过家乡味。

学校路旁密密地立着高大茂盛的树,榕树垂着长须,茂叶繁枝间阳光细碎,绿意浓厚甚于家乡的树木,也比家乡的树木安静许多。迫近黄昏之时,家乡的行道树上鸟群聚栖,不时能看见鸟儿在树木间跳跃,耳边满是明快响亮的鸣叫。小时候爸爸曾笑说是南迁的鸟儿在此开会。鸟鸣将占领街道一个多星期,叫人看着听着心情也同叽喳的鸟鸣和秋日的晴空一样明亮起来。

行李箱中除了橘子还有一玻璃盒杨梅酒。六月里东魁杨梅成熟,每一粒果肉饱满鼓胀密密匝匝挤在一起,咬一口迸裂的汁水将唇舌染成黑紫。家乡习惯将杨梅与白酒加糖密封在陶瓷罐中,不过几月便能开封饮食。

舍友正好回来,我嘿嘿一笑打开装酒的玻璃盒诱惑她。"我们家那边都是把又大又甜的东魁杨梅放在白酒里泡着,要不要吃一颗呀?"酒的醇香弥散开,舍友感叹一声舀了一大颗杨梅塞进嘴里就咬,却被杨梅中的酒味激到,发出断断续续的惊叹,想咽下去又舍不得。我颇有些幸灾乐祸,舍友吐了吐舌头抱怨"好辣!不甜!"我笑着让她喝一口杨梅酒,舍友砸吧砸吧嘴说:"酒才甜呢!"带着点自豪,我笑眯了眼,也吃一颗杨梅,酒从果肉中绽开,顺着食道火辣辣了一路,又抿一口紫红色的酒。酒果然是甜的。两年前初到师大我也带了一瓶杨梅酒,却不是这个味道。第一次离家生活,总有些惶惶不安,吃着杨梅酒还胡诌了几句"杨梅苦酒隔乡饮,耳畔鸟鸣忽起,不知北鸟来徙"、"梦里还忆江南好,更深漏尽闻笛晓"、"秋风淡启萧瑟意,犹将采莲歌尽"。

福州热度不减,吃着橘子和喝着杨梅酒,我又开始盼秋来了。

有月亮的晚上

金力

福建师范大学经济学院本科 2013 级

　　夜晚，站在阳台，下意识地望向天空，一轮硕大的月亮，我停住脚步，这是多么美的月色。月亮大而圆，不近不远地挂在天边，并不是纯净的月白，带着微微的橙黄色，轮廓的外围缀着浅色的光晕，仿佛是带着一种毛茸茸的触感，月面上布着一些不规则的暗色，带着诡异的美丽。我几乎是被这样的艳色惊住了，不自觉将这一轮月光看进心里，从那以后，我看见的月亮都带着几分莫名的情愫，唤醒我那许多个夜里带着月色的记忆。

　　我从知晓事起我的父母就是一双忙碌的背影，当时我们还没有自己的房子，在这个不大不小的城里，他们一天天日复一日地如陀螺般旋转。我那时还学不会自己给自己扎两根漂亮的小辫子，于是我的头发被剪得短短的，露出我的眼睛以及我的黑黑的眉毛。我大多数时候一个人背着记忆中是很大很大的书包，带着一个装了米的小饭盒，看着刚刚升起没多久的太阳走去学校，如果路上能遇上小伙伴，那一天的心情都会很棒。如果有一天，母亲许诺会来接我回家，那是多么棒的事儿啊！我会一放学就到离学校有那么一点儿远的新华书店，看所有我爱看的书，那时候的记忆总是很深，我甚至还记得我看的第一本国外名著叫做《钢铁是怎样炼成的》，也记得在那本书的插图里，将那个叫做保尔·柯察金的主角画成一个有着大脑门的男孩儿。然后夜幕迅速降了下来，到了晚上八点半，书店的阿姨就会来赶我们出去，我和一群同龄的孩子就绕着书架撒欢似的跑啊。终于孩子们一个一个被各自的家长接走了，我说了很多很多次的再见,直到书店里的阿姨都整理完书下班,准备关上最后一扇小铁门。我就坐在那台阶上,看黑色的柏油马路,看路边的霓虹灯,看在夜色里往来的各异的人群,然后看到渐渐升高的月亮,并不圆,科学课老师告诉我那叫上弦月,只在上半月的上半夜出现。然后那一轮月亮就陪着我等待,我想起我刚刚看过的书里说月亮表面是坑坑洼洼的洞,但我还是觉得她很美,因着距离,她散发出一种独有的魅力,她用向太阳借来的光将自己装扮成一个美妇,有着成熟而不刺眼的光芒。多年以后,我年少的记忆里,一直有一段名为等待的时光,时光里似乎都有这么一轮月色,或圆或缺,陪着我,在我的记忆里慢慢沉淀成一幅画。

再长大一些,回忆里就有了灰色的印记,仿佛是有一个暗色的梦魇,多想一睁眼就能够一切重来,那些想念的珍惜的还在身边。可是那悬在半空的月啊,总是告诉我,在那个有迎春花盛开的老屋里,那双温和苍老的眼和暖和粗糙的手都已经随着老屋慢慢褪色,只剩一张黑白的底片。母亲总是告诉我,在我还不记事的那段日子里,总是外祖母弓着腰,用那一双熟悉的手把我托起,也托起了那时候我需要的所有的爱。一代人的成长总是伴着一代人的逝去,外祖母走的时候我依旧年少,但是留的印象却最深最深,第一次我看着我的血亲,在我的身边,失去呼吸。那种带着恐惧和不可置信的心情,让我的眼眶涩涩的却无法流出泪水。老家的风俗,人去世后,要抬到村子里最古老的小溪边上洒上最清透的溪水。主持仪式的人唱着听不懂的语言,仿佛是在告慰魂灵。我穿着白色的麻衣在溪边站住,看见月光在我身边流淌,随着溪流默默地走,或许还带着外祖母的魂灵。我仰头望一望月亮,因为外祖母家是在高高的山上,所以月亮显得离我很近,我突然觉得那月亮无比的刺眼,或许是我的眼里终于蓄出了泪水吧。那一刻我觉得死亡无比的真实,似乎是那一瞬间我的心里总算正视了外祖母的离去,咸涩的刺激瞬间充斥我的心和我的眼。朦胧中我想着是不是千百年来的送去迎来都有那么一轮月亮,默默地将忧伤揉进月光里,然后将它深深地照射进离人的心墙里。很多很多年以后,或许当我都看透了生死离别,我都会记得当时的月光,白亮亮的,仿佛提醒我第一次的伤离别。

还有,还有什么呢? 我自小爱着那些蕴涵着无数感情的书,书里月亮总在字里行间散着香味,我于是也爱上看月亮,在那些心中充满思绪的时候,嗅一嗅,摸一摸,月光在某些时候会让人感觉她是有形的。于是我从小至今的文字里总会有月亮的身影,我的等待,我的离别,我的快乐欢欣,我都会瞧瞧月亮,那里有我许多的记忆。每当夜深,我躺在月光里,她抚摸着我,同我讲述我存放在她那里的故事,故事里的我或许在想念分散在天涯的同窗,或许在风里唱一首小曲,或许在离家千里的火车上……

又是一个有月亮的晚上,任凭月光洒进窗,今夜,又是何人入梦来?

畅饮孤独

程丹丹
福建师范大学公共管理学院本科 2012 级

我们都有一个属于自己的朋友圈，却时常被内心深处的孤独禁锢在一个忐忑不安的圈子里。我们每一次见到熟人，都会彼此相视一笑或是点一点头、招一招手，这成了我们遇见熟人的习惯性问候，一来可以消除目光相遇时的尴尬，二来也是害怕自己脱离群体，被视为异类。一句简单的"哈喽"，其实就是在说："哦，我看见你了，我没有装作看不见你；那个人，是我认识的人，应该要打个招呼吧，不然太没礼貌了；那个人，她好像看见我了，我还是主动打个招呼吧，不然就显得尴尬了。"

故而，简单的一句问候，就成了一种化解尴尬的润滑剂，而非真的就说明你有多喜欢这些人，倘若见到真正的知己，反倒是相见不语了，对视良久，彼此间自然地微笑或是默契地拥抱，或者是找个环境颇好的地方坐下来促膝长谈，互相寒暄或是互相"挖苦"，都是最舒心又幸福的事情，这样的相遇才有了真真切切的温度。但就如天气四季分明一般，朋友的情谊亦有冬夏暑寒。曾经有句歌词写道："越长大，越孤单。"岁月催着我们成长成熟，带着我们从熟悉的环境跳入陌生的环境，从无畏的年少迈向稳重的青春，从天真烂漫的校园跨入纷繁复杂的社会，从阴雨走过艳阳，路过泥泞，路过风。一路孤独着、骄傲着、抽离着、成长着。

从一个环境踏入另一个环境，我们大多数时候是在礼貌地化解尴尬，而真诚地坦然相待或许变得尤为奢侈。我们时常感叹：熟人多不胜数，真正的朋友却找不到几个。

我生活在热闹的人群里,身边有一大群熟人,但却时常感到孤独,总是不屑与人为伍,却又怕自己与众不同,这便是我矛盾至极的个性。

很多时候,形单影只的人往往会被问同样的一句话:"哎,你怎么一个人啊?"呵呵,这叫人怎么回答,为什么不能是一个人?曾经因为每次去食堂都是独身一人而被问道:"你为什么总是一个人呢?你是不是和舍友关系不好呢?"我瞬间不知道怎么回答了。呵,其实啊,我和舍友并没有关系不和睦,和她们相处得还算融洽,也并非要一意孤行地选择独行,而是恰好某些时候,舍友已经吃过,或是叫外卖,而我只是习惯性地到了饭点就去食堂吃饭而已,恰好我又不介意独自去吃饭,这样反倒觉得自由,不会去担心自己吃饭速度太慢而让舍友等候,当然也不用去等别人,况且来去自如。能结伴自然不会拒绝,诚然是喜欢顺其自然罢了,哪里有这么多为什么,这世上不是所有的事都要有个理所应当的解释的,所以我觉得最孤独的事不是"形单影只",而是你"形单影只"却还要去向别人解释你为什么"形单影只"。

独来独往或许会被看成异类,所以总是需要给别人一个合理的解释,解释你独行而非结伴而行的原因,只有这样,你才是正常的。可是,往往孤独的人是说不清自己为什么总是独来独往的,也许,只是因为恰巧,许多次的恰巧,便成了难以舍弃的习惯。

我想,大多数人还是害怕孤独的,我亦如此。但有时候,孤独的根源往往可能是社会的偏见和冷漠。比如,你很享受某一件事情,却被人误以为是很无奈;你不善言语,却被人认为是傻子;你习惯默默付出,却被看成是没心没肺。甚至有时候,你要为他人的偏见付出本不该有的代价,言语上的抨击也好,嘲讽也好。要知道,人们带有偏见的眼神足以杀死你,或者即使杀不死也足以让你郁郁寡欢,你不知所措,即使你没有侵犯别人也会遭受冷眼是非,你渴望解释,性子里却藏着一颗傲慢又敏感的心,你觉得呐喊比沉默更让人疲惫,坐视不管比伸张正义要显得更容易。很多事情道不清,亦说不明,索性不顾不理,故而被误解成了你人生中最大的孤独。

如我,我经常陷入孤独,直到我遇到一个朋友,一个愿意与我坦诚相待、肝胆相照的朋友。大学的这几年时光里,她给了我无限的启发,她用她的生活带着我生活，缓缓地、平稳地、从容地享受现在拥有的一切，她总是用那句"世间本无事，庸人自扰之"来"挖苦"我。她教我要像大树一样地活着，一半扎根于土里，一半展露在空中，经得起扬尘的肆虐，感恩于朝露的浇灌，有阳光时吸收阳光，没有阳光时就自我供养，春天吐新芽，夏天长新花，秋天落黄叶，冬天裸枝桠，一个季节做一个季节的事，抱元守一，不愠不火不躁之。我埋怨我孤独无知，她说："每个人都是孤独的，只是看待孤独的态度不一样，任何事物都有两面性，你太把孤独当回事了，恰恰忽略了孤独其实也有孤独的好处，只是你现在太浮躁了，一心贪图喧嚣，看不到孤独的真正价值罢了。"

以前总觉得她只是说来轻巧，而今才深深体会这其中的道理，我内心过于浮躁，以至于我总爱贸然行事，贪恋新奇，因而，我总是状况百出，但我只有在跌得体无完肤的时候才能豁然开朗，非得自扇巴掌才能幡然醒悟。我不解，她给我的回答是："你无需这么责备和不安，青春本来就是一次次未知的冒险，总有跌倒的时候，但至少你经历过了，也知道了哪一条路充满了荆棘和泥泞，哪一条路布满了芳草和雨露，你做了正确的选择固然是好，但若做了错误的选择也未必见差，只有做了错误的选择之后才能让自己更明智，下一次选择也就更谨慎了。"

她告诉我，她也经常形单影只，终于她让我觉得我的形单影只不是异类了，所以，从某种程度上说，当一个行者遇到一个苦行僧，他便觉得自己其实都是在奔跑了，我就好比是这个行者，而她则是这个苦行僧。她的孤独让我着迷，让我不知不觉就去模仿了。

也是她的苦行僧精神让我最终明白了，孤独的真正意义。孤独是苦涩的，但却能让人更清醒，就如同喝下一杯苦茗会让人精神抖擞，苦涩的孤独感才能让人的心境自由旷达，让灵魂清醒地抽离，太过喧嚣容易迷失自我，喧嚣和低俗是迷人的诱饵，贪恋暂时的快感会让人长久痛楚。孤独就像一杯白开水，要静下心自然饮下，在平淡无味中斟酌其灵动，在舌尖感受甘甜，用心灵去体味滋润。贪恋喧嚣就像贪吃的少年戒不掉爽口的可乐，一口饮下时的酷爽感和浸透全身的甘甜感会让少年倍感快乐，但可乐终究是可乐，它永远是由许多添加剂组合才能形成的美味，多了会侵蚀牙齿，会磨损肝脏，会走样身材。少年后来才明白，只有那白开水才是无可替代的最佳饮品。

孤独并不是你的专属，我们每个人其实都是孤独的，在这充满喧嚣的环境里，莫让盲从搅乱了步伐，莫让浮躁腐蚀了灵魂，去享受这平淡的孤独，就如饮水一样，让它成为你的习惯，久了，你才会知道，平淡的孤独才是最好的佳酿。

向着白夜前行

向着白夜前行

王珂斓

福建师范大学文学院本科 2012 级

裂痕

暮色四合。抬眼而望，藏蓝色的天光模糊了天地的界限，悠长而又悠长的火车，驶入了黑夜来临前那最后一丝的余热。

怀里抱着装满散碎物件的书包，就像在没顶的河流中抓着一根浮木，在火车舒缓的节奏中，我就这样渐渐地滑入了梦与现实的边缘。那也许是在梦里吧，模糊恍然间见到了这般景象：

一位长发及腰的女子久跪在地上，一枚冷月关在了窗外。眼前所见一只花瓶清晰的轮廓——女子的背影，而女子低垂的头颅，正如一朵沉重的花。在那儿没有摇曳不定的光和影，一切都是静止与凝固，因而也是浑然一体的。

半梦半醒之间，我望着车窗外，凌乱地思索着那方才的梦境，那幕场景，分明是在一地碎银般的岁月中，一位女子用受难的姿势，不经意地使自己成了一只精致的花瓶。

也许有人会说，女子是女子，花瓶是花瓶。人们只惯于以花瓶比喻那些面容姣好而无内在思想的女子，花瓶与女子的联系也就如此。也就是说，女子绝不能成为花瓶本身，影子也不能。然而在我的意象之中，花瓶与人的过往岁月与未完的人生有着同样的重量。

假如有这么一位女孩子，有一天她从无数平静而沉闷的身影中突然站起，毫无理由与原因,便泪流满面地奔跑而出。她想她是疯了,所有人也以为她是疯了。然而从她迈出脚步的第一刻起,她就明白了,心灵深渊中某种隐藏的内在秩序已经被打乱并且注定不会再恢复。那一刻的疯狂便决定了她一生的疯狂——一个人的沉沦就此开始。

　　女孩子尽力地奔跑着,耳边是来自四面八方的风声。她的眼里显出空灵的样子,透明清澈的阳光让她害怕自己的双眸。女孩子赤着脚踩过一地碎片,我相信那是远古时光的碎片。女孩子的脚踝鲜血直流,但是她却微笑着,她以为能忘却自己的名字,忘记自己的印记。可是她永远不明白,时间只会在群舞中才会一点点挤碎,生命的痛苦也只能在群舞中一点点丧失。可她却义无反顾地选择了逃离,永远不归的逃离。

　　女孩子始终没有飞起来,当她年老的时候,一种内心的力量使她散落了一地,碎了,没有一片是完整的,不复花瓶的质地。

　　有人会说,这毫无意义。的确,奔跑只是一种形式,逃离或是对抗,这才是我们追求的内容。这是所有任性的人都要陷入的一场独属于自己的疯狂。在这一过程之中,我们所跑的每一步,都是自我毁弃。当我们一个人同时间周旋得筋疲力尽之时,剩下的只有一个人的疯狂。而无法否定、无法动摇的时间却会使我们的容颜日益斑驳,让我们的内心日益衰败,似乎我们一生下来便是要过这样一种支离破碎的生活。我们不断被自己抛离出从前过往,却永远抛离不出时间永恒的诅咒。因为与我们强硬抗衡的始终是我们自己。

　　事实上,我从未细致地观察或是触摸过一只花瓶,我只知道花瓶是极美的、易碎的,每每见过电视上有女子用破碎的瓷器划开平滑白嫩的肌肤,我总会想象用花瓶的碎片深深地嵌入我体内的感觉。当每一块碎片上都带有自己战栗的鲜血时,我所感受到的不应是单纯的苦痛。总有毁弃自己的冲动,但那仅仅是一种冲动——我明白自己的弱点。所以我始终没有看到自己体内温热的血液与冰冷的花瓶的肉体在彼此的碎裂与残缺中相互融合的情境。

　　说到底,没有一个人不爱惜自己,也没有一只花瓶愿意被伤害。我们尽全力追求着完美。我其实曾经拥有过一只青花瓷花瓶,后来被我打碎了。花瓶被毁的时候没有哭泣。我想我一生只能打碎一只花瓶,我想花瓶是不会在没人的角落里悄悄碎裂的,而有些女孩子却会悄悄地把自己打碎。再后来我离开家,我说过,天下父母没有哪个会愿意看着自己的孩子在阳光下片片破碎,而这种破碎来自自身的力量。那是否太过残忍?所以我希望自己跑得越远越好,远得没人能抓住我的影子。岁月的裂纹只在我自己的脖颈之间生长,谁也看不到。

所以我不能克制地不停地毁弃着自己,我放纵着自己并认为那是一种正常的生活状态,同时我明白了花瓶和女孩子具有同样易碎、易毁的质地,在破碎的时候她们是一样的。我坚信世上没有一只完美的花瓶也没有一颗完好的心,我等待着时间让我碾转成碎片,跟我打碎的那只花瓶留下的残片一样。

但花瓶是被人打碎的,人却是被自己打碎的。没有人甘愿自我毁弃如同被摧毁。生活对于我从来都不是平静的受难,在我的生命中找不到"浑然一体"的图景,因而月光下轮廓清晰的花瓶只是一片幻影。

白开水般的日子

夜色在车窗外浓重,关于女子与花瓶的臆想也消逝在火车一成不变的节奏中。百无聊赖中,我开始喝起了随身带着的凉白开。一杯接着一杯,然后用灵魂看着自己对着窗外发呆的样子。

没事的时候,我喜欢喝着白开水,偶尔也会试着碰碰酒精,并且和好友想象着自己千杯不醉的情境。但我明白自己始终不能与之真正的亲近。我以为像我这样的人已经不需要酒精了,我还能为生活增添些什么吗?当水还静止在我的杯里,时间却从我的唇边流走了。不得不说,喝白开水的日子已经耗费了我太多的热情,剩下来的只有融化在日常生活中浓浓的惰性。

当我一天比一天慵懒的时候,我强烈地怀疑自己在骨子里是否还愿意过一种动荡不安的生活。我曾经不止一次地把自己想象成如同吉普赛人般的流浪儿。我义无反顾地扔掉一切行囊,我的口袋里不复有一分钱;我不为任何一座繁华城市,也不为任何一位友人停留,也不能潇洒地对自己说面包总会有的;我要时时刻刻为我的下一顿饭忧愁,我还要胡乱地生着各式各样的病;我四处行走但不会四处吟唱,我只是个十足的流浪儿。我只能说,让生活多一些沉重甚至悲怆吧,既然幸福已经不再。当我疲惫至极的时候,或许我可以像一粒历经沧桑的草粒落在最后一片荒芜的土地上。在那儿烈日依然炙烤着我焦灼不安的灵魂,我的每一滴汗水依然饱满而苦痛;在那里我的脸长得像岩石一般的粗糙,我的声音变得像山风一样粗狂,我的体格生得像庄稼一样粗壮——就这样,我完完全全地被磨砺成一个粗线条的女人,当我走向死亡的时候,我还能说,这就是我热爱的生活,永不平静,永不厌倦。

或许你会说,这只是幻想,喝白开水的日子里一段无关痛痒的幻想。犹如在重重花枝间杂出的叶子,又或是累累稻谷间杂生的野草,只是生活太安逸了,才会有这样的想法。

的确,一碰到真实我就会变成一颗锈迹斑斑的钉子。别说过那种落魄潦倒又野心十足的生活,至今我连摔破一只罐子、打碎一面镜子的勇气都没有。我不敢为任何冒险的自由承担什么,尽管我一直不情愿也不能心平气和地过日子。有时我的内心会燃烧着一些疯狂、出窍的感觉,但我的脸庞从未因此而扭曲,节制似乎已经成为一种本能,所以,即使我永远不知道自己下一刻会想些什么,我也总会设法控制自己在下一刻不做些什么。这不得不使我明白,无论自己走多远,也走不到某个极点,当这种规则还匍匐在脚下虎视眈眈的时候。我只是一座永不会发火的死火山。一种完全符合常规的生活,常规得令自己乏味无趣,可那又怎么样呢?

如你们所说的,如果我执意要飞,结果只能是一头撞在坚硬的地面上,最后长卧不起。任何出格的想法都只是跟自己作对,何况真正的热情——尤其是对于苦难的热情,那只能存在于自我的幻想之中。既然强大的生活已经教会很多人心甘情愿地将自己湮没在一杯白开水之中,曾经的苦痛与挣扎,又算得了什么呢?

所以我只能一杯又一杯地喝着白开水,不是吗?

向着白夜前行

我是个坐车不愿到站、睡着也不愿醒来的人。到了站,睁开眼睛,又要干些什么呢?呵,我是永远不乐意在到头的时间里为自己安排什么。

我以为坐夜行车可以让人丧失一切关于时间的概念,可以让人产生一种无穷的奇妙感觉——只要车子一路不停。

我醒着的时候总是把脸贴在车窗上,像刚学会走路那样,专注地看着沿途轮廓隐约的风景。我喜欢消融、湮灭一切的夜色,那让人感觉不到生命一点一丝的流逝。但一路的山崖、江水、荒野和野草时时会陌生而神秘地积压成一种压迫之感,黑沉沉地袭来,总是会使我心跳、战栗——那些都不是我的风景。可忧伤不是马不停蹄的,风景总有看倦的时候。看累了,我便抓着包,像抓住一根浮木般,沉沉地睡去。

但这次的旅行是个意外。

在傍晚的大雨中,我看到了一个背着书包的小女孩挡着一本练习册在头顶神色匆匆地奔跑;一个一脸茫然的小男孩坐在马路边,身边堆放着各式行李,呆呆地望着雨帘发呆;还有一栋栋低矮的砖房,在雨中像一只只瑟缩的黑狗。一直到了天黑,我仍旧在想,女孩到家了吗?小男孩等到自己的父母了吗?我在车中无力触及那个迟缓多变的世界。隔着层不断前行的玻璃,便有如隔世。我们似乎处在了不同的时间与空间之中,谁才是真实的?又有谁能分得清?

猛然间,内心里涌起了不好的预感,我又闭上了眼睛。火车啊,勇往直前地开吧,一直用力地前行吧,千万别停,就像我们出生的时候不知所终、离开的时候不知归期……

深夜,十二点左右,火车在一个孤零零的小站停留。在暗色的荒野中,它就像一条长长的裂痕。

车窗外,一辆又一辆轰隆的火车带着不知归途的匆忙从我眼前驶过,驶向那白夜的边缘,而我所坐的火车却气喘吁吁地卧在轨道上,任凭黑夜的包围与压迫。

不知从哪里走来一位乘客,神色淡然,在黯淡的灯光下,看着他那模糊的背影,我竟将他想象成一位自天而降的神,仿佛大手一挥,便能拯救所有如困孤岛的人。

过了许久,火车启动了。那人从车厢门前走过时,我的眼泪便夺眶而出了。我想我是碰上了一场盛大的幻觉,而我似乎不配得到任何真实。

过了几十分钟,车子便又停站了,前前后后一共停留了数站。这样的停留实在令人发疯。忍受不了那被唤醒的时间的静默的嘲笑。饥饿在那时也变得无足轻重,整整二十个小时我只喝过白开水。我所需要的仅仅只是安宁的不受打扰的睡眠。

我只想在路途中忘掉一些什么,而这在平时白开水般的生活中又是么的难得。

然而火车始终没能沿着时间的背面继续行走。

下车的时候我便会苍老。这是黑夜也无法抹去的印痕。

夜车

周雁朝
福建师范大学文学院研究生 2014 级

在手机上看到要交一篇散文的消息时，正躺在南宁开往南昌的卧铺车的上铺。时间应该是一点五十分左右，地点不甚明了，车在柳州站停了半小时，开出站不远又停了，纹丝不动地停在令人摸不着头脑的地方，再没要开动的意思。车外有橘色的光纹丝不动地从窗子照进来，车厢里鼾声起伏，莫名地让我想到水族箱。扒着床沿向下望去，中铺和下铺的人或是把脸埋在被子里，或是把脸沐在橘色的光中，紧闭着眼，也许正做着橘色的梦。列车也偶尔如床上的另一个人翻身似的震颤，意思似乎是，就在这睡下吧，明早再启程。

但横竖睡不着。除了用手指磕磕敲着离脸大约二十厘米的车顶，依次抚摸灯罩和出风口，别无他法。闭上眼，希望什么时候突然感受到列车开始缓缓动起来。感觉大腿处传来有节奏的震颤，列车似乎正缓缓碾过铁轨，睁眼确认时，橘色的光仍然静静地从窗外投进来。震颤不过是自己的脉搏而已。再闭上眼，想着这次要仔细感受，不要被骗了。

之前到北方上大学，跨了好几个省份，所以也有不少机会乘火车。火车对学生来说，毕竟廉价而且令人安心。而乘的次数最多的，还是得在车上过夜的车次。即便是要过夜，也基本都是买的硬座票，比卧铺便宜很多，再加上学生证的折扣，实在是太便宜。说实话，选择坐硬座，十几个小时，又是夜间车，的确很难熬，但每每还是买夜间的硬座车票，除了便宜，还有一个原因就是——年轻。

除了我，还有那些四处闯荡、风尘仆仆、面容瘦削、双眼凹陷、头发油腻，有很多故事可以讲的年轻人。夜间的硬座车厢里经常能见到这样的年轻人,他们大多是年轻的打工者,或是背包客,和我年龄相当,看过更多的风景,也吃过更多的餐馆。一方面想远离这些吵闹的家伙,一方面又觉得自己在嫉妒他们。

当然,夜间的硬座车厢里更多的是可怜的、为了生活而不得不乘火车奔波的"下层人"。鼾声震天、赤红的面庞覆着闪闪油灰、仰面靠在座席上的中年汉子,还有带着哭闹孩子、显然当上母亲还有点太早的女人。可怜的是那些无法安睡的孩子。我总想,这么小的孩子何苦要带出门,还坐这种硬座车,让孩子受罪,大家也受罪呢?但一想,肯定也是不得已吧。

坐在他们中间,呼吸着脚臭味、汗臭味、泡面味,听着伴随口沫横飞的土话和孩子的哭闹,要说自在肯定是瞎话,待上一晚上想想都觉得害怕。

有一次坐夜车,位置就在这些"下层人"中。两三点钟,好不容易在各种奇怪的气味中睡着,被身旁中年男人的手机吵醒,正十分恼火而无处发泄,瞥见他旧手机的黑白屏幕,被绿色的背光灯照亮,是一行字,一条短信,到现在也记得,内容是"辉,我想你"。

中年男人没有注意到我看着他的手机屏幕,他正费力地摁着小小的手机键盘,回复他的爱人。

我觉得鼻子很酸。我不再觉得恼火,而且觉得有点羡慕他。

还有一次夜车,我连坐票都没买到,站在过道上打瞌睡,身边一个父亲正在安顿自己五六岁的女儿入睡。小女孩睡得迷迷糊糊的,蛮横地蹬着细腿,想横卧在座椅上,父亲没办法只有站起来让出位置,等女儿睡着了才想办法坐在座椅的边角上,但试了好几次都发现坐不成,怕压着女儿。他注意到了在一边偷笑的我,也冲我苦笑起来。

后来在车厢连接处又遇到那个父亲。我是因为没带烟,过来想找人蹭一根提神的。他递给我一根,然后帮我点上。

我问,终于睡好了吧?

他笑答,唉。脸颊和眉间的皱纹一道道的。

再没有别的话,车厢连接处只有我和那个父亲。我慢慢抽他给的泰山,有点呛。

车窗外闪过陌生的街市,那些还没有熄灯的窗还未看清便飞速远去。掠过月光下的水塘,黑魆魆的山影,化工厂高耸的反应炉,掠过被一盏盏橘色路灯点亮的公路,钻进比夜更黑的隧道,风呼呼地从车厢连接处灌进车体,裹挟着潮气。

车里的人们半睡半醒,摇晃着各种气味,装在铁皮罐头里,做着梦,飞速地被送往他们想去的远方。我想我感受到了"人们那大约永远一成不变的、徐缓而实实在在的生之潮流"。

好几年前,在从深圳到南昌的车上,身边坐了一个女孩,样子早已记不清了,只记得她带上来一只和她一样高的毛绒玩偶(大概是兔子,记不清了)。她费力抱着玩偶坐着,我也觉得很挤,就问她,怎么不给这玩意儿买张坐票?

她哈哈笑着说,这是在车站一个陌生人送她的,聊了一会儿天,很开心,那个人说这个玩偶不好拿,就送给她了。看,这衣服都是送她的人自己缝的。

后来就这里那里地聊了个通宵,也没觉得困。她到南昌考教师资格证。

到下车的时候,我说,祝你考试顺利!

她应该没有听清。因为她很开心地笑着说,行啊,如果下次有机会的话!

她抱着玩偶下车了。我似乎听到从很远的地方传来的、潮水那样的声音。

实在睡不着,车也没有要开动的迹象。挣扎着从上铺爬下来,穿好鞋,逛到车厢连接处。站在这里听不到车厢里密集的鼾声,静得吓人。我用袖子擦去窗上的水雾,睁大酸痛的眼睛向外探视。

这到底是什么地方?

除了不远处一盏亮着橘光的灯,和几条钝钝地反射着光的铁轨,什么也看不清。每次这种时候我都在想,在这种莫名其妙的车上,停在这种莫名其妙的地方,进退不得,这不就是我现在的人生吗?

身后有人走来,是个乘务员。我和他对视了几秒。

我问,这是哪里?

他问,你到哪里?

我答,终点站。

他示意让我回去睡觉,然后走了。

我意兴全无,只有再挣扎着爬上上铺,合上眼。不知道过了多久,列车缓缓动了起来。这回是真的。

写给爱情

吕东旭
福建师范大学文学院本科 2012 级

玫瑰花

夏日午后，一场突如其来的暴雨，让我精心照料的花园一片狼藉。

雨不知什么时候停的，反正当我到花园一看，心里有点伤感：大多数玫瑰花的花枝已被折断，氤氲着清香的花瓣铺红了黄土。一切都已太晚！

"玫瑰啊，你可知道半年来我为了你的美丽所付出的辛苦，只求你能绽放在爱的枝头，让我看清这代表爱的真诚的东西到底为何物，让我欣赏世界所给的温柔……"可美，就是这样在我不经意间溜走了，没有预兆，没有停留。

本来在午睡之前，我才给朋友打过电话，告诉她，我的辛苦有了回报，我的花园满是美好。我还充满期待地邀她来一同欣赏这明媚的鲜艳、诱人的芬芳。可就在我醒来的一刹那，才发现，暴风雨太过无情！美是如此短暂，如此的可望而不可即……

对于这种倾慕的美丽，我的心真的不知该如何拒绝，曾经想过用一生一世去尽心呵护这短暂的美丽，而不是失去后才懂得的珍惜。

对你，我一直是这样，不会有任何的埋怨，只是希望没有遗憾。

芦苇荡

今年暑假，我回到淮河边，站在软软的滩涂上，凝望着辽阔的河面，成片的芦苇，延绵不绝,银色的芦花,随风飞舞,起伏之间便如白浪。一切都如此轻柔、舒畅。

此时的天边,夕阳静好,苇海芊芊临照,亭亭婆娑。你似一株无名的苇,静静无语地伫立在河边。我是你身边不经意间流过的一滴水。微风不寒,轻轻拂过,凄迷温婉的一低头,水中弄影,无尽的水波痴恋着低洄,轻吻着芦花……

情,足以动人;爱,早已不言。在暮色的金黄中,我多么希望和你同骑白马,游入芦花,一切如梦、如诗,亦如画……

不知还在沉默的你,懂了吗?

铁轨旁的小花

也许我是随风飘来的。可我,还是忍着干涸、风沙,在无人注视的铁轨下,拼命地生了根、发了芽……

列车总是在重复着同样的节奏、同样的步伐,反反复复。

也许你还在陶醉于沿途山峦的起伏、河谷的延绵、碧空的游云……但怡然的你可知道,千里之外的远方的某个角落,有我在等待着和你相遇,哪怕只有一瞬。

我热切地渴望你能看见我的婀娜,叹服属于我的娇媚。虽然不愿意承认,在茫茫旅途,你我相视的可能,几乎为零。我也无怨无悔。

可终于当你无视地走过,才明白:我太过于渺小,而你,只是过客,你的目光永远都不可能真正属于我……

沉思的雕塑

我该如何面对这四周空洞的世界?此时的夜,空无一人。而我,浑身冰冷,独自伫立在漆黑的海边。

一双冷眼观尽了世俗的欺骗、虚伪和丑恶。记得去年,在我站立的地方,一个男孩对一个女孩许下一辈子的诺言,那种甜蜜至今还停留在我的耳边。也就是前几天,还是这个海滩,他收回了给她的诺言,只是因为她给不了他想要的一切!

我依旧伫立海边,陶醉于海潮的清香、遥远的汽笛、傍晚的和风、缥缈的憧憬以及夏日的梦境……

我在固守着心灵的家园,一定要学会独立,因为我要做我自己,我只属于我自己。在心灵的最深处,学着不向任何人寻求依附,当然,也包括你。

一代容颜为君尽

蔡安妮
福建师范大学文学院研究生 2014 级

曹雪芹说:"闺阁中本自历历有人,万不可因我之不肖,自护己短,使其泯灭也。"所以他在《红楼梦》开篇中写下了使闺阁昭传、悦世人之目的言辞。我们未尝不说,曹氏的作品里,有着各色美妙的女子,也都重演了中国古代奇女子高度相似的命运——一代容颜为君尽,为国尽,为容颜本身而尽。

看花满眼泪

我曾经瞻仰过息国故里,想去追慕息妫残留的气息,这个与西子齐名的绝代佳人,几千年来忍受着无尽的骂名。直到有一天,在一次唐代文人的雅聚中,众人谈到了息妫,要王维赋诗。王维写下了那首令人耳目一新的《息夫人》:

莫以今时宠,能忘旧日恩。
看花满眼泪,不共楚王言。

息妫,这个姿容绝代的女子,传说中她目若秋水、面似桃花,因其不世出的美貌,被誉为桃花夫人。或许,对于女人而言,美貌本身就是一种奢侈或者罪恶,因为在整个中国古代社会,女性基本上始终只扮演无关紧要的角色——她们处在社会的底层,作为一种工具和玩物而存在。对于她们而言,整个时代本身就是极其黑暗而龌龊的,除了像匍匐于强权脚下的草芥那样苟延残喘,她们好像并不能改变什么。我们看一下历史对于息妫的评判吧:在几乎所有人看来,她是祸乱三国的红颜祸水,是亡国的不祥尤物,是几千年来一个盖棺定论的笑谈。即使在明末时候,还有文人对她进行最无情也最无耻的嘲讽,说什么"千古艰难为一死,伤心岂独息夫人"。这两句诗本是借古讽今,说的是千古贰臣洪承畴降清的一段公案,可偏偏就把几千年前的息夫人进行了一番羞辱,这基本上能代表几千年来知识分子的一种价值取向。诗人是在责骂息妫——死真的有那么难吗?伤心之人仅仅只是你息夫人吗?你为什么就不知道殉情呢?可是,当我们细想一下,便觉得这种责骂未免过于浅薄。

可是,死,真的有那么容易吗?

本来,息妫和息侯是琴瑟和谐的恩爱夫妻,一次出行蔡国的经历彻底改变了他们的命运,息妫在蔡国探视姐姐时,受到蔡侯的调戏非礼,回国后,她向息侯哭诉此事,息侯恼怒,借助楚国之力,灭掉了蔡国,沦为楚客的蔡侯为报复,便在楚王面前极言息妫之美,好色的楚王以巡视为由,出访息国,并趁机绑架息侯,灭了息国。息妫闻变,欲跳井自杀,被人拦住说:夫人不欲存息侯之命乎?何为夫妇俱死?息妫嘿然。于是息妫入楚宫,三年不笑,三年不语。楚王问她,她却道:"妾平生不笑,平生不语。"直到息侯死去,息妫终于也在不久后香消玉殒。

不知道在她终于玉逝的那一瞬,会不会感到释然。她陪伴息侯走过最为凄凉的岁月,却只能以对他而言最残酷的方式——她不得不接受这样一个现实:欲存息侯之命,必须把自己供与仇雠之枕席。在一个礼崩乐坏、人心不古的时代里,在那个世风日下、弱肉强食的情形下,一个女人能有什么作为呢?她把自己的痛苦收敛,把自己的感情隐藏,甚至不惜把自己的清誉抛却了——却用三年不语,用自己的方式进行了一场刻骨铭心的救赎和控诉,用一种常人难以忍受的方式倾诉自己的隐忧与离殇。千古艰难为一死,可死有何难啊,太多情形下,活着,背负着使命和屈辱地活着,比死更为艰难,也更为隐忍。可是,如果她死了,或许,后世之人会为她的节烈感慨驻足,文人墨客会为她的殉情而文采精华——可是息侯何以自处呢?她并非没想到死,可是终于选择活了下来。我们遥想一下千年之前她在井旁踯躅的情形吧:息妫嘿然。如果她死了,不仅息侯没有活路,息国的百姓或许也会面临一场灭顶之灾。当一场战争仅为一个目的而发动,而这个目的却终于无法实现,战争的发动者会进行怎样疯狂的报复,没有人能够预知。

史书上说息妫贤淑，一直帮助息侯实行美政。可是多少年来，无数浅薄的文人只是狭隘地看到一个没有羞耻感的、祸乱国政的女人，可是他们不知道，即使他们羞辱了她几千年，她也会依旧不笑不语，因为她的孤独痛楚还有平静的爱是不会也不可能为他们所知晓的。还好，王维能够在千年之后，透过世俗的偏见，与之进行心性的神交："看花满眼泪，不共楚王言。"还好，息国的百姓，能够理解这样一位慈悲博爱而又美若天仙的国母，所以即使在几千年后的现在，人们对她的纪念从未终止。

或许，我们未尝不说，很多时候，一个人的痛苦是不能够被理解的，她必须忍受千年的孤独，对于一个女人而言，这无疑是残酷而决绝的。所以，几千年以后，透过史书，我们依然能够看到那个在井旁表情嘿然的绝世的身影，看到那个独自垂泪却终于不能死去的女神，还有她噙满泪水的眸子、单薄瘦弱的倩影以及凄楚绝望却终究无可奈何时的黯然神伤。死有何难呢？当我们想起这个在苟且中向生而死的女神，三年不笑亦不语，足以让所有的羞辱失去了重量。一代容颜为君尽，可乎？

落花犹似坠楼人

杜牧是个至情之人，他一生不羁，浪荡于青楼歌馆之间。他经历过多少次刻骨铭心的爱恋，就遭受过多少次肝肠寸断的别离，终于在一个醉酒的落魄际遇中，他幡然醒悟，"落魄江湖载酒行，楚腰纤细掌中轻。十年一觉扬州梦，赢得青楼薄幸名。"酒熏朦胧之际，他眼前浮动的依然是曼妙的身影。

他的诗里，总会有美妙的女子，有痛楚的伤情，所以千年以后，人们还能够想象到那个形容清瘦、表情忧郁的男子，还有他失意的倦容。在中国诗人中，他无疑是一个另类，他尊重女性、理解女性，也把女性作为诗歌的一种追求。他的诗里也有很多关于女子面容娇好的词句，可他不会只停留在外在的容颜上，说什么"翩若惊鸿，婉若游龙，荣曜秋菊，华茂春松"，说什么"一枝红艳露凝香，云雨巫山枉断肠"，说什么"雪肤花貌参差是"，说什么"因花想美人"，而是把这种美融于一种更美的感情，或者说，他不会把女子当成一种玩物，而是把她们当成一种天成的美，去敬仰，去喜欢，去尊重。所以，他的诗歌历久弥新，人们能够在千年之后，体味他情浓时的欢喜、别离时的感伤、情空处的孤独。面对眷念的女子,他会说,"春风十里扬州路,卷尽珠帘总不如"。面对要分别的恋人他会感到无声胜有声的失落,"多情却似总无情,唯觉樽前笑不成"。他会看着心爱的女子剪尽烛花,掬一捧清泪,"蜡烛有心还惜别,替人垂泪到天明。"他会看着落花,想起过往的回忆,追诉已经成空的美好情愫,"狂风落尽深红色,绿叶成阴子满枝。"当爱终于已成往事,他会去感怀远处的山水,"鸟去鸟来山色里,人歌人哭水声中。"他会感慨历史深处的沧桑,"南朝四百八十寺,多少楼台烟雨中。"他会怀念逝去的美人,出于哀怜,出于眷恋,出于怀念,更出于一种心性的尊重。他在凭吊金谷园时,感伤时事,想起的却不是历史,不是战争,而是一个绝代的女子——绿珠。

  繁华事散逐香尘,流水无情草自春。
  日暮东风怨啼鸟,落花犹似坠楼人。

  传说中,绿珠本是交趾美人,石崇为采访使时,以十斛珍珠将其换取,带回洛阳,住在金谷园内,由于色艺绝俗,绿珠很快便艳名动天下。后来,石崇宠势衰,孙秀使人求之(绿珠),不得,矫诏收崇。崇正宴于楼上,谓绿珠曰:"我今为尔得罪。"绿珠泣曰:"当效死于君前。"遂自投于楼下而死。(《晋书·石崇传》)我们会感慨于古代女子的节烈,就像绿珠,为报恩宠,宁愿效死于君前,而避免被侮辱的命运。或许,我们会怀疑她之所为的意义,因为石崇其人绝非善类,他靠着勒索商人致富,又因为和王恺斗富而臭名昭著,他残忍暴虐,草菅人命,是个十足的恶人。但是,恰恰如此,我们会感到绿珠的悲哀,她把一生献给了一个暴徒——而石崇和孙秀想要得到的原因并无二致:因为她的美,她的世间竟有的容颜。或许,多少年以后,人们还为会之感到无奈,她的一生,本就充满了悲剧性,自始至终,她都只是一颗棋子、男人手中的玩物。而无论如何,她的一生都摆脱不了一个戏子的悲情——她永远在别人的故事里,流着自己的泪。或许,杜牧更能理解她,出于对美的追慕,所以几百年后,他会在她凋落之处,来遥寄他的哀思和怜爱。"落花犹似坠楼人。"多年以后,他好像还能看到那个楚楚可怜的坠楼的女子。林黛玉也曾对她表示哀怜,但更多的是对她的行为的一种否定,她在《五美吟·绿珠》一诗中写道:

  瓦砾明珠一例抛,何曾石尉重娇娆?
  都缘顽福前生造,更有同归慰寂寥。

林黛玉在这首诗里书写了古代女性的悲情,"何曾石尉重娇娆",你姿容绝世,可是他何曾在心性上重视过你呢?换言之,你不过是他的陪衬、他的玩物或者泄欲的工具。或许林黛玉在自己的感情世界里也会面临这样的困惑——女子该何以自处呢?她会认为,不管怎么样,石崇前生肯定还是有厚福的——因为尚有绿珠陪伴,同归地府,以慰寂寥。这多少有些理想主义的想法,对于这样的一个命薄缘悭的女子,她有同情、有哀怜,甚至还有感伤身世的情怀,她会觉得被灭门的石崇会因为有绿珠的同归而感到幸运,可是悲剧本身有很多不堪的故事与情感,我们也无法去辨别是非曲直,无法理解个中滋味。只能给那悲情的女子以怜惜,还有遥远的爱怜与赞许。当我们想到,曾有一个女子像落花一样自投楼下而死,想到她当效死于君前的贞烈与坦然,想到她的玉碎会成为千年以来人们的隐痛,她的选择——一代容颜只为君尽,不知道会不会让泉下的石崇感到欣慰。我们会说,这个悲剧本身就是一种极致的美、一种无缘的爱,只是这种爱,我们还太陌生。

把一块泥,捻一个你,塑一个我

元初,作为宋室后裔的赵孟頫官运亨通,起了纳妾的想法,他写了首小词寄给元配管道升,管氏看后,写了首情深意切的《我侬词》:

你侬我侬,忒煞情多,情多处,热如火。把一块泥,捻一个你,塑一个我。将咱两个,一齐打破,用水调和。再捻一个你,再塑一个我。我泥中有你,你泥中有我。与你生同一个衾,死同一个椁。

传说中,看完此词后,赵孟頫再不提纳妾之事。或许,他是被此词中的情意打动了,或许被夫人的谶语给震慑了,反正他是绝了那个不堪的念头。我们会感佩管氏对于感情的贞烈态度,在她看来,爱情本身就是排他的,夫妻之间本该互相忠诚、永世忠烈,怎能心猿意马呢?或许,我们应该为她的作为而击节叫好,作为一个女子,她敢于而且能够捍卫自己的感情,不过,不管怎么样,她的丈夫还是变心了,还是嫌弃过她年老色衰,我们会感到一种悲哀,但是,她的举止确实为封建时代脆弱的夫妻之情增添了一抹亮色。以至于几百年后,人们还会从她的词作里撷取感动,人们还是会激赏这个曾经的女丈夫。

读过这首小词,我想到了一个风华绝代的皇后、一个命运多舛却情动史册的女人——明英宗皇后钱氏。和所有普通的女人一样,她没有在史书上留下名字,明史上只说她是海宁人。她是一个很低调、很内敛的皇后,英宗皇帝怜悯她家族势单力薄,"欲侯之,后辄逊谢,故后家独无封"(《明史》)。她不是一个会搞政治的皇后,从不干涉朝政,不为家族谋利益,只会竭忠尽智地尽自己的本分,悲天悯人地对待她的子民,宽厚仁慈地对待后宫和奴仆,一心一意地侍候自己的丈夫——像个普通的农家妻子一样。如果没有变故,她或许会像一个普通妇人一样,平平静静地走完一生,但是历史却偏偏要她扮演了一个悲情的角色,并且残酷地改变了她的余生。

正统十四年,英宗北征瓦刺,由于误用巨宦王振,土木堡一战,明军五十万大军全军覆没,英宗被俘。噩耗传来,举国混乱,监国朱祁钰被扶上皇位。在后宫里,钱氏手足失措,在英宗亲征时,她默默地为他穿上战衣,就像送郎从军的姑娘一样,此后她每天焚香祈福,渴望有朝一日他的回归——哪怕是败归。

可噩耗还是来了,国中局势大变,皇帝不再是她的丈夫,太子也不是她的儿子,她好像是个多余的人,没有人能够理解她。听说英宗被俘,她立即把她宫中所有的资财拿出来送给蒙古人(英宗北狩,倾中宫赀佐迎驾),可是蒙古人并没有按照约定把她的丈夫送回来。宫中所有的人都笑她傻,她的地位也在动荡的政治漩涡中摇摇欲坠,可是她不在乎。她只是默默地等着,无休止地抒发着她的哀恸,她每天夜里号啕大哭,哭累了,便躺在地上,嘤嘤啜泣,不知道什么时候,她瘸掉了一条腿;又不知道什么时候,因为哭泣,她的一只眼睛永远看不见了;终于有一天,她发现自己的绝代风华已经不在了,她已憔悴得犹如一个老妇人,可是她还不到三十岁。有个故事说,曾有人问被俘的英宗皇帝为什么不自杀殉国,英宗说有人在等他。我们姑且不论这个故事是否有杜撰的成分,但我们相信,这种感情真的是难能可贵的,又何况是发生在帝王之身呢。

终于有一天,蒙古人觉得英宗皇帝实在没有什么利用价值了,就把他放了回来。他被尊为太上皇,但随即被软禁在南宫,缺衣少食,钱氏便亲自做女工,偷偷地托人送去。当繁华终于散尽,他们还是一对情深的夫妻,尽管贫贱夫妻百事尽哀,但我们还是有理由相信,钱皇后这个时候是很幸福的,她的守候终于换来了丈夫的回归——尽管他们变得很卑微。不知道,当饱经风霜的英宗皇帝看到曾经倾国倾城的皇后因为自己而变得又瘸又瞎该作何感想?一个容华绝代的女子转眼间变成了一个满目沧桑的老妪,历史究竟给英年早衰的钱氏带来了什么?

他们的日子依然像往常一样,平静地流过,可是,有一天,随着朱祁钰的将死,一群野心家又把英宗皇帝推上了皇位。南宫复辟成功后,英宗皇帝迎回了钱氏,看着这个曾经贤淑端庄的小姑娘,英宗百感交集,相顾无言,涕泪交加。钱氏重又变得尊崇,可是她依然很平静,依然恪守本分,侍候丈夫,善待子民。她没有儿子,英宗感到很惭愧,颁下遗命:钱皇后千秋万代后,与朕同葬。后来,英宗死,英宗虽然自觉无颜面见列祖,却仍然不忍钱氏殉葬。几年后,钱氏也在凄苦中死去,虽然英宗早有遗命,可后宫的争风吃醋还是没能让她和英宗死在同一个椁,而是被人人为地添了一堵墙。

可是这有什么关系呢?她已经尽到了她的夫妇之情,甚至极尽了这种情分的全部可能,她毫无保留地把自己的青春和一生献给了自己的丈夫。一代容颜终为君尽,不知道英宗皇帝泉下有知,会不会感到很欣慰。但是,无论过了多久,后人都为这个故事唏嘘不已,感到震撼、欣慰和感动。我们会想到,在中华煌煌史册上,曾经有这么一个女人、一个皇后,为了守护自己的丈夫,为了一个不复尊贵的阶下囚能够归来与她团聚,她哭瞎了眼睛,哭瘸了腿,也哭萎了绝世的容颜。她用自己一生的凋落,守护了一段旷古的绝恋,也告诉后世的人们:夫妻之情究竟意味着什么。

可是,爱情,还仅仅是个花朝月夕的浪漫字眼吗?

无缘何生斯世,有情能累此生

1950年,少女陈素卿在留下一封无奈而决绝的情书后悬梁自缢,而她深爱的那个男子——张白帆却终于爽约,他没有跟她一块殉情,后来,张白帆因此事被台湾高院判处七年徒刑。那封情书令台湾岛为之轰动,无数男女感慨系之,不能自已。时台大校长傅斯年也感时伤事,写下了这副挽联:"无缘何生斯事,有情能累此生。"没有缘分的人何必要生在这个世界上呢?可是用情至深的人却要一生为之受累。一个少女,爱上了一个有妇之夫,不管这爱有多么炽烈,也终是为世所难容的,所以,她便会感到痛不欲生,甚至于选择死亡,或许她会觉得死亡会让她摆脱苦楚,让她能够在另一个世界得到爱——没有指手画脚,没有世俗偏见，没有无可奈何，甚至于没有任何道德和伦理的桎梏。可是她还是错了，在面临生死抉择时，她期待的爱情却显得如此不堪一击。

　　不管时间正确与否，陈素卿必然是遇见了错误的人，才使得这仓促的青春变成他生的悲情，才使得那满腔爱意的女子终于变成异域里永久的孤魂。可遗憾的是，今生得不到的感情，来生就一定能够得到吗？生与死、幽与明、爱与无奈——感情真的能够跨越这些根本就无法跨越的阻隔吗？太多的时候，命运只是一句谶语，它会把你的感情撕裂到支离破碎，然后伊痛彻心扉，然后就幻想起来生了。就像《红河谷》里，当那个英国兵对心仪的藏族女子说："我还有很多话要对你说。"女子很平静地引爆炸弹，淡淡地说："来生吧。"就像《半生缘》里，曼桢半晌才说出去的那句："世钧，我们回不去了。"或者华山畿里的唱词："君既为侬死，独活为谁施，欢若见怜时，棺木为侬开。"他们都在期待着来生，可是，既已无缘，又何生斯世呢？

记忆

姚建花
福建师范大学文学院研究生 2014 级

六岁以前，死对我而言，是这个地方外的另一个地方。从奶奶嘴里我第一次听说"死"，只是那时候死不叫死，叫走。记得故事总一遍又一遍地重复在淅淅沥沥下着雨的季节，腻人潮湿的地板，呼呼作响的大风扇，愈发疲乏惺忪的姿态，人被困在屋里，什么事也做不了，什么事也不想做。奶奶轻轻地打开上锁的柜子，从里头拿出一张方形的卡片（后来我才知道那是爷爷的身份证）。东西被红布仔细地裹着，解开，然后指了指照片上的人告诉我："这是你爷爷。"那是个瘦削的男人，留着一头跟二伯父一样的头发，凹陷的眼睛深邃地望着你，素未谋面却又有说不出的熟悉。

"爷爷呢？"

"他……走了……"

"去哪里了？"

"去了很远的地方。"

"那他为什么不回来看我们？"奶奶哽咽地再没说出话来，竟没落泪，只是目光涣散地射出几束干枯的光，落在照片上，久久没有离开。小时候并不懂那是思念、是爱，只是好奇大人嘴里闲不住的奶奶，竟就这样拿着那个男人的照片静静地坐了整整一个下午。

六岁的时候，奶奶离开了。记不清是夏天还是冬天，她就那样躺在木头做的箱子上，穿着深蓝色的衣服，沉沉地睡着，四周围了好多的人，叔叔、大伯父、二伯父、在外地上学的表哥……光线昏暗的祠堂里，只听得见女人们压着嗓子在低声哭泣，而我坐在门口的台阶上，看着不同颜色的裤腿进进出出。再后来来了好多辆车，把我们载到一个地方。我被表嫂搂着，离得很远，却仍然觉得那是个恐怖的地方，哀乐、泼水、撕心裂肺地哭喊声……从那地方回来后我再也没有见过奶奶，奶奶的屋子也被上了锁，一天又一天，那扇门再没敞开过，再后来我也不再去了，只是偶尔路过，遇上好天气，总能看见锁上猩红色的铁锈在阳光的照耀下，没心没肺地冲着我眨眼。六岁以前，我常和奶奶待在一起。和她在一起的大部分时光都忘却了，只记得我常在她找我的时候，淘气地躲起来；在她把我从角落揪出来的时候，央求她藏起来让我找，可她从来不肯。也许，这次她愿意了呢？可她究竟藏在了哪里呢？

以前我从未正视死亡，一个孩子眼里的死亡可以是一个很远的地方，也可以是一场游戏。失去爸爸之后，死亡成了一场噩梦，一处无法愈合、一次又一次被掀开的伤，心好像从此柔软脆弱了，一个节日、一个爷孙欢聚的场景、一个相似的背影、一辆破旧的凤凰牌男式自行车……总能诱发我对死的恨意。老校区的清晨抑或傍晚，总会看到很多老爷爷带着自己的孙子在悠闲地散步。或许很多人会抱怨辛苦，毕竟带小孩并不是一件容易的事情。我却由衷地羡慕这种好福气，每每见到我总是不自然地快步走过，我总会想起他。爸爸离开我们快两年了，这两年里，发生了许多事情，是好事呢，他却永远没有办法知道。他设想的晚年生活是，自己只要再辛苦一年，花毕业了，就歇息，不再早早地出去赚钱，而是成天带着孙子出去遛弯，多么平凡而奢侈的梦。爸爸在我要回学校的前一天晚上离开，姐姐们都不在家，他把我叫到床前对我说："你别去学校，我没几天了。"可妈妈却执意让我回学校。半夜，楼下传来妈妈急切的喊声，我一下子爬起来，下楼，就看见妈妈在给爸爸穿那种衣服，过一会儿，却听到爸爸熟悉的鼾声，自他生病以后，就再也没有好好睡过，我真的以为爸爸睡着了，我没有喊他，叫醒他，没有。后来妈妈出去找人了，我要在房间里守着爸爸，不能让猫跑进来。我和爸爸，没有开灯，只有白色的烛光在摇曳，我有点害怕，我把门开了一条缝，家门口的路灯，幽幽的光一下子从门缝挤了进来，打在爸爸身上盖着的白床单上。我盼着妈妈快些回来，我为着我的胆怯跟恐惧内疚不已，躺在那里的人是一直为我付出的爸爸，我又合上门，跑去摸了摸他手上的脉，却老没办法摸着，妈妈出去前给他喂的水一直没有咽下去，却在喉咙里冒泡。叔叔来过，又走了，只是简单地交代了几句，守着，别让猫靠近。爸爸走之前，妈妈借了理发店的剃刀，自己给爸爸剃了头发，理发店的人不愿意来；爸爸走的时候，已经瘦得不成样子，只剩下一个骨架子了，甚至没有力气自己翻身，甚至我都能抱起他；爸爸走了之后，我跑了好几家超市去买白色的蜡烛，可人家的语气里总是透着一股排斥，死亡是不祥的，我空手回来，叔叔说白色蜡烛要去专门卖这种东西的地方买。一年的时间里，我很少梦见他，有一段时间他却天天来，梦里面的他很健康，而我也还小，外婆前段时间住院，跟妈妈说她看见爸爸还是穿着他那件蓝色哔叽，拿着挑肉用的扁担去医院看她，一样的衣服，一样奔波劳碌着。

　　寒假，读南帆的《关于我父母的一切》，竟再度想起了我的父亲。也一样苦了半生，在临近享福的日子，却生了病，很痛很痛的病；也一样怨上天不公，也一样对人世割舍不下，又想逃离疼痛就此离开。南帆在书中说疾病让人产生背叛躯体的念头，我想这种背叛是不甘又无可奈何的一种选择，这才是它的可怕之处。要多疼才可以让人有抛弃自己这身行囊以及与行囊相关的一切的念头？一切好像历历在目一样。原以为不幸是各不相同的，却不如此，人生大致的轨迹、生的病、有过的念头、人生的疼痛、人生有过的自豪与遗憾、人生那小小不大的愿望，还有诸多的抱怨都是相似的，相似得可怕。好像南帆的母亲是另一个父亲一样。这世界上其他的角落又有多少一样命运的人呢？或许不幸、疼痛、苦难、死亡才是生命的一种常态，不值得谁去大惊小怪、唏嘘不已、大费周章，可是终究无法做到内心刚硬地看待这一切。死，更多时候出乎意料的不真实。从前那个丰腴、皮肤白皙的女人，一个寒假回来，竟成了一把干枯的稻草，脸色蜡黄，被抽走了所有的光彩与水分，拿着扫把在门口稀拉地有一下没一下地划着。再一个暑假回来，她竟没了；死是一场又一场的失联、一串串消失不见了的生命的数字，被一时地热议，终将成为更大的沉寂、遗忘与麻木。

　　经历很多死亡，亲人的、朋友的、同学的、过客，我依旧无法对死做出确切的定义，死究竟是什么？死是那一张床永远空了，死是那个头像再也不会亮起，死是一堂再也没有机会听到的课，死是一场梦，死是一个谜。

　　二十个年头，我所读出的"死"，承载了太多的痛与悲。有人说："死亡是为了让活着的人从生命的有限中读出无限的可能性。"就像后来我才明白自己远比想象中来得坚强一样,这大概是死所预示着的积极意义吧,然而我可能花一辈子的时间也读不懂它,也不愿意懂。如果可以,我还愿意做个小女生,冲着爸爸撒娇、耍赖、任性,娇弱地需要他来保护。只是没有如果,也许,所有的坚强都是一种别无选择的选择吧。

掌心的温暖

刘楠

福建师范大学文学院研究生 2014 级

  窗外,雨还在淅淅沥沥地下着。一连几天的细雨,犹如纷繁的思绪,在灰沉的夜空中曼舞,绵绵秋雨幻化成缕缕情思。我独自坐在昏暗的灯下读书,秋天的雨透着微微的寒意,书中的意境竟与我有几分相像,深深地触动了我内心的某根神经,不由一阵酸楚,双眼渐渐模糊。此时,他过得还好吗?

  小时候,他总是牵着我的手,踏着结满露珠的青草,在淡淡的青草与泥土的甜香中走过田埂。路边开着无数不知名的野花,清晨阳光的酒调得很淡,浅浅地斟在一个个杯形的小野花里。他的步子坚定而平稳,他的手掌宽厚而温暖,如阳光静静地洒在身上,暖流直达心底。那时的我觉得只要握住他的手,就永远都不会迷失方向。

  岁月的意象渐渐绿了,新叶的歌,沿着年轮旋转,唱着《小时候,再见》。昔日的小手变成了大手,而那原本宽厚温暖的大手却变得干瘦,如同一张苍老的松树皮,但那掌心传递出的温暖依旧。

  长大后,我时常搀扶着他,在初春的早晨相伴着去后山的小路散步。此时的山容已经不再是寒冬的清瘦了,梧桐是浅绿的,新生的竹子是翠绿的,刚冒尖儿的小草是黄绿的,还有那些老树的苍绿、藤萝植物的嫩绿,熙熙攘攘地挤满了一山。我们就这样慢慢走着,细数着我们小时候的趣事,传递着掌心的温暖。

  生命不是一张永远旋转的唱片,步履载着生命的轻舟,由南驶向北,由近驶向远。在细雨纷飞的傍晚,他坐于堂屋之中,手捧一壶茗茶,悠悠然欣赏那一簇簇由他亲手栽种的菊花。金黄色的菊花正开得灿烂,黄得明净,黄得酣畅,黄得平静如水,黄得恬然如笑,正如他的一生。他那清瘦的身影,淡如菊,立于天地间。望着那熟悉的身影,我懂得了以那种淡定、执著、平实的心态来对待世间的阴晴圆缺、潮涨潮落。正是在那个夜晚,他安详地离我而去。

今夜,一袭风,因牵挂而惆怅;一蓑雨,因追念而泄密。爷爷虽没留下只言片语,但那份来自掌心的温暖却让我刻骨铭记。夜的叹息似的渐进的足音,我听得清不是树叶和夜风的私语,我将合眼睡在那如梦的温暖里。

匆匆

江婷烨
福建师范大学法学院本科 2014 级

一

我总是想起故乡。

怀念故乡的气候，怀念小县城里的学校，怀念外婆家里的犬吠声。

二

母亲是个不太温柔的人。叫我起床时总是没给我好脸色看，做的早餐潦潦草草十分随意，颇有一副爱吃不吃的架势。我也是固执的人，硬是忍着饥饿不肯动一下筷子。双方各自赌气，干脆眼不见为净，各找玩伴。

去年高三，高考一天天逼近，我开始低头，让母亲在家中做早餐。早自习的时间总是比想象中的要早。母亲六点就得起床做菜，那时还是冬天的早晨，要离开温暖的被窝真是一件难事，我也因此而迟到了好几次，但都以各种理由逃过。正当我睡得半梦半醒时，可以听见隔壁房的母亲打开房门，接着厨房开始传来声响。我感到安心，又开始慢慢睡去，等母亲来叫。

那时的早餐丰盛很多，像是变戏法般，每天都有惊喜。母亲会做带肉松的红糖馒头、卤蛋、鸭爪。带去学校在课间时与同学一起分享，同学连夸母亲手艺好。手艺好？得了吧。你不知道她平时在家做的是什么东西。心里这样毫不留情的打击，但嘴上却无比认同地重复着：是呀是呀。

有次和她吵得凶（通常都是我满脸倔强地不肯低头），胡乱塞几件衣服进行李箱就搬进学校的宿舍楼里住了。两天后晚自习下课，有同学叫住我说："你妈妈来了。"之后看到母亲提着一袋水果和零食，见到我就咧开嘴笑，把水果递给我，就像我从来不曾惹她恼怒一样，嘱咐我早点休息。那时已经是晚上十点。

她说完就骑车回去了。同学又说:"你妈妈真好。"

是啊,她就这么好。好到我不知为何总是喜欢与她针尖对麦芒,然后再懊恼地在心里别扭。

我现在夜里突然醒来时会想起她。时间把我们之间的争吵慢慢淡化,我已记不起曾经与她作对的原因。留下的只有她每天定时的早餐,我还想吃。我多希望第二天醒来依然可以听见厨房的碗筷声。而今我只能慢慢地闭上眼,知道她第二天不会出现。

三

高三时,牛娟是班长,我是支书。她批别人的请假条批多了自己也想走。她突然间开口:"我不想念了,我们出去玩吧。"她的话语里有期待,有沮丧。我只能抬头看着黑板上的倒计时和手上的厚厚一叠试卷,闷声地告诉她:"不去。"于是她又陷入烦恼之中。我知道她的目标是超过我,但我始终未曾让她如愿。她对我又爱又恨。但我们的确是好朋友。

那时我们的娱乐就是放学后去操场上跑两圈,然后站在阶梯上,看远方的云与山。看哪一片云落在山头,带来多少降水。看远方的山是否更加青翠挺拔。直到对面的房屋开始建造,越来越高,快要把我的云和山挡住。我很文艺地对牛娟说:"你看对面的天空与晚霞相互映衬,有一种苍凉的美感。"牛娟只会东张西望:"在哪里?我怎么没看见?"她心眼有点粗,但我总是想得太多。

下午考完文综,晚上出成绩。很糟糕的成绩。牛娟在讲台上问我:"你怎么才考了 178 分?"我的脸色变得惨淡,未对她做出任何回应,拿起书包就走。外面下起了雨,但我连打伞的力气都没有。我知道很多人把我当目标,我却连一个盟友都没有,奋力挣扎,孤身奋战。我把眼泪一点点地往肚子里吞,却在下阶梯时不小心滑倒,于是我再也忍不住,在雨中大哭。周围是无尽的黑暗,无情地包围我。一路哭着回家,离高考还有一个月。把眼泪收住后打开家门,含糊地叫了一句爸爸,之后跑回房间将门关上,闷在被子里哭。我好像变成了童年时爱哭的小女孩,我的眼泪就是我最好的武器。父亲听到声响,走进房间,轻声问我怎么了,是不是有人欺负我了。我在被子里摇头,他轻拍我的背,说:"没关系,考得怎么样都没关系,别有这么大的压力。"他虽然这样安慰地说,但我却哭得更大声。我知道他内心的渴望。他不止一次在朋友面前骄傲地谈起我,我没办法让他失望。我对自己无能为力,对生活无能为力。但我必须很好地过下去。父亲把门关上,我在哭泣中慢慢睡着。又不知何时被短信声惊醒,睁开眼,看见手机屏幕发出淡淡的光,是牛娟的道歉短信。她对她说的话感到抱歉,她说她只是无心,我很棒,希望我继续加油。我会的,但我只是,只是突然间在压力面前变得胆小、敏感而脆弱。我知道一切都会变好,我来到了好的大学,我依然是父亲的宝贝女儿,我和牛娟在同一座城市且依然要好。

四

李宗盛大哥在《匆匆》的歌词中写道:那些褪色的青春梦/普通得不能再普通/你肯定懂/青春期/熬夜/冲锋/上小县城的高中已光荣/路的尽头的少年宫/兀自沉默在风中/无言相送/那一年一首远方的歌/说什么往事如风。"

五

我总是想起那个在夜色中哭着跑回家的女孩。她是我,也是回忆中的你。如今写起这些,我还是要掉眼泪的。

是什么使我们光彩照人

陈曒泓
福建师范大学物理与能源学院本科 2014 级

万物没有量度,唯有时间能囊括一切。我在思考这句话。

在浩瀚无垠的宇宙中,我们的生命存在是否有意义?对这个世界的组成有何帮助?当我仰望银河,总有一个问题徘徊耳边:是什么使我们光彩照人?

无论我们如何做,都不可能将宇宙收入囊中吗?命运让我们多数人人生不过百年,也许,人类之所以存在便是其拥有思考的能力,而其中最幸运的就是我们拥有感情,当你的情感无限放大,这个世界便是一粒尘埃。

清明节又要到了。这是个情感释放的季节,踏青祭祖。想起往年登山祭扫,无限情感涌上心头。万物重生,空气中泥土香气,我们的远离喧嚣,我们仿佛拥有了全世界。这是最全的一次家庭聚会,即使伴随着淡淡忧伤,但是斯人已逝,唯有一丝情感将我们连接。

我们每个人都是独特的,我们的感情都是独一无二的。是我们拥有的让我们在这世上光彩照人,在感情面前便如外物,在生命的每一时刻我们都在释放我们的情感,时间又能做些什么呢?

在坟前,长辈们悠然地聊着天,不要感情用事,似乎是他们教给我最多的,但我总是觉得面对万物,终归是要用到感情,我们何必去隐藏?我们想得越多,似乎我们做出的事情便越是不符合我们内心。

山上的余甘又挂满了树枝,爽口,这山上的果子似乎从来都不失约,这给了我某些启发,这个世界总是按照某个规律运行的,宇宙的生灭似乎是命中注定的,但我们能在这过程中变换不同的形式,我们拥有的感情让我们的生命比万物光彩照人。感情淡薄使人平庸,狄德罗的这句话便是个很好的证明。

人们无穷无尽地痛斥情感。现在的大学生总是把一切都归罪于情感,而忘记了情感也是他的一切快乐的源泉。我们总是忘了,我们说过的每句话、做过的每件事都在被我们的情感所支配,我们应该感谢上天赋予了我们这种能力,在大自然中我们之所以能将我们的情感释放,是因为我们并没有受到嘈杂的干扰,在大学生活中我们越来越缺少情感的表现机会,我们面对着高科技,向世人展示一个"完美"的自己,我们在虚拟与现实中交替穿行渐渐地失去了表达感情的能力,如此我们人类便会陷入迷茫,迷失自我,真正地成为宇宙中的一粒尘埃。

扫墓归来,我的情感得到了很好的释放,我的心情也更加愉快,我面对生活的态度也更加积极。我们永远不能忘记,是我们的情感塑造了我们,使我们光彩照人。当我们迷失在大学生活中,我们为什么不试试探索内心的情感表达?相信我们会得到我们想要的答案。

情感有理智永远探索不出的答案,我早已记不起这句话的出处,但是它给我的生活指明了方向,使我光彩照人。时间囊括一切吗?不!情感永远没有束缚,我们也终将在浩渺世界中发光!

盛开的回廊

SHENG KAI DE HUI LANG

散梦记

宋 玮

福建师范大学文学院本科 2012 级

他在病床上,穿着浅绿色的病号服,盘着腿坐着,笑着跟我说,骗你的,我还活得好好的。接着,我走出医院,在医院的台阶上,一堆没有表情的小孩子的虚影不断叠加、不断叠加,他们拍着皮球就走出来,一堆孩子,穿着白色的病号服,朝我涌过来,很嘈杂又很安静。球不断弹下台阶,可是没有一个打到我的身上,从我身边像无关的晃影一样,一直弹下,最后又只剩下白白的台阶,剩下一点都不刺眼的亮白。

醒来之后我觉得害怕,这是爷爷去世后的第一天。我跟奶奶说,我梦到爷爷了,梦到爷爷在笑,奶奶说,梦都是反的,你爷爷是在哭。

"傻瓜,自己爷爷有什么好怕的。"

爷爷去世的那个早晨,我还在学校,中午接到电话后,下午就坐动车回去了,站票,我就站在车门边上。外面天已经有点暗了,我看着车门,一开始我看着亮起来的灯,再后来,我看着映在车门上的自己的脸。我就这样看着我的脸,看着自己的眼睛,好像是车门上的人在看我,而不是我在看着她,那个人用这样的眼神看着我,好像想看透我的一切情绪和想法,可我什么都没有想,只觉得腿酸极了。看着看着,我竟有点儿反应不过来,我搭坐的这辆车是要带我回家。

家楼下坐了两桌平时来往的邻居还有一些爸爸的朋友,红色的方块纸条被贴在了门上。小学的一天,我路过一人家,人家的门顶上贴了红色方块纸,我便知道这户人家里头的老带着头巾坐在门边的老奶奶没有了。

家里被改成了灵堂,一进家门就看到爷爷的一张大大的黑白照。大家都说爷爷的这张照片拍得很好,满是老人家的慈祥和气。他看着我而不是我看着他,照片旁的花瓶中,绿色的叶子,绿得让我多看了几眼。从此我再回家,家里少了一个人,多了一张照片。

给爷爷叠金元宝,叠了一袋又一袋。再后来,奶奶老对着照片说话,说的话总让我也跟着一起哭。爸爸常打趣说:"你不要整天跟老头说话,他在天上出去找朋友泡个茶都会被你念回来哟……"

之后很久我没有再梦见爷爷,甚至有时候觉得爷爷去世的时间比意识里认为的还要久了很多很多,日子过得太快了,而人总是为活着而活着,什么事会记得太深刻?什么痛苦会日日反复后还允许自己放纵情绪?一个人活着向来像连带着一群人活着,不冷也不自由。永远有新的烦恼让你暂时转移,一直转移。

爷爷去世一年的那天,家里请了人来念经,爷爷的相片不用再放到桌上,奶奶是硬朗的样子,还是爱找人说话,一说话也还是三句不离爷爷。一天晚上,奶奶和我说到了半夜,说她和爷爷年轻时候过日子的琐碎的事,他们一起养过猪,见过日本鬼子,卖过油条,盖起房子,给我爸和我叔叔们娶媳妇。奶奶说的时候,我一直看着他们房间窗户边的半吊着的小夜灯,爷爷生前睡觉的时候就会开着那灯,而奶奶现在也照样开着,那个灯在窗户那儿,窗帘半掩着没有全拉上,奶奶像留给爷爷的一般。

"朝着有光的方向走吧,再入一次我的梦……"

第二天早上,阳光进来,地上的砖变成大片的金色,那里原来放着泡茶的台子。

再梦见爷爷是两个星期之前,频频梦见他。那段日子,我担心自己从未担心过的问题,不断分析自己,也不明白现在我的躯体内住着的人,她怎么变成如今模样。

第一个梦,我正在吃鸡翅,爷爷看着我吃东西,说"不要吃这些肉少的,来,吃这个",他夹了一个大鸡腿放在我的碗里,我抬头想对他笑,一睁眼,自己便醒了。

祭拜的时候,我老跟爷爷说,爷爷,请你保佑我变成好的人。我自己也不明白什么叫好的人。不知道爷爷知不知道。

小时候,我老喜欢戴爷爷的老人帽,爷爷去看戏或去八市闲逛的时候老带着它。有一次,爷爷戴上帽子朝我敬了个礼,很标准的礼,站得笔直挺拔,逗我笑了很久,那个帽子随爷爷一起走了。想起爷爷很多画面,我都哭不出来,唯独这个场景,可能因为那时的他是那样年轻。

就在做完梦的那个早上,我听到了席扬老师去世的消息。他是我大学里最喜欢的一个老师,在大二的时候,每个星期一有他的课是很愉快的事。我在笔记本上画过他,那天他穿着黑色衬衫的领子上有红色的勾线纹饰,格外的精神。又湿又冷的南方雨季,长得好像怎么都结束不了。他说北方大雪天把他的腿冻僵了,把教室里的我们逗笑得暖和。知道消息的那天晚上,我想了很久,打了一行字:"世事无新,却有故人不再来"。朋友说未免太悲凉了些,我只能笑着说,世事无新是好,故人不来是不好,功过相抵便是过日子。

这是第二个梦,我在日记里这样写。

"最近老梦到爷爷,梦到我要帮爷爷奶奶拍照,爷爷穿着白色的衣服,一直回头看,好像他只能回来一会儿,时间一到就得走了。我开始急着拿相机给爷爷拍照,可是突然进来好多人,不停做着干扰我们的事。梦里爷爷和奶奶不停配合我,笑容端正,可我就是没办法对好焦,按不下快门,手忙脚乱。最后我抱着爷爷,急得哭了出来。睁眼,无能为力的虚脱感慢慢散去……"

想起阳光投在茶几上,你和奶奶泡茶吃饼的早晨,一点也不慌乱,热茶的白气升腾到空中。我拍过爷爷正在泡茶的手,并给照片取了个名字,叫"茶话"。你们总爱塞给我各种饼干,可是我不爱吃。

觉得世间真是奇妙透了,因为感情不对等造成的无辜和浪费,因为时间的错位,让某些事物必须牺牲,却又因为巧合造成闹剧。爷爷,我是这么胆小,怎么样可以让我好好生存,我找不到的答案,你是否可以告诉我?我害怕每一个亲人的离去,我也害怕每一个人身上发生比如变老这么无力挽救的事。有些时间虚晃一下就过去了,有些日子却难挨到脾肺俱裂,有些糗事终于从心里的一粒疙瘩熬成了笑话,有些人走着走着就走了。

我像一个奇异的教徒,不信奉什么,可是却开始祈祷。

当时回家的时候,爷爷就被放在灵堂的白布后面,我一直都没有绕到后面去看。我最后一次和爷爷对话，是去上学前，在他的床前跟他说再见，他半坐着，被子盖在腿上，他只能抬手示意，声音都发不出来。原来我和他的告别早已经说好了。爷爷入棺的时候，我们都跪着，妈妈不让我抬头看，但我还是瞥到了一眼，他被抬起来，很轻的样子，那具躯体里，只有骨头和肉了。

第三个梦。"又梦到了爷爷，梦里的是爷爷走之前已经瘦的不成样子的样子，但里头的他很健康，精神而且气色很好，对着我说他没有生病，倒是奶奶躺在了床上，后来爸爸也躺在了床上，小腿开始变瘦，我吓呆了，然后爸爸跳下了床，告诉我他也是骗人的，他的腿又在我面前，慢慢长出了肌肉，慢慢变得结实有力。"

你看，我是真的被吓得不像样了。

你们老爱在梦里骗我，我老爱在生活里骗你们，是不是扯平了？幸而结局是好的，我才敢记下来这个梦，梦都是容易忘记的，醒来一瞬间你还记得，刷个牙之后你就在想，我到底做了什么梦。而有爷爷的梦我可以记得很久。

去年的十月，我偷偷拍的爷爷的最后一张照片，也是我有的唯一一张爷爷的照片。还好还在，那张照片我平时是不喜欢打开的，里头的爷爷坐在沙发上垂着头休息，瘦到脸上的肉和皮也一同垂着。以前他坐在沙发上的时候总是会认真看电视，广告也一起认真看。他喜欢看《西游记》，其实他也只是看，耳朵不好使的他听不见里头的声音，但他能对着电视开心地和我一起看很久。小时候我和哥哥因为他看了很多遍《西游记》，有时候播完了我转台，他会表示不相信，觉得我在骗他，说什么还有一集之类的赖皮话。多么可爱的老头。我也的确做过这样的事，趁着广告转到我爱看的节目，心中窃喜。今年新年，电视再播《西游记》的时候，我怔怔看了一眼便转走了，里头的猴子还是那般活泼讨喜，抓耳挠腮。

爷爷生病时我并不觉得会发生什么。他的手术很成功，我觉得一切都会好起来，那些皱巴巴的皮肤会像被充了气一样再饱满起来，会被有力的肉填满，像所有的细胞都渐渐被撑开来。好像不是安慰也不是说服，我觉得一切都会好，只要我不去多触碰他生病了这个话题，他会像什么都没发生似的，慢慢好起来。关于这点，我自知不是一个乐观的人，现在回想，或许那时是我悲观透了。

最近一次梦到爷爷，他穿着白色衣服，拿着一台白色手机在手里掂量着，说这是他的新手机,要帮我拍照,让我摆好表情……好笑的是,爷爷生前可是连手机都瞧不懂的人。

像我想努力记住爷爷的,爷爷也想努力记住我吧。

我还是会把关于爷爷的梦和奶奶说,像一个传输门,这是在现世之中,关于爷爷的,可以被不定时更新的消息源。而有时候,对于一个人的念想,竟也只能透过这些,像偶尔能收到回信一般,关于他的记忆不会就停在他去世那一天,他成了被缝在我身体里的亲人。一针一针的,我会好好勾出模样。

我倚在房间门口,看着奶奶的床上铺着淡粉色格子花的被单,地上是一大块光斑闪耀着。想着,该放点盆栽进来了吧。

世事无新,愿故人梦中常探,把茶且说,二三事,草花长,清清浅浅。

盛开的回廊

张心怡

福建师范大学文学院本科 2012 级

到别处玩耍去。

到别处玩耍去。我该对你说什么好呢。很长一段时间,这句话主宰着我的人生。那个满脸阴霾的女人站在回廊的尽头,穿着粉色吊带睡裙,薄纱质地下,若隐若现的肿胀乳房呈现出溺水死尸一般的苍青色。

我们走吧,到别处去。史可站在我背后,悄无声息地说。我看不到她的脸,但我知道她是一个聪明的孩子。正如你一样。说话的时候,嘴里有嚼着青草果子的芬芳。

她的乳头盛气凌人地瞧着我们,对于童年的我来说,那里是一个粉色洞穴的疼痛入口。屋里弥漫着令人呕吐的中药气味。她不能生育,已经十年。

雨点打在回廊顶部的陈年铁皮之上,活色生香。我该对你说什么好呢?我关于回廊的记忆,全部从这里开始。

这个女人是我的婶婶。她像一头野兽冲进了这个本该平静的家庭,撕开了每一个人的虚伪与罪恶。她把我的母亲变成了一个失去丈夫躲在房间里暗自哭泣的女人。我的母亲,一个温暖而本分的女人,每天在百货商场收银台前细致又耐心地点着钞票。

她举着一条镶有珍珠的粉色蓬蓬裙,她说,来啊,小音。她说,小音,你来。我走进了那间被中药熏得昏暗的屋子,就这样轻而易举地开始了我的背叛。正如三年后,在公园的草地上,那个男人举着一个甜美的冰淇淋呼唤我,来啊,小音,小音,你来。我就把母亲的手交给了他。

我的母亲不动声色地接受着这一切。当父亲去世,世界末日来临,她几乎要失去所有的时候,她还不满三十岁。她一言不发地看着我亲热地牵着那个女人的手,心满意足地接受所有的恩惠与施舍。当我在夜晚准备侧身溜进那间熬煮着中药的屋子时,她叫住了我,小音,风大,多穿件衣服。

除夕做饭的时候,奶奶劝她改嫁,把小音过继给婶婶。在油锅噼里啪啦的声响中,所有人都心照不宣地等待着她最后的首肯。然而她不同意,无论如何也不同意。她一句话就戳破了一切阴谋诡计。那是她之前没有,之后也再不会有的力量。很多年以后,我才明白,从那一刻起,我的母亲就已经是胜者,她只能是胜者。

这样一个苦命的女人,她的一生,平庸而安分地缩在一个小角落里,却赢得过那么多不可思议的胜利。五岁的时候她掉进村里的池塘,在没有任何人救援的情况下顺利生还。十二岁的时候,继母用落满污垢的长指尖捅破了她嘴里所有的皮肉。十六岁,因严重缺乏营养皮肤变成了凹凸不平的洞穴。十九岁,她抛下一切远走高飞。然而她最终还是没有逃过贫穷。到别处玩耍去,二十几年前,在那个遥远的乡村,我的后继外婆大声命令着我的母亲,另一个满脸阴霾的女人。

"小音,你觉得他怎么样,那个叔叔?"在黑暗中母亲问我,她的声音是胆怯的。她探出身来帮我捂紧被子。

"我很喜欢他。"我脱口而出,翻身睡着。奶奶在隔壁房间里呼噜打得震天响,厨房的老鼠已经跌入了水缸。

其实我并不记得他的模样。甚至在后来朝夕相处的七八年间,他的相貌也不曾给我留下任何确切的印象。我的记忆停留在小学一年级那个万物花开的公园,他骑来的高大摩托车,以及一只淋满草莓果酱的超大甜筒。我母亲从来不愿意承认,从那时起她的女儿就是一个自私到冷酷的孩子。他对我母亲说,小音很可爱,我很喜欢她。我再次和一个陌生人达成同谋,把我母亲往悲剧的悬崖上又推进了一步。

当我母亲看到那双圆头男式皮鞋的时候,她的眼睛里闪烁着奇异的光芒。它被堆放在商店门口处理品架上,模样古怪、质地优良。母亲问我,"小音,你喜欢吗?"她的声音里有种喘不上气来的感觉。她又问售货员,"你看,这双皮鞋,小女孩能穿吗?合适吗?""能啊,合适啊。"售货员一边回答,一边驱赶着快餐盒上成群结队的苍蝇。

她又充满期待地看着我,那意思是问我买不买。我说,"好啊,妈妈。"妈妈,我没有理由拒绝她。在今后的无数个日夜,我将折磨得她心力交瘁。最终有一天,她会为当初留下我的决定而后悔。

贫穷始终是一个问题,它片刻也未离开我们。当所有生活必需之外的东西都成了奢侈品,这样的一双鞋足以让她笑容满面。她买得起,宝贝女儿也愿意,她喜欢这种感觉。每天让宝贝女儿吃饱穿暖,这样她才能日复一日地在百货公司的收银台前,耐心而又细致地点着钞票。

然而我穿着这双鞋,扎着两条麻花辫,恰如其分地出现在一个冬天的早晨,还是遭到了嘲笑。那些男孩刺耳的笑声把我紧紧地捆住,一直延续到我今后的岁月里。后来每次我考了满分,前座那个尖头男孩总会转过头来,他用世界上最恶毒的语气对我说,"你要怎么拿给家长签名,你要烧掉吗?"那时我真希望他在我面前立马死去。

在我们家族里,喜欢吃动物内脏的嗜好似乎是与生俱来的。我没有机会见过外婆,但我确实听到了她年老的牙齿费力咀嚼鲜美内脏的嗳嚅声。这形象与母亲和我重叠在了一起。这种灵活跳动的多汁器官,在一遍又一遍的碾压中,变成一种柔软黏稠的稀有质地。她贪婪地喝下一口热汤,仿佛这个世界对她已不再有所亏欠。

刚到继父家的那两年,母亲碗里的动物内脏堆成了小山。后来,这唯一的嗜好,也渐渐被遗忘。爱情,他是毫不在意的。爱情是什么呢?真是可笑。他在饭后舒适地斜躺在沙发上,剔着日渐衰老的门牙,为自己请了一个免费的保姆而洋洋得意。

我此生的恨意在他牙缝的污垢与谢顶的秃头之间涌动生长,每分每秒,享受着这种自我啃噬的巨大快感。我真是太快乐了。和那个不育女人在我这里埋下的诅咒一起,任凭天真被彻底摧毁。亚热带的台风就要来了,它在太平洋的海面上不会待得太久。我是心甘情愿的,我知道。我总是需要敌人。

在很长一段时间里,我总是没有合身的睡衣。它们改动自母亲的旧衣衫,而我则像一个行走的巨大口袋。母亲总是把我安顿完之后才能入眠,她知道我不是一个小尼姑,我在道袍里拼命嗅到了母亲年轻时代的某种气息。突破禁忌的快乐如同肉色的花朵在幽暗的深夜里悄然开放。粉色洞穴微微张开着,疼痛而敏感,像一个无法言说的秘密。手是一个冒失的闯入者,洞穴是水,手是鱼,是飞鸟,是任何放荡不羁的形体。一个幼小的身体,在沉睡的梦境中,睁开了一只眼睛。

春天到了,一个乳房的胚芽如同埋在土里的种子,蠢蠢欲动。在灰蒙蒙、蓝幽幽的晨雾里,在寂无行人的街上,郁金香正在开放。蜷曲双腿,把胯打开,开口再大一点,你看,入口出现了,多么美,你看到了吗,小音?史可站在我身后,像一个幽灵。她气味独特,言语间听到春天里果子掉落的声音。身体柔软轻盈,她告诉我,足尖刚碰到地板便应该纵身跳跃,笑声应该能够将死去的人唤醒。

我在母亲旧衣衫的褶皱中回忆那曾经坚挺的乳房,回忆它曾经的气味和形状。母亲告诉我,父亲在一个燥热夏天的窗前对她一见钟情。少女白衬衫扣排中藏有鲜为人知的世界,父亲一定是一眼窥见了其中沉睡的黄金。闷热的夏日午后是荷尔蒙发酵的时节,在这个炎热而狭长的多雨地带,亚热带的台风就要来了,这是一个家喻户晓的古老预言。

母亲说这些的时候面如死灰,用的是讲述古代神话传说时的语气。事实上,夸父与精卫都死在他们故事的结局之前,他们是精神分裂者。继十九岁逃离家乡之后,父亲在那个夏日午后窗前熊熊燃烧的笑容是母亲永生的噩梦。

我回到史可身边。她身材瘦小、皮肤黝黑,一家五口挤在一间小小的平房之内,却是我除了母亲之外第二个爱上的女人。在幼儿园男女并排而睡的大床上,她在潮湿黏稠的气泡里想入非非,耐心等待仪式性时刻的开始。我睁开一只眼睛看着她,嘴巴不能自持地张大。空气里的水在不停地涨起来,我们是充满浮力的不明物体。她将我拉离身边那个腿部有烫伤印记的男孩,身体的美丑是如此醒目明晰。那个无辜的男孩正在熟睡,而她,她清醒着,又洁白又透明,整个身体,变成了空气中气泡那样的质地。我们在默契的同谋中相视一笑。这一刻,比其他时刻都更加鲜明地留存在我的记忆里。

但我时常会怀疑是不是记忆出了错,在童年之后的漫长岁月里她都销声匿迹了。"史可吗?"母亲说。"有这个人吗?"她又说,你一定是记错了,用一种不置可否的眼光看着我。我知道她在说谎,为了让我做一个安静本分的女孩。这是一个母亲的本能。

后来,当我出走后又回归,被欺骗、被糟蹋、被背叛之后,终于有人对我说,"史可吗?我知道,她在城西的那个鞋厂,很大的那个,早就结婚了,孩子生得很漂亮。"

我本想说,"你搞错了,是那个史可,是那个生命刚刚萌芽,就对身体与感觉充满天赋灵性的女孩。"我没有说出口。她却回答了,"是的,是那个史可。"这是我在走投无路之时的致命一击。我宁愿她不曾存在过。不,我宁愿她死了,也不愿想像她戴着口罩在流水线上做滑稽皮鞋的模样。

蜷曲双腿,把胯打开,开口再大一点,再大一点,你看,入口出现了,粉红色的,像春天最娇嫩的花瓣的颜色,多么美,你看到了吗,小音?我透过年久失修的檀木门暧昧的门缝,接受了除史可之外的第二次启蒙。母亲的乳房像一个逐渐膨胀的气球,她的身体在气流中被推着前进。她亲身实践着史可手把手教我的动作,两腿叉开,阴部活生生地展露在眼前,像一幅恐怖狰狞的图画。继父的手在母亲身上探索,四周的空气里泥鳅在滑动,这种皮肤的战栗使我胆战心惊。有台风路过,史可露出了蓄谋已久的笑容,多么美,你看到了吗,小音?我落荒而逃。

我知道我永远无法像别的孩子一样去完整地爱母亲。如果没有伤害与被伤害,我们的关系就难以为继。爱情,这是我从不敢在母亲面前提及的字眼。二十年后当我在上海的街头为爱情奋不顾身的时候,母亲也在小城的夜色中彻夜难眠。她说,你不回来我就死给你看。我知道她会的,绝望可以吞噬所有的回忆。

在那些日子里,白昼常常望不到边际。早晨透过窗帘的第一束光,便是隆冬季节的盛夏,除此之外,一切沉寂。

母亲没有爱情,只有性。后来,连性也没有了。她只有我。

母亲一再对我说,她梦见了故乡。

她不会游泳,但大家都认为,她理所应当活着回去。她不回去,厨房的碗筷谁来收拾?换下的衣物谁来清洗?她在水里漂浮的时候,村公社的黑白电视正播放到最精彩的环节,她的父亲和继母看得乐不可支,牙齿咯咯作响。

水里是冰凉一片的冬天的山谷,人们把记忆丢给了她,让她独自承担那个死亡的生命。古老塘底的淤泥和瓷片连通的是古老的记忆。欲望难以割舍,疼痛世代传袭。她那个被人定义为神经质的亲生母亲,原来一直长眠在这里。

母亲笑起来了,像冬天的飞鸟发出的那种神奇的笑声。

正是季风转换的时节,亚热带的台风随着世界的变化天旋地转。

下雨了。

雨打在回廊顶部。

母亲说,"小音,你听。"

这正是我们一直期盼的结局。

父亲的样子

蔡艺彤
福建师范大学法学院本科 2012 级

那时八岁，几亩田地。我骑坐在家中的老牛背上，郁郁葱葱的天地在眼前上下跳着，我问着父亲天真的问题，关乎山景，之于水色，即便是隐约闪现的虫鸣，也能被我抓住，展开问个不停。他牵着我在田地里来来回回，织着我幼时简单的年月。

我看不到父亲底下的面色，想来应该是辛碌的欢悦。

可是，这样欢悦的关系已是从前，青春期的叛逆将它冻在了过往。渐渐地我开始爱上与父亲拌嘴，企图以此宣告自己的成长。后来，连回嘴也没有了，我与父亲相处，只剩下沉默。

再后来，我赴异地上大学，连沉默也失去了借口。

一次假期里，我与父亲乘着客车北上去亲戚家。一路上茫茫雾气，天与地也分不出个交界，难以辨出车子驶至何处，也无处知晓驶向何方。我与父亲并排坐着，我佯装搜寻着窗外的景色，父亲一路上徒有沉默，看不清父亲的表情。一个个空气分子在车内相互摩擦，狭窄的空间里闷得令人想逃离。

一路上多的是熟悉的尴尬，如同我们的关系，不知何时，竟走得这般生分。

试图做点什么打破这片沉默，反复思量，终于还是作罢，任凭车子在这白雾里穿行。

几番颠簸之后，车子终是离开了雾气茫茫的路途，绿草开始展露，飞鸟开始显出，山脉开始浮现，车内还是沉默。

大三,一次节前,我发觉已经有好些个假期都在学校度过,于是准备回趟家。经过几个小时的折腾,再次回到了村里。秋收的田地里尽是村民的劳劳碌碌,近处的炊烟,依旧与往昔一般。

我拐过几道路口,颠簸几番陡坡,看见了父亲的背影,他佝偻着身子跪在地上,埋葬着家中病死的老母牛,我猜不出父亲此刻的面色。

一群鸟掠过,将天空切成两般景色。

父亲就这样立着,不言不语,如同石碑一般,插在秋后的痛处。

回家吧,我说。

落日将回家的小路晃得悠长,父亲多半的时候是沉默的,只是偶尔嗯嗯地发出几个闷声。我想随口讲点什么,讲今日的山色,讲流水,讲路边的虫鸣。父亲似乎听出点什么,拾了些村里的琐事讲予我听。我们嚼着这些细事,往家里走去。

回到家中,我把门窗一个个打开,让山色进来、水声进来、风景进来,阳光进来。

次日顺着花香,我到地里帮忙父亲收花生。泥土在秋收中翻出一阵阵香气,耳畔尽是窸窸窣窣农忙时节的耳语,累出来的花生堆成一座座山,身子的汗水是山间的溪流,耳语是溪上的虫鸣。父亲在山间忙活着,佝偻的背在山前缩成渺小,我看不见父亲此刻是否依然挂记着死去的老母牛,只是不停地穿梭山间,一如往常,也异于往常。

返校时候,父亲送我至车站,几句话在他喉中含着没出来。车子发动时,父亲忽地上前握着我的手,让我好生照顾自己。

车子渐渐远离,父亲的轮廓渐渐渺小,而他质朴的面容却印在车窗上,陪着我向远方去。

SHU DIAN QI REN LU ▶
书店奇人录

读书人

林诗蕾
福建师范大学物理与能源学院本科 2014 级

春醒,醒的谁?

嫩绿迷迷蒙蒙、昏昏沉沉中爬上了柳梢,然后打了个秀气的哈欠,低头看看,那口中跳跃着朗朗旋律,神采飞扬,精神抖擞的是谁?春眠不觉晓,处处闻啼鸟。鸟啼声尚少,是谁已经陶醉于那千古最宝贵的沉淀之中?

醒时要做读书人。古人言"万般皆下品,唯有读书高"、"书中自有颜如玉,书中自有黄金屋"。若醒时,请做读书人。当清晨的阳光叩开你的窗,三月的春光已是大自然的绝笔,你从梦中醒来,面对如此美景,难道还能安心静做一个时光的过客吗?来读书吧,下笔为这幅画卷添一抹诗情画意,无论这诗意是浓得多了一抹艳丽,还是淡得如柳叶轻触水,也许都会成了别人的风景,装点了自己的梦。读江南水榭、亭台楼宇、朱阁轩窗,读雪山清丽、白莲轻舞、镜湖耀光,读男子倜傥、器宇轩昂、文采飞扬,读女子恬静、温柔妩媚、皓腕凝雪。醒时读书,看世间百态。那榕树阴阴,那寒梅丽丽,那桃花艳艳,都留不住去往学堂的学子;那烈日炎炎,那寒风阵阵,那大雨纷纷,都吓不走静坐学堂的学子。

图书馆中,一排排书架上俨然站立着一位位儒者,每天都会有知音来带走他们并与他们进行或长或短的知心长谈。知音们用指爱惜地翻动着他们,用笔细心地记下他们的每一句心声,叩首品读,仰头细思,或微微点头,或轻皱眉宇,或奋笔疾书,或静坐沉思,但不变的是那因为读书而祥和深邃的内心以及悠远的情思。

心若有书,则处处可读书。在学堂上自不必说,书香弥漫,教诲滔滔。而那星雨湖畔里的波光粼粼何尝又不是为读书人准备的美丽?那溪源江上悠悠飞过的水鸟何尝不是读书人的忠实听众?所以学子们去了,去为那些静待的听客们带来墨香,去读那知明行笃立诚致广,去读那春暖花开云卷云舒。

众人皆云,大学享乐之所、放松之处,只有读书人知道,大学乃学大学问、努力学习之所。十八至二十二岁这最美的年华,一群学子走了进来,不是为了浑浑噩噩、行尸走肉般地浪费韶华,而是为了把最美的时光开在书中,让自己去升华、去长成一棵会开花的树,所以勤学,所以苦读,所以嬉笑怒骂,因为每一天的自己都因为读书而变成更好的读书人。若梦在一天则读一天的书,若期望还开在梦里,我们就永远都是读书人!

轻轻抬手,书又翻过了几页;轻轻抬首,满目都是读书人。

读书人,非死读书,死读书者囫囵吞枣也。学而不思则罔,思而不学则殆。真正的读书人,虽然受从骨头中吸取钙质的苦,但是他们仍然敢于去提炼书中之精华,化他们所思为自己所想,勇于实践,不畏创新。他们不是一味读书的书呆子,而是敢于用书做武器的勇士、用生命去进步的智者。旧的时代靠书来继承,新的时代也将因读书灿烂辉煌!

众里寻他千百度,那梦却在丛书中。若再活一世,我还是愿意做那读书人。

图书馆的秘密

李 燕

福建师范大学教育学院本科 2013 级

  茂密的竹林后面前面，美丽的星雨湖旁边，是福师大图书馆。在这个有着七层图书宝藏、不大也不小的建筑物里面，有好多不为人知的秘密，也许你知道，也许你不知道。

  午后的春日阳光，透过门窗，照进图书馆，照在正在低头和书约会的人儿身上。透过一楼的玻璃门，可以看见一排排棕色沙发。每每看见这些沙发，即使目的是要上楼借书，也忍不住想要上去坐上一坐，因为它能让陈旧的记忆纷飞，让你闻到家的味道，会让你想到：在阳光静美的午后，穿着百褶裙的女子依靠在这样的沙发上，捧着心爱的诗集安静地阅读着，时而浅笑，时而眉头紧锁，但不管怎样的表情，这样的画面都是让人心醉的。当然，此刻，这里似乎没有穿着百褶裙的女子，有许多不是百褶裙女子却和百褶裙女子一样可爱的人，让你进门时都要小心翼翼，生怕惊扰了她们蓝精灵般翻飞的思绪！阅读时的姿态那么美丽，那微微俯瞰的姿态、专注的神情，谦逊而优雅。

  学霸尤其喜欢二楼，因为二楼的桌子并没有放在安静的室内，而是在外面，离电梯口很近，不仅可以读出声来，也可以安静地趴在桌子上写。旁边是电脑室，遇到难解的题，便可以上网查询，所以二楼受到很多爱学习人的青睐。也因此二楼有的便不是一楼那样安静的美，而是一种壮观美——有抱着书大声朗读的，也有伏案认真写算的，似乎恨不得将这些知识都嚼碎了、咽下去再也不吐出来，紧张急促的姿态让人由衷觉着可爱。

继续往上走，五楼六楼是各类专业书籍和文学书籍典藏地，这里便是那些"大胃王"的宝地，他们爱读书，文史哲数理化，对每个领域都心怀好奇，在每个领域都想要有所涉猎，和他们聊天，他们总能滔滔不绝。他们藏在五楼六楼的各个书桌上、各个书架旁，甚至还会看到坐在地上看得如痴如醉的人，他们不是学霸，却更让我欣赏和喜欢。我们的生活包含很多方面，需要用到各个方面的知识，这样的求知态度，正是一个人应当有的，我们不应该为了生存而学习，我想，我们更应该为了生活而学习。在这条道路上，你随心所欲地看自己想看的书，知道每一个领域的基本知识，懂得在遇到不同事情采取不同方法，但不管我们选择哪一种态度，我们做通才还是专才，都是这个社会所需要的，我们在正确的道路上尽自己最大的努力就好。

七楼应当是人最少的地方，一是太高，好些人为了节省时间，便不想上去，但这里是那些喜欢看外国典籍的人的必来场所，这里还有很多空出来的书架，每逢期末，连这样的空书架上都趴着看书学习的人，是一道可人的风景。当然，我也喜欢去七楼，倒不是因为喜欢看外文典籍，而是爱上这里的安静，趴在这里的书桌上，你似乎能感觉到坐在你旁边的人眼珠的转动、心跳的频率、情绪的起伏、呼吸的节奏，这些细微的小变化让这个安静的地方有了灵动的气息，这里有的，只是安静闲适。

在这里，你可以静下心认真学习；在这里，累了你可以小憩；在这里，有莘莘学子陪着你。有时候，这样安静的阅读带来的，不仅仅是知识的增长，还有心灵的宁静、生活不紧不慢的律动。沉醉其中的人总会找到一条让人惊喜的路径，通向的不再是目的地，而是路上细微的景物，一枝一叶，繁盛、美丽！

这个被绿树红花环绕的七层建筑物里，有好多不为人知的小秘密，也许有我，也许有你。

书店的样子

杨欧婷

福建师范大学文学院本科 2012 级

校门口的书店快倒闭了。

从"不打折"到"满一百元九折"到"八折"到"两本五折"……

每次路过我都会产生一种希望它快点倒闭的念头。看它有时门关了，我以为这回真的倒了，我心里很难受。后来发现它以更低的折扣再次出现了，我更难受。就好像一位亲人半死不活地躺在病床上，大限不远，却还要忍受这样那样的挣扎和痛苦，看的人心里更难受。倒不如拔了呼吸机了事。而越来越低的折扣，像是一个人的头越来越低了，在告诉人们它要屈服了。尽管这是没办法的事，总要清仓的。可我若去买，心里却隐隐生出趁火打劫之嫌，只好叹一口气，转身离开。这种奇怪的心情就像我对人力三轮车的矛盾心情一样。

然而这篇文章并不打算给这家书店以及有同样遭遇的书店开追悼会，也不是讨伐各种网上书店和电子书的檄文。要论讨伐，第一个该讨伐的也就是我。在这两三年里，我几乎没有在实体书店买过书，有些还是作为旅游纪念品购买的。我并不打算为自己辩护。因为这是明摆着的事实，网上书便宜，电子书不要钱。而走进一些散发着和黄旧书籍一样的那行将就木的书店，对我来说也成了一种痛苦。因为，它(们)开不下去，我是有责任的。我去书店"只是看看"，觉得对不起这些书、这间书店、这间书店里的人。我没有看到想要的书，灰溜溜出来，想到店员一定很失望吧，我不能每次都承受这样的负罪感，所以我一般不去这些书店。这些书店，本拥有最亮的光环，现在却只有"悲剧"，全然已丧失

"崇高感"。只能用太低的折扣来最后一次证明它们的存在。

可能有人会觉得我很无耻,至少很莫名其妙,既不去书店买书,又想让它继续开;既为它倒闭难过,又想让它快点倒闭……我一直认为书店和书是应当有自己的气节的,所以不能忍受摇尾乞怜式的什么"大清仓"。然而穷秀才却只能败给孔方兄。

还好。

还好还有一些书店好好地活着。

同样的一幅画,放在路边和放在艺术馆里,是不同的。当我们愿意离开网络,走进书店,便注定了这是一次跟"书店"这个实体有关的旅程。书店可以是书本的家,可以是一个景点,可以是一个安放自己的地方。我喜欢逛不同书店(即使不买书),它们总是会用自己的方式来表达自己,那些暗示着一家书店的小小的密码就隐藏在书店的细微处,而正是这些微妙的发现让我对书店有了不一样的理解。

一般来说,从一家书店一进门摆的书就可以差不多知道这家书店的品味层次。一进门摆的是教材教辅的,那必定在它的方圆五百米之内有一所学校。如果摆的是散文小说、历史哲学的,那必然是文艺青年聚居地。但也有新华书店这种老少通吃的,一看它的题字就知道是稳稳当当"为人民服务"的料,所有书店都倒了,只剩一家书店人烟稀少、灯火通明的,那必定是新华书店了。它考虑到了各个阶层的"人民",书籍门类齐全,而摆在最显眼位置的书,必定是人民"最需要"的书——畅销书。

你一走进新华书店,随手拿起一本书,绝对不会是《寒冬夜行人》,一定是一本封面设计时尚亮眼、字体巨大醒目的带着书腰的书,上面写着一串知名人士的推荐,生怕你不相信。我们来看看它的标题:"人生不必太计较"、"一生必看的励志书"、"想成功,一本就够了"……那放下这本书,拿起它旁边那本封面精美的书,标题则是"倾城醉"或者是"浮生半世为你留",抑或是"霸道总裁千金佣"……一看标题就知道了内容。这些书也不知是因为畅销而摆在大门口,还是因摆在大门口而畅销。也不知从什么时候起出版社会贴心地在书的封底印上"上架建议",并且有时会注明"上架建议:畅销类",好像在出版时就知道畅销或不畅销似的。而这种做法也说明了一点——出版商逐渐发现了现在很多书店的店员是只卖书不读书的。处在同一屋檐下的作家对他们来说,距离并不比月亮近,月亮还天天见呢。除了当年为了高考买必要的参考书外,我从不会问店员某本书在哪里。他们年轻却带着中年人才有的严肃神情,总是聚在一起讨论着谁家怀孕吃什么、换季衣服哪里买之类的要事。

"你好,问一下,有一个老师推荐的新课标的必读的《红楼梦》在哪里?"

"额——你去一楼看看吧!"

当看到焦急的顾客和同样焦急的店员两下迷茫、四目相对时,我觉得我有必要建议经理以高价聘请我当他们的店员,并且补偿我之前几次义务为顾客找书的工资。显然 X 宝的搜索条要比这些漂漂亮亮的店员好用得多。

我经常会以一本书中的书店店员来"苛刻地"要求书店的店员——至少我如果要开书店时,必须要这样。那本书是《查令十字街 84 号》:作为"马克思和科恩书店"的经理和店员,弗兰克和他的小伙伴们非常熟悉所售书的内容和版本,并和大洋彼岸的读者海伦保持着数十年的联系,不仅是书籍的买卖,更有着人情的温暖。与一般商店相比,书店售卖的并不是单纯的、没有生命的商品,而是一个个思想者。尽管书的封面是简单的,文字是平面的,但它却是一个如此饱满而亲切的实体。不论在哪一家书店,你看到《安娜·卡列尼娜》,你就会想起那个富有生气却落入悲剧的女人;你看到《哈利·波特》,你就会想起那个戴眼镜的勇敢的男孩子;你看到严肃的鲁迅、真诚的巴金、可爱的丰子恺……可悲的是,许多活生生存在于这个世界的书店店员却让人感受不到他们的存在。如果是一家真正的书店和一个真正的读者,读者就会发现跟书店保持必要的私交是多么重要和珍贵。与鲁迅交情很深的内山书店曾帮他出版书籍,还在政治追捕时保护过他。我记得有记者去采访一些书店的老板,他们都是因为爱好阅读而开书店的,有曾经为读者跨半个城市找书的,也有曾冒雨为读者送书上门的,这样的老板让我遇到,我也不网购了。

校门口的那家书店,我曾经问店员想找日本的散文看看,长着方方脸、戴着方方眼镜的男店员思考了一下,把岛崎藤村的《千曲川速写》推荐给了我,并且告诉我这一套书还有其他的散文集,另外几本挺好的,但已经卖完了。我谢过了他,高高兴兴把书买回了家。这才是书店店员,至少也要是合格的样子嘛。

不管怎么说,卖菜的人也得知道自己卖的是什么菜吧。

书店里书的排列、分类都是有讲究的。记得曾经的东野圭吾还是挺优哉地和川端康成平起平坐地一同排在"日本文学"的专柜的,现在多数书店已经将他和阿加莎·克里斯蒂一起放到那个杀气腾腾的柜子——"侦探推理"去了。由最开始笼统的文学、社科、经济、政治等大类分法到而今越分越细,尤其出现了以主题特色区分的方法,我觉得这是书店面向市场采取的"英明决策"。它能扩大同类书籍销量,但另一方面也让读者能够根据自己的喜好去更广泛地阅读书籍,也是好事。比如刚刚说到的侦探推理,还有言情、魔幻、经典、历史小说……给找书也带来了很大的方便。可是魔幻里有言情怎么办?福尔摩斯又是推理又很经典怎么办?连书店负责人都只能看着书柜挠头时,那就只好听"上架建议"了。在这个个性化的快速消费时代里,我们需要对顾客进行精准定位,快餐式的分类的确能够直击消费需求,可是,这些书却被标签化的分类所限定,而切割了其内在的博大。这样的分类又是否合适呢?

看着书架上的书时,有时候也会生出些"异想"来——我会去推测鲁迅知道自己的书被定为"中小学生必读书目"之后的心情;我会笑哪个调皮的店员把徐志摩的《爱眉小札》和林徽因的散文集放在一起;我会想象曹雪芹(《红楼梦》)面对着放着一大堆解读《红楼梦》的书自己也摸不着头脑;我会对郭沫若、林语堂和鲁迅(的作品)放在同一个书柜颇生感慨;这几个人在世时再怎样争得不可开交,现在也不过这样安安稳稳地"站"在一起,面对这样的"和解"方式,他们是否也会淡然一笑呢?鲁迅似乎是早已预料到了:"待到伟大的人物成为化石,人们都称他伟人时,他已经变了傀儡了。"

我也经常观察书店的书柜设置。我一直觉得作者与读者之间应当是平等的,尽管我很少去买书,但我也不希望去书店时一些书高高在上地俯视着我,显出我在"书山字海"前的卑微和渺小,让我对作品产生敬意的同时还产生畏惧。我曾去过一间不大的书店,除了进门的一面外,其他三面都是书,一直延伸到天花板,你会感到一种无形的压力向你袭来,如同处在一个被文字所包围的囚牢,一本本密密麻麻地放在书架的书像是寺庙进门时的金刚,那是一种来自四周带着威慑性的逼视。你会被这种景象征服,但也丧失了对书本的亲切感。然而这或许就是实体书的意义所在吧。在电子书的目录里,最多也就几点几个G,而当那些书铺天盖地地排开时,是让你真切地知道人生短暂,还有这么多书没有读。我也不喜欢将书脊立起的放置方法,在大桌上铺开,和卖菜似的,既喧闹又廉价。用那种方式,读者呈现的是一般是斜向下四十五度的眼神,这不是看隔壁家小孩才有的神情吗?的确我没有见过用这种摆法卖莎士比亚的。你可以从一家书店对书的摆法看出对它的重视程度。我见过比较高级的摆法是《百年孤独》刚出的时候,书店在一张大桌上,用书本堆出螺旋形的三根大柱子,再在柱子互相交接的中心放一本翻开的书,桌子后面的墙上贴着一张有近一米高的海报,足以镇住全场。至少我们确确实实感受到了书店想大力推荐这本书的热情。

  在我去过的书店里,我比较喜欢南京先锋书店的书柜设置和书的摆法。这是一家由地下停车场改造的书店,一进门也是大桌,用刚才的"卖菜排列法"叽叽喳喳地挤着许多现下的有名没名的散文、随笔、杂文、绘本,在欣赏过这些很长的书名和绚烂的封面后,拐过一个弯,你会看到对面墙上一个很大的十字架,后来我才知道他们店的标语是:"阅读,是一种信仰。"真正的读者先会愣一愣,然后会心一笑,想道:"我终于找到组织了。"我喜欢这种感觉。拐弯后,地面的坡度会上升,像是那句名言"书籍是人类进步的阶梯。"一点点向上走,这时候汪曾祺、余光中也渐渐出场了。书的摆法是封面朝上安静平和地堆成一竖列。斜坡的两侧则是一些作家作品和他们的照片,那一刻,我不觉得我是异乡人。看着一张张照片,感觉是和贾宝玉一样的:"虽然未曾见过他,然我看着面善,心里就是旧相识,今日只作远别重逢。亦未为不可。"作者、书店、读者这三者是如此紧密而亲切地通过一本书跨越了时间空间而汇合到一起,让这次旅途有了些"朝圣"的意味。"阅读,是一种信仰。"的确如此。

  先锋书店的主要书区非常大,很宽阔,书也很多。很有特色的是他们的大多数书是根据出版社来排列的,充分考虑了读者的选择和喜好,我曾经的确产生过这样的想法,但看到真的有人这么做,还是很意外,但更多的是惊喜。你循着在地板上看到的停车位的痕迹,来到一个书架,书架不高不低,但看最上排书需要微微低头,似乎在告诉你在书本面前要保持谦逊,书架最下层也不乏好书,前提是你得愿意放下身段,蹲下来。你会觉得自己平等地在和一本书交流,不管是哲学还是大众通俗文学,你都愿意心平气和地和它谈一谈。每一本书都愿意尊重你,你也愿意去尊重任何一本书,没有一本书高高在上摆着臭架子,也没有一本书被随意乱放而被轻视。另外书架之间都有凳子,表明了主人家宽容好客的态度。我小小的惭愧之心亦可收起来放一边了。

为了在岌岌可危的情况下"杀出一条血路"来,近来许多书店希望通过一些除了书籍外的其他"卖点"来吸引读者。而很多的书店将咖啡、茶吧引进了书的世界。但我始终想告诫一句:"不要因为走得太远而忘记为什么出发。"(陈虻语)。"

我曾经慕名找到了一家位于厦门中山公园别墅区中的书店。远远地便看到书店郁郁葱葱地伸出篱笆墙的细竹叶,炎热的夏季里瞬间安静了下来。步入书店门口精致的院子,细碎沙石的格格声从脚底发出,进门处可以看到许多的小盆栽悠闲地立在架子上。滴答作响的时间忽然慢了。我们满怀着期待推门进去,欢迎我的并不是书籍纸张和油墨的气息,而是一种油腻腻的、浑浊不清的味道,像是面对这一屋的盗版书,昏黄的、错乱的……在适应了这种气氛后,我开始好好地打量这家书店。空间不大,但是装修得很精致,有复古的发出暗黄灯光的吊灯、船模型的茶几、铁艺的花架,还有木质的同样是复古的柜台,柜台上最显眼的是一台老式的电话机(就是那种通过"转转转"拨号的)和一张菜单。对所有的文艺青年来说,这应该是他们都想拥有的一座房子。问题是——书呢?摆在客厅书柜的书恐怕还没有我的书多。剩余的空间都被让给了精致的小摆设或者是等待出售的"小玩意儿"。倒是去往二楼的窄窄的楼梯上,没错,就是楼梯上,排了不少的旧书,如果你想找书,请弯腰九十度并向左看,足够虔诚了吧——如果将读书作为信仰的话。而且千万不要对书中间瞎跑的蜘蛛感到惊慌,它只是比人类更爱这些书而已。

二楼有几个掩着门的房间。我出于好奇往里张望时,店员热心地告诉了我他们慷慨的邀请:"点餐就可以在包间看书哦!"我想象我当时的表情和走廊上挂的那幅画上的男人一样呆滞并充满疑惑:看书为什么要包厢?看书为什么要吃东西?为什么点餐才可以去包厢?……我还是忍不住好奇,往那个散发出食物香味的"神奇"的包厢看去。房间不大,左右两边各有两个瘦瘦的黑漆漆书柜,从书的身高和身材判断,许多都是杂志。书柜中间是一张木桌,木桌上是一台同样昏黄的灯。桌子两边各有一个女生,各有一本书、一杯咖啡、一个盘子,盘子里是薯条。很文艺、很浪漫,但我不知道她们的眼睛会不会很累、书本会不会很油……

书店什么时候变成这个样子了?什么时候让咖啡奶茶的香味占领了属于油墨香的圣地?什么时候让读者的注意力从充满思想的文字而被吸引到过分精致的装饰?什么时候让读者忘记了自己为什么会走进书店?(或者你把店名改成"XX咖啡馆",我会原谅你)

本末倒置总是不好的。

当这个世界还只能在现实世界中购物的时候,我曾经有过要开一家书店的梦想。有看不完的书,有博学友好的书友,周末可以放电影……但是,网购时代的一个小小的鼠标箭头把我的梦想戳破了。我做不到,我希望别人可以做到,并且做得更好。

就像刚刚说的,书店是书的家、作者的家、读者的家。家的样子,总是让人挑剔而留恋的吧。

书店奇人录

郑植军
福建师范大学文学院研究生 2014 级

我是一个小小的书店员工,我没去过什么大都市,看不到觥筹交错的盛世光景,也没去过什么佛寺,不能清心寡欲,总是被形形色色的趣闻吸引,只是出于因缘际会,在一家名为五香斋的书店打了一年半的工。你说,现在这样匆忙的社会,这书店有人来吗?其实还真不少。

草帽哥

第一次见到草帽哥的时候,我很平静——本来嘛,大夏天的,来个戴草帽、穿洗得松松垮垮的白 T 恤和蓝得分不清白色还是绿色还是蓝色的二十世纪的西装裤的谢顶中年男子,很常见的,或者,很普通。但是老板娘看到他,一下子就笑了,我吃了一惊,细细看他从书店第一排转到第二排,从书店的第二排转到第三排,从第三排转到第四排……一言不发,背着手,眼珠子转也不转,身子从左摇到右,从上摇到下,摇摆完后,冷漠地离开了这家书店。老板娘说,"这个是草帽哥,书店开了七年多了,每一天都过来,夏天就戴个草帽,我就叫他草帽哥。"

我没见过世面,加上他不是我经手的第一个买书的人,我也只是淡淡地笑了一下。

每一天下午四点半刚过没多久,草帽哥就来了。每一天,都好像他从来没有来过这家书店一样,从左摇到右,从上摇到下。夏天是一顶草帽,冬天是一件灰白灰白的工作服,下雨天是一把枣红色的伞,刮风天是一张平静的脸。

于是,我习惯了有个草帽哥,习惯盯着他看,等着哪一天他会不会发现我在盯他,我要用大惑不解的眼神看着他,我要用眼睛告诉他,大哥,你好神奇!

后来有一天,草帽哥唱着悠扬的歌进来了!但是,他还是从左摇到右,从上摇到下,平静地,离开了这家书店。

老板有一次从里屋出来,忘了拉屏风。草帽哥来了,指着里屋问,里面可以进去吗?天啊!!! 我吓死了!!! 草帽哥会说话!!! 我诚惶诚恐地回答,"不好意思,不可以。"于是,他又开始从左摇到右,从上摇到下。然后离开了。我惊喜地告诉老板:"老板,草帽哥会说话!""切,这有什么的,人家还买过书呢。"什么?草帽哥有钱买书?

我万分惊讶地向从前在另一家书店打工过的朋友描述了草帽哥,他说:"是呀,草帽哥还问过一本书的价格呢。""是吗?你也知道他?""是啊,他每天都来呀,哪天他晚到了我都觉得不太正常。"哇噻!

再后来,在一个风和日丽的大夏天的早晨,我在我居住的小区看见了草帽哥!哎呀,我乐死了!一路尾随!这家伙一声不吭,还是背着手、弓着腰,小碎步小碎步地快速走着,离开了我的视线。

就没一点新闻吗?比如住在一间为秋风所破的小茅屋,寒灯相伴,夜夜凄苦等等让我感觉悲伤的剧情?就一点也没有吗?

"不好意思,打扰一下。"草帽哥吓得不轻,"嗯?""那个,您每天都来我们这家书店,虽然我们布局上有一些变动,但是我们也没有天天都换新书,为什么您每天都过来看呢?""哦,我就是看看有没有哪一些书我没见过的。""这样啊,那,请问一下,您是做什么工作的?""我是在家里研究佛学的。""哦,这样啊。"

他真的没什么故事耶!

但是我挺喜欢他的,有段时间他没有来,我的心上无名的失落。他说话可以让我振奋,他唱歌可以让我感觉空旷,他的到来,让我钦佩不已。

吕老师

此人自诩为老师,我不知道他算不算是,但是我不懂得怎样称呼他,才能让他称心如意。

我不记得第一次见到他是什么情形了。不过刚开始时,他好像对我挺好的。他会关心我的生活状态,会从我听的歌中猜测我的心情,会询问我的往事,会为我表达种种情绪。听说他很自大,老是把"陈寅恪是傻B"、"鲁迅是傻B"这样的话挂在嘴边,可是对自己的智商却盛誉有加。听说他还很抠门,常常蹭着一个有教师资格证的薛老师的饭,难得有一次他发了笔小财,他很豪放地对薛老师说,"今天这顿我们AA吧。"但是他还是很大方地请我吃过他觉得很好吃的葱饼,而且,他没有向我收费。

不过有一天啊,我真的觉得他挺抠门的。

吕老师一次买单时我忘了给他折扣。我要澄清一下,我不是故意的,因为书店有一些VIP顾客,是老板的故交,他们来时总会和老板闲聊几句,尽管老板都会交代我给他们VIP折扣,但他们的账目通常都是老板亲自经手,在我和他们部分人熟络前,我不曾收过他们的书钱,因此我算账时尚未养成习惯。吕老师借书回去看的时候,倒是我经手的多一些。

吕老师那会交钱时愣了一下,我也愣了一下,心想虽然听说你抠门,但是就几十块钱,也不算贵,我也不曾多收了你的,怎么这样反应?吕老师似乎满怀心事地走了出去。

一会儿,我一个朋友来了,我们闲聊起来,从同学的婚礼说到大学的室友,从大学的室友说到大学的老师,从大学的老师说到中学的老师,总之,我们话匣子打开了,而且开了很久。正兴起时,吕老师来了:"哎,对了,小姑娘,你刚刚忘了给我打九折,你老板跟你说过要给我打九折吧?""哦,哦,哦,我确实忘了,不好意思。"说完我拿了五块钱给他。嗯,这脚程还挺长的。

抠门事小,其实男人要承担买房买车大业,抠点也没什么。可是有一次,我彻底对吕老师失去了敬意和好感。

阳光明媚的一个中午,吕老师来了。我吓了一跳:"吕老师,你脸怎么这么憔悴?头发怎么白了?另外,你怎么浑身脏兮兮、黏腻腻的,好像很久没洗过澡了?""啊,小姑娘,我撞鬼了,我家闹鬼,害我大病一场,风水师说我家要重新装修,不然鬼还要进来,我昨天睡在你这附近的旅馆,怎么那么贵,你知道哪里有便宜的吗?""不知道耶,怎么会闹鬼了呢?现在是白天啊,鬼魂也应该散了吧?""是啊,就是趁着白天,我拖着薛老师去了一趟我家,拿了一些东西出来,不然我更狼狈。"

后来,听说吕老师不想装修那套房子了,想把房子卖了买套新的,没想到遭到他妈妈的阻止,因为那是他们家祖宅。或许此事该不了了之,或许他可以哀诉闹鬼的痛苦,希望他母亲可以回心转意,但是,他当着众人的面,脸色平静地说了一句令我终生不能忘怀的话——"我恨不能让我妈早死。"

我相信他是真心的,因为听说他的工作是他妈妈替他一找再找的,听说他在某高中做图书馆管理员,拿着薪水不做事,整日在外闲逛,却仍叫骂学校不公,听说他四十好几的人,从未赡养过他的父母,听说他要建立一个立他为王的王国,立请他吃饭的薛老师为教育部部长,立我老板为图书馆馆长,听说,他从未对人心存感恩。

无论听说了什么,我不曾再与他接触,他也和所有人失去了联系。

薛老师

薛老师是老板的同乡。老板娘说,七八年前,书店刚开张时,生意清淡,门可罗雀,薛老师发现这家书店后,几乎每日光临,而且从不空手而归。以后的日子里,薛老师介绍了很多顾客到书店,包括吕老师。

薛老师很爱书,来书店都是要摸一下书的,抓到什么书就读,就很认真地读。我常常听到他说,这是一本好书,真的。我没有听到他说过,这是一本坏书,假的。

薛老师也很爱人。他自嘲与吕老师是孪生兄弟,明知此人心智不齐,却仍舍不得与他断交,后来更是结交了各式各样的人:有些是好学不倦、谦虚有礼的老学究;有些是年少轻狂、心怀大志的读书生;有些是因失去一段与认识半年、中年、貌不美女子的恋情所苦的中年男子;有些是对人颐指气使、四处蹭吃蹭喝的公司老总;有些是不幸潦倒、葫芦里不知卖什么药的画家。这些人啊,都来过书店,薛老师总能游刃有余地与之攀谈。上对天文,下对地理,左对文学,右对人性,颇有兴趣,颇有心得。

这些人自然是给书店带来了一些钱财,同样也带来一些欢笑和困扰。比如清谈神交时的相得,比如自感土豪的土而不豪的豪放行径。他们最近得了什么好书会在书店分享,有了什么政治抱负会在书店发表,工作情感不顺会在书店畅谈,对江山文学有什么看法会在书店怒吼,总之,百态之形,从不拘束。

薛老师倾听所有人,帮助所有人,几乎对所有话题都能聊上一聊,也不让当事人感觉乏味和敷衍。在吕老师痛苦不堪地陈述闹鬼经历时,我们这等凡夫俗子只能抱着敬而远之的态度等他讲完,薛老师完全感同身受,"是啊,以前我曾有一次灵魂出窍,我坐在宿舍床上,就那样慢慢地飞出我的肉身之外,我回头还能看到自己的肉身。"我不禁好奇地问,"那薛老师您灵魂怎么回来的?""我也不知道怎么就回来了,但是回来时我身心舒畅,感觉十分轻松,从此我就变了一个人。"嗯,我还是不知道这是真是假。

薛老师除了备课,每一日都与他们闲聊,逛遍了大半个福州城。他倾尽所有时间、经历、情感、钱财地与这些人相交,并且,长期相交。

有一日是我的休息日,薛老师约我去逛越洋图书城。他徜徉于书海,翻阅各种各样的书,同时也点评各种各样的人。出了书城,薛老师与我参观了一座寺庙,我们看见一个和尚跪在地上,向一座塔跪拜行礼。薛老师静静地看完,开始谈论各种各样的宗教。他说,"我不信宗教,但是我有信仰,而与我信仰最接近的是基督教,我觉得《圣经》是非常好的书,真的。"

归来途中,我问薛老师,"薛老师,你是很善良的人,也是有思想的人,为什么你周围的朋友并没有一个定性,什么样的人都有?或者说,人格的品质上也是参差不齐,而且你跟他们相交从不厌烦呢?""因为我在研究他们,我想看看他们究竟在想什么,我想知道这世界究竟有多奇妙,我想知道一个人好可以好到什么程度,坏又可以坏到什么程度。"

最近有一个米老师,从前与薛老师相交甚密,我问他,"好久没见到薛老师,他去哪里了?""哦,他说他最近很忙,要评职称,没空理我。"

但是前两天薛老师又来了。他看到一本书,说,"这书很好,这书在卖吗?"他眼睛又看见另一本书,"哇,这是一本好书,真的,真是一本好书。"

嗯,我一向都觉得,书店是一本好书。真的,不是假的。

邂逅好书引我思

孔薇

福建师范大学文学院本科 2012 级

我踽踽独行,却与好书不期而遇。书香满怀,在困顿迷惑之时,书如良师诤友一般给予我勉励与解答。好书,在我的青葱岁月里谱出隽永的乐章,余音绕梁,伴我一生。

——题记

追梦,我在路上

《牧羊少年的奇幻之旅》,这是一个追寻梦想的故事。主人公西班牙牧羊少年圣地亚哥为了睡梦中反复出现的景象,为了解梦人似真似假的一句话,鼓足勇气,踏上征程,去寻找那个让他魂牵梦萦的远方。

一望无际的沙漠,炎热的温度令他口干舌燥。他动摇了,想要放弃,可是意念令他迈出脚步,不甘心催他步步向前。我没有看到小说的结局,我不知道牧羊少年是否找到了他梦寐以求的宝藏。然而,即便这一切只是一场闹剧,我想他也不会一无所获。梦在远方,路在脚下。他的勇气与执著牵引着他向梦想更近了一步。

"不论你是谁,不论你做什么,当你渴望得到某种东西时,最终一定能够得到,因为这愿望来自宇宙的灵魂。"我想,这种"得到"并非单纯指成功的结果。年幼时我们是有梦的,或许所谓的梦只是有一座房子,面朝大海、春暖花开这般简单,可是幼小的心中充盈着满满的期待。然而,现实却终究给了我们一记响亮的耳光。荆棘满地的路途、遥远黑暗的前方、现实泥泞的道路令我们退缩了、畏惧了。我们怀疑当初是否应该出发，重重的困难使我们愈发自我否定，终于大部分人选择了放弃。梦想被贴上了荒唐可笑的标签，被毫不留情地丢进了垃圾桶。而我们则戴上了现实的面具，隐匿于世俗的尘埃中。我亦欲浑浑混入其中。

所幸，《牧羊少年的奇幻之旅》点醒了我。或许曾经的苦苦追寻并没有换来一劳永逸，可是那并不意味着徒劳无功。梦想之美，在追寻。杨柳依依也好，雨雪霏霏也罢，追梦路上沿途的风景终将在你心中定格，它们被独特地定名为经历，独属你一人，且将伴你一生，千金难求。

梦在远方，没有到过的地方便称为远方；路在脚下，人走得多了，自然便有了路。或许我们只是这茫茫天地中的一蜉蝣，或许我们这一生只是浩瀚宇宙中的一瞬间。然而犟龟尚且胸怀大志，锲而不舍，又何况我们呢？

请相信，"当你真正渴望某种东西时，日月星辰都会帮助你来完成愿望。"只要你一直在路上。

写作，是因为看见了人间的残缺

十八九岁的青年，上天忽地带走了他的双腿，他困顿迷惘，不知未来在何方。在常人奔波忙碌之时，他静坐在地坛一隅，静心思考人生，思考生与死，思考活着的意义。他找到了，找到了感情的寄托、倾诉的媒介——写作。他在写作中寻觅到了安慰，寻找到了未来。他的苦苦寻觅、苦苦探索终究有了回报：他笔下流淌出的朴实文字，洋溢着哲理的清新香气，惹得读者贪婪地捕捉、汲取。细细品读，那充盈着墨香的文字，宛如春风一般拂过心头，吹开满心的感恩之花。他是史铁生，是写作征途上的探险者。

史铁生在《病隙碎笔》中曾说："残疾人中想写作的特别多。这是有道理的，残疾与写作天生有缘，写作，多是因为看见了人间的残缺，残疾人可谓是'近水楼台'。"我想，写作是需要阅历的。真正的写作，至少应当有一段不平凡的经历和一颗敏感的心。病魔始终是史铁生形影不离的"好朋友"。截瘫所引发的尿毒症等种种后遗症，使他一直被病痛所折磨着。频繁的血液透析、化疗，使他的身体每况愈下。

而灵感往往产生于痛苦,病痛在催促他写作。于是,他便趁病魔偷懒时——身体稍稍舒适,便将那些用亲身体验所换来的感悟、体会,用朴素的文字写下来。一字一字,一行一行,一页一页,一叠一叠……日积月累,终成一本书,一部著作——《病隙碎笔》。写作的过程是破碎的,可是文字不碎;写作的时间是破碎的,可是内容不碎;写作的笔迹是破碎的,可是思想不碎!那一个个用心头之血凝聚成的文字,一笔一画都弥足珍贵。这本书承载的思想的深远、哲理的厚重,是无法用语言道尽说清的,唯有用心才能通晓其感人肺腑之美。他是史铁生,是写作路途上的守灯人。

2010年12月31日,因突发脑溢血,史铁生与世长辞。感谢《我与地坛》、《病隙碎笔》,在我迷茫彷徨的岁月里给我以启迪,让我懂得生命是世间最为珍贵之物,让我明白知足与感恩是人类精神的至高境界。

后记

村上春树的《挪威的森林》中,永泽曾有过一段对名著最为真切的评述:"我只是不愿意在阅读未经时间洗礼的书籍方面浪费时间。人生短暂。"

经过岁月这把利刃的雕琢、时间这条大河的洗刷,总有一些书籍,在时空的尽头荧荧发光。那些蕴含其中的本真,终会于历史中显现,激荡着这在世上飘零流浪的不羁灵魂。

我害怕写作

陈雨涵

福建师范大学文学院本科 2012 级

　　我一直希望有一个安静的时刻，慢慢地来记叙我的人生。我曾经坐在妈妈的摩托车后面，想象着将我的每一点情愫都融进纷落的雨点；我曾经漫步在校园的操场上，想象着将我的每一片哀愁都载入枯黄的雨点；我曾经仰望公园的天空，想象着将我的每一份希望都装进缓缓飞翔的孔明灯。我想把这一点一滴都化作铅字，让未来的我在年老的时候可以一步步看着自己走过的痕迹：每一次跌倒，每一次站起；每一次落泪，每一次微笑；每一次落入谷底，每一次绝处逢生；它们都会成为未来的我的骄傲的资本，成为继续前行的勇气。

　　然而事实是，我害怕写作。或许是因为内心越是隐秘的情感，越是怕被他人窥探。有些东西，我只想把它深藏于内心，不想与他人分享。从这点来讲，我不得不承认我是一个自私的人。我的家人、我的朋友、我的爱人、我喜欢的书、我喜欢听的音乐，有时候我只希望它单单纯纯地只属于我一个人。我记得《亲爱的安德烈》里安德烈的一句话："最怕的是，一首好歌变成流行曲时，它就真的完了。不管那首歌的歌词有多么深刻，旋律有多么好听，当每一个人都在唱它，每一个酒馆里喝得烂醉的人一边看足球赛一边都在哼它，这支歌就被'谋杀'了。"那些东西都藏在心底，是怕别人洞察它的珍贵，怕别人不能理解我的快乐，以至于嘲讽我生命中最为珍视的情感。"一千个读者有一千个哈姆雷特。"人是一根可以思考的苇草，透过文字，不可能不加入自己的想法。读者的境遇加上作者的描写，换来的并不都是理解。写作本身就是孤独的，它需要等待，经过多少人之手,才能在众多读者中找到一个知音?我不愿意自己的感情被别人随随便便地评判,无论肯定还是否定,都将影响我的心境,使我的情感在不经意之间被他人左右。我害怕写作提供这样的窗口,使我仿佛成为一个聚光灯下的小丑,只能微笑,真诚地展示自己的内心,迎来的却是一阵嘲讽。我不要,我不要写作,我不要将自己的内心展示给别人看,我不要提供给别人任何窥探我内心的机会。我仿佛已经能看到别人唧唧喳喳的闲言碎语像后羿的弓箭要将我生命里唯一的太阳射下。我害怕写作,请原谅我还不够强大的内心。

  我害怕写作。或许还是因为害怕自己拙劣的笔写不出这些故事的精彩。我的人生,说来确实平淡无奇,但十九年来,多少总留下了一些专属于我的回忆。它们的剧情与他人的故事雷同,但因为参与故事的人,这些大同小异的故事,成为我所珍视的全部。平淡的故事,大家都经历的故事,怎样才能印上我的标记?我不懂得我该怎样去把握,才能让这些故事仅仅是属于我的。我可以给你讲这一部分的趣事,也可以讲那一部分我的故事,但我知道,这些仅仅是一个个故事,而我要写的是这些所有由我的故事组成的完整的有血有肉的人生。这些,我要怎样才能完完整整讲给你听?怎样才能让你能愿意不厌倦我的闲闲碎碎的杂语?噢,我害怕写作,我害怕那些我觉得有趣的故事会被我写得了无生气,我害怕我私藏的深情会被我写得毫无美感。

  上写作课的时候,老师说写的东西要够新,才能够在审美疲劳、千篇一律的文章中脱颖而出,抓住他人的眼球。于是我一下就慌了,随着年岁的增长,我的想象力已经开始处于衰竭的状态,而我千篇一律的人生,又有谁愿意听我来说?平淡无奇的人生加上毫无生气的描写,我越来越不敢去描写我的人生。

  曾经我想拥有一个轰轰烈烈的人生,我能够名留青史,或许那样我能够畅谈我的坚持、我的努力、我的天赋异禀;而现在对于一个想要拥有一个安安静静的人生的我,我只想去慢慢回顾我闲碎人生的每一步,无论它有多俗套,无论它在别人看来有多么无趣,我都想在一个洒满阳光的午后,泡一杯清茶,化身为一个文艺青年,然后翻开我的小清新本子,在上面认真地写下每一句想留给未来自己的话语。我在这一个时间节点,回顾过去的自己的每一步,告诉未来的自己曾经渺小而琐碎的信仰。

游离佳旅

叶杨莉

福建师范大学文学院本科 2012 级

当倾诉的欲望遭遇文字，便展开了一段曼妙的游离佳旅。

世界上没有比文字更美妙的东西了。我一直相信文字是游离的，它们浮在不同于我们世界的另一空间，而我们在这个世界思考和书写那些思维的火花的时候，不经意间与这些游离的文字相撞，就牵起了彼此的双手。

我也相信世间万物没有一个东西可以像文字般灵动而深刻，写作途中它们在人们脑海深处随着思维跳动着芭蕾，可是落笔时又化作点点符号传达着使人共鸣或使人成长的划痕。有时候一段旅程结束，它们又灵动地飘洒着返回另一个世界，而那些旅行途中的划痕却带着让人沉思的深度去影响其他人。

作家苏童曾说："倾诉的欲望导致我要说，哪怕多么肤浅。"是的，就是倾诉的欲望，这份欲望，常常也在我的生命里鸣奏。沉默内向的人不习惯聒噪的言语，喜欢缩在自己的世界，从小我就不擅言语，每每上课，当老师抛给我们问题的时候，我们那一个个小脑袋上面腾起的一只只手中总找不到我的手掌，它蜷在抽屉里，连同我的想法，被关在心底里的抽屉。老师曾循循教导我多发言，甚至在一节公开课之前让我背下发言内容，可是到了课上，我的手仍是迟迟不肯举起。恨铁不成钢的小学老师就曾在一天放学后将我留在班里，当着全班同学的面狠狠地训斥我的内向、我的不爱说话。那一天，我哭着走回家。那一年，我小学二年级。

沉默的人并不是内心也沉默，空空似木偶，相反他们只是内心有一堵墙，自己心底的想法被自己的这堵墙封得严严实实。那时候我很喜欢读童话,从安徒生到郑渊洁,从阿凡提到一千零一夜,童话的世界是漫漫无边的乐园,我遨游旋转快乐得不知人间非童话之味,但是只是孤独的狂欢。如果有一天,有人细细敲开了那墙的缝,里面的暗涌才可以汩汩流出。那一天在厨房忙碌的爸爸看见满脸泪痕的我,慌了手脚,我哽咽着只能说出个所以然。爸爸擦着手,沉默了半晌,帮我把眼泪擦干,没有再提这事,只是在吃完饭后拉着我的手在门前的那片田间散步。彼时,夕阳西下,褐金色的光芒将田野间的万物笼罩,那光晕,在我眼前醉人地打着战。就是那样的一些傍晚,爸爸给了我倾诉的机会,他让我把书上看到的童话故事讲给他听。那些傍晚我好像变成了山鲁佐德,向爸爸这个国王讲述着一个个或动人或惊险的故事,有时候意犹未尽就在故事结束后自己往下编。爸爸是最合格的听众,有他的微笑和赞扬,我沉浸其中。后来三年级时候可以写出好几页的童话恐怕就是那时候培养起的想象力,思维的触角开始在虚拟的王国里天马行空,只等待着和文字结伴出旅。

言语的美丽在于有能够懂你的听众,如果没有了听众,一切言语便都像是喃喃自语,成为没有颜色和味道的辞藻。许多个美丽的傍晚之后,爸爸因为工作调到城里,只有每个周末才会回家一次,我突然失去了每天都愿意倾听的耐心听众,又变回沉默的孤兽,可是我想倾诉,倾诉的欲望强了许多。彼时还没有开习作课,但是机缘巧合之中,那些在田野中独自瞧见夕阳光晕的震惊,在生病时妈妈细心关怀的感动,与那只比我年龄还要大的折尾老花猫的感情,第一次坐火车的快乐,那只被我同情照顾的残疾小黄鸡死去时的悲伤,还有偷偷在门后那棵曾被外公砍下做了家具的红松木下埋了秘密之后的窃喜,它们与文字奇妙地、偷偷地相遇了。

八岁那年我开始写作,拿着一本空白的笔记本,涂鸦似的抹着自己的心情和感情,许多字那时候还不会写,歪歪斜斜的拼音和字体是文字和一个稚嫩孩子最简单的默契。后来也不知是从哪一本书中学来的,我还在扉页庄严地写下三个大字"文章书",并在第二页贴上自己的照片和出生年月资料云云,将其冠名为编者,还写了一串编者寄语。这本小小的"文章书"后来被十年后的自己重新翻起时,都有想落泪的欣喜。这是一本只有一个读者的书,而那个读者就是自己,它装进了多少简单的快乐和悲伤,是一个个游离的文字开始成群结队地赠送给八岁内向孩子的礼物,打开礼物,它点燃了这个孩子之后生涯中对文学的不灭热爱。

  我为什么写作?不如问问八岁时那个内向孤独的女孩吧。她和文字结伴开始更加热爱生命,她将倾诉的本能开始打开了另一个世界。而直至今日,我仍成为不了一个聚会动物,不会在人际中游刃有余地来往,也不是一个善于侃侃而谈的演讲者。我只宁愿牵着文字的手,在另一个国度开始一段段旅行,偶尔思想的狂欢与文字撞出精彩的火花,偶尔遥远的遐想与文字勾勒出天马行空的故事,偶尔沉静的低吟与文字合作摄下世间的百态……游离佳旅,不畏惧孤独,只在乎旅行途中收获真善美。

  愿我刚刚完成的这次游离佳旅也能让感觉孤独的你踏上旅途。

周作人与酒

郑晓晖
福建师范大学文学院本科 2012 级

酒本是浓烈之物,但在周作人平和冲淡的笔下却汩汩流出一派清醇与超然之气。周作人的故乡绍兴是有名的产酒之地,因而在谈酒的闲话风背后亦有一层怀乡情致。劈头一句便是"这个年头儿,喝酒倒是很有意思的"。看似平淡,却引出两个主题,一是喝酒,一是有意思。酒与中国文人自古就有密不可分的关系。李太白"人生得意须尽欢,莫使金樽空对月",酒似乎成为失意文人的寄情之物。从"很有意思"说开,先介绍自己家乡是出产酒的好地方,并信手拈来儿歌作为佐证——"老酒糯米做,吃得变 nionio"——nionio 是本地称呼猪的俗语。因此周作人的散文总是充满淡淡的民俗风,平易近人。接着谈到做酒的方法并介绍自己的远房亲戚"七斤公公",每年都帮人家做酒的酒头工。通过"七斤公公"的经验传授,鉴定煮酒就是"只需走到缸边屈着身听,听见里边起泡的声音切切擦擦的,好像是螃蟹吐沫(儿童称为蟹煮饭)的样子,便拿来煮就得了"。"只有听熟的耳朵才能够断定,正如古董家的眼睛辨别古物一样。"原来煮酒也是一门艺术,需要长久地辨认与积累经验,周作人想表达的,其实艺术是寓于最平淡的生活。接着从煮酒的话题谈到饮酒的酒器以及喝酒的正确方法,仿佛是饮酒专家介绍着"可倒而不可筛"以及"先荡"的饮酒艺术。可以说,饮酒已经滴滴渗透于当地人们的生活之中,虽不是附庸风雅的文人却更有一番真实和趣味。会喝酒的人预备家酿,"每年做梦醇酒若干坛,按次第埋园中,二十年后掘取,即每岁皆得饮二十年陈的老酒了"。家酿的时间可谓是悠长难耐,而且

"例不发售",于是更显珍贵,以至于让周作人"至今还不曾忘怀"。虽然周作人能够如数家珍般地介绍酿酒喝酒的方法,他却是个"很喜欢喝酒却不会喝"的人。顺便自嘲"只要喝下一百格阑姆的花雕,便立刻变成关夫子了",又带着欣羡与些微责备之意说"愈能喝酒便愈不肯喝酒,好像是美人之不肯显示她的颜色,这实在是太不应该了"。可见周作人是很喜欢酒后微醺的颜色,他曾在《生活之艺术》一文中说:"一口一口地啜,这的确是中国仅存的饮酒的艺术:干杯者不能知酒味,泥醉者不能知微醺之味"。说到这里是渐入佳境,但周作人却大谈各种酒的种类,本土的黄酒与日本的清酒以及西洋的白兰地等等,博古通今,充分显示周作人的博学以及对酒的喜爱。最后一段是亲切闲话喝酒的趣味,这似乎是一文的中心意旨之处,理应一改前面的随意漫谈变得严肃理性,然而周作人一如地平静从容地絮说着。"饮酒的趣味在什么地方?这个我恐怕有点说不明白。"先提出"酒的乐趣是醉后的陶然的境界",这似乎是普遍关于"饮酒的乐趣"的观点。关于酒的论述,鲁迅在《魏晋风度及文章与药及酒之关系》中说,魏晋名士乐于饮酒清谈,"竹林七贤"之一的阮籍也好饮酒,然而鲁迅说"他的饮酒不独由于他的思想,大半倒在环境。其时司马氏已想篡位,而阮籍的名声很大,所以他讲话就极难,只好多饮酒,少讲话,而且即使讲话讲错了,也可以借醉得到人的原谅"。由这可见,饮酒能帮人逃避现实,饮酒是抵挡黑暗社会现实的避难所,是与社会政治密切相关的介质。饮酒也就不大有多少乐趣了。阮籍是利用酒来伪装自己,而刘伶则是好酒的代表,他还有一篇《酒德颂》,刘伶借饮酒来反抗名教,却囿于黑暗社会现实,只能将饮酒作为自由精神的追寻。饮酒的乐趣在他的身上大抵是醉后的飘飘然,仿佛触摸到"无待"的自由精神。但是周作人认为,"酒的乐趣只是在饮的时候,我想快乐大抵在做的这一刹那,倘若说是陶然那也当是杯在口的一刻罢。""昏迷、梦魇、呓语,或是忘却现实忧患之一法门;其实这也是有限的,倒不如把宇宙性命都投在一口美酒里的耽溺之力还要强大。"周作人是理性淡然的,醉后的昏沉只是有限地暂时麻痹自我,只有当唇齿与醇酒交融那一刹那,是人与自然交融的那一刹那,才获得真正的乐趣。这里不禁让人沉思:喝酒的乐趣不是醉后沉酣,是那一瞬间的永恒,是物我两忘的境界。读者也宛如在周作人拉扯闲话中醍醐灌顶、恍然大悟。但是本文写作时间是在"五四运动"落潮时期,周作人心中应该苦闷交织的,于是他在最后"一面也怀着'杞天之虑',生恐强硬的礼教反动之后将引起颓废的风气,结果是借醇酒妇人以避礼教的迫害……或者在中国什么运动都未必彻底成功,青年的反拨力也未必是怎么强盛",表现出对"五四运动"的不彻底的失望,他是想效仿阮籍借醉酒来躲避礼教的迫害吗?最后一句"那时喝酒又一定另外觉得很有意思罢?"这里的"有意思"恰与文章开头的"有意思"相呼应,"这个年头儿"与"那时"的时光交错之中流露出周作人厚重的愤懑和失意。原来在这样一篇看似闲话漫谈的散文背后却是周作人矛盾交织的心。胡适在谈到"五四"以来的散文创作时,对周作人的散文艺术有很高评价,他说:"这几年来,散文方面最可注意的发展乃是周作人等提倡的小品散文。这一类的小品,用平淡的谈话包藏着深刻的意味;有时很像笨拙,其实却是滑稽。这一类作品的成功,就可以彻底打破那'美文不能用白话'的迷信了。"应该说,胡适的话是相当中肯的。在对鲁迅、周作人二人的散文进行比较后,胡适说:"鲁迅的文体简练得像一把匕首,能以寸铁杀人,一刀见血。重要之点,抓住了以后,只消三言两语就可以把主题道破……与此相反,周作人的文体,又来得舒徐自在,信笔所至,初看似乎散漫支离,过于烦琐,但仔细一读,却觉得他的漫谈,句句含有分量。"鲁迅的杂文苍劲有力,字字见血;周作人的散文兴之所至,散漫无章,在娓娓道来之中蕴藏着人生哲理,寓哲思于闲话。可以看出,周作人是生活之艺术的能者,却隐于苦难的大泽。

向死而生

——由伍尔芙《达洛卫夫人》及其翻拍电影谈论开来

沈淑婷

福建师范大学文学院本科 2013 级

每每读《达洛卫夫人》，内心都非常容易陷入莫可名状的岑寂与孤独之中。事实上我认为，这个"以一天写尽一个女人一生"的故事是为伍尔芙作品中最不意识流的一篇。它的故事枝桠笔直地伸展在那里，思想的水流温柔而暴烈地环绕它们而行。因此我更想从她在这个作品对贪心的表述中轻取一捧，加以浅析。

开篇不久即是"她也属于那些素昧平生的人民，她像一片薄雾，散布在最熟悉的人们中间，他们把她高高举起，宛如树木托起云雾一般"，疏离感立刻显现。而文中又借彼得的口吻说道："让我们永不返回华灯之下吧，不再重返客厅，永远读不完自己的书……就让我勇往直前，赶上那硕大的幻觉吧"。这样的句子在原文中任君采撷，俯拾皆是。达洛卫夫人如此孤傲和疏离，她的内心充盈着自己的骄傲和坚持，却再没有人真正理解。

诚如有人曾经说过，生命像是一场派对，每个人都在谈笑风生，然而在看不见的地方，悲伤与痛苦却沿着她们的脚背爬进她们的裙子，无法阻拦地胡作非为。所以当达洛卫夫人在晚宴上得知赛普蒂默斯自杀时，才会感同身受地感到欣慰。"（他保持了生命的中心），也为自己生命里那些已被无聊所覆盖、湮没的东西而痛，她想如果现在就死去是最幸福的。"喧哗的舞会上，她从人们肩膀的空隙里远眺天空,看着对面房子里的老太太安静地入睡、关灯,一片漆黑。然后,达洛卫夫人对自己说:"再不要害怕烈日炎炎。"表象是平静的,她却已被磨损,她已经很难生存在周遭这个将浮华欢闹视作理所应当的年代,她已然跨入一个静默的时代,内心的门悄然而关。

而在翻拍电影《Mrs Dalloway》(《达洛卫夫人》)中,这一切呈现得较为忠实保守且惊喜不大。原著的书墨气息在大本钟敲响的悠扬钟声中,在达洛卫夫人透过窗帘远眺的泪光中,在达洛卫先生悲怜的目光中轻轻飘荡。时间和空间的制约被悄然解开,过去和现在、伦敦的都市摩登和布尔顿的田园风光跳跃、变化、衔接,心灵大段大段的独白被闪回的片段式意象细细解读,呈现出达洛卫夫人在回忆中迂回,而久久不愿再仔细看看这庸常的俗世。

而较之《Mrs Dalloway》(《达洛卫夫人》),我想《The hours》(《时时刻刻》)显然给了我更多、更全面的惊喜。这部显然更有野心的作品采用三个女人交替的出现,不断切割转换的镜头。这三个女人的联系看似仅有一本书,略有牵强,但事实上伍尔芙——一个天才、一个精神濒临于崩溃的女人,劳拉·布朗——一个家庭主妇、一个被天才所改变的女人,而克拉莉莎——一个编辑、一个守候天才的女人,她们生活在不同的时代,有着不同的家庭,然而有一点不谋而合,而也正是这一点将她们紧紧串联——尽管仍要面对不可避免的庸常生活,但她们的梦想都在心中寂静而疲惫地存活着,逮到空隙就声嘶力竭地吼叫着。狄更斯曾经说过,"爱之于我,不是肌肤之亲,不是一蔬一饭,它是一种不死的欲望,是疲惫生活的英雄梦想。"电影的奢侈之处就在于,它同时给予了三个女人这种疲惫这种苦涩而甜蜜的幸福,而庸常无可取代与腐蚀。

生活疲惫,而梦想英雄。所以我想,即使伍尔芙的丈夫雷纳德把她带到平静而远离喧嚣的小镇上,为她买来印刷机,为她开办出版社,企图用平庸来粉饰平静,却仍然无法喂饱诗人心中那头任性嘶吼的梦想饕餮。因为在这个世界上,被同化成庸常从来都不是难事,外界的声音和时序是那么容易攻占我们每一个人的内心,殖民我们每一个人的思想,难的是不合时宜地发声和抗争,告诉世界我不妥协。而更多数时候,恰如歌德在《浮士德》里提及的那样:"我们所有人都拥有生活,但很少人拥有对生活的想法。"所以多少人快乐而庸碌地活着,少数人艰难地步履蹒跚在这寒冷的人间,甚至还要伴着多数人的不解和嘲讽。

今年十一月的时候,有一位诗人跳楼死了,与他熟知不熟知的人都感到震惊,或者悲痛。然而在纷纷扰扰的各色声音中,我最为认同的应该是媒体人流马所言,他说,本来不想谈及一位诗人的坠落。死亡终归是世俗的事情,我们也终归要表达世俗的哀悼。对于不能猜度的部分,只能保持应有的礼貌;对于无力理解的部分,也只能保持适度的敬畏。也许只有在这时候,才能真的体味到"在不缺少酒的时候,已经找不到杯子"的那份哀凉。心中久久地动容而无法自拔之余,脑海里全都是伍尔芙穿上沉重的厚呢套裙,在口袋里装满石头,平静而决绝地踏入苏塞克斯郡的那条河流之中的画面,水声和着后人的眼泪依旧淙淙流淌。她选择沉入水中,或许是为了寻找终极的故乡,"灵魂在那里如同海底的鱼,在莫名可状的生物中间游弋,在阳光闪烁的空间飘忽,而后向下、向下,沉入幽暗的深处,冷漠、深邃而不可思议"。所以有时候我想,当一个世界无法满足诗性的需求的时候,是否起码应该给予宽容的理解,礼貌目送一些灵魂远走的追寻和升华?

最后的最后,伍尔芙说,亲爱的雷纳德,要直面人生,永远直面人生,了解它的真谛,永远地了解,爱它的本质,然后,放弃它。

而我想,你要相信,从来都没有无缘无故的死亡,只有不被了解的死亡。伍尔芙死得如此平静、坦荡而深邃,原谅我敬畏而无法苛责一个天才的死亡,更原谅我想要像敬畏梦想那样敬畏一个天才的死亡。

透过相片看巴金

李兰婷

福建师范大学文学院研究生 2014 级

  虽说自古以来潘安等人的例子早已证明，一个人的相貌与他的文才与为人之间并没有什么联系，但这并不妨碍我对一个人相貌的兴趣。每当我企图了解一位作家时，总喜欢翻看他的相片，对于巴金也不例外。

  由于长寿的关系，相较于其他作家留下的寥寥几张照片，巴金留下的照片尤其多，看起来也尤其有味。翻过一张张巴金的老照片，"十五志于学，三十而立，四十而不惑，五十而知天命……"他从少年长成了青年，由青年步入中年，从中年进入老年。随着时光的推移，他脸部的线条由圆润变为坚毅，又从坚毅变为松弛。奇怪的是，不论他的面容怎样变化，我总能轻易地从一个人或一群人中将他认出来，因为虽然他的面容随着时间的流逝逐渐老去，他的眼神、他的气质、他的神态却永远一个样。

  在看过了徐志摩的英俊倜傥、胡适的温文儒雅、鲁迅的从容锐利之后，平心而论，就只在作家群里，巴金也算不上好样貌。然而，他的脸却深深地印在我的脑海中，只缘于那一双令人难忘的眼睛。他的眼睛很大，却说不上有神，黝黑的瞳孔镶嵌在大部分的眼白之中，总是直愣愣地望着镜头，像是要看到你的心里去。即使后来他戴上了眼镜，隔着厚厚的玻璃镜片，那双眼睛的穿透力也没有削减一分。

  当巴金笑时，眼睛眯了起来，很难看见他的眼神。但大多数的照片里，他是不笑的。他的眼里仿佛有光，火在巴金眼里烧，就像在丹柯的心里燃烧一样。

我在他的眼里看到不变的执著,看到直露的渴望,让我想起孩子的眼神。孟子说:"大人者,不失其赤子之心者也。"赤子之心,那正是我从巴金的眼里看到的。他早在十五岁那年就找到了自己的理想,从克鲁鲍特金的《告少年》里"得到了爱人类爱世界的理想,得到了一个小孩子的幻梦,相信万人享乐的社会就会和明天的太阳同升起来,一切的罪恶都会马上消灭"。

在无数个无眠的夜晚,他读着"安那其"的小册子,流下感动的泪水。他将这个理想深深铭刻在心里,一刻也不曾遗忘。在之后的岁月里,巴金学习世界语,到巴黎留学,与无政府主义领导者通信,哪怕年岁渐长,哪怕前途不明,哪怕经历了"文革"的风雨飘摇,他都不曾将自己年少时种下的"爱人类爱世界"的理想放下。年纪稍长,巴金的嘴角常常有着温和的弧度,他还是没有笑,却让人感到亲近,但眼神一如往昔。

像静安先生评价李后主时所说的:"词人者,不失其赤子之心者也。故生于深宫之中,长于妇人之手……"巴金的赤子之心同样也是养成于妇人之手,那位妇人,就是他的母亲。巴金在他的文中写道:"使我认识'爱'字的是她。在我幼小的时候,她是我的世界的核心。她很完满地体现了一个'爱'字。""她教给爱一切的人,不管他们贫或富;她教我帮助那些在困苦中需要扶持的人;她教我同情那些境遇不好的婢仆,怜恤他们,不要把自己看得比他们高,动辄将他们打骂。"

从小的生活环境令幼年的巴金感受到了许许多多的爱,他并不是一个被打骂、被约束而长大的孩子,当他回忆起往事,询问自己"是什么东西把我养育大的"的时候,最先在他的头脑里浮动的是"爱":父母的爱、骨肉的爱、人间的爱、家庭的温暖。他说:"我的确是一个被人爱着的孩子。"这也使得他长大后的反叛显得与众不同。他从未憎恨过一个人,他对人类是存着爱怜的,在爱里成长起来的孩子,对于光明有着更深的向往,所以,他比一般人更加不能忍受社会的黑暗。于是他将内心的愤懑抒写出来,控诉压迫着人、毁坏着人的封建大家庭,反叛这一切腐朽的东西。

巴金属于这样的反叛者,他反叛的动力不是来自于伤害,而是来自于爱。因为受到了许许多多的宠爱,于是有了天真与纯善的习性,当他们想要与众人分享这种爱的时候,梦想便产生了。托尔斯泰是如此,秋瑾是如此,巴金也是如此。"因为受到了爱,认识了爱,才知道把爱拿来分给别人,才想对自己以外的人做一点事情,把我和这社会联起来的也正是这个爱字,这是我的全性格的根底。"

因为怀着一种对一切人的热烈的爱,巴金的作品里有着一种独一的大气象。就像海子在诗中发出的呼喊那样:"和所有以梦为马的诗人一样/我选择永恒的事业/我的事业就要成为太阳的一生。"像太阳一样地散发着光与热是巴金所希望的。在他的梦想里,他渴望牺牲、渴望奉献,这牺牲与奉献已经成了梦想的一部分。"我怀念上古的夸父,他追赶日影,渴死在山谷。为着追求光和热,人宁愿舍弃自己的生命。"

然而,巴金所追求的并不是文学上的永恒。写作于他而言,一开始只不过是一个抒发自我心怀的途径,他有想要做的事,他想做的绝不仅仅只是一位作家,一位艺术的代言人,后来他选择成为作家,不是为财也不是为名,而是希望利用文学激起青年的反抗,来给社会带来一些变化。巴金说:"我不是个艺术家。人说生命是短促的,艺术是长久的,我却以为还有一个比艺术更长久的东西。"

在他的一生中,巴金总是不断地提到:把心交给读者、把心剖给你看、把心献给你们。我想,那是因为他知道,自己的心有一副好模样。当它还在他的胸腔里时,他几十年如一日地小心翼翼保存它,让它还像刚来到这个世界时的样子,里面盛满了爱与希望。他把心从胸中取出来,交出去,希望人们接住它。人们捧着他的心,就像捧着燃烧的希望,走出迷障重重的森林。

最后,那颗心掉在地上,化作泥土,留在人们温暖的脚印里。

我

辜玢玢
福建师范大学文学院本科 2012 级

> 如今我倒像一匹特洛伊木马
> 里面藏满种种可怕的爱。
> 每天夜里它们都会杀将出来疯狂不已
> 等到黎明它们又回到
> 我漆黑的腹内。
>
> ——（以色列）耶胡达·阿米亥

　　醒来的时候发现房间里就自己一个人，灯都关了，房门也紧闭着，索性爬下床，喝杯水。从房间到客厅，经过三个空巢的房间，房间里床铺、衣柜、电熨斗都整齐地摆着，就连拖鞋也规规矩矩地放在房外。然后走下楼梯，二十级的台阶，踩上再停顿三秒，刚好需要一分钟。我端着一杯水，往下走，寂静得只剩下厨房电冰箱在嗡嗡作响。那感觉就像蔡明亮电影《你那边几点》里的慢镜头，小康也是这么颠倒时差地走着。

　　小城镇就是安静得不可理喻，从窗户往外看出去，杏黄色路灯静穆地一字排开，就像被托着的一颗颗无心睡眠的心脏，眈眈地痴望着。对面的人家都熄了灯火，那河对岸的念姑娘家的灯火还亮着吗？或者还可以像《了不起的盖茨比》中的盖茨比那样，望见灯火时发现它隐藏的绿光吗？或者这都是想象。像气球一样膨胀的身体，占据整个脸庞的粉刺，还有时不时散出的汗臭味，这些莫名而生的附加物让我的步伐变得沉重而苍老。下班后，我必须假装收拾东西地在办公室里再待上半个钟头，等到垃圾车轰轰地靠近，才像垃圾一样滚上街道。斑马线上的绿灯亮起，三三两两的人群，拥吻的情人、自信满满的职业人、喝得烂醉的流氓，就像水一样从我半米外的空间流动而过，我是圆周里硕大且空洞的圆心。这时候才明白，疼痛往往是因为太清醒。清醒地知道这半米的距离隔绝了什么，就像河中的丑石，不断地有水擦身而过却从不停留，丑石不能心动，更不能流泪，唯一的宿命就是被人忽略，乃至遗忘。

似乎就在无知无觉中离过去的生活远去了，念姑娘永远地存在于五寸的方形相框中了。或许对于念姑娘而言，另一个人消失在世界里，就像一滴水消失在海里，不需要多少的挂念。自己呢，夜夜梦到在奈何桥前将孟婆汤一饮而下，凡尘一洗而尽，却偏偏夜夜醒来眼前浮现的都是念姑娘的面庞。对于我这种胖子而言，求爱似乎只是旁人在茶余饭后用以谈资的笑料罢了，我应该像猪圈一样，把自己密实地圈养起来，自己参与自己的喜怒哀乐。

日子就像白面粉一样平白地过去了，人就是铐着双手双脚地在时间的风车上没有停息地转动的轴线，好比走在单轨的铁路上，无需思考方向或者目的地，而人就这样被抽空了灵魂。偶尔会哭，没有间隙地抽烟，会拿烟蒂烫手，烟蒂丝丝地在手臂上晕开一个个黑洞，那迷幻的感觉竟然和被念姑娘亲吻了脸颊一模一样。甚至有的时候站在阳台上会不自觉地感觉自己飞了起来，那应该是像纸飞机一样轻飘飘地在空中游荡着，我应该像拥抱念姑娘一样张开双臂，云朵托着我，那些曾经嘲笑我的人应该带着欣羡的目光仰望我，我是所有人聚焦的焦点，我感受到从未有过的自在与尊严。但这些都是想象，我厌恶手臂上留下来的黑印，更厌恶只敢想象的胆小的自己。

加了安眠药的温水喝起来还有略微的甜味，阳台上的摇椅均匀地摇动着，我仿佛回到了我的幼年时光。我躺在小床里，外婆坐在床边的木椅上，一边摇着小床，一边哼着《望春风》，外婆唱着唱着就呜咽起来，小床也不摇了，我睁着眼看外婆颤巍巍地抹掉眼泪。那时候想，快快长大，长大了一切就好了。到如今，终究是长大了，外婆走了，人就像这栋空房，所有的东西都有序地摆放着，却再也没有人入住过。充溢的脂肪垃圾一样在我体内堆积着，油腻腻地冻结着感官神经,人变得孤独,变得冷漠,变得弃世者那般脾气残暴,变得无可理喻。白天是这样,生活安静到只剩下粗重的呼气声,可到了夜晚,念姑娘就窜到我的世界里。念姑娘没有穿鞋,她的脚丫细而小,远远看着是出生不久的日本锦鲤在水里游动,近看光滑得像天蚕丝丝巾。她一抬脚一落地地渐渐靠近,玲珑的踝骨就像宣纸上晕来的墨,踝上系着的铃铛恰好垂在踝骨上,铃铛轻盈地扬起,然后砰地发出一声清脆的响声。念姑娘每往前走一步,冥冥中有种莫名的东西在挠着我的脚心,说不清是麻还是痒。念姑娘走到我的跟前,我想捧起她的脚踝亲吻时,她却徐徐地退去,退去又逼近,逼近又退去,如此反复。我抱着头痛苦,漆黑的夜搂住了我,我感觉到摇篮般的安全。

青年的时候信仰自由,把平等挂在嘴边,自信地以为博爱可以改变自己,甚至改变世界。然而,时间就像一把刀,硬狠狠地把理想的外壳层层剥落,那鲜红而充满温度的血肉在黑夜中就像猫的眼睛,光亮中带着不可捉摸的眼神。

A是唯一和我吃过饭的同事,每次在饭堂遇见,他总像久别的故友那样搭着我的肩,喊我兄弟。那天还在饭堂碰见,他告诉我他收到另一家公司的面试通知了,开玩笑地对比那家公司的薪酬有多高,他笑哈哈却一口饭也没吃。我端着餐盘扒饭,一边故意把口中的软骨咬得吧唧吧唧响,一边在心里诅咒他。我抬头看他时,发现他得意大笑的表情夸张得可怕,就像张大嘴巴的骷髅头,陪酒小姐似的笑声矫情而猥琐。我"啪"一声地扔下餐盘就走,让A消失的念头火苗一样在我脑袋里窜动,当我听见自己哧哧的粗重喘气声时,恍惚也听到了魔鬼的淫笑声。我拼了命地逃跑,直到将房门重重地锁上,才面条般地瘫软了下来。回神过来,觉得镜子中的自己陌生得让人悚然,突然间无法确定自己的心。

间隔闪现的奇怪而可怕念头是潜藏已久的魔鬼,每到黑夜就杀将出来肆意疯狂,庆幸的是酒精可以麻痹、香烟可以安慰,等到黎明,魔鬼乖顺地回到我漆黑的腹内。我就这样站在阴与阳的分界线,时而阴暗,时而阳光;时而善良,时而丑恶;时而可怜,时而可怕;时而想用爱拯救自己,时而想与世界同归于尽以结束自己……就像电池里的正负两极,极端地住着两个世界,一个是魔鬼的世界,一个是凡人的世界,它们在黑与白中交叉着出现,让我绝望而又希望、平静而又疯狂。但我爱惜,因为这是我。

童话

余珺华

福建师范大学文学院本科 2012 级

上帝每一年在人间种下了一棵树,这些树循规蹈矩地生长、发芽、开花、结果、死亡。

可是总有意外发生,就像上帝难以预料亚当和夏娃的过错一样,难以预料树上的每粒结晶都珠圆玉润修成正果。也许有一颗是最先结出的。它曾给这棵树以硕果累累的先兆,却在姊妹们启动的世界停滞不前了。这是一颗僵果,早熟的,却永远都不会成熟,它难以按照造物主美好的愿望变得可口,却也同样不会招来虫蛀。

我就是这样一颗僵果,一度早熟,但年深日久,心里的成长捉襟见肘,永远落在了年龄的后面,渐渐地,就停在一处,不动了。

现在的黄昏,我仍然喜欢走在不太干燥的泥地上,穿着旧的体操鞋,这个时候心里有一种连脚掌都能感觉的柔软。太阳很红很大,让人有一点难以置信的挂在西面,整个的天像一幅被夸张过的剪贴画。一切向西行进的事物都像要走进太阳里面去,似乎那里有一个终极的归宿。我想,我的瞳孔里一定泛着红的光,光晕的正中央立着名叫夸父的我的偶像。

我一向对"最"字开头的问题不敢回答得太快,因为有一点茫然,生活里好的东西太多,坏的也绝不是一件两件,要来个 quick、response 实在是为难我。最后我说出安徒生的童话,说得心很虚,因为我的同伴都搬出了鲁迅、钱钟书或张爱玲。不知道哪位兄台是否会以为我从幼儿园之后的阅读量是一片空白。

我怀疑也是,童话让我骄傲的时代已经过去了,如果今天有幸纠集了一群小孩子,不知道还有没有投入地听我讲《白雪公主》意外的故事了。她自然也顺理成章地忘了当年我给她讲童话时她的激动和迫切了。

可我就是这样的一颗僵果,顽固不化到了无药可救,在我极力地想表现自己的深刻的时候,安徒生他最先跳进了我的思维,让我下意识地说出了这个名字,我不后悔,这未尝不是我心心念念想着的事实。

很是喜欢过一阵《拇指姑娘》,很羡慕她的娇小,她的整个儿,是每个人童年的象征。她严厉的世界是现实世界的放大,就像我们曾经也必须仰面看这个世界。安徒生叙事总是很安静,让人不由自主地沉浸下去,忽略了时空。我周而复始地重复着小时候的回忆:坐在车子里,双脚踏不到地,夕阳照在我的身上,给我镀了一层金,我就仿佛不再是这世上的一员,进了童话的世界了。

安徒生的童话与格林兄弟的童话有着本质的不同,是梦想和梦醒后现实的差异,格林童话里的故事是让人做梦的故事:王子和公主永远幸福地生活在一起。可是所有的结果都能这样简单吗?会不会有几百年前对查尔斯和戴安娜的不幸预言呢?相反,安徒生从不回避痛苦、贫穷、死亡和失意。也许,一开始他就没有打算给读者限定年龄。"我用我的一切感情和思想来写童话,但是同时我也没有忘记成年人。"

总是这样,安静地、优美地、清爽地来了,也许是幸福,也许是死亡,也许是海上的泡沫。艾丽莎站在火祭坛上的从容是小孩子不会有的,小格尔达寻找小加伊的执著也不是小孩子会有的。幸福是什么?幸福是美人鱼不灭的灵魂,是老头子说话总不会错。

捧着《海的女儿》细细读来,我仍然恸哭,向往成为一个真正的具有灵魂的人,是一个单纯的低级生物的最高的志愿。童话家赋予主人公最美的形象、最高贵的心灵,为的是突现作为"人"的庄严。叶君健先生说:"他的童话立足于现实生活,而在现实生活的基础上又充满了他对于人类美好未来所做的想象和愿望。"因为单纯,所以深刻。我的灵魂被触及,惊讶地发现现代人可以将自己的善良和敏感包裹得这样牢,但是这防御工事同时又如此脆弱,承受不住最纯美的东西。

安徒生早已作古,人们还在代代相传,随着观念的改变,他的名字渐渐流逝于传承的过程中也是很自然的事。早熟的人群不再需要童话,同时淡漠的也许还有王尔德或阿·林格伦。

可是,我知道定论下得太早,各式各样版式的安徒生童话陆续登场。精美的外表和不菲的价格同安徒生朴素智慧的语言形成反差。是悲是喜?在各种先进的媒体不断地用具体的形象介入人们的感官的时代,人们的想象的空间和能力已经被渐渐消磨,安徒生童话会不会尝到寂寞生存的伟大呢?

往日追忆

林海
福建师范大学文学院本科 2012 级

在《飞鸟集》里，泰戈尔说："天空中不留下鸟的痕迹，但我已飞过。"

蓝天无垠，鸟过无痕，这让我想起了记忆，想起了"过去"两字。往日种种记忆，栖身于脑海，不正是无痕的吗？往者已逝，有什么可以证明它存在过呢？若以海德格尔的未来决定论，它们在出现时便已消散，甚至不如一缕薄烟，一切行动看向的是未来而非过去，它们毫无重量。但若以普鲁斯特的《追忆似水年华》来看，"现在"便是记忆永恒的确证，我们追逐的人生意义就在于过去的种种，它是我们的立身之地。之所以有鸟，就是因为它曾飞过那一隅的天空，这一行为支持它成为鸟，正如学生之所以坐在教室中学习，是因为他（她）长期以来都是一名学生；教师之所以站在讲台上授学，是因为他（她）长期以来都是一名教师；我之所以是我，是因为我长期以来的所作所为成为我。我们循着过往遗下的那个线团行进，兢兢业业、规规矩矩。

那么，这无可触及之物，如记忆，如过往，如天空中鸟的痕迹，它们尽管看不见，却都是存在的，因为它们向未来所伸延的触手，指向现在的那个末端，在我们面前显现。那我们没有理由不相信，在看不见的远处，回首处朦胧的雾霭里，有一个起点存在。

这也是哲学家们穷尽一生，不可理喻地探究宇宙图式之起源的理由。哲学家，都是无限追忆过去的苦行者。

看不见，不代表不存在。

面对这句话,在大多数情况下,人们往往会给出两种解读。其一是视这看不见的曾经为今朝行动之勉励。当下未必有所成,但真正重要的是曾有所为,强调过程,以消除对未知结果的恐惧,无为亦留痕,我生存过,所以我活着。一事无成是可恨的、可恼的,只要做过,就不会留下遗憾。

其二是将过往沉重化,视之为无法抹去的疤痕。生活如日历,一页一页撕下,不可挽回。记忆成为不可动摇之物,连接现在与过往。一切的言行举止,一旦做过,就成为泼出去的水,再也无法收回,遗憾也就成为铭刻。这种无物尽管是生活着的证明,却又往往成为一种负担。往日成为无法消除的印记,现在连接着过去,抬头看去,那片天空永远成为鸟飞过的地方,成为无法摆脱的事实。我们陷入了《生命不能承受之轻》中托马斯和萨比娜的生存困境,可以忘记过去,却无法消灭过去。他们企图否认、消灭残存的过往痕迹,甚至叛逃了曾经所拥有的一切,但依旧无法摆脱由过去犯下的种种偶然堆砌而成的悲剧,乃至于陷入一种悲歌般的命运循环。《生命不能承受之轻》中所阐述的悲剧,在我看来,一是对抗偶然,二就是对抗过去。

我们所做的一切,都与过去相连。

鸟过无痕,在这种解读下竟成为如此沉重的寓言。

我知道,这很可能是一种"过度诠释"。如世人言,《飞鸟集》是亲切而积极的。有人言:"泰戈尔的诗像珍珠一般闪耀着深邃的哲理光芒,欲唤起读者对大自然、对人类、对世界上一切美好事物的爱心,启示人们应关注现实人生的理想追求,让整个人生充满欢乐与光明。"照这种看法,泰戈尔断不可能在这锅心灵鸡汤之中强加入一句无可奈何的生命辩驳。于是,人们往往习惯于将"天空中不留下鸟的痕迹,但我已飞过"这句话视为自我勉励之言:尽管未创造出辉煌,但至少我曾经努力过。也正是因为这样的解读,泰翁的"鸟过无痕"才流传如斯。

但是,"过度诠释"不也可能是"不足诠释"的另一种面目吗?只因支持它的证据不足,才显得摇摇欲坠。它是可能存在的,只是没有找到它的支撑,于是显得跟"过度诠释"一样——像是胡说八道。那么,我偏是要将泰戈尔的这一话语、这一处境向真实生活伸展,它背后有着这样的可能,这种可能便是我上面所说的过往之无可摆脱之苦。未竟的辉煌是当下的事实,曾经的努力是已然的过去,泰戈尔强调了后者的客观存在性,映入我的生命印象,便成为苦痛。

你会问:是什么让你刻骨铭心,变得如此武断,冒着歪曲经典的风险,为自己的涛涛哀愁铺路?

有过太多的记忆。欲留者如风卷残云,飘然而去;欲弃者如高崖老松,攀缘入骨,曲根错杂,难以抛却。

一旦得闲追忆往日,对于过往的不满就会爆发,使人长吁短叹、蹉跎不止。

记忆它总是浮现,在我痛恨自身的不足之时。我太胆怯,不敢主动地与陌生人交谈,开朗的我只存活于亲友之中,一旦触摸到冰冷的隔膜,我就不由自主地闭上心门。我怪自己小时候怎是个乖乖小子,依偎在父母身边,只在一方小天地里蹦跶,不敢跟着伙伴去街上闯、巷里闯,不识那社会风情人间词话,简直成了脖子上挂烧饼的蠢学生,导致如今畏畏缩缩,不敢浪漫于人群中。我无所长、无所精,我怪自己过去怎么不坚持绘画这一爱好,听信旁言,不做反抗,乖乖学了国画、学了书法,学那奥数、学那礼仪,结果如小熊掰玉米一般丢了一切。我浪费了光阴、浪费了机遇,并未在学习生涯中自觉地全力以赴,碌碌无为而不知振作,待到回首时,一片狼藉——

我想改变它!

但我改变不了。一切留存于记忆中,犹如影片,历历在目而触之不及,连对话的权限都无,只予以我评价的空间。

记忆它总是浮现,在我懊悔自己的一步错过之时。我恨自己为何当初不向暗恋的对象表白,毕业后两人相拥而别,虽有书信相传,却无缘再见,而今她已与他人相伴;我恨我自己为何不与往日挚友主动通话,一别两地隔,声音都已忘却,结果今似路人;我恨我自己为何不敢在高考考场上鼓起勇气改那似错非错之处,结果名落孙山,够不着那理想之所——

我想改变它!

但我改变不了。一切如折戟沉沙,历史浮尘,岁月如滚滚江水,东流不回,只予以我悔恨的权利。

记忆它总是浮现,在我动摇时,在我彷徨时,在我胆怯时,在我犹豫时,在我进退维谷时,在我忐忑不安时,在一切一切我心神不宁需要环顾周遭追忆往日寻找支持自己的理由时——它总是以往日的片段来妨碍我、嘲笑我、咒骂我,让我明白自己是多么无能、多么脆弱、多么失败。我抛不下！

我想改变它！

但我改变不了。一切远远地置于云端，似霞似霾，只让我感触它的阴霾。

我想改变它……

我多想吃后悔药。谁不想吃后悔药？若能时光倒流重来一次，我必定活得更好。弗尼吉亚·伍尔芙笔下的达洛卫夫人也这样讲：若是自己人生重来，必然能成为萨莉·塞顿那样的人。《读者》杂志曾做过调查，若能重来人生，你当如何？结果显示，除非刻意，谁不想拥有一个理想的生活？但生活无存档，抹不去，消不尽。"人一次也踏不进同一条河流"，一旦飞过，便再也无法保持原来的自己。我们活在无时无刻都在消灭自我的行为循环中。

无怪乎有人说：人类的所有文明都是向先祖体验的无限回溯！一切评价早已在过往注定，我们不过是在拾取碎片。基督教义相信人有原罪，是否也是对过往枷锁记忆印象的一种终极提炼？

我该怎么拯救自己？我们是否就该像虔诚的教徒一般埋葬于往日无垠的痛苦之中？

我想改变它，我想改变它！

我曾以这样的理由激励自己：往日空无一物，不必在意。过去的事就让它过去吧，无需挂怀于心，让它拴住生活的脚踝。米兰·昆德拉在《生命不能承受之轻》里倒也说道：只发生过一次的事情，跟没有发生过一样——我们无法从中归纳出任何的必然、任何的真理。它是没有意义的。但是，这不使记忆过往愈加残酷了吗？它居然是一种偶然，是虚无，居然是无迹可寻的、无法可由的，命运无法掌控，而每一秒现在都在飞速向着过去转变，乃至连当下这一刻，都在拼命挣脱我们的控制，天平倾斜，一切滑向了不可知。这比之不可改变还要糟糕，甚至是危险的。按照这种想法，我们的一生又算是什么呢？这种想法是虚无主义的，断然不可取。

有人还说："失败是成功之母。"过去的失败与遗憾不正在累积着经验，让我去吸取前车之鉴，以便未来做得更好吗？但这说法只是以未知来诡辩，悬置了疑问，过往的残痕依旧清晰可见。

那么，不能无视它，又不能改变它，我该当如何是好？

只余下这条路了吧：走好当下的每一步。已发生的不可变，那我至少可以决定现在。

不，决定现在也是一场梦，谁能去决定未发生的一切呢？我当谦逊些好——只要在当下做到自己认为的最好，岂不是就没有了后悔的理由？我为什么总是后悔？为什么回忆总是沉重？因为有遗憾。遗憾，遗憾才是使姹紫嫣红的过往显得斑驳、破败，淹没于悔恨中的最大根源。总是希望再来一次，就是因为未尽全力，倘若我已付出了所有、倾尽了全力，那即使哪日回首往昔，一片狼藉，我也无话可说，因为——我尽全力飞过。我已经做不到更好了，这就是我的全部，余下的，爱怪他人，就怪他人去吧；爱怪命运，就怪命运去吧；爱怪上帝，就怪上帝去吧。往日之我已无愧于我，今日之我已倾尽所有。

此时，那羽翼在蓝天中留下的残痕，必然也是轻灵无垢的。一切都脱去了重量，真正成为可珍藏于心的缀饰，成为我们生活的能量。

成为生命可承受之轻。

即使哪怕一毫秒的过去我都已经无力更改，我还能尽力创造将来完美的每一毫秒。

这是不是泰翁思索过的鸟过无痕？我一厢情愿地想。但是，假如，倘若是，我必当与之神游于梦中，浮一大白。

自由、欲望与婚姻之辨以及如何呈现
——看《纸牌屋》第三季

朱一鼎
福建师范大学文学院本科 2012 级

真正的自由是存在的吗?

看到第十集的时候,我第一次想要停下来借助文字去思考,之前的两季到现在,尽管这是我第一次认真看到底的美剧,但是从不觉得它能提供给我超越剧情的思辨。这或许因为《纸牌屋》一直是回避陷入某个特定主题的。在故事中,编剧聪明地避开了正义与邪恶之辨,世事艰难、不择手段以它潜在的说服力征服了观众。但是到了第三季,编剧却越来越陷入到通常的俗套当中,同性恋遭俄国逮捕事件中,克莱尔与安德伍德第一次分别站在正义与邪恶、理想与现实的两端。

当然,依靠编剧高明的情节、数次难测的转折、节制而非铺张地对于正义的渲染(真正对于克莱尔的赞美,只有畅销书作家临去一转的那句"你做了正确的事情")、两位主角特别是凯文·史派西丰富多层面的演技,这场大戏终于不致落入俗套的对于正义的主旋律式宣扬中。

然而,这场戏除去戏剧元素仍是无聊的,因为它不能提供任何思辨,坚持了正义,so what? 在这个情节所呈现的矛盾中,并未能展现世事如何纷纭、正义难以辨别或正义本身的局限性等真正具有思想意义的命题,此类命题会因辩证而产生戏剧张力,观众会在逐步被引导中做出属于自己的伦理判断,从而深入到戏剧与思考中。但是,《纸牌屋》中的却不过是非 A 即 B 的是非判断题,这和小学思想品德课本一样没有意义。

然而,编剧再次深入到了之前所回避的对于婚姻的思考中,这一次他却成功了。除去我不得不再次强调的凯文·史派西的演技以外,我在之前两季的时候,从未觉得他如此迷人。或许来自他本人的同性恋气质(这不是我附会,在本剧中,他确实在每一季都呈现出双性恋倾向),特别在深夜与那位牛郎作家的暧昧互动中,他仿佛雌雄同体,在绝对的权威中掺杂了阴柔,再附加同志式的主被动双重性(这一点在《春光乍泄》中,张国荣有完美的诠释,主动展现自我同时意味着被动等待征服,明明更加软弱却好像一直强势)。在二人的关系中,牛郎作家在袒露自己往事的同时,展露出完整的人格、有说服力的言辞,安德伍德既同情并欣赏他,主动释放出了爱。却因此刻心理上的脆弱与需要安抚、感情上的羞怯,对比牛郎作家的坚定成为渴望臣服者。作家那句"每个人都有伤痛"不仅是安慰,更是对安德伍德此刻处境的解答,他伤害了克莱尔,难道自己没有受伤吗?这一句已足以令安德伍德爱上他。然总统之尊使得他掌握绝对的主动权。如此繁复细腻的层次透过凯文·史派西舞台剧式强调转折性与深具说服力的演技,毫不矫揉造作,令我心折。

除去这一层演技,再除去编剧的暗示性手法、恰到好处的节制台词以外,所以能成功实现针对婚姻的思辨,更在于它的叠加式戏剧结构:将道格与哥哥、安德伍德与克莱尔、安德伍德与牛郎作家三重人物关系同时纳入到一个叠像系统中。

编剧有意将道格剪接于此,其实是为了从另一个侧面提出对于安德伍德和克莱尔婚姻的质疑。道格认为,他选择了自由,放弃了婚姻制度。然而,哥哥的婚姻本身就是一种自由选择,在之后与其小孩的玩乐中,道格自己也体会到了这种选择带来的幸福。同时,哥哥进一步质疑,究竟你如此卖命工作,是自主的选择,还是被欲望役使?这个质疑犀利却未必能进一步深入,因为本身这个问题就是无解的。人能在多大程度上超越自我的局限,生理与心理的,完成真正具有意义的自主选择?这本身已经以一种尺度、以答案的姿态在拷问人心。

然而这一拷问却关涉安德伍德与克莱尔。道格的命题具有双重性:首先,自由的本质,自由与欲望;其次,婚姻关系与个人自由。这两重命题都指涉总统夫妇。

第一层来说,从这场具体的二人与俄国总统的无间道中,安德伍德此时已无选择,克莱尔无论有无上当,为了解决问题,安德伍德必须牺牲她,这就是俄国总统的条件。但是这个选择其实并非安德伍德个人想要做出的,是总统的职位所要求。他感到了权力本身在逻辑上的荒诞,看似权力由人掌握,其实是权力本身掌握了你,安德伍德看似选择了总统大位,却取消了自我的自由。

再谈二人的婚姻。在之前的剧集中,编剧一直呈现着两人关系的特殊性,他们立场一致、深知对方、互相牺牲与成就。但这一部中,二人却一次次争吵,有价值冲突,沦为寻常公婆。除此之外,克莱尔在这场婚姻中,无可避免地成为牺牲品。因为总统的权力掌握在安德伍德手中,她未必不知安德伍德本人无可选择,在哲学层面,他本人甚至就是牺牲品。但是从现实面考量,她能同情安德伍德,却未必能忍受自我被剥夺,单纯作为总统身旁的花瓶,她只有成为掌权者。这种对婚姻的质疑也许不适用寻常人,却能反面诘问道格的哥哥那类看似完美的婚姻关系,你们真的在这场婚姻中实现了自我?两个有主体性的人真的能一直保持统一立场,而不消弭自我其他的可能性?到了立场改变的时候,你也许可以选择离婚,但是离婚本身所否定的又何尝不是过去的自己?

这层思辨反过来也可以再次质疑第一个命题所确定的对于真正的自由价值的确立。每一次的自由选择是否意味着对之前的否定?既然一次次的自由选择都被下一次否定了,那么你如何能保证这一次是对的?难道每一次的自由都是错的?自由本身就是错的?或者,自由根本是一个伪命题,因为自由所充分具有的可能性如何能具体纳入到一次选择中呢?选择本身,就是取消自由。

除了这一主要的系统以外,安德伍德与牛郎作家的关系又以对照的方式挑战安德伍德的婚姻与权力,引观众发问。总统为何发乎情止乎礼?出于婚姻?还是出于总统地位的考量?在情欲萌动、爱意生发的那一刻,该如何选择?什么是自由?如果自由本身意味着责任、局限,那么自由本身岂非枷锁?

文章到这里已经结束了,任何的总结都是拙劣的,套用上文的逻辑来说,任何总结岂非意味着对整个思辨过程的局限?然而,我还是愿意为克莱尔说一句话,不要责怪她不懂牺牲,因为安德伍德也不会让出总统大位给她。

你愿意吗?

——写在看完第十集可以预言结局的时候

我一遍一遍描摹你的痕迹

马若琳

福建师范大学文学院本科 2013 级

我一遍一遍描摹你的痕迹。

从前不过是拿一些虚晃的感觉做影子，如今却变成一种执著。可是你要原谅我的愚钝——我只懂得用只言片语的文字堆砌出一个你，而你从来都是捉摸不定的，随尘埃嵌入尘埃，从前如影随形般无声无息，现在淡然残存得无声无息……

是的，这便是我与你的全部交集，交代下来，也不过寥寥几笔。在哪里相遇，在何时对视，又是在哪次曾和你说过三言两语：树下、风中，或者是在那些微茫的尘埃里？我把童稚该有的幻想、少年该有的惆怅，连带着而今的思念与感怀尽数交给你，或揽蔚蓝与温阳以待，或携凄风苦雨而来，便尽数由你。我像是一个死心塌地却并不狂热的信徒，年复一年等在你必经的途中，抑或是你出现在我的路上，我不必苦守、不必追逐，就像我知道你会来，也知道你总会离开。

世人说，你是多情的。恬静的人看到你的温婉，慷慨的人看到你的妩媚……郁达夫文章中的慨然不远万里，只为逢你在故都的一季，大抵也是为了你的多情吧。在皇城人海中，租一椽破屋，于晨起时当院置一张小椅、泡一碗浓茶，总要将你的细腻、清丽，或许还夹杂些的落寞与深沉尽数品去，寻一番半开半醉、欲语还休的沉溺。

我总是羡慕他的，羡慕他品过的你那一丝缱绻在故都中的味：很高很高的碧色苍天下，驯鸽扑扇着翅膀掠过；一丝一丝的日光从槐树的叶底漏下，静静洒在铺了一地的落蕊上;破壁腰间浅蓝淡白的牵牛花开得正盛,几根稀稀落落、尖细且长的秋草摇曳在花底,似有若无,浅浅而衬。还有那秋蝉秋雨、秋风秋果,或衰残或凛冽,或清凉或繁盛,一阵阵、一声声、一株株、一层层,像极了浓茶芳茗,看不饱,尝不透,赏不完,自然也是忘不掉了。

当然,大多数时候的你还是萧瑟的,至少在那些文人墨客的眼里。你总是能适时地为他们凄苦漂泊的人生带来几片零落的黄叶,裹挟几缕瑟瑟的冷风,还总要再浇上一场早就准备好的苦雨,好帮他们的愁苦添灯剪烛。他们也多是知感恩的,报你以尽肆的渲染与悲戚,把你描摹得更加顾盼生情、婉转迷离。

我大概也是喜欢这样的你吧,不过少了些哀恸。我本就没有那么多的凄哀冷落,既生不在乱世,又未曾经历多少磨难,有的顶多是那些"欲赋新词强说愁"的蹩脚戏码,登不得大雅之堂,更遑论"冷冷清清,凄凄惨惨戚戚"。我甚至怀疑我从不曾完全融入过你,哪怕已有过无数次相遇。我也曾学那些迁客骚人,拈一片你衣角的落叶,从那些参差阡陌的细纹里看看韶华是如何的易逝,叹叹凋零的时光一如白驹过隙;也曾带着不知所起的哀怨擎一把薄伞,兀自踱步在细碎的雨幕里,只为从你的气息里寻一串似有若无的凉意,为自己的嗟之叹之博一丝慰藉。

然而,我终不曾经历过故都的你,也不是文人墨客、迁客骚人,于是便也只邂逅了北方小城中无戚无苦的你。你从我未知的地方款款而来,便也就带着与生俱来的神秘——陌生的总是神秘的吧。你静静地游走,或攀上树梢,于是枝叶为你醉了,蔓延出一片黄晕;或潜入池底,于是游鱼为你醉了,蜿蜒起一圈涟漪……

小时候,我以为你是童话故事中的仙女——你一定有一把神奇的仙女棒,然后穿着薄如蝉翼的银黄色纱衣。你会扇动着透明的翅膀盘旋在天空中,仙女棒轻轻一挥,打散了团团白云。于是,有你在的天空总是干干净净的,闪着宝蓝色的光,偶尔才会飘过一片似有若无的"漏网之云";那些"被赶走"的白云似乎都喜欢找太阳庇佑,于是被团团白云包裹着的太阳公公也变得柔软起来,轻轻地放着暖暖甜甜的光,好像生怕灼伤了身边的这一群"小精灵"。你还会赤脚走在细长细长的田垄上,长长的裙摆拂过两侧的庄稼,于是像收到号令一般,一垄垄麦田一层接一层地翻出金黄色的外衣,迎着阳光欢笑着,露出一排排整齐的牙齿……

　　后来我觉得你像是一个走过沧桑的旅者，靠近你，就像靠近一场关于自由的冒险。当我走过两侧树木参天、枝叶交遮、满地落黄的小道，把一片片黄叶踩得咔嚓作响时，你静静倚在高高的树干里最坚实的那一株上，身旁细长的枝干随着你的呼吸摇曳，在棕黄的叶毯上投射出细细碎碎的影子和缕缕斑驳的微光；当我路过开得艳红、簇满一树的合欢，学着小说中忧郁的女主角抬头，对着那一树绚丽繁盛自怨自艾、发呆叹息时，你随手掀起一段卷风，吹落轻柔的花蕊，嘴角噙笑地看着风中兀自飘飞的绒花打了几个旋儿，终是无声无息地落下，沾湿在一汪水洼里，像极了容貌姣好的女子正对着池水顾影自怜，哪怕那水已将她的衣衫浸透了……

　　那时的我以为，这便是你的全部了，全部的生机，全部的妩媚，全部的沉稳和恬静，全部的沧桑和叹息……可是呵，我还是错了，错误地以为未曾经历过什么的我可以凭着天生的敏感与灵性触摸到一个真实完整的你。直到……直到那一年，那场毫无征兆的分离。后来我才明白，当我拖着重重的行李踏进火车车厢的那一刻，我就该知道，此去经年，难有聚期。

　　我来到一个没有你的城市，从年初数到年末，都未曾再遇见过那年树下、风中或是花边的你。我以为你只是忘了来，我以为我只是不小心错过了你，直到生命的轮回在时光前画了一个大大的圆圈，我才突然也终于肯定地明白，我再不可能在这里遇见你，也许那一次转身，我已不小心弄丢了你。这个城市，满眼都是苍健的古榕，年年岁岁繁衍出一片又一片的新绿，我在这里，经历了生命中第一次没有你的雨季，缠绵不断的雨一条接着一条从无尽的天空落下，然后让绿色更绿，让青草更青，让空气中被洗刷得没有一丝你的气息。

　　怀念总是用于已经离开的人，对已经失去的东西。于是曾经坚信不需怀念你的我，终是在这漫天的雨季里开始思念，终是在这片亘古不变的绿意中开始读懂滔滔江水对岸的你——读懂那些渗进平凡生命中的平稳，那些繁华落幕、盛时背后的宠辱不惊，那些不需修饰的自然闲散，还有那些叶落和风雨——

　　梧桐一叶而天下知秋，蹁跹而落，留恋却奋不顾身。逐风而去，离树而悲，它终是盘旋落下——如果离开不可避免，便息于你的身下，待来年又一季芳华。

　　云卷风而去，风携雨而来，一层一层，蝉翼薄纱。雨中斜桥影，身下泛动的是湖水,淡然的是观雨的心——那一丝一缕的凉意,若游龙,串遍每一寸发肤,只扫得人汗毛耸立,却一瞬间击破尘埃的躯壳,钢筋水泥,灰飞烟灭,只剩下一寸透明的灵魂,纯净、轻浮于烟雨之间。这并非南国之雨的潮湿柔软,那雨丝是针、是箭、是刺,穿透衣衫,穿透发丝。它是清淡的,却是有力的,它不是西子美人,病态娇美,它是大漠剑客,迎风而立,一袭白衣不染尘世,酒入豪肠,一腔剑气酿成月光。

……

"更待菊黄家酿熟,共君一醉一陶然。"你不是名花,也不是美酒,却醉了诗人。也许,我终没有郁达夫般的豪情,情愿折去寿命,留住你在那三分之一的零头。然而纵使你之于每一个生命,都不过是一场过客,纵使只能与你有那一段短暂的相遇与擦肩,你已然渗透进我的生命,几多繁华,几多沧桑,都已不再重要,重要的只是那芦花柳影、夜月钟鸣;重要的只是那一季,那片土壤,那座平行时空下的小城,那年树下,微风光晕里,你浅浅的倒影……

何夕何年,再相逢。好久不见,别来无恙。你在,心上。

上巳偶感

张强
福建师范大学文学院研究生 2014 级

  当我又一次坐到那窗前，独自发呆的时候，春意已经渐浓了，柳树吐着鹅黄，樱花和桃花尚且稀疏，但毕竟明天就是清明了。

  清明，自不消细说，在唐诗里，就已经有了无穷的诗意。以至于一提到清明二字，我们就会不自觉地想到那杏花、那春雨、那江南。从惊蛰到清明，倒也历经了几次的淅淅沥沥，在雨中撑伞漫步，倒像是躲到了古诗里一般，再不见那世事尘埃，内心也趋向于澄明了。

  而今年的清明恰赶上旧历的"三月三"，似乎冥冥中的这种巧合是要把这已有的诗意翻倍涨停呢。

  "三月三"这个被遗忘在人们记忆里的日子，如今很少有人问津的。但只需把时光倒转几百年，这一天怕就是无人不晓无人不知了，因为它是上巳日，春天里的一切四美二难之事都发生在这天。

  上巳日，顾名思义，因其最初定于三月上旬的巳日而得名——这采用的是传统的干支纪日，如今这个曾是中华民族常识的东西，也远离了我们，只有在每年春节时会遇见两个莫名其妙的字眼困惑人们之外，似乎并没有什么大的作用，这无疑又是一番感慨，在此不必详言。——到魏文帝曹丕那里，才定于三月初三日。这一日，人们要在水边洗濯污垢，祭祀祖先，叫做祓禊或修禊。而后渐渐演变成郊游水侧的活动，它成了文人的节日、情人们的节日，由此它的诗意加浓了。

看吧,明天,会稽山侧的兰亭上,曲水流觞又是一番雅兴吧,举杯赋诗之余,何妨再次提笔,挥洒一篇"天下第一"呢?莫笑后人迂腐拿去作价,只因那一回放浪形骸的挥洒,是多少世人所渴望而又不可及的奢求呀!

看吧,明天,曲江头上,丽人又该被仆从簇拥着出游了吧。步摇漫坠不怕,只是别醉了。醉去了,效一株海棠,虽能和湘云相映成趣了,但难免被林妹妹打趣的。

看吧,明天,双洎河(即溱洧二水)畔,君子和佳人采撷的春兰也该盈把了吧。盈把了,就又何必去折来芍药相赠呢?怕是也醉了吧,这一醉,不为酒水,只为春意和情意吧。

看吧,明天,夫子也要喟然发叹了吧。他也想与童子六七人、冠者五六人一同出游一番,在沂水沐浴,到舞雩台上吹吹和煦的春风吧。但始终他是不能够的,因为他忙于那明知不可为而为之,只为了让天下人皆可开心出游呀。

而我呢?我也是不能够的,我虽不为天下人奔走,却被俗事所羁绊。况且我也没有张翰那般洒脱,想起家乡的莼菜,便可命驾而归。

不错,我也想起了家乡的荠菜,明天家里人会用它来煮荷包蛋,加上点冰糖,也是十分的美味。想到它,我不禁口舌生津了。我想只要我明早启程,中午便可至家,途中还可遥望一番涣涣的溱洧呢!但是依旧是不能够的了。

长安注我

康宗明
福建师范大学文学院研究生 2014 级

　　点燃一支烟,红光提了一口气,记忆弥漫开来。还是一样,写散文总是要回头看。其实很不堪,忘记有多久没有写散文,因为散文使我欺骗了读我文章的人。他们大多天真烂漫,以为文中的"我"就是寄居在这个肉身中的我,这每每让我百口莫辩。如果是小说,他们也许还会想主人公也许有笔者的影子,然而并非全部。这就是我爱小说多于散文的原因,因为在一个纸面的世界中,没有人太较劲关于"真实"的问题,虚构的狂欢不会被不解风情的念头打断。然而有时事情并没有想象得这么简单。

　　大一时一节写作课上,郑秉成老师念了我的作业。那是老师布置的,主题是写十年以后的自己,文体不限。我写了一个城市青年到乡村支教,随后在那里过上艰苦却温情的生活的故事。那是一篇小说,并且用的是第三人称,然而因为这篇小说人物关系较为简单,也无所谓情节,如果允许自夸一下的话,那就是其中有某种平淡又隐忍的诗意。同一天晚上还有一篇想象十年之后的普罗旺斯爱情故事,浪漫极端,相比之下我的那篇小说太过"真实"。以至于下了课以后,它在同学们的头脑里就是一篇展望未来理想的散文了。临近毕业,朋友们一起聊起工作的事情,我说并没有志向当中学老师,他们就用质疑甚至责备的眼神看着我说:"你变了!你不是说十年以后会去乡村支教吗?"我一脸茫然,不知自己何时宣示过如此伟大的理想,知道是写作课上小说引起的误会后,我才大跌眼镜,如果我戴了的话。

　　大概是从此以后,我就对散文诚惶诚恐。把公开的类似散文的东西悉数删除,并且直到现在也没有再写过。今天又是什么动力让我再次打开这个谎言的阀门,放出一个叫散文的妖精,去魅惑那些怀着虔诚的心情想要了解我而靠近她的天真的人们?今天我要告诉你们,这是最不靠谱的代言人。她口中的我和真实的我仍然有差距,她披着的美丽的画皮出自我手,擦亮眼睛你才能看穿她施展的幻术,窥见我给她设置的真正的诚心。是的,她有真诚。

我始终都知道我只能创造这样一个妖精,因为文字是一种妖术。文字诞生之时群鬼夜哭,因为文字创造妖精比鬼魂还要恐怖。也许散文这个妖精本身是很可爱的,因为她其实内心有真情,但不知人们为何会被告知妖精说的每一句话全都与现实无异。

对我而言,我是从小就被这样告知的。小学三年级时,语文老师布置写一篇游记。我写了一篇去海滩玩耍的记叙文,文中写到我去了家乡的风景胜地——银滩,捡石头挖贝壳,如果没有记错应该写得相当富有童趣,作文叙述了一个小男孩的一段美妙的海滩之旅。但是我记得更清楚的是老师的评语:"作文写得很好,但我肯定你没有去过银滩,因为银滩并没有任何石头或者贝壳。"我看到评语的时候,我三年级的脑袋瓜一下子蒙了,我之前写过的好多作文也有过一些不真实的东西,是不是都被发现了?我三年级的道德良心告诉我:"你是个坏小孩,竟然在作文中作假!"然而此后我本性难移、恶习难改,不久就把此事抛诸脑后,继续在文章中弄虚作假,比如把某天爸爸来接我回家的时候下的小雨写成了大雨、学校里明明没有鸟叫却写得鸟语花香。但是我越来越会知道怎么样表现感动、喜悦、悲伤等等情绪和感情。后来我意识到我不知不觉地会在写作中创造一个不同于现实的世界,甚至有的时候文中的感情也是夸大的、变形的,但我知道怎样让它们看起来和文中的"现实"相符,让它们看起来有真实感。之所以会夸大变形,是因为老师每次都要求感人,然而我略贫瘠的童年生活中并没有那么多好感动的故事和人,但是我读过很多童话、故事和别人写的作文,于是我就从这些读来的体验中移花接木了,至于所写的文章与现实有几分相符,也只有我一人知道。

尽管银滩游记造假事件曾让我自责,但是另一种观念却始终更为强大,那就是文章是文章、生活是生活。看过一部电影《霸王别姬》,搭档演戏的段小楼和程蝶衣是师兄弟,程蝶衣戏里是爱霸王的虞姬,戏外则像戏里一样依恋饰演霸王的小楼师兄。然而段小楼下了戏台就不再是霸王,吃喝嫖赌惹师父生气,他经常对程蝶衣说:"那是戏!"看这部电影的时候我就很清楚,我从来都是段小楼。写文章像是唱戏,文中情感有时候是作文需要,并非全真。但真的方面在于戏中霸王对虞姬的感情真,观众看了会叫好。

尽管感情真,但是看客们对于我这种把散文当戏台的流氓戏子还是不认同的。最好的戏台还是小说和诗歌,台上歇斯底里、台下偷抹眼泪都可以,谢幕之后你不会以为我段小楼还是那个霸王就好,戏归戏。我仍然不爱写记人记事的散文,因为我演戏你当真。所以有真情我都给我的诗歌,因为我同样懒得做道具,一部小说就算是故事只发生在一个房间,也少不得桌子椅子摆这摆那,有时候这些交代与你要表达的关系不大,却是必须的。我更喜欢诗,因为自由,因为戏台甚至可以没有边界,人和物都可以变形变到很极端,诗中每一个意象都彼此关联,彼此扶持,少一个都不行,多余的也要毫不可惜地剔除,就是要这么精致。因此诗可以离现实生活很远,观众不会说怎么你生活里和诗里写的不一样,所以写诗我不会有被质问真实与否的顾虑。

值得三生庆贺的是,在这里我遇到了诸多令我敬仰的老师。没有这些老师,也许我仍被阻隔在文学之门外,摸不清文学的脉搏。孙老师在课上讲散文,一句"有真情无实感"解决了我多久的疑惑,原来不是我一个人这么想的,孙老师也是这么想的,知音啊!孙老师关于感觉变异、情感错位以及情感的审美价值论的诸多观点深得我心,形成了我对文学最基础的价值标准。可以说,我读了孙老师的文章,才真正开始摸到文学的门道。无独有偶,黄键老师在一次讲座中说"文学(文学语言)是对生活的偏离……散文中的真实是作者加工之后的真实……阅读散文要寻找表层语言和深层情感的错位",这是我对与那次讲座最为印象深刻处,只记得当时听到这样的观点忙不迭要记下来,视若珍宝,生怕忘记。黄键老师从学理层次上讲出了我对散文直觉性式的理解,无疑加深了我对散文文体的认知。无论是孙老师还是黄键老师,都把之前在中学被强制灌输的又时时受到我抵抗的机械文学反映论击得粉碎。还有其他老师使我的文学观发生了观念地震,但本篇既然是关于散文的散文,那就散到这里,地震之后的新生,永远有着老师们的血液,不会忘记。还有不能忘记的是,哦看官,在写文章时,我并没有点烟,是"我"才喜欢抽烟。

天国的诗篇
TIAN GUO DE SHI PIAN

天国的诗篇

刘青青
福建师范大学文学院本科 2013 级

一

春天到了,花儿开了,河水涨了,布谷鸟叫了,山青了,树高了,蚯蚓翻土了。头白了,人老了,嘴也唠叨了。

祖爷爷一如既往,大清早就准备好了一大堆冥钱、蜡烛、烧香、纸花。每年如此,翻山越岭,拿着镰刀披荆斩棘,带着我,拨开云雾去找寻隐藏在荒山野岭中的祖坟。

"祖爷爷,飞机,呼——"

"你听,那鸟儿怎么叫的?"

"儿,紧睡几……紧睡几(方言,意为:孩子一直赖床)。"

"青儿,你可不能紧睡几,要好好学习。"

"我知道的,祖爷爷,妈妈说我学习好,要带我去城里上学呢。"

"……"

"布谷鸟,布谷,布谷……祖爷爷,你听!"山中藤蔓缠绕,野草杂生,小路已被掩埋不见,祖爷爷一不小心脚下踩空从坡上摔了下去,我没太在意,他拍了拍土爬上来,倒是被吓得不轻。

"死倒是没什么可怕的,要是摔瘫痪了,睡上个三五年的,那才惨喽。青儿,以后我的坟可不会像你祖奶奶那么远,我就打算在院子里,每年清明,你也记得来上些纸花、放些鞭炮,我就爱热闹。"

"祖爷爷,你看,是兰花,兰花……"

"……"

二

高原的夏季,天变得喜怒无常,雨水一天天多起来。家门前刚出小果实的梨树和枣树被蹂躏得七零八落,瓦片被大强度的雨打得滑了下来,越来越稀疏,屋子里到处都漏了雨,日益潮湿,时有衣服和地底的霉气散发出来。

祖爷爷背着他一大篓木匠工具:墨斗、角尺、槽锯、木工刨、锉刀、手工凿……常常被淋成落汤鸡,就为了保护工具不被淋湿。今天,他开始着手准备起他的棺材来,他说要最好的木材,可以千年不腐。接着连坟墓也规划好了方位,朝着太阳升起的地方,那正是家门前那座高山的方向。墓碑上字的样本是他自己写的,子子孙孙,一字不落。祖爷爷说,安身之处准备好了,就没有什么可担忧的了,日子,过一天就算一天,跟着太阳转。

夏天过后,祖爷爷常常说他腰痛。

三

秋天又来了,青枣红了,梨被野鸟啄得瘪了掉了,满院子都是落叶秋风。门前的石阶,枯草腐进土里。妈妈说,她要出远门了,要把我送去城里小姑家上学。祖爷爷躺在门口木椅上,已不能独自行走,坐骨神经的病痛已经开始噬遍全身。

又过了一个季节。

今天祖爷爷托我去叫了村里理发的老罗来,给他理光了仅剩不多的白发,刮净了已经遮住嘴唇的胡须。我猜他是预感到了什么,但幸好一切如常。祖爷爷常常要我推着他去他的坟墓前,然后自言自语好久。

"青儿,你看,以后就把这墓碑揭起来,在地下放些豆子,然后棺材轻轻一推,就进去了……"

"青儿,过来,教你认字,青龙……白虎……"

"青儿,把乘法口诀背一遍,我就去书房给你拿糖吃……"

"……"

"祖爷爷,我要回去,我还有作业没做呢。"

"……"

四

这像是世纪末的最后一个冬天,冷得出奇,我在城里已经度过一个学期,并且同样拿了第一名。我还记得我走时,祖爷爷给了我很多他积攒的零用钱。

"青儿,要好好学习,只要是金子,在哪都会发光的,只要努力,你在哪里都一样,可以超过城里的孩子……"

寒假回去,我给祖爷爷买了棉花糖,祖爷爷在电话里说,他已经咽不下太硬的东西了。整个假期,祖爷爷变得出奇的麻烦,右半边身体已完全不属于他,大小便失禁,意识时而清醒时而模糊。他卧的床、穿的衣服、戴的帽子、睡的房间,散发出浓浓的尿骚味和酸酸的刺鼻味,只要一分钟见不着人,就叫我,狂乱地叫。或者就胡乱地背着六十甲子,胡乱叫着一些或熟悉或陌生的名字。有时,我悄悄从门缝看,祖爷爷就不停地拉着电灯的线……开……关……开……关……后来想想,那是要孤独到何种程度,在天堂门前一个人逗留。那时候,喂粥一定要是我,他才不发脾气,说我喂得温度刚刚好。我给他洗已经僵老的脚,剪已经腐臭的指甲,倒屎倒尿,埋怨声一片。

这个冬天太冷了,雪在山里下了一场又一场,祖爷爷在被屎尿浸湿又干又浸湿的被子里卧躺了整整一个冬天。

冬天渐渐暖了,我到离家很远的城镇里上学去了。

后来,一切都从亲戚口中得知。我去上学后,祖爷爷又从床上摔下来,说要去很远的地方给我打电话,要我回去。说他在最后的日子里,模糊或是清醒,还在叫着我的名字。

五

春天又到了,清明节又到了,祖爷爷却没到,而我在城里的图书馆遇见了泰戈尔,他用《吉檀迦利》的五分之一给了生命和死亡一个安宁的解释和全新的开始。就像在1941年的那个秋天,正午的钟声响过十分钟以后,他在乔拉香科的一间古老的房子里停止了呼吸那样。在漫长的八十年零三个月之前,他就诞生在那里。"生如夏花,死如秋叶,还在乎拥有什么。"

记得出殡那天,我并没有哭,拖着比我身子还长的孝帕,把生命中第一次直面死亡看成一种奇遇。妈妈揭开棺材,说:"青儿,要不要看你祖爷爷,他生前最疼的就是你了……"

那是一张没有了任何气息和血色的脸,但却是一副安祥的神态,一副解脱而又超然的神情,我只敢瞥了一眼,却在以后的日子里,再也没敢忘记过。

十多年过去了,看着老去的亲人老去了、逝去的亲人逝去了,陪着我的,已然又是另一番光景。时过境迁,新坟已经颓然,屹立在荒草丛生处,那年清明种下的松柏已高我一大截,坟头上开着紫色的小花儿,墓碑上的字已随岁月逐渐风化。可是,如果有机会再回去一次,我不绑缄默,我不磕头,不怀念、不埋怨、不自责,也不哭,却想在那坟前,吟上一首诗:

"我的主,不论什么时候,只要你乐意,请随时静静地前来,在这里就座。"

我的爷爷

林凡艺

福建师范大学文学院本科 2012 级

今天在图书馆接水时突然走了神，隐约看到门外一个老人走过，留给人一个高高瘦瘦的背影，就自然想到了我的爷爷。

爷爷叫林觉新，挺精神的名，人也精神，高高瘦瘦的，说起话来脸上就带着笑，极少有严肃的时候。很小的时候爷爷奶奶就和我们分开住了，因为爷爷年纪大，爬上三楼就会气喘，姑妈让爷爷住到了离家十分钟路程的小区平房里，那是一个杂物仓库改造成的房子，挺大，有一百平方米，两间卧室一个卫生间，厨房和饭厅连在一起，是最大的。放上两张旧床，摆上两台小电视，就颇有点家的意思了。现在想来，那里因为是房子的底楼，所以不管再怎么整修，都躲不了有些阴暗潮湿，卫生间也是简陋的，但好在有台热水器，洗澡的时候不用再端热水放旁边。门打开就是小区的花园，有一大块草坪，就间接地成为专属于爷爷的花园。他种花，不知道哪里来的花花草草，一株株的，有的放盆里，有的直接种在土里，还有专门的花架。不知道是不是对上了年纪的人来说时间都变得格外漫长，爷爷总是有很多时间来伺候这些花草，连娇贵的兰花也被爷爷养得旺盛，到了季节就会开花，散发的香味在屋子里都能闻到。本来孤零零的草坪，因为爷爷的花草也变得有生机起来，就像一个微型的花展。小区里的人也都爱逛到他的门前看一看、品一品。人人都说："林大爷有双妙手回春的手"。因为只要有人拿着快死的植物来找爷爷，那植物经过爷爷的一番调养，就活了过来，长得比之前更盛。小时候去爷爷家，只要是好天气，在小区门口就可以看到爷爷弓着背弯着腰,拿着把铲子铲土或是端着水壶悉心地浇水,这时候的我就会飞奔着过去,欢叫着"爷爷"向他扑去。爷爷转头,笑容隐在阳光里,让我格外想依赖。后来我渐渐长大上了三年级,爷爷更消瘦时,飞扑改为了我飞跑过后的依偎。印象里我似乎从没有主动拥抱过爷爷,小时候不懂爱是怎样又能怎样表达,总觉得在爷爷身边看到他便是温暖的。初中时离家到外地上学寒暑假回来,也只是在爷爷家吃饭看他种花。正值青春期,想的也是初怀春的粉色泡泡,也以为拥有的就是永远不会失去,自然没有想过怎样珍惜。当我真的懂了要去做点什么的时候,爷爷已经是躺在病床上的,那个瘦弱的、可怜的老人了。

　　时光真是匆匆,总要在失去后才能把拥有时的细节细细品味,那些错失的在回忆里便被不断放大。死的人走了,留下活人痛苦,因为会有遗憾,会自责,会悔不当初。我想到爷爷去世前的那一年暑假,我和妈妈去桂林旅游,爷爷说想要一匹杭州的丝绸做件衣服,会凉快舒适。跟团游玩的空闲时间不多,桂林和杭州也差距千里,好在我和妈妈还是在旅游集散地发现了不是很正宗的杭州丝绸。买回去时爷爷似乎有点失望,说和之前的不一样。那时候的我自以为自己长大了,有了自以为是的脾气,便对爷爷的这种"不满意"感到不悦,有些许埋怨。但是爷爷似乎又很热衷穿上这匹布做成的衣服,让爸爸妈妈带他去省城,找师傅做好看的样式。我也在心里觉得爷爷麻烦,为什么还要这样大费周章?后来爷爷去世后,妈妈偶然提到那时候的爷爷曾对她说:"我总觉得我穿不上这布做成的衣服了,布怕是可惜了。"不知道是不是人到了一定年龄就会对自己的死亡有所预知,所以爷爷的话也就一语成谶。所以爷爷才会那么急切地想要穿上丝绸做的衣服吧,辛苦了一辈子,看到了别人穿着时兴的衣服自己也想试一试,有什么错呢? 就像孩子看到同伴在吃好吃的糖果也想吃一样,再正常不过的人之常情,我怎么可以曾对此不耐烦过呢? 我曾无数次对自己内心这样丑恶肤浅的想法自责过,就算爷爷从来没有察觉过,我却仍然懊悔痛苦。我想起爷爷握着我的他布满老茧的温暖手掌,每次送我离开时总要陪我走到路口再目送我离开的身影。他是工人,老了之后就不再有收入,却还能在爸爸姑妈给的赡养费中常常拿出一百两百的给我零花……那些细碎的、隆重的爱意就在他死后的铺天盖地的回忆里将我掩埋,我的那一些细碎的、可恶的恶意便显得格外无耻与不能接受。悔意与遗憾将怀念变得沉重,就终于让我相信,我的爷爷是确确实实回不来了。

爷爷在我眼里一直都是一个好男人的形象。"好男人"这个概念那个时候我不懂,现在却是慢慢地对上了,我就一直觉得爷爷是能干的。他会养花还爱养鸟,养了只八哥,懂得天冷要加盖层布,还在院子里用木板盖了个鸟窝。花香、草香、鸟叫声伴随着爷爷的每一个清晨。早上买完菜回来,拎上鸟笼去庙里转一圈,碰上几个熟人打牌就把鸟笼放身边打上一两圈,赢了也不贪着再打,输了也不恼,笑呵呵地拎上鸟笼回家。也会在奶奶怪他回来晚时委屈地说:"我还赢了十几块呢!",输了的时候就呵呵笑着,一脸的不好意思。

爷爷买海鲜的本事是一流的,我没有看过他怎么辨别海鲜的新鲜与否,没有继承他的绝技现在想来真是一件很遗憾的事。他还会辨别螃蟹、虾爬子的公母。但凡是爷爷买回来的海鲜,鱼都是嫩得入口即化,螃蟹、虾爬子都是饱满得像要爆出来。爷爷是极疼我的,上小学前的印象是记不清了,但上小学后我开始记事起,我的世界都充满着爷爷给我买的跳跳鱼。那个时候跳跳鱼是完全野生的、昂贵的、难买的,一周难得几次的。爷爷每天都会起个大早,趁着卖海鲜的人刚刚摆上或还没摆好就溜达上一圈,用他的火眼金睛过滤一遍,他披着夜幕来带着晨光走。买到了就兴冲冲地打电话给妈妈让她带我到他那里吃跳跳鱼,或是直接拿到我家里来。那个时候不知道跳跳鱼有什么好处,也没想过与人分享这回事,爷爷买的跳跳鱼全都一股脑地到我的肚子里去了。我也爱极了去爷爷家吃饭,不光是对他的眷恋,也因他煮的菜总是色香味俱全。他清楚记得我爱吃的每一道菜,总是换着轮上一遍。清炖鲳鱼,香煎带鱼,豆腐皮炒芹菜,香焖小虾,红烧肉,排骨汤……一道道现在不记得到底有多好吃,但吃到时的满足与幸福我却是深刻记得的。爷爷病重时姑妈把爷爷接到她的新家休养,那个时候爷爷还可以起身走一走,精神好时还会浇浇花、松松土,爷爷的鸟也被拿到姑妈家陪着他。我常常去姑妈那看他,那个时候却没有觉得他会离开,所以待上一两小时就会离开。我还记得有一次很晚了,爷爷躺在床上,叫我也住下来,我推脱说要回家做作业,爷爷便没有强留,或许那时候他就是想让我多陪陪他吧!如果那时候我能知道我将求这机会而不得我怎么会拒绝?还有一次我去,那个时候爷爷已经没有力气起来了,他叫奶奶给我拿茶几上的水果,我抓着他的手笑着说不用呀不用,我惊讶地发现爷爷的手竟然如此瘦,摸着像是抓

201

着骨头,那是曾经牵着我的厚实温暖的手掌啊!现在却连温度都已经稀薄地触不到了,我心酸眼泪打转却不想让他看见,死命地睁大眼睛笑得却也更灿烂。奶奶说那是姑爹买的不好拿,爷爷竟生气起来:"让你拿你就拿!"本来没有力气说话的爷爷吼这一句也是用尽了力气,喘着气。我赶忙摇手安抚他,说我不吃我不爱吃,我陪你,爷爷却说这是新鲜的大枣很好吃,你拿去吃。就是在病重时他想着的也是要将所有好吃的都给我,怕我没有吃到。我的爷爷啊!奶奶还从冰箱里拿出冰冻的带鱼和水母鸭,说是爷爷之前买了给我的。他知道我爱极了带鱼,还买水母鸭给我补身体。我哽咽着,我不知道爷爷病后就算是精神好时是否可以到逛菜市场的地步,但那沉甸甸的是他的爱啊。回去的路上,妈妈说不然把鸭子分了,我们吃不完。我一下子就哭了:"那是爷爷给我的!"那时的我觉得只要吃下了,爷爷便会留下了,却不知道有些东西是注定会失去的,后来我便很少再吃带鱼,像是心里的一根刺,不去看时发现不了,碰上去却还是会疼上一疼。

　　冬至的前一晚搓汤圆,那个时候全家都聚在一起,摆上大簸箕,放上一个大柚子、两盘红橘,排好两把红筷子,吃好晚饭便可以搓汤圆了。我最喜欢搓汤圆,白白的糯米团两手一揉便是圆溜溜的珠子,可爱极了。爷爷搓得又快又好,只见他两手就轻轻滑动,一个个规律整齐的汤圆就接二连三地从手里掉下,真是"大珠小珠落玉盘"。那个时候我嘴馋,看见那一个个圆珠子就嚷嚷着想吃,妈妈拒绝我,本来就是要摆上一夜第二天才可以吃。爷爷看着我委屈的样子笑了,说没事啊没事,我再搓给你吃。便单独搓了一碗,煮给我吃。用红糖水煮汤圆,红色的糖水、白色的汤圆,看着便格外温暖,热腾腾的、甜甜的,甜到心里。我至今仍然记得爷爷将汤圆递给我的那一刻,蒸腾着的热气让我看不清他的脸,我太小、太矮了!但我还是可以看到爷爷的笑,上扬着带起了满脸褶子却格外好看。印象里的爷爷是极宠我的,我想吃什么爷爷都会做给我吃或者买给我,所以宠出了我一身的肉,我想爷爷是这个世界上唯一一个不会嫌我胖、永远觉得我吃的不够的男人,就连我爸都曾说我的手臂太粗要再瘦一点。但这个男人在我还不懂得怎样表达我对他的爱时,就离开了我。还记得爷爷奶奶还和我住在一起的时候,有一天我和妈妈出去玩,因为小不懂事,在妈妈朋友面前说想要一本书,那朋友买给了我,妈妈觉得我拂了她的面子,气势汹汹地说回家要教训我,我吓坏了,一回家就往爷爷房间跑。爷爷被我惊到了,穿着睡衣就起来抱着我,妈妈冲进房里想打我,都被爷爷拦下了。也是好笑,那时候的我不过四五岁,哪能想到妈妈会碍于爷爷的威严而不好打我,就本能地觉得可以找爷爷,爷爷在便不用害怕,便自然地寻求庇护,爷爷对我一直都是保护者的存在啊。

爷爷病重的最后几日,姑妈曾问过爷爷可有什么愿没有还过。我们一家是信佛的,烧香拜佛许愿,不管事后愿望是否成真都是要还愿的,不然就是对神明的不敬。爷爷断断续续地说道,曾经为我考高中上山上的寺庙许过愿。爷爷死后,我和妈妈去为爷爷还愿,走在山路上我就号啕大哭,我的爷爷是走平坦的楼梯上三楼就会气喘吁吁的人啊,这崎岖不平的山路,早就不只三层楼的高度,我可以想象得到,爷爷走几步喘一喘歇一歇,再走几步。这长长的山路他愣是走完了,还为我祈求保佑,我却从不曾知道。若不是姑妈问起,或许爷爷也早就被病痛折磨地忘记了,我便永远不会知道,爷爷的爱一直在保佑着我,即使我们相隔千里。而如今天人永隔,爷爷又是否在看着我呢?我还记得爷爷最后的那几天,他执意要回家里来,没有什么力气,是爸爸姑妈合力将爷爷抬回家的,本来他是缓过来了,我很高兴,以为和前几次的有惊无险一样他总会化险为夷,但就是在大年三十的前两个晚上,爷爷突然开始吐血,我来不及穿衣服就披了件棉袄往他那跑,我只能看到爷爷一口口的血往外吐,毯子上也是血,像一朵朵罂粟,红得晃眼、红得不祥。爷爷已经没有意识了,我一遍一遍地喊他,他却不能回应了。爷爷终于还是走了,在大家以为我们可以一起过三十的时候,爷爷走了。

第二天的天气很好,爷爷走的时候表情很安详,笑着的,很和蔼,像他生前一样。现在想起来,爷爷把他的一部分留在了我的身上。乐观大方,对着别人总是笑呵呵的,极少生气,有人需要帮忙他不多问能帮就帮,因此街坊邻居都敬爱他。因此我也爱笑,看到困难都爱拉一把,因为爷爷曾说过:"拉一把人就起来了,为什么不拉呢?"小时候我的胆子小,有天放学回家爷爷递给我一块玉佩,上面镶了金刻的我的生肖,爷爷说他把玉佩放在寺里开过光、听过经,能保平安。从此我戴在身上,自觉有了保护神,就算是夜晚走夜路,晚上一个人在家睡觉,也没有再怕过,这或许就是爷爷的爱在暗中保护我吧!

恍惚间已过了一个多小时,而距离那一年冬天已经三年了,只恨太匆匆。愿天下间再没有"子欲养而亲不待"的悔恨吧!

爷爷

林秀榕
福建师范大学文学院研究生 2014 级

爷爷共有三儿三女,但是在记忆里,他一直住的是大伯家。大伯家距离我家就转个路口,就是走也不过五分钟。我幼时又总和堂姐腻在一块,老往她家跑,因此和爷爷也算天天碰头。但是爷爷在我自小的意识里,却并非那么可亲近的人,看着他把堂哥搂在怀里,用那短而密的胡须蹭着堂哥的脸颊一脸自豪地说:"我家阿德长大是要做大官的啊!"或者亲昵地把堂姐叫到跟前,塞给她一袋绿豆饼或者一瓶娃哈哈时,我就偷偷躲在不远处的门角,就只那么看着。那时小,尚不懂得何为嫉妒,大概从来没有对那位老人家有过这样的期望,所以当他对别人表现出于我所没有的关爱和亲近时,我不会吃醋,不会哭闹,毕竟不曾拥有便不会觉得失去,但已然明白那并不是一种美好的情绪。

爷爷是个很矮小的老人,不到一米六的个头,十分精瘦,反观他的子女则个个高大魁梧,爸爸和大伯都近一米八,就是姑姑几个也都比他高,据说他们都遗传了奶奶,奶奶是个很高挑清秀的女人,从不下田却做得一手好女红。可是我并未见过她,她在我出生两个月不到便患哮喘去世了。1992 年爷爷跟着大伯一家最早地从闽侯老家搬到了马尾,待我们家在 1997 年也迁下来时,他们家已经在这扎稳了脚跟。爸爸在市区上班,家里全靠妈妈一人操持。因为计划生育的缘故,我到了七岁才上户口进了幼儿园,但是家有三岁的弟弟尚在怀中,妈妈自然就无法每天正常接送我。得知她的一个姐妹淘,家就在不远处的杨阿姨,她的儿子与我同班,于是妈妈就请求杨阿姨他们随行时带上我,我就理所应当当了他们俩的小尾巴。每天早晨，我会早早吃完饭在门口等着他们路过，放学也会自觉跟在身后，倒也平淡地过完了仅有的一年幼儿园时光。马尾一带侨乡多，许多同学双亲都在国外，都是爷爷奶奶照看，与我和爷爷关系的生疏隔阂相比，隔代亲在他们身上得到了淋漓尽致的体现。在我看来他们才有爷爷，他们的爷爷上下学会帮他们拿书包，下雨天送雨伞，给他们买校门口的豆腐花。我问了妈妈，为什么不能让爷爷来接送我，他没有工作，每天都在街上玩，喝茶聊天玩牌九。时间过去太久，我不记得妈妈具体和我怎么说，但总之是没有给我很确切的答案。直到年岁渐长，我才断断续续从爸爸伯母他们的对话中了解到一些有关爷爷的过去，若当时懂得"前因后果"这个道理，我想那便多少可理解爷爷对我的距离和永难亲近。

爷爷生在1936年，正是兵荒马乱的光景。他的父母在他十岁左右便相继离世，病死还是战死不得而知。据说爷爷上面也曾有过兄弟姐妹，但是除了他，其余全都早夭。当时风雨飘摇的年代，各家各户已是自顾不暇，几个远房亲戚在收养这个问题上都表现出了为难。爷爷虽小小年纪当了孤儿，却并不消极不振，很快便在一个亲戚的引荐下到了城里给一户地主当长工。他腿脚利索、做事麻利，很得雇主的欢心。到了二十岁时，主人给他介绍了个城里姑娘，就是我的奶奶。爷爷深谋远虑，说服奶奶回了闽侯老家的祖屋，后来开枝散叶，养育了六个子女。后来听到他人谈起此事，无不感慨万千，说："多亏他（我爷爷）本事，才让林家唯一香火得了延续。"爷爷有个堂哥是唯一和他关系较为亲密的，但是他早年逃难时曾被大石头轧断了腿，落下腿疾，一直没有娶亲，于是，照老家规矩，爷爷有责任把自己的一个孩子过继过去。爷爷有三个儿子，大伯是长子没有做这种牺牲的道理，叔叔是小儿子自然也心疼舍不得，于是"继子"这个义务就不偏不倚地落在老二身份的爸爸身上。说是过继，爸爸仍是和爷爷生活长大，大爷爷大概是太穷了，也并没额外给爷爷我爸爸的生活费，爸爸的义务不过是等将来大爷爷老了，为他养老送终，但是贫病交加的大爷爷在爸爸十五岁时就走完了全部生命。所以其实从头到尾"过继"这件事只是停留在口头并未付诸任何实施，但或许正是这个"有名无实"的插曲在封建意识浓厚的爷爷心里产生了根深蒂固的影响，毕竟族谱上白纸黑字写着的爸爸就是伯公的儿子了，对于已"不是"自己儿子的孩子，他本能地表现出了生分和偏见。

在我童年的记忆里,爷爷是个手头挺阔绰的人。他年轻时颇能闯荡,摸爬滚打地攒了些养老钱。他常年烟酒不离身,烟还必须是好烟。他曾使唤我跑腿给他买过几次烟。记得当时爸爸叔叔还都只是抽"乘风"或者"古田"那种三五块的平民烟,而他要的一直是"红中华"和"七匹狼"。常常在午后,见他一个人坐在大伯家门口的龙眼树下,然后从胸前的兜里摸出一支烟徐徐放到嘴边,"咔"地划着一根火柴,火苗一闪,就有一个个烟圈儿从他嘴边袅袅升起,他就乜斜着眼睛,完全地沉浸到了吞云吐雾中。他对酒也颇为讲究,除了"榕城"、"雪津",绍兴花雕、山西汾酒、北京莲花白等他通通都有,当然这些都是在年三十我们家和大伯家一起吃团圆饭时我才有机会知道的。爷爷虽然有钱,可是在我看来他比谁都穷,他从来没有给我买过零食,没带我去城里的游乐园,连压岁钱也没有。还记得有一天中午,那时我已经上了小学,一年级或者二年级,和几个同伴在校门口玩闹,我们围在一个卖糖葫芦的小贩跟前,挑挑选选,哪一串的山楂更大点,哪一串上面裹的糖更多一些,这时,爷爷从我们跟前走过,大概是准备去赴哪个牌约吧,他停下来,和我对视了一下,我一时竟不知所措,就只慌慌乱乱地叫了声:"爷爷。"他扫顾了一下,鼻子里"嗯"了一声再无其他对话便走了。后来小伙伴闹哄哄一团地怪我:"哎呀,秀秀,你刚才干吗不让你爷爷给你买啊,他肯定也会帮我们一起付钱的。"他们说得没错,因为如果是他们的爷爷遇到这样的情况一定就是会如他们所说的这么做,可是,那是人家的爷爷。

"人家的爷爷"却也是堂哥堂姐的爷爷,每次和他们俩一起玩的时候,我总能大开眼界,能见到一些不曾见过的新奇玩意儿,这个是会发出五彩亮光和嘶吼声的鳄鱼枪,那个是放在嘴里舌头就会变成花花绿绿的魔鬼糖,还有一扔出去就会蹦得老高的咚咚球。每次去找堂姐,她都会迫不及待地把这些宝贝拿出来给我介绍:"都是爷爷给我们买的,他说下次还会给我和哥哥买有一种会跳的铁青蛙,我们班很多都有。"爷爷将他对堂哥堂姐的喜爱融在了寻常日子的交替里,有一回,我看着他从我家门口经过,那天大晴天,可是他却拿着把大伞,伞里鼓鼓囊囊,好奇心驱使我悄悄地跟到了大伯家,我在他家门口的龙眼树后面,只见他喜上眉梢地朝里屋喊着:"阿德、阿娇快出来。"然后他从伞里一件一件地往外拿出些我看得并不清却莫名很心动的东西,接着他宠溺地摸着他们的额头,做了个摆手的表情,大概是嘱咐他们别让我知道,或者别拿给我玩?那一刻,几步开外的距离看他,却仿佛是在遥看一座永远也到不了的神秘孤岛。因为时常泡在大伯家的缘故,大伯家旁的很多邻居都认得我,我的课业一向骄人,但凡我过去,若爷爷也在家,他们便会对爷爷夸赞:"老林啊,秀秀长大了不得啊,成绩那么出色,年年都拿三好生。"每每此时,爷爷就只很平淡地回一句:"他爹文化人,会教。"

  但是"乖乖女"的我却也那么"石破天惊"地任性了一回。起因在于我在堂姐的书桌上看到了一个我早已梦寐以求许久的宝物——香香豆。2000年左右这玩意儿曾一度风靡各小学校园,它们被装在一个爱心形或者月牙形的塑料盒里,那种迷你小盒子是那样的可爱玲珑、那样的吸引人心,尤其是吸引八九岁小女孩子粉嫩嫩的心,打开来,里面一颗颗米粒大的豆状物便会散发出一股醉人的香气。直到十几年后的今天,我再没闻过那么清香的东西。那是薰衣草的气息、柠檬的果香还是什么,已不记得。小女孩们喜欢将它们零零星星地撒落在文具盒里,然后一有空闲就吧嗒吧嗒地打开来放在鼻子跟前闻一闻,那是我第一次对一件东西如此痴迷和向往,甚至觉得没有它生活就不会再有快乐了。我破天荒地向堂姐请求把它送给我,堂姐自己大概也是喜欢得不得了,很果断地就拒绝了:"你自己让爷爷也给你买啊。"记得当时,就这句话让我情难自禁地哇哇大哭起来,后来楼下的伯伯、伯母和爷爷都上来了,他们肯定以为谁摔了或磕了,因为我们俩关系一直很好,吵架是不大可能,我就失控般地朝着爷爷又哭又喊:"我也要,你给我买。我也要,你给我买。"爷爷大概是吓坏了,他或许做梦也想不到向来冷淡、平静的我居然会如此公然提出"非分"的要求,许是看着伯伯伯母在场,他第一次也是直到现在为止唯一一次带着我到了村里小学门口的文具店里,为我买下了它。走出店门,跟着他小走了一段路之后,他就转进了旁边的老人会。不知为何,在他身后有那么一瞬我竟有种胜利的快感,一种觉得"自己终于做到了"似的快感。后来那盒橙黄的香香豆在我的文具盒里静静地待了好长好长时间,直到它们周身所裹的颜料香精随着空气消失殆尽,只留下真如米粒般白白净净的颗粒时,才不知何时被我丢了去。

  其实现在回想起来当时为什么不让妈妈去买,又或者为何平时不敢的事那天却敢了?大概是早就知道香香豆不是城里才有,附近文具店就有,还算准伯伯、伯母在场爷爷不好意思不买,可是,当时真有想那么多吗?就是想要而已啊,只想要爷爷给我买啊。

尽管在如此长期明显的"歧视"境况下,却几乎不曾听见父母对爷爷有什么微词,或者他们太忙,根本无暇去想所谓"公平"问题,也或者他们觉得这种偏爱无关大雅根本不值一提。过往,在我们家,除了来拿赡养费和必要的交涉外,爷爷一向足迹罕至,爸妈也很少刻意提到爷爷。有时我们孩子们不服气地说起爷爷的"偏心眼"时,爸爸也只是轻轻叹气:"你爷爷不容易啊,你奶奶常年哮喘,干不了重活,全靠他一个人拉拔我们兄弟几个,还让我上了中专,就凭这点都不能对他再有啥不满了。"长大后,堂哥堂姐也跟这里很多人一样漂洋过海,到了美国发展,姐姐嫁到了香港,弟弟也去了外省念大学,而我一直在本地念书,现在读了研也仍然是坚持两周回家一次。前不久,妈妈在电话里偶然向我提起近来爷爷每到傍晚时分就会时不时来门口张望,说两家这么多个兄弟姐妹现在也就我一个还时常住家,有空多看看,要我别去记恨他老人家。

上周学校里放寒假,我提着行李刚到村口,恰逢他晚饭后出来遛弯,见了我,他突然笑笑说:"秀秀好像比上次回家瘦了。"爷爷极少如此主动地对我说这种体己话,我一时竟微怔。然而相比幼时的不安和局促,夕阳下,我们爷孙俩第一次简短又客气地家常了几句。一阵峭厉的西风扫过,吹开了他脸上渔网似的皱纹,那一刻他的脸盘、神情都像极了深秋的土地,那般自然而又醇厚。应该说这是我第一次如此近距离地看他,早已没有了早年记忆中的那份冰冷僵硬,那对幽深的眼窝里透出的是一种我不曾见过的舒朗、恬静。他究竟是不习惯和我同行,三言两语过后便先行离去。回龙桥上,他那远去的背影,已显佝偻的身子,时不时便需停下捶打腰部,已分明透着暮年的悲伤。说心里话,对于爷爷,我虽没有过多的热情和依恋,却也从不曾怨恨,他就像我的MP3里一首每次都会跳过不听却永远也舍不得删掉的歌。有时会想,似乎父母、姐弟在对待爷爷这个问题上不曾想过太多,是否因为我自小早熟、内省的心性加之学文的因由使得心思过于纤细、神经过于悠长?爷爷固然不曾对我热络,细思我又何曾主动贴心?我们之间心灵的隔离,或许也是爱的方式不很有技巧而造成的吧。我也只愿意这么想了。

在这阒静的深夜,当一切喧嚣退场,他矮小的身躯浮现在脑海中时,竟突然有种鼻酸的感觉。

走回村庄

高鑫
福建师范大学文学院研究生 2014 级

写下"村庄"这个词,就感觉到有风从耳边吹过。

一

灵魂好像被风指引,穿村而过。

春风,轻轻舒展长袖拂过村庄,于是,荒芜苍凉的土地有了绿意,无数的生命在破土而出,刚翻新的尘土,飘散出村庄独有的香味。鸟儿衔来了一个水灵灵的春天,层层绿意爬上枝头,草儿青了,花儿开了,太阳升起来了,来来往往走动的人多了,狗钻出了小窝,在院子里四处溜达,一只小虫子沿着田埂在爬,牛背上的歌声,随风飘来,柔软而悠长。潺潺流水流出两岸的青绿,流出一河的蛙声。泥土均匀的呼吸声,泥土下蚯蚓的喘息声,旷远,了无枝蔓,像小曲,丝丝缕缕,汩汩而来。

暖风醺然,躺在草地上懒洋洋地晒着太阳。村庄,是安静的、温暖的,风筝贴着天空高飞,鸟儿与天空聊天的声音在白云下悠悠,看油菜花里追逐双飞的蝴蝶,桃瓣纷飞,栀子花芬芳,一方青石上,阳光撒着细碎的金黄……不知是谁,扑通将石头扔入河中,人走开了,涟漪还一圈一圈地漾开、漾开……

这是一片只能用心灵触摸的土地。我看到了堆满草垛的麦场,立在农田的稻草人,洋槐树下乘凉的老人,蹲坐在门口的狗,院落里的树杈上挂着的金黄玉米。这里有我无限美好的精神家园,有我童稚的欢乐,有我淳朴的乡情,有我对生命最朴质的认识和敬仰。贴近这块土地,让我觉得亲切、温暖。

没有土地,哪里还能是村庄?

村庄和土地是人的起点和终点。人是土地的一部分,是会行走的泥土;泥土是沉默的家园,是一个人对家园的守望与追寻。

二

又吹过一阵风。

鸟儿用飞翔的翅膀,把一行行诗写到天空里。蛙鼓声中,小麦生长着拔节而长的希冀。一串串紫藤,开得正盛,抱着,偎着,拥挤着。无数的蝶儿蜂儿,上下左右,嗡嗡地飞着叫着,是在采蜜,是在舞蹈,是在和花朵游戏,是在享受爱情享受这恋爱的季节。

新婚的燕子在屋檐下软语呢喃。天空中,不知道是百灵、画眉还是黄莺,在试探着一声声地变换着,像苦吟的诗人在推敲诗句。芳草丛中,紫罗兰在耳语,铃兰在浅笑,风吹过,就会花枝乱颤。

把脚浸在河水里,吸吮着馨香四溢的泥土的芬芳,感受着那清凉滑腻的感觉,一份凉爽从四面包抄。河水潺潺,盈盈地汪在心间。有了这泓清水,鱼儿的眼睛更亮了,河中的波浪一阵接着一阵,时光深处,流水弹拨时光,村庄在雾气里缥缈,在雨季中滋润,在碧绿的荷叶上,一个接着一个地做梦。我曾希冀看到那白马入芦花,曾企望变成一滴露珠,去润泽村庄的心事,去看流水深处的肥美,去瞻仰泥土深处的厚重。

记忆中的潺潺流水,激溅了我的视线,千回百转,蜿蜒缠绵,终是不肯别了芦花归去。

那条河,一直流在我的心里。

我想,一定有什么藏在河的最深处。

欲望是鱼钩也是网。除了鱼,还有什么浮上来,又沉下去?

三

风从远处吹来。

树木的叶子一片又一片地落下。风起的时候,发出簌簌的音符。

秋阳似酒,把果实都催熟了。田野里,秋意正浓,所有的果实,被田野的风一一点收起。

天空的云,悠闲地游荡。空气像被水洗过,清亮、芬芳。打碗花盛满金灿灿的阳光、风,和每一朵花握手和每一只蝴蝶打招呼。蛙声悠悠,送来麦子的清香。

篱笆,犬吠,院落,在我眼前幻化出夺目的光彩。

村庄里,到处都能看到金黄的稻谷。

我保持着听风的姿态。风吹过的时候,村庄便热闹起来。

近处,有人翻晒稻谷的声音,土地的呼吸清晰可闻,充满了乐律和节奏,平平仄仄,如对仗工整的古调。麦浪唱着风的歌谣,在镰刀下成排地倒下。叽喳唧啾的鸟雀声、嘤嘤嗡嗡的飞虫声、麦场上鼎沸的人声、河边牛羊的叫声,也来凑热闹。几声闷雷,雨便稀里哗啦地落下来。篱笆间、石缝中,细细的藤蔓,吹出粉的、蓝的、白色的喇叭。晚上,知名的、不知名的虫儿,对唱、重唱、小合唱,此起彼伏。

我还听到,有一种亘古恒远的声音,从地底也跟着附和。

在时光的深处,我就这样听着、听着。

只觉得心如绽开的花朵,温暖而芬芳。

四

风进入村庄的每一个角落。

太阳西斜,悄悄改变着村庄的模样,浓淡明暗中,一天的日子就这样过去了。

天空冷得像结了冰,黄土平原的太阳,歇息在白杨树萧疏的枝桠间。黄河古道里,河水渐近枯竭,麻雀在觅食,扑棱棱飞过。一个在麦田劳碌半生的农人,怀抱一管大烟杆,蹲在墙角,半禽着眼看夕阳,如落下枯叶的老树,显得也矮了许多。

　　短短的一天被圆圆的月亮画上了句号。村庄,缕缕炊烟升起,袅袅的,那是村庄的旗帜,是村庄的呼吸。爷爷扛着锄头,沿着田埂,缓缓走回家,灯光,暖暖的在,等他回家。昨天还看到爷爷在田埂上走着,风吹起了,我追逐一朵蒲公英,爷爷便不见了。我把爷爷走丢了,再也找不回来。

　　呆呆地站在空旷的原野上,看生命像蒲公英的种子,四处飞扬。

　　如钩的月牙儿,静静地停在树梢,洒下淡淡的白,不言不语;高大的杨树在风中微微摇动;牧归的老牛,悠然在长满小草软花的村道上缓缓而行。四季的风,就这样吹走一春的花败、一夏的木荣、一秋的果熟、一冬的草枯。农人,播种,锄地,施肥,收获庄稼,从村庄出发到达田地,从田地出发到达院落,循环往复,生生不息。村落依然安宁如画,有风吹过,仿佛眼角含着的一滴老泪,摇摇欲坠,却又被定格在岁月深处。

　　我知道我的灵魂,已随着手中的笔,贴着土地,飞扬着村庄的天籁,遥远的村庄,如一丛丛蓬勃而纵情的野草,在心底葳蕤生长,清晨的鸡鸣,夕阳下的炊烟,农田里的欢歌,陈年的蛙声,就像河流绕过芦苇荡。就像一些归鸦,深刻地拓印在天空,是拾不起又回不去的记忆。

　　月亮,像一张圆饼,贴在迷蒙的天上。风吹过,两边的田野散发着泥土芬芳的气息。

　　炊烟下的房屋,亮着两三盏暖暖的灯火。

　　有一个声音在喊我回家。我跟着那呼唤,走回村庄去。

印象童年

张雅琪
福建师范大学文学院本科 2012 级

史铁生说:"印象是对全部生命变动不居的理解与感悟。"记忆是可以被遗忘的,印象却可以重生记忆。说起童年,记忆中的人、事、物就像那透过玻璃进屋的阳光,裹挟着灰尘,纷纷扬扬地在光柱中跳舞。恍惚间,时光将记忆割成碎片,一切仿佛毛玻璃上印着的人脸,模糊不清。记忆幻化成印象,弥留脑海,又在某一瞬间被触动。昨日开始一一重现……

我的小村如此多情

潘径——我的故乡,一个多情的小渔村,我的童年在这里度过。

生活在海边,从小身上就沾满了咸咸的海水,在海风的吹拂下,我从黄毛丫头变成婷婷少女。故乡的大海,是美人鱼公主的梦境。勿忘我花一般的天空,蓝得如此温文尔雅,正是画家调色盘上调不出的自然的杰作!偶尔会有扇动着洁白翅膀的不知名的鸟儿,掠过洒满金色阳光的海面,泛起的一道道碎金,荡漾开去,像灰姑娘穿着她的玻璃鞋,踮着脚尖在跳华尔兹。我深爱这海上的精灵,深爱这故乡的大海。然而,或许是我忘了,是在什么时候,当我再次见到那片海域时,记忆中的蓝以及那精灵都消失得无影无踪。徒留成片的高楼玻璃墙,反射着阳光,刺痛了眼眸。

小村的人儿是可爱的,无论是老榕树下跳橡皮筋的孩子,还是丝瓜架下金戈对弈的老者,抑或街头巷尾吆喝着的小贩。或许是由于我们都是海的儿女,这里的人们多了一份宽容、一份对生活的热爱。

早晨，太阳还未升起，就有勤劳的渔夫驾着渔船，乘着习习的海风出航，等到金色的阳光照到他们古铜色的堆满笑意的脸上时，才载着一船喜悦、一船丰收归家。下午，太阳的热气还未退却，有挑着竹担卖豆腐花的老伯，停在那绿伞般的老榕树下。跳橡皮筋的孩子们，个个顾不得穿上拖鞋，就都蜂拥了上去。望着那白嫩的豆花，暖黄的蜜水，舔着粉色的小嘴唇。一碗下肚，仿佛暑气都退去了。孩子们显然是还想再来一碗的，但口袋里的硬币用光了。老伯知道孩子们都是馋嘴的娃，又都给了大伙儿每人一碗蜜水。晚霞在天边蔓延开去，有手牵手在海堤上散步的年轻男女，有坐在丝瓜藤下的台阶上轻轻摇着蒲扇的耄耋老人。此时，空气里没有一丝浮躁，有的只是一种极具诗意的平静与安宁。

这个多情的小村，我的老房、我的花园曾经在这里。

老房窗子的亮光，在无数的梦境里依旧闪闪烁烁。我总是梦见自己回到那里，院中挤满了淡红色的玫瑰。如果老房还在，该是芒果树果实累累的季节了。父亲会用细长的竹竿打落下果子。我和妹妹边捡边数，然后在窗台上，将它们一字排开。芒果诱人的金黄色，常常引来邻家的孩子们，一个个忍不住用小手又摸又捏的。

"这个可以给我吗？"孩子咬着小指甲满脸通红地问。

父亲微笑点头。于是，一树的芒果化为一股喜乐的暖流蔓延开去。

芒果很甜，我总是吃得满嘴满身，像只花猫。那时的我很快乐，因为，还未曾经历过真正的悲伤。生活是亮堂堂的，我并不惊奇它的美好，只任最可爱的时光无声无息地逝去。

2008年的国庆我重返故乡。回来后写下了一段话："离开你的时候，我与你无语。现在我回来了，当我重新推开那扇尘封着我童年一切美好记忆的笨重的木门时，泪在眼中幻化成为一个个过往的片段。我想念你，朋友！想念那布满青苔的石板上探出的小草的绿色脑袋，想念那永不屈服于狂风暴雨的芒果树，想念那翠绿的丝瓜藤下微风吹拂脸颊的温柔。想念你的草，你的树，你的风，还有那些可爱的人儿。老朋友，我回来了，你会和我面生吗？"

我不知道那次竟是"永别"，之后我们搬到了新家——位于公路旁。但在很长一段日子里我都无法适应，无数次忆起老房。或许是因为老房的缘故，我对这个多情的小村,又增添了一份不可磨灭的眷恋,越发觉得她是那么动人!

或许在某个慵懒的午后,在浓郁咖啡香气的沉醉下,心血来潮地翻开多年前的相册,望着相片里扎着两条小麻花辫的乳臭未干的小丫头,忆起在小村所度过的呼朋引伴的草绿时代和无忧无虑的折纸青春,我的嘴角会扬起会心的微笑。

而这所谓的记忆的东西,是用来重温过去的美好,还是用来提醒这现实的沧桑的?蓦地发现,一切都已改变了很多,恍如隔世,不敢相信时间这般酷烈的锻造。而现在我长大了,才发现无论我愿不愿意,一切都会改变的,包括我。并不是没有了过去的种种就无法生存,时间会将我锻造得无坚不摧。顺其自然,不再勉强,不再奢求,这关于变化的伤痛,习惯了,便不再悲怆。那么,我只希望这多情的小村带给我的感动能被时常忆起,我只希望珍藏这份感动,静静地蹚过这条光年的河。

我的挚友如此难忘

一直想提笔写下我们的故事。但不知是我忙忙碌碌到忘了,还是我一直害怕去揭开那道岁月留在心底的伤疤。只是,每当从他人口中听到你的近况,从通讯录里翻到你的名字,从 QQ、微信上看到你的照片,心总会隐隐作痛,像是一根扎得很深的刺,寻不见踪迹,痛感却如此真实。多年后的我才终于明白,在我童年的印象中,你是最美的风景。至今,你仍未缺席过我的记忆,但我是否已经无缘你的人生?

前几日,从微信上看到你与闺蜜的亲密合照,下面附着一句话:"真的越来越像了!"望着你俩率真的笑容,我竟一下子仿佛看见了当初的我们。悲凉的思绪纠缠着美丽的回忆,凝结成一种透明的感伤,仿佛雾里的挥手离别。我习惯性地默默将那张照片保存到了手机里。你发的每张照片,我都会保存下来,手机里头,除了父母的照片,就是你的了。我收藏了它们,它们收藏了我的心情。

初见:粉色的梦

我在最单纯可爱的十岁遇见你,那是一个夹竹桃盛开的季节,处处洋溢着粉色的梦幻气息。以至于后来,每当我想起你,眼前总浮现出一片粉色的花海。

新生开学分班的时候,班主任牵着你的小手进了教室。你哭得像个泪人儿,边抹眼泪边委屈地说着:"我可不可以不要在这个班?"当时,看不清你的样子,只隐约可见你那双泪汪汪的大眼睛。我望着台上旁若无人、泣不成声的你,心里竟讶异有人可以在人前哭得这么"尽兴"。即便那时的我们都还是孩子,我也从未在那么多人面前哭过。因为"被培养"起来的自尊心不允许我这么做。事后才知道,原来是由于分班,把你和最好的朋友分开了。这是你留给我的第一印象:哭得完全像个被人抢了心爱洋娃娃的孩子。那双紫葡萄似的黑眼睛里闪烁着的晶莹泪花,让人想到的是你的纯真而非任性。

孩子没有真正的悲伤,他们的眼泪常常像他们的笑声一样,来得快,去得也快。

我们成了同桌,但你还是习惯每天到隔壁班的玻璃窗下等待你的朋友。偶尔我放学经过,可以看见你拿着根小树杈,蹲在窗户底下,手里画着,嘴里仿佛还哼着不知名的小曲。我们偶尔也能说上几句话,但谈的多半是学习。除了学习,我仿佛不能拿出更"新奇"的东西来和你谈了。你却是不一样的,世界在你那里正如一场狂欢的盛典。你永远孩子般笑着、哭着、爱着、恨着——那个最最真实的你。这一秒还泪流满面,下一秒就破涕为笑。别人打趣地问:"你刚刚在干吗?"你说:"我刚刚在唱歌呢!"老师、同学都称你是"天才":平时笑哈哈,考试顶呱呱。说真的,当时我特羡慕你。长得那么干净漂亮,成绩又那么优秀。最重要的是:你是你自己的,不是别人的。而我,我是我爸妈的乖女儿、老师的好学生,唯独不是我自己的。

相知:海上的燕

你的出现让我开始接触到四角以外的天空,并且有了渴望飞得更高的梦想。

"我有两大箱子的洋娃娃,你来我家,我们一起玩。"你边说边比画着箱子的大小。我记得你光洁白嫩的额头下,那双相得益彰的黑亮眸子里满盈的笑意。那是你第一次邀请我去你家。我去了,发现你家那台老旧的电视机和那张红色雕花的木床,竟与我家一模一样,甚至电视机上失灵的按钮也是同一个。心底讶异世间竟有此等巧合。一瞬间,仿佛我们很早以前就生活在了一起,只是你的世界五光十色,我的世界一片灰黑。

"家里人都去哪里了?"我问。

"上班去了。"语气平静地竟不像一个孩子,听不出一丝抱怨。

忘了我们玩了多久,你把自己缝制的洋娃娃的衣服,一件一件地从镶着粉色花边的金色铁盒里拿出来给我看。那天你告诉我,长大以后你想当一名裁缝。我笑你志气短,你却依然傻呵呵地忙着为娃娃试衣服。多年后,每当从微信上看到你画的服装设计图,我总能想起你送我的那个金发红裙女郎,头脑中依稀可见你当时幸福的模样。你一直随心而为,而我现在所做的,是随着本心,还是随着人意呢?

后来,我们不知不觉成了可以一起牵着小手上下学的同桌。你也不再去隔壁班的窗户下等待。某天,从他人口中得知,你的那个好朋友转学了,就在你第一次邀请我去你家的那天。我不知道你为何没有去送别,但是记得之后的某一天,在你桌上看见一张明信片,上面写着:"燕子,我最好的朋友,我永远不会忘记你!"我看着明信片上在碧海蓝天里翱翔的鸟儿,想到了穿越暴风雨的海燕,想起了那天你说想当裁缝时,乌黑眸子里闪过的原来是泪光。

每个人都有一段美好的记忆值得珍藏。或许,在某个慵懒的午后,一觉醒来,手捧一盒雪花膏,翻开儿时泛黄的相片,想起某个曾一起欢笑流泪的孩子,嘴角扬起一丝会心的微笑。倘若此时此刻,你与我并肩檐下,且听风吟,那感动是否就没现在来得深刻?

挥别:夜空的星

太阳下山了,空中闪着几颗星星,初升的满月在天边倾泻出一片红光,就像一个巨大的火球,浮荡在雾蒙蒙的暮霭中。我望着那若隐若现的几许星光,忆起我们一同数星星的夜晚:月光洒在布满青苔的石板上,晚风在树梢间浅唱低吟。仰望星空,从你那乌黑柔亮的秀发间,露出象牙白的脸蛋和细白的颈项,令人倍感心安。本以为我们之间会像那亘古不变的宇宙星河,一瞬间就是一辈子。却忘了,悲欢离合总无情。即便是携手白头的恋人,也有咫尺天涯的一天。何况当初的我们,不过是懵懵懂懂的孩子。只是,我竟成了那个不告而别的人。是我先离开了你,是我先辜负了你。我恨自己的自私,恨自己的功利,恨自己的懦弱——竟从未对你说过一句"抱歉"。

忘了我们之间是如何渐行渐远的。或许一开始我走近你就"别有用心"——我想知道你为什么总是那么轻松快乐。你的出现,成了我被学习压得喘不过气时的救命稻草。所以,当你因"早恋"而荒废学业,被别人戏称"泯然众人矣"时,我毅然转阵他方。并且,竟会在偶尔听见关于你的风言风语时,在内心叹息:"多么可惜呀,你那聪明的脑袋!"现在想起来,真恨不得能扯着头发,把自己扔进太平洋。我那可笑而又虚伪的"同情"啊!你听从的是内心真实的声音,表现的是真正的自我,而我却永远像只任人摆布的提线木偶。

果然,你还是你,是颜色不一样的烟火。初三稍微收了点贪玩的心,轻轻松松考上了市里的重点高中。我们又同校了,只是变成了熟悉的陌生人。见面微笑示意,仅此而已。每次生日,你都发来邀请,我却缺席。或许,你早已放下,我心里的石头却始终无处落地。你就像是从未失过望、受过伤似的,那一如既往的灿烂笑容,对我而言竟是如此"残忍"。我欠你的那个解释,迟迟未开口。直到高考过后,从他人口中得知你被某高校录取的消息,我才给你发了一条祝贺的短信。你的回复是:"谢谢!还有,没关系!"原来,你一直站在原地,等着任性而倔强的我回头。但我深知我们再也回不到从前,是我失去了你,而非你失去了我。

无论如何,在我六月般的孩童时期,是你这位天使给予我最单纯的爱与勇气,并将这些能量延续至今。你清澈的笑靥在炎凉的世态中,灯火一般给予我苟且的能力,边走边爱。

每当我一次次进入不同的人群,见到一堆堆忙着谈天说地的人们,总会感到这种交际是如此廉价。大家忙着记录联络方式,吃着、喝着、唱着,并且遵循着那些约定俗成的所谓礼节与礼貌。过后,又有多少人能保持联系,并且成为知心朋友?我们活得那么拥挤,互相干扰,彼此牵绊,甚至彼此早已缺乏敬意了。狂欢变成一群人的孤单,孤单反而成了一个人的狂欢。拥挤里的孤寂,热闹里的凄凉,使我常常感到置身孤岛,心灵也仿佛一个无湊畔的孤岛。

是谁,把光阴剪成了烟花,一瞬间,看尽繁华。一树繁花,只一眼,你我便是天涯。

曾经的快乐,就像院子里种下的花朵,春天的时候,鲜艳动人,冬天来临时,我们只能在白雪中回忆起它的美好。人生若只如初见,记忆中当只留下初见的温暖与明媚,岁月中将永远保持着最初的纯真和感动,生命中当只充盈着幸福、美满,年华的长卷上当没有一丝遗憾。如若人生永如初见,那么在你的记忆中,我一定永远都会是那个陪你走过草绿时代的女孩。

只是,穿行于陌上的烟雨之中,谁又能在时光的霜刀雪剑下毫发无伤,内心安然无恙?谁又能永远保持最初的纯真、善良?走过了太多的风风雨雨,我们终是再也回不去了。生命中遗憾的事太多,有时我们越想忘掉越不易忘掉。那就记住吧,就像一杯混入泥沙的水,如果你震荡杯子,会使整杯水愈加混浊,而如果你愿意,像现在这样,慢慢地、静静地让它们沉淀下来,用感恩的心去接纳一切,或许心灵就能澄净一些。

有时我也怀疑记忆是否可靠,人为何总喜欢以在别人的生命中留下印记的方式去感知自身的存在。现在明白,原来孤独是人最本质的存在,那么无所谓荣辱悲喜,遇到的都值得庆幸。如今,我在璀璨的星空下,剪一缕清辉入怀,想起你曾带给我的、心灵最真切的感动,然后希望你一切都好。

印象童年,让我们记住共同走过的岁月,记住爱,记住时光。

须臾

钟雨晴
福建师范大学文学院本科 2012 级

有时候会突然很想念那段在田塍里如水葱苗般绿色的岁月。

空气中总弥漫着好闻的青草香和泥土的腥气。薄雾里的太阳露出微微的橘色，像一个染了白霜的柿子，红彤彤十分诱人的样子。儿时的我曾无数次想拿着一根细挑的长竹竿将它挑下来。天空好像低得触手可及，但又永远触不到。

水畦里常常豢养着天上的云和夏日的蛙声。最有意思的事便是蹲踞在田埂上，将手纳入清凉的水中，瞅着夹着黑色尾巴的小蝌蚪探入自己的指缝间，那种又凉又痒的感觉总让人禁不住咯咯笑起来。倘若要逮住蝌蚪，你得憋住笑，闪电般拳起手，直至放入预先备好的塑料罐子中。动作不够敏捷的话，这挠人的小东西早就溜进细泥中，只留下一汪浑浊的泥水，叫你空空惆怅。

日头升得高了，可以躲在向日葵丛高大的毛边叶下面，瞅瞅有没有同样在纳凉的七星瓢虫。我披着那些被细密枝叶剪得细碎碎的光影，拨开密密匝匝的草叶，寻觅着嵌在叶间的红色斑点。它常常蛰在叶子底下或是叶梢上，一动不动。有时或许我离它太近，叶子上的毛边害得我打了个喷嚏。在还没来得及散去的水汽中，我就这么眼睁睁地看着它振着红壳下又薄又亮的翅膀，飞到不知名的角落里去了。

若是追得累了，可以仰面躺在长满杂草和野花的坡脊上，泥土的腥气夹杂着淡淡的青草香便一股脑儿钻进鼻翼，疯狂而肆意。漫天的云也一样，永没有安安分分的时候，总是一眨眼一个样。和云的一面之缘，却可以激起千层幻想。我就这么躺着，和云说着悄悄话。若是看得疲了，顺势将爷爷的大草帽盖在脸上，双眼一阖，便与外界无干了。那种以风为被的感觉大抵是世间最自在的感觉了。

我很怕臭虫和白粉蝶，却出奇地喜欢黑蝴蝶，可以赤着脚丫在阡陌里跑上一整个白昼，随着那只花心的黑蝴蝶莅临每一朵花。它吮蜜的时间极短，但它停在花蕊上的那一刹，总是专注而深情。也只有那一刹，它油黑的薄翼便会舒展开，使我看清那些纷繁而美丽的斑纹。斑驳的酒红色余晖反射在黑蝴蝶的翅膀上，像是一个古老的谜语，让人染上一种挥之不去的感伤。

在指缝间溜去的小尾巴渐渐褪去，一钩弦月和几点星子在此起彼伏的蛙声中爬上天幕。消解在晚风中的紫藤花香和一桨星光，便幽幽地滑入我的梦中。

须臾一念，恍若经年。杳然乍现，却是长久的盘根错节。

我们的"走古事"

曾巧玲
福建师范大学文学院本科 2012 级

家乡抚市的"走古事"是元宵节的盛大狂欢活动，从清朝乾隆年间以来，承传不衰，人们通过这一活动，祈求风调雨顺、国泰民安。正月十五闹元宵无疑是家乡较为盛大的节日活动，在这一天里，抚市镇街上人山人海，人们都被鞭炮声、喊声、乐曲声合成的旋律包围着，真是热闹极了。

人们一般会在正月初七、初八晚上开始"走古事"的筹划，装扮好古事棚、花篮等。此外，在巡游前也要为坐轿者按照传说或是古代人物进行化妆、装扮，穿上戏服，而装扮后的他们转眼间就变成了古代传奇人物，或是王侯将相抑或是其他装载着人们美好向往的人物。其中那些装扮成王侯将相，骑在马儿上的扮演者们总给我一种高大威武的感觉。有英雄自然也有美人，具有"沉鱼落雁之容、闭月羞花之貌"的西施、王昭君、貂蝉、杨玉环这四大美女貌似是每年必不可少的。到了正月十五、十六，队伍会集中起来，到达某一特定地点进行集合排列，如村庄路口抑或是祠堂前，而后到镇上游街，去祖祠拜祭祖先。"走古事"规模较大的有三场，正月十五中午是社前村赖氏，十五晚上是中在村苏氏，十六晚上是黄氏。其中晚上的游街由于有灯光、烟花等的衬托，更加吸引着我。随着时间的推移，现在姓氏区别已不是很重要了，有时其他姓氏的人也会加入巡游队伍，参与这一盛大活动，只是会以某一姓氏为主。同时，"走古事"发展到近年，也已经没有最初的只许男性参与，现在是男女老少皆可参与的全民性的活动，坐花轿、花车的不仅有大人，也有小孩。

巡街过程中，除了有"正神出巡"、"回避"牌、大锣等，也有戴墨镜、牛仔帽及着马甲、配猎枪的猎手等一起开路。各家各户会事先准备好烟花爆竹来迎接古事的到来。古事的表演形式多样，有徒步走的、板车推的、骑马的、轿子抬的、三轮车踩的、轿车或小货车装扮成彩车载的，既传统又现代，可谓是人类陆路交通工具的完整呈现。大一点的古事棚上，还可以配备笔记本电脑、电视等，他们可以玩手机、看电视、喝饮料等。一些小朋友坐在上面无聊的时候还可以看看动画片、玩玩手机游戏呢。这些既保存了民俗传统，又有西为中用，显现出现代化的特点，体现了客家后代漂洋出海的全球视野和与时俱进的精神。

走古事多以历代传说故事、戏曲及现实生活中人物或情节装扮，车载或抬着游乐。常见故事有魁星点灯、桃园三结义、五虎将、六国拜相、七仙女下凡、八仙过海、观音送子等。故事中最具趣味性的莫过伴皋，又称水浒，故事源自水浒众英雄故事。现代人按照水浒英雄的人物特点，装扮成各式人等，有扮偷鸡的、算命的、教书的、耍把戏的、瞎子、驼子、麻子、道士、二流子、和尚、男扮女装带孩子回娘家的小媳妇等，在踩街路上或开阔的地方有随机表演，和观众互动性强，相当滑稽搞笑，是人民喜闻乐见的表演形式。只是随着时代的更迭、人们生活的进步，其中所蕴含着的深厚的文化内涵，除了老一辈或是当地部分人知晓外，外来游客或是年轻一辈根本就不了解其中的所带有的文化内涵。就如我自身而言，看了这么些年的古事，今年才完整地看过一次伴皋，但是根本就看不懂其中的内涵，只觉得好玩、搞笑。其中，印象最深刻的是男扮女装的小媳妇，扮演者虽是男性，但是在表演过程中，将那带小孩回家的小媳妇表现得活灵活现。

此外，财神爷的古事棚向来是颇受欢迎的，沿途会向观众派金元宝、金币、金条（徐福记的糖果或巧克力），向他叫声财神爷，一般都会抓上一把向你那方向抛过去，抢到的人那可是相当开心。叫财神的人高兴，扮财神的人被叫得也高兴，新年头大家都图个喜气。

在巡街过程中，家家户户都会准备鞭炮以迎接游街队伍的到来。此外，有的家庭还会请舞龙的队伍在家门口或是在大厅内绕一圈、舞一圈以求来年的好福气。其实，最初看到这一幕的时候并不了解其中的含义，后来才从长辈们那里了解到，原来这个叫做舞龙灯，俗称"迎龙"。客家话"灯"与"丁"谐音，又素有"闹丁闹财"之说，具有祈求祖灵庇佑风调雨顺、财丁兴旺的意义。这些古事或是舞龙，在晚间的游街活动中，由于有灯光效果，看起来更是美轮美奂。相较于白天的古事而言，我还是比较喜欢夜晚具有灯光效果的古事棚。

　　每一年，只要还在假期中，我都会出门去外婆家吃午饭，然后上街去看古事。古事看完去小姨家，大人们聊家常，我们就在一旁听着或者也是一同聊天玩耍，继而吃晚饭，等着晚上走古事的开始。这一天，我喜欢出门，也许，就在不经意间，还能遇到老同学，叙个旧什么的。只是，并不是每一年的元宵都能在家里度过，就如今年，早早就已回到学校开始新一段的旅程。只愿家乡的走古事每一年都能精彩地走下去！

社庆

朱婉麟
福建师范大学文学院本科 2013 级

又到了大年初三。

蒸粿糕、备牲礼、扎寿金、买鞭炮……最重要的是把打扫家里大堂神龛上"土地公"和厨房灶台上"灶王爷"前香炉里一年以来积下的香灰送一部分到村口的土地公庙里,送去一家人一年的劳绩,带回来土地爷来年的保佑与庇护;留下一部分香灰,承接来年每日上香时的香火。到了晚上,一家人忙着洗菜切菜,将菜肴一盘一盘准备停当,摆在橱柜。临睡前,我看到奶奶最后一遍清点停当以后,才心安神宁地回房。

明天,全村子民就要"迎神"了。从我记事起,奶奶就每年跟我讲一遍。在年二十八的时候,村头土地公庙里的神爷们上天去了,正月初四回村,要绕着全村庄巡视一周……我问奶奶,上天干吗呀?奶奶悠悠地说,报告村里每家每户一年来都干了啥呀……听得愣神的我就开始恍恍惚惚地想象云端土地公作揖述职的样子:村北的张妈,年前盖起了新房;张妈隔壁的孙大爷家开起了杂货铺;孙大爷对面的李大婶去年摔断了腿,女儿儿子都在外地,多亏隔院王姨的照顾;还有我们家大嫂,给我添了个小胖外甥……小时候,每年初三晚上,我都帮土地公爷爷想过一遍村里的大事小事;近几年,我到外地读书,却想不全了……

第二天大清早,天刚蒙蒙亮,奶奶就呼大唤小地叫醒了全家人。爸爸先把四仙桌子和昨天备齐的牲礼、水果、鲜花、粿糕、寿金、鞭炮等用担子装好,挑到村口土地公庙前的空地上,准备迎接巡村回府的土地公。而我则在家里等着土

225

地公经过我家门口。奶奶给我捆好了一束红香,裹在毛巾里,让我等土地公来了以后拿着跟着人群一起巡村。

清脆的鞭炮声就像是十几个透明玻璃珠在铁桶里七上八下地弹跳,这是串炮;有着排山倒海之势轰隆隆作响的,如同盛夏里倾盆大雨中的雷鸣,那是圈炮;声音越来越大时,还可以分辨出其中夹杂着的一两声、两三声此起彼伏的相互应答,好似电视枪战片中的枪声,一定是小毛孩拿在手里用香点燃的"蜘蛛炮"……过了一会儿,我依稀能够听出鞭炮声中没有停歇的,人们的谈笑讨论声。紧接着,高耸的绣旗映入眼帘,黄色的旗面上盘踞着的巨龙呼之欲出,旗边镶着黑色的锦线,笼罩在村道上,为后面的抬神青年领路。绣旗后面是锣鼓队,是村里还没出嫁的女儿和嫁进村的年轻媳妇儿,她们笑脸盈盈地为神明、为村民打出祝福的心声。鞭炮声响得最彻底的,就数抬着神明的木轿子了。每经过一户人家,就停留一会儿,问候门内人。跟在人潮中的我,只听得见噼里啪啦的鞭炮声,和人们谈论生活的喜悦,偶尔间杂着老人指责年轻人脚步不稳、莽撞冲动……

到了晌午,才巡完整个村子,回到村口土地公庙。人们早已一排桌子一排桌子摆好等在这里。每一张桌子,就是一户人家。

三年没回来了……一切流程还是这么熟悉,但是,似乎心里总觉得少了什么,也多了什么。

庙里的师公本来是白发苍苍的德胜爷,而今年主持仪式的是他的儿子——文才。他身着师公道袍,领着村里十八名穿着蓝色长褂的各家长孙,一个桌子一个桌子地念着祝词。身高还不够桌子高的小孩本来吵着要到旁边玩具摊上买小汽车,也都安静地瞅着,调皮地学起了师公的口型。隔壁桌的刘婶拉着新过门的儿媳,一板一眼地教她"迎神"、"送神"的步骤和规矩,儿媳的神态一定像极了当年的刘婶。

"哟,雯雯妈呀,这雯雯瘦啦!赶紧给补补……"

"雯雯回来啦!走,上我家玩儿,姨给你炒你最爱吃的芹菜……"

"雯雯呐,常回来看看啊,你看村口的槐树又壮了一圈唉……"

"雯雯姐快来,妈昨天给我买了只小白兔……"

我确定我是回来了,回到这水土温和的土地,回到这自在和舒适的村庄。

到了下午,村里人就开始邀请来客到家里吃饭,特别是嫁出去的女儿们,要带着夫婿、儿女,回村来走走坐坐,村里人惦记着他们。名家拿出昨晚已经准备在橱柜中的菜肴,话一回家长里短。到了晚上,客人们都走了以后,老人坐在门前的槐树下,心里想着,又是新的一年啦……

我突然明白了,少了的,是行动不便已经不能出门的老人;而多了的,是新过门的媳妇儿和咿呀学语的新生儿。

满含虔诚与谦卑的人们,在这片大地上,神明保佑。

生活家

黄修平

福建师范大学文学院本科 2012 级

专家,指特别精通某一学科或某项技艺的有较高造诣的专业人士。这个世界有科学家、医学家、哲学家等职称,是否也有生活家这一身份?

百度了一下,发现是这么解释的:生活家,形容生活当中有很多经验以及灵动的智慧,倾心于生活情趣,对生活有所顿悟、执念的明智之人。

生活,是一部百科全书,是柴米油盐酱醋茶,但也不全是这些。生活是不断创造物质资料与精神资料的过程。人们的梦想通常是努力过上好的生活。但什么样的生活才算是好的生活?

高考备考前的日子,回忆起来仍然心有余悸。每天披星戴月穿梭于宿舍——教室——食堂,扛着笔就像扛着兵器一样在一堆书里横冲直撞,在题海里斩妖除魔,有时还被数学虐得玻璃心碎了一地。有时候班主任看着我们一个个睡眠不足、精神欠佳的样子,偶尔也会心疼地安慰我们。她是这么说的:"现在这段时间可能是你们人生中最苦的日子,每天都那么早起床,学习的时间持续那么长,精神还处于高度紧张的状态,但是你们只要熬过这段时间就好了,现在苦一点,以后选择自己想要的生活就会轻松一点。"

的确,高三这一年,几乎没有周末,在寄宿学校里每天伴随着清晨六点整的哨声起床早自习,开始了一天沉重的课业,每天顶着基本款的短发,带着写着生人勿近的脸,脸上痘痘分裂割据硝烟四起各自占领了大面积领土,我却无暇兼顾它们的纷争。脑海里盘旋着定语从句,厄加勒斯暖流,巴黎公社的革命、性质、革命方式、革命背景、革命影响,解析几何,颈椎估计也承受不了一团混沌的脑袋的重量,经常酸痛得头昏眼花。那个时候,每天必备一袋至两袋速溶咖啡,在开水机前像巫婆一样神色冷淡地调制着手中的飘着氤氲雾气的毒药,只希望药力神效让自己清醒一点。三餐吃着简单粗糙的食堂伙食,把想念妈妈的菜的味道混着想家的心思一起囫囵吞枣咽进胃里。此间也有同学不禁哀叹,活得真是糙,每天灰头土脸的累得像条狗。晚上十一点晚自习结束,才拖着疲惫的身躯回到宿舍,路上偶尔抬头会看到一轮明月,日复一日月盈月缺。白天打开书本一群历史人物隔桌而坐,唧唧喳喳嘈杂地论争,时间流淌空间转换,谈笑间樯橹灰飞烟灭,合上书本,清静了许多,回宿舍的路上却只有陶渊明的"带月荷锄归"轻轻安慰传入耳中。世人常用一分耕耘一分收获勉励自己,这时的我们仿佛是一群原始农民,在一方小小的土地上晨兴理荒秽,黑板上倒数计时的数字一天一天地减少,抬一抬头看看月的阴晴圆缺才有空推想今天几号,仿佛过着不知有汉,何论魏晋的单调生活。

从枯燥的考卷中抬起头来,想起班主任的话,便觉得凡事都有了动力。所谓小不忍则乱大谋,单调清苦粗糙生活的忍耐都是有目的的,希望能够在高考的独木桥上轻身矫健地穿过。现在的辛苦都是为了以后的生活能够轻松一点。疲惫时,也思考过这样的问题,我们到底在孜孜以求着什么样的生活?什么样的生活算是过得不粗糙而是精致?有同学这么回答我,精致生活啊,就是和爱的人一起在樱花树下看花啊。另一个同学说,等我有钱就精致啦,我要开一家咖啡店,各种文艺小清新风格,养养花逗逗狗,别提有多惬意了。还有的说买一套精致的茶具,在一个有阳光、有抱枕的午后看看书、喝喝茶、钓钓鱼,等有钱了环游世界之类的答案。

诚然,我们所描绘的精致生活的蓝图都是轻松惬意的,具有一定浪漫的小资情调。对于生活,每个人都有自己独特且个人的想法。在创造美好幸福生活的过程中,大多都需要与残酷现实大力肉搏,在畅想美好幸福生活的时候,大概每个人最直接的想法是等我有钱了我要怎么样。最近网上在调侃世人眼中向往的土豪生活,即等我有钱了喝酸奶不用舔盖和等我有钱了就买十个煎饼果子加十个鸡蛋不差钱,诸如此类让人忍俊不禁。那么我想,等我有钱了我就不喝速溶咖啡了,要喝也是喝现磨的。诚然等人们有钱了就不用再为五斗米折腰,不用为生活低头,被迫从事着自己不喜欢的事。在生存资料和基本生活条件得以满足的时候,这时人们才会考虑发展资料和享受资料存在的合理性。追求生活品质和精致品味,小康思想自然而然地萌生。

但其实,灵魂的逼仄或是潇洒舒展并不完全由物质生活决定。

从同学们的回答中,可以看出所谓精致生活,首先得有爱的人,有亲爱的家人朋友,阖家幸福。再者是能够有潇洒惬意的生活。而最惬意的生活方式往往是不怎么费心考虑生存压力,具有非功利性的。而这通常是表现为拥有非功利性的爱好。比如散散步,并不是为了到达某个地方;喝喝茶,并不是为了解渴;种种花、钓钓鱼,也不是为了卖钱。它们通常只是空闲时间里富裕精神有所安置和发挥,让人在快节奏的生活中舒放自如,放慢脚步欣赏风轻云淡,体味人生真谛。

每个人大概都有一点真切的生活体验,一点独到的见解,久而久之,凝聚下来,竟也产生了闪着光辉的智慧。林语堂曾指出,中国立轴于中堂之类的绘画和瓷器上的图样,有两种流行的题材,一种是合家欢,即家庭快乐图,上面画着女人、小孩正在游玩闲坐;另一种则为闲散快乐图,如渔翁、樵夫或幽隐文人,悠然闲坐松阴之下。这两种题材可以分别代表儒教和道教的人生观念。李渔的《半半歌》阐释了生活中的中庸哲学:饮酒半酣正好,花开半时偏妍。将一半还之天地,让将一半人间。生活的半半哲学使得心情半佛半神仙。逝者如斯夫,在孔老夫子的观念里,时间就像是一条流淌的河。而人们对生活本质的理解与渴望仿佛顺着河流,乘着渡船漂泊了两千多年,漂到了我们的面前,完整地呈现在我们的心中。因此,我们对生活的向往总保留着时间长河里先辈的一点暗示。

中国自古就有各种享受生活、品味人生的经验和精义。耳熟能详的有"采菊东篱下,悠然见南山"、"且放白鹿青崖间,须行即骑访名山"、"达则兼济天下,穷则独善其身"。其中独善其身,最直接的表现是隐居山水寄情自然,得到一己性灵的闲适,精神灵魂能够自然升华。

不管是以何种方式和态度对待生活,其实只要心灵不受琐碎细节所羁绊和烦恼,保持一点非功利性的爱好,一点持续下来的生活情绪,精神便能够得到自由安放和舒展。有人说,婚姻是爱情的坟墓。贫贱夫妻百事哀。我看不尽然。

生活不应该是任何人的羁绊和累赘。

　　精致生活应该是自然、纯粹、健康的。保持健康的生活方式,积极的奋斗精神以及乐观的心态,每个人都可能是生活家。

竹林访此君

王莲华
福建师范大学文学院本科 2012 级

  老家在乡下,竹子是司空见惯了的,因为习惯了也就不觉得稀罕了。古人谓竹"何可一日无此君",我自非文人雅士,只是出外求学的这两三年,再不曾酣畅淋漓地观赏过竹子,偶尔稀稀落落的几株,自然深感不够味。

  一天,朋友相约到竹林看竹,我竟不知这里还有竹林,便欣然而往。朋友既称竹林,想来也不会是用作街区两旁绿化的,也应不是城市公园里供人观赏的垂头丧气的几株。据她所说,那里的竹子郁郁葱葱地铺满整个山坡,绵延到天际。满怀期待的我,随她来到了郊外。

  在抵达竹林之前,是一片森林,可是林木过于稠密,空气湿得出水,又静得出奇,虽说我是在山林里玩着长大的,心还是不免有点惴惴然。不过忐忑的心在美景之下却很容易释然,泉水涧石相激越,奇山秀石曲径微。其实我对风景的要求很简单,只要不是刻意藻饰、雕琢过滥的自然景象就能轻易让我心满意足、兴尽而返。

  沿途边走边玩,估摸着一个多小时后,那片葱茏的竹林才出现。走进竹林,我们不止眼前一亮,竟觉顿时神清气爽。时值夏末,不过,竹林幽深处却满地堆积了一层厚厚的落叶,踩上去松松软软,格外舒服。弥望处绿意堆积,细看来丛丛竹子皆线条分明,此情此景,满脑子尽是东坡先生的"可使食无肉,不可使居无竹",也就附庸风雅地随口吟咏。自古以来,竹子被视为名士风度,而将这层意义阐释得淋漓尽致的,自是这位空前绝后的名士。

在林中游荡了许久,我发现各处的竹子种类都不一样。突然萌生一个想法,我必须证明我来过这里,当然我采取的方式不是在每根竹子上刻"某某到此一游"的字样。我要把这里所有竹子的名称都记下来,所以固执地拉着朋友回到竹林的入口。哪知实行起来才晓得我的这个突发奇想竟是个如此耗费人力物力的伟大工程,偏偏我又不愿无功而返,朋友无奈,只能配合着我的无理行为。后来把我们记下的竹子的名称统计了一下,大略有五十多种,至于这些名字嘛,多是我之前未曾听过的,即便见过,也喊不出它们的名字,又或者,这些是竹子的雅名,而老家的人们用的多是竹子的俗名。本以为此行收获颇丰,恐怕古往今来不曾有人像我这般对竹子品种做过如此系统详尽的记录吧!于是迫不及待地上网一查,结果只能自惭形秽,所谓重大发现,竟不及别人统计结果的一个零头。

于我而言,竹子是再寻常不过了,小时候就时常缠着大人带我到竹林里挖笋、伐竹,老家后院也种了小片竹子。不过我却不曾将其作为观赏的对象来看待,可能越熟悉的风景越容易视而不见吧!到如今,要寻访竹子不再像过去那么容易了,偶尔回家也往往无暇混迹竹林深处,当然不否认其中也有胆子变小的缘故。但是,也因为视角拉远了,我会用一种新的眼光去审视它,一种欣赏、品味的眼光,比如对它中空、有节、挺拔的品性,比如对它与国人所推崇的谦虚、有气节、刚直不阿等美德的融贯。

其实,我并不需要煞费苦心地寻求对竹子从习惯到喜欢的情感变化历程。也许,喜欢本来就是从融入血肉的习惯开始的。还有它的高雅和平易,它的君子品格,它的色彩和俊逸,谁又能永远视而不见呢?

楼管阿姨

程丹丹
福建师范大学公共管理学院本科 2012 级

文科类学院由于男女比例严重失衡，男生数量一般远远低于女生，我们学院亦是如此。在男生数量只占女生数量十分之一的情况下，我的学院只好将整个年级的二十多个男生安排在与女生同一栋楼生活。宿舍楼共六层，一楼是地下室，二楼是楼管阿姨居住的地方，再往上的楼层则住的都是学生。二楼住了三个阿姨，有两个阿姨是每天二十四小时常住在这里，故而我们天天都会看到她们，另外一个阿姨则是每次在清理垃圾的时候才能看到她的身影。

我在这栋宿舍楼住了两年多时光，也已经了解到每个楼管阿姨的性格以及她们的工作情况。那两个常住在二楼的阿姨是专门负责管理这栋楼的全部学生的出行登记、水电费登记、门禁等工作。另外那个阿姨则是负责清理全楼的垃圾以及清扫各楼层的地面等工作。而这个阿姨却是我最想写的阿姨。

这个阿姨将近四十多岁，长长的头发总是盘在后脑勺，两鬓微白，眼角有很明显的鱼尾纹，尤其在她微笑的时候，眼角就像探出了两枝新芽。阿姨每天早上七点多钟就要开始她的工作，她需要清理堆放在三楼的垃圾桶里面的垃圾，尽管清理工作每天都在进行，但我每晚经过三楼楼道时，都发现那几个桶永远是堆满各种垃圾，有时候，垃圾桶甚至装不下，从而有许多垃圾都被溢到了地上。学生的其中一个强大"创造力"就体现在这里，各种类型的垃圾，各种垃圾散发的味道充满了整个三楼楼道，最常见的垃圾有：剩余稍许汤汁的泡面盒、咧开嘴巴的白色塑料饭盒、贴着快递单的方形纸箱……阿姨每天都要将这些掺杂着多种异味的垃圾一一清理干净,并将它们提到很远的地方进行处理。这看似简单却很耗体力的工作就是阿姨所要负责的。

在我或者更多的人看来,阿姨的工作是很艰辛又枯燥的,因为每天都要与这些成堆的又脏又臭的垃圾相接触,这该是一件多么令人厌烦的事情!或许,她会在某些时刻皱着眉头、硬着头皮去清理这些垃圾,这些来自一群不谙世事的青年所制造出来的垃圾,或许,她只是生活所迫才会选择这份工作,这一切的或许,却在她日复一日的工作中显得微不足道,我的一切揣测都仅仅是我的揣测,因为我不是阿姨,我无法知晓她对于这份工作的真实态度。但是,我所看到的情况就是,阿姨每天坚持早起工作,循环往复地做同一件事情,没有间歇,没有怨声载道,她的表情永远是平和又从容的。

我们每天可以悠然自得、无所顾忌地创造着无数的垃圾,甚至不经意地拉一张抽纸、吃一个苹果、叫一次外卖,而当享受完这些"基本需求"之后便剩出了这些没有利用价值的垃圾,我们将它们随意地装裹在一起,然后不屑地丢到那只又大又脏的桶里,无需顾及桶能否装得下、垃圾会不会发臭,我们潜意识里知道它永远不会真正地装满,因为它总会在清晨被人清理得干干净净。我们不会关心垃圾的去向,我们只是循环地往桶里丢东西,而清扫垃圾的阿姨,则是循环地为我们腾出空间供我们扔东西。

就是这样一份工作,阿姨却做了两年,除去寒假那一个月,近六百五十天。

一日,周末,我早早地起床赶去新校区上辅修课,出门的时间恰好赶上了阿姨清理垃圾的时间,我在经过三楼楼道的时候,遇见阿姨正在倾倒大桶里的垃圾,一股酸臭味扑向我,我条件反射似的捂住鼻子,这时阿姨恰好转身,我悄悄地把那只放在鼻子上的手挪开,对阿姨微笑并叫了一声:"阿姨早上好。"阿姨很开心地回赠了我一个微笑,并说:"你也早上好,去读书啊,起得真早。"然后就提着大袋垃圾下楼了。我的心情瞬间感到无比愉快,可能是因为早起带来的充实感,也许是清晨邂逅的这一抹灿烂的笑容,这抹对生活充满乐观的温暖的笑容。

然而垃圾始终没有因为阿姨的笑容而减少,在某些特殊的时刻,反而会出奇的多,比如定期而至的校检,每次到了这个时刻,整栋楼每间宿舍的人都会在这一天疯狂地打扫宿舍卫生以营造出暂时的整洁感来应对学校的卫生检查,而平时囤积在宿舍各个角落的垃圾在这一天会全部聚集在三楼楼道这里了,那几个水缸般大的桶已经无法装载这些来自几十个宿舍的垃圾了,于是垃圾被像叠罗汉似的一层一层叠上去直到无法再叠上去为止,地板上那块空间也被作为临时的垃圾桶堆满了各种颜色的垃圾袋,整个三楼楼道,耸立起一座五颜六色的垃圾山。但是在第二天的早上,这座山就奇迹般地消失了。每次看到那座"山",我不禁被震撼,也在思忖阿姨得来回跑多少趟才能把这座山移走,那些垒砌在上面的汤汁会不会洒到阿姨的身上,这么高,她要如何将它们弄下来?而这一系列疑惑都将会在次日清晨悄无声息地解决,那时的我或许早已忘记昨日的驻足与片刻的思忖,我或许还在梦乡中有节奏地打着甜美的呼噜,而那座山却神奇地消失,低调地离开了三楼。阿姨是施了什么魔法将这些慵懒的垃圾给移走了?谁知道,我们当然不知道,只有阿姨自己知道。

  后来的某日,再后来的某几日,我再次遇到阿姨,我仍然会和她打招呼:"阿姨,早上好!"偶尔还会多加一句话:"阿姨您辛苦了。"而她依然用那熟悉的充满正能量的微笑回应我:"你也早上好,阿姨不辛苦,你们都是好孩子。"

遇见更加美好的自己

沈洁

福建师范大学经济学院本科 2014 级

  亲爱的姑娘，今天是你来到这个世界上的第二十个年头，二十年其实是一个特别有纪念意义的数字，整齐，具有划时代的意义。二十岁以后到三十岁之前，你要经历大学毕业，找工作，谈对象，结婚生孩子。短短十载光阴，你要经历那么多块人生跳板，意味着你要拥有更多的身份，你不再是一个孩子，不能再撒娇任性，而是另一个孩子依赖和模仿的榜样。你要照顾另一个家庭，要学会打理一个现在对你而言还是陌生男人的生活起居。这些翻天覆地的变化使你细思极恐，长吁短叹灼灼年华。

  而真到了那一天，你也不再是父母护在膝下的孩子。虽然在他们眼里你依旧是个长不大，需要照顾的孩子。你得离开他们，开始另一段旅程。他们也得放手，让你去体会感悟你自己的人生，老两口终于忙里得闲，不再整天担心你为何没按时到家、吃饭总挑食、在外面会不会被坏人骗了，不再埋怨一直强迫你加班的上司老总、逼你喝酒应酬的客户、耍心机抢你单子的女同事。把你的手交付到他的那一刻开始，他们已经不得不承认，终究你还是长大了，未来的酸甜苦辣，他们不能再为你先试尝，多苦多辣，你也得自己学会咽下去。到了某一天，他们终究承受不起岁月的洗礼、年华的蹉跎，会去到另一个不一样的世界，你无法接受，但是也无法抗拒。他们终究不能手牵手陪你走到最后。时光一划，思绪回到了初中那年，从小照顾你的祖母因为意外辞世。奶奶离开的那一段时间，你竟然一滴眼泪也没掉，只因为当时的你对她的死亡是没有概念的，等你反应过来,泪流满面,却也是只能被动接受。现在的你,许多细节已经想不起,终于能看淡那些失去与得到,时间终是一剂良药,虽然味苦,却也灵验。

亲爱的姑娘,生命有太多的不寻常,人生有太多的事情需要亲力亲为,你无法依靠,不能依赖,你要朝着自己的路,坚定不移地走下去。人生这条路上有太多的岔口,每一个岔口你都得挥手告别一批人,即使不舍,停顿片刻后就得整理心情重新出发,希望在下一个岔口能偶遇故知,笑着招手说"还好又遇见了你"。与过去告别,才能遇见更好、更明朗的未来。

忘记了在哪本书里看过的一句话,每个人活在这个世界上都是孤独的个体,只有自己才能陪自己走到最后。亲爱的姑娘,你要勇敢,你要坚强,终有一天你会变得从容淡定。人生短短几十载,没多少时间让你停留,没多少时间够你黯然神伤。你要学会与自己相处,和不完美的自己和解,用知识和阅历充实自己的内在。图书馆里还有许多你没来得及看的书,你还没花时间学会一样乐器,你还没踏出去真正地认识这个世界、遍览大好河川。你还没来得及记下所有旅途的美好,没来得及体会生命的每一阶段。感谢那些生命中出现过的人们,他们就像是星光点点的萤火虫,在旅途中温暖了你,给予了你不同的爱与美好,扮演了你生命中不同的角色,让你学会感恩、学会拥抱。但请原谅他们的缺失,你们最终将点亮不同的黑夜。

亲爱的姑娘,愿你在下个路口,遇见更加美好的自己。

病床边的守望者

陈阿兰

福建师范大学法学院本科 2013 级

> 医院是人间大喜和大悲的聚集地,一层地狱一层天堂。有人欢喜生命的新生,也有人哭泣生命的逝去,两种截然不同的人生感受在这里显示得淋漓尽致。
>
> ——题记

2015 年 1 月 27 日的凌晨 3 点多,坐上我爸的车后,我们开始了一天的行程。在路上伴随我们一家人的,除了深沉的夜色,也就只余无尽的路程。偶尔也有几辆货车从旁边经过,为这个静谧的凌晨带来一丝生气。我们来到医院差不多 6 点了,但当打开车门,你会意识到南方的冬天有多冷。南方的冬天不似北方,湿冷阴寒的它,无论穿多少件衣服仍会觉得有阴风从四面八方向你袭来。冰凉的寒风让我的血液都为之颤抖,整个人瑟瑟发抖,既没有欣赏日出的闲情,也没有漫步清晨的浪漫。

2015 年 2 月 2 号的上午 9 点,是我母亲动手术的时辰。经过一周的奔波检查,终于可以"决定胜负"了。说实话,很紧张,脑袋很空,护士说什么我就做什么,推着她进手术室,在手术同意书上签字,被叫到家属等候区等待……就这样,我、父亲,还有两位阿姨在等候区等着手术的结束。时间仿佛很慢又很快,似乎在故意和我作对,我不停地看表,盯着那慢慢移动的秒针,度秒如年。这种焦躁担忧的心情难以形容。但是结果终究会到来,当医生对我们说,手术成功了,肿瘤是良性时,那颗被无数大石压住的心瞬间释放,焦躁过后的愉悦令人神采飞扬。我和父亲没有多说什么,但眼底所露出的轻松和喜悦却无法遮掩,欢喜愉悦从心里流露而出。

从2号这天起,我成了我母亲的专属护工。照顾人,这对于从小只有被照顾经历的90后来说,还真算是人生第一遭。

第一次喂饭,被"嫌弃"喂得不好;第一次伺候睡觉,被"嫌弃"太粗鲁;第一次帮她洗脚,被"嫌弃"倒的水太烫……一次次被"嫌弃",再一次次努力改进,现在的我已经能成功胜任这份工作。更有趣的是,有一次当父亲要帮助母亲躺下,但动作太大导致她的伤口有点疼痛的时候,我立刻上前"教育"他,"指导"说在放下头部时要将手停顿一下,询问清楚是否舒适时再拿开,这样,她的伤口就不会痛了。我父亲很惊讶,笑着赞扬我,但这种经验之谈却是从我的失误中获得的。我性子大大咧咧,不似一般女生安静文雅,有点健忘又有点毛躁估计是我最大的缺点,第一次照顾生病的母亲,我什么都不会,手忙脚乱更是常态。那一次,我一边急着将她放平,一边又急着拿体温计测量体温。于是,在急躁的情况下,在距离枕头还有一些高度的情况下我直接挪开手。"痛",是我放开手后听见她说的唯一一个字。我顿时有些混乱,不知道自己在干什么,或将要做什么,只懂得机械性地询问"疼不疼"、"有没有关系"、"要不要叫医生"。也许是我的语无伦次让我的母亲有些担忧,她忍住疼痛安慰我说没有关系,下次注意一点就好。一次的教训换来一次人生经验,我既欢喜成长又痛恨成长所必须经历的泪水与痛苦,但是父母一次次用心血换来的教育真的需要我用一生去领悟。8天的手术治疗期,既是母亲卧病康复期,也是我的成长经历期。在这期间,我从一个笨手笨脚的人成长为做事纯熟、有板有眼的护工共花了192个小时,即11520分钟。

2015年2月10号,这天是我母亲出院的日子,迫不及待是我们唯一的写照。坐上回家的车,透过车窗望着外面的病房大楼,我既高兴母亲身体安康,顺利恢复,也希望现在或未来在医院治疗的人们,能像我母亲一样幸运顺利。

愿岁月静好,现世安稳!

在路上
ZAI LU SHANG

这个冬天不太冷

张晨琳
福建师范大学文学院本科 2012 级

啾——啾——

不知名的鸟儿又在阳台歇脚了。我睁开惺忪的睡眼,一束暖洋洋但有点刺眼的阳光穿透窗帘的缝隙跑进来,像一条窄窄的金色的丝绸铺在我的床边。两只脚丫子一下子有了知觉,从热烘烘的被窝里径直伸出去,感受着恰好的室温的善意。

连续几天看到这样明媚的阳光,心情也会自然地好起来,不由地叹一句:"天气真好呀!这个冬天真是不太冷!"打开朋友圈,许多人趁着好天气,三三两两聚在一起玩乐。福州的冬天常常是这样的,就算到了小寒大寒,甚至临近春节的时候,气温也不会太低,所以即使是娇弱的花花草草,生长在温暖的榕城的冬天,也能争先恐后地绽放暗藏芬芳的花蕾。初来南方的朋友通常会惊讶这里的冬天的"茂盛",因为在北方,冬天还未至,树叶和花朵就已经在秋风中凋零得只剩下一堆交错的枝桠了。二月的福州,森林公园里的樱花和梅花开得正盛,西湖公园的花展也将迎来一年里人潮的最高峰。茂密、苍翠的榕树依旧不分四季地展露它的新芽,没有缤纷落英的修饰,就像南方安静的美男子,衣着单薄简朴,却有蕴含于内的温暖的力量。

这么说来,似乎南方的冬天比北方的多了一份骄傲——当北方的公园里只有枯槁的树木时,我们却能享受着观看花海的快乐。我这么想着,到厨房泡了一杯速溶咖啡,坐在窗台前对着冒着白烟的杯口发呆。是啊!福州的冬天总是不大冷的,即使是最冷最冷的时候,外面的鲜花总会兀自盛开,外面的树还是保持一样的绿色。但我们的冬天,多了一种彩色的观感,却好像少了一种白色的记忆。那种白色的记忆便是雪。说到雪,和南方所有的小孩一样,小时候的我总以为冬天会下雪,便一直期待着雪的到来。后来到了八九岁,这份希冀就渐渐被南方的温暖融化殆尽,对冬天的描述也渐渐变成了"比其他时候都冷的季节"。得不到的永远在骚动,期待南方的福州下起北方的雪的心情,现在想想,就像贪图兼得鱼与熊掌吧。

幻想有时候终归是幻想,但,万一实现了呢?三年级的早晨,像往常一样早早地醒来,看见奶奶站在窗台边朝外望去。她说:"快看!下雪了!"这句话似曾相识,我好像什么时候也这样对她说过,她当时回答说:"那是霜啦,不是雪哦!我们这儿怎么会有雪呢?"于是听到奶奶说下雪,我先是很兴奋地跑到窗台旁,看着花盆旁堆积的薄薄的冰晶和水,外面是白茫茫的一片,好像也没有电视里的雪花飘飘,然后便学着她的语气自我安慰道:"奶奶,那应该是霜啦!不是雪!我们这儿怎么会有雪呢?"其实,我也不懂什么是霜,什么是雪,只是觉得,不是雪的白色的冰,应该就是霜吧!奶奶看了一会儿说:"这个不是霜,真的是雪!"

小孩子真的很天真,很听话。听到奶奶说外面下雪了,前一秒还觉得不可思议,后一秒就飞奔到楼顶去看雪了。不过,当时真的看到了雪。现在时隔十多年,当中也没见过第二场雪,所以虽然当时高兴得欢呼雀跃、无以复加,但现在也只能模模糊糊地记得,雪是小小的、白白的,落到手心和地面就立刻融为了水。爸爸也来到了楼顶,我问他为什么雪变成了水?他说,因为我们的土地比较温暖,雪从寒冷的天空落到地上,就受热融化了。那时候我想,如果我们的土地可以再冷一点,再冷一点,冷到可以留下一些雪该多好。

很偶然地,就像是上天让我遇见一样——地上有一块不大不小的玻璃,雪落在上面,安静地堆积成一层白白的冰晶。我用手捧起一些,而它并不拒绝我,躺在我的手心里保持着完好的姿态,使我能第一次看清它的神秘的模样。这样美好的时间过得很短暂,当我还在课上发呆,想着回家以后多找几块玻璃收集雪花堆成一个小雪人的时候,外面的雪就渐渐消失了。大街小巷的道路,仿佛只是刚刚下过一场小雨,完全没有雪的痕迹。回到家,玻璃上的积雪早已成了清水。

后来有朋友问我:"福州的冬天会下雪吗?"我说:"如果很冷的话,可能会的。"朋友说:"是吗?你见过?"我点点头说,"小时候见过,不过也只有一次而已。"是啊,福州曾经下过一场雪,那场雪之后,过往以为福州不会下雪的念头就变成了福州很冷的时候可能会下雪的希冀。知道水在零摄氏度以下会结成冰后,在许多个天气预报说气温是零下N度的日子里,我都以为还会再下一场如记忆中那般短暂的雪。

　　今年的冬天真的不太冷,发呆了这么久,可咖啡摸起来还是暖透了手心。前两天买的水仙花终于开了,整个房间浸满了悠远的香气。我喜欢坐在窗前,享受这样明媚的天气。突然冒出一个念头,如果有一天窗前的花不开了,树不绿了,还会如此的惬意吗?渐渐习惯了这里的季节,我的身体也成了南方的花,成了南方的树,需要一个这样不太冷的冬天让我抽枝发芽。

　　手机震动了一下。原来是家在黑龙江的朋友发来信息,说他那儿下起了大雪,给我看看他堆雪人的照片。照片里,他穿得很厚,隔着一层带着绒的手套捧着雪球,身后是一个憨厚的微笑的雪人。虽然他在黑龙江寒冷的冬天里生活了这么久,堆过数不胜数的雪人,但是他依然享受着故乡冬天所带来的独特的乐趣。

　　我单手打着字,喝了一口恰好温热的咖啡。不知名的鸟儿又飞落窗前,啾啾地扑着金色的翅膀,似撷花香而来。远远望去,初放的白樱花浸在阳光里,像那时落在玻璃上的冰晶。也许南方的雪,并不从天上徐徐飘来,而是从温暖的土壤穿过枝桠,以另一种洁白清莹的模样,落在南方人的心间。

雪乡散记

叶杨莉
福建师范大学文学院本科 2012 级

2002 年,我在矿山,三年级,每个冬日的夜晚,睡前都在祈祷第二天能看到雪。南方的冬天湿冷难耐,没有暖气,除了被窝,处处都是冰窖。偏偏又下不了雪。终于,2002 年的某一天早晨,看到爸爸拉开窗帘,惊呼下雪了,我从床上蹦起时,差点崴到脚。那真是孩子们记忆里最浓墨重彩的一天,看到雪的那一刻,欢乐哽在喉咙里,随时都会冲出来的样子。那是我第一次看到雪,而且是不小的雪,觉得这白色的、晶莹的、柔软的东西,像是上天给我的礼物,但也只是烟花一般,在童年漫长而寒冷的冬天里,一闪即逝。

这便是 2002 年的第一场雪。

2015 年年初,距离我第一次看到雪,已经十二年了,第二场雪并没有出现。我依旧蜷缩在每个南方的冬天里,却不会再在睡前祈祷第二天能看到雪,长大了,我可以旅行,可以主动去看雪。那么,干脆去雪乡吧。

清晨五点,哈尔滨还夜色朦胧,我们就急匆匆地跟着接人的导游上了大巴,朝雪乡出发。旅行的兴致是呈抛物线状,旅行前逐渐上升,在刚到达时达到顶峰,随着时间推移、日常琐碎逐渐降低。我的顶峰大概在刚到哈尔滨之时,去雪乡的时候反而平静了,期待磨成平静的心情。全程要走六个小时,中间在亚布力服务站停靠休息。下了车,已经感受到"冰天雪地"四字,飘着小雪,屋檐处也已经积满厚厚的雪。

导游姓左,全名记不清,辽宁人。每次旅行,我都会对导游感到几分同情——苦力活,不但要和形形色色的游客打交道,而且对于游客所新鲜的景色已经熟悉到厌恶。这不,从亚布力服务站出来后,他就拿起话筒开始对全大巴的游客"工作"了。"大家别看手机了,看我,我比较好看。听了是您的收获,不听是您的损失。咱们马上要出高速路,走一段可难走的路了,这段路非常难走,手机马上就要没信号了,在雪乡信号也很弱……雪乡啊,您可能来一次就不会再想来了,在那里住的多人炕,一人翻身全部人都得翻,吃的是减肥餐,给您洗肠子的。"介绍了包炕和土豪炕之后,他开始介绍重点了。"虽然吃住不太好,但是雪乡的景色真的没得说,值得您玩儿。"

幸运遇上一个大晴天,日头是一点一点在窗外清晰起来的,阳光毫不吝啬地洒下,像一个扮成仙子的小女孩,小手一挥,在这厚厚的雪上留下点点金光。雪,究竟是什么结构组合而成的呢?只有这纯洁无瑕的白,才能盛得住点点金光;也只有不受污染的大自然,才能琢得出这样光滑的白。这样白,这样美,分明就是那仙子的皮肤。车窗里的我,快要被那金光晃晕,闭上眼,以为自己进入了仙境。

窗外又闪进了一个小村落,一度以为雪乡要到了。这些砖红色的小房子,一座座安静而整齐地立在雪地里,烟囱升腾起的袅袅炊烟,高高挂起的大红灯笼,宣告尘世的气息,可是它们组合在一起,还是好一派恬静的冰雪王国。

在南方的车窗外,即使是冬天,也是满眼的青山绿树,弧形的山一座贴着一座,形态各异的树,一群簇着一群。然而在此刻的东北车窗外,再不见满眼的绿意,树大都是光秃的。只有松柏依然顽固地守着叶子,不让它落下。可它们怎对抗得过低温?暖寒轮替之时,就披上了白色晶莹的外衣,似要去参加婚礼的新娘。看,这挂满树梢的雾凇,不正是大自然给傲然挺立的松柏精心设计的婚纱吗?这些北国的新娘,弥补了我之后没有去成雾凇岛的遗憾。

终于,大巴停下了,我们到达第一个项目地点——大秃顶子山。在这,我们将乘坐雪地摩托上山。雪地摩托,顾名思义,雪地上的摩托,有专人驾驶,我们在柔软的雪地上体验"速度与激情"。

再一件贴身衣服、两件加绒衣服、一件加绒超厚军装大衣、三条加绒裤子之外,又披上了一条长至脚踝的厚大衣,以求抵抗这茫茫雪野。事实是,其实我们来到的那些天并不是黑龙江最冷的时刻,它最冷能够冷至零下三十度,当时雪乡这儿估计零下十多度吧,但对于南方人来说还是一个挑战。雪地摩托尾气重得很,开车的也是一些"不羁"的年轻人,和干妈上了车,也忘记摆一个造型拍个照,就在"轰隆"一声之后抱紧司机,被摩托带着上山了。

帽子在风中也掉了,抛下脑门和头发在寒风中摇摆,寒意自上而下袭来。摩托开足了马力,拐了好几个弯,直冲上山顶。停下时,终于才有机会把我的帽子戴起来,不一会儿,一位雪地摩托司机把我叫住,要摸摸我的帽子上的毛,这些在大秃顶子山每日载着游客上下的司机们,似乎也有许多是和我年纪相差无几的年轻人,不知道他们平常如何寻找乐趣。在枯燥的工作生活中挖掘乐趣,大概是一个人的智慧。

小左之前一再强调,要走有脚印的地方,那些没有脚印的路,不知道雪究竟有多深。然而总有不小心,脚步一歪,立马在雪地里陷到膝盖之上,还有一次,直接陷到大腿根。这里都是雪,全是雪,究竟要下多少天的雪,累积多少的寒冷,才能让它们在日积月累之间,一层叠着一层,层层交融,共同制造了这片天地?依旧是满世界的白,只有一点松柏的绿意,粗壮的树干都被折断倒下,嶙峋的树皮携挂着柔软的绵绵的雪,都带着几分温柔,但想象它折断的那个场面,一定是腥风血雨的一夜。这些柔软而温柔的雪啊,有着这样强大而残忍的力量!

再坐雪地摩托下山时,脑海里又浮起了"上山容易下山难"这句话,但上雪山却是"上山难下山更难"。上山需要力量,下山需更多技巧,并且更刺激。一度与迎面来得摩托几乎相撞,可出来玩,谁不求多一些刺激?

吃过了只有米饭、土豆和洋葱的午餐后不久,就要参加"徒步穿越雪谷"。此时已经有一些人放弃了这项活动,仔细想想,雪看多也会腻,可我偏偏还是看重"徒步穿越"四字莫名透露出的挑战气息。不过事实是,名大于实,也并无太多挑战。

午后的天是湛蓝的,那种通透的蓝,更衬着这白的纯净。屋顶烟囱里升腾起的烟,远远望去,分不清是云还是烟。

已经不知道是跟着哪家的导游在前进了,行进至分岔路的时候,毫不犹豫地选择了一条所谓的"野路",尽是厚雪,不得不用双腿开路。像踩在海绵垫上,软绵绵,偏偏身子并不是轻飘飘,不知下一脚能陷到多深,只知道哈哈大笑着,和身后陌生人聊着,再抬起脚时已经气喘吁吁。真想在雪地上放肆着打滚。前面一位四五岁的小女孩，一直站不稳，被父母拽起来不久，又倒了下去，几乎行进不了，笑声一直不断，不知女孩儿是因为在这雪地里站不稳，还是笑得没力气站稳，抑或是凭着童真的无惧，就想这样肆无忌惮和雪儿们撒娇？我在他们一家的身后，被这份童真的乐趣感染得也不禁扬起了嘴角。

也许是雪太厚了，在哈尔滨，松花江都能完全结冻，而在雪乡这儿，仔细一看，厚厚的雪下面还有汩汩流淌的小溪，在雪堆里，露出了冰冷的一角。

这儿才是雪乡，而那座已经被商业、金钱侵蚀的小村庄，拥有"雪乡"的名，却快要丢失雪的魂了。

在路上

林强华
福建师范大学文学院本科 2012 级

走走停停，看着身边的琳琅满目，在人群之中穿梭着，耳边还在轰鸣着音乐，街头的小商户还在不断地吆喝着自己的商品，马路边爆炸的是各种汽车的喇叭声。该死，城市的闹腾。我想，郊外会不会更安静、更可爱些？走吧！来一场说走就走的旅行。

城市中心走向郊外的路上，一路上除了汽车的喇叭声、商店的音乐声，还有三姑六婆的窃窃私语。我越走越快，只想要逃离这个城市闹心的聒噪。走！不，我要快速跑！我要离开这个吵闹又肮脏的城市，我不喜欢这个城市中心的一切，郊外会有我想要的一切。

我一直跑，跑得我筋疲力尽。

眼前的景象已经越来越绿了，身边的树木好像也开始变得多了起来，好像周围的空气都开始变得清新了起来，这边真的很安静，没有了城市的喧嚣，更少了那些唧唧喳喳的吐舌。舌头是一切罪恶的根源，郊外少了这些让人心烦的闹腾，一切都是那样的美丽。路边的柏油路直通至远处，远远的看不见尽头，而近处的小树在微风中轻轻地摇摆着，恰似一幅美丽的风景画。人若是沉醉于画一般的风景中，自然会露出最美丽的微笑，所以我笑了。郊外的景色是那般的美丽，那般的让人难忘。一晃便是傍晚。

我想我要回去了，黄昏虽然很美丽，但是风却渐渐大了。美景虽美，只是近黄昏，想必就是这个道理吧。我不舍地回头，渐渐地离开了郊外。我一步一步，带着厌恶的感情慢慢走回那个肮脏不堪的城市。我真的不想离开,我发疯似的回头,无视路上所有行人的目光。我冲回了郊外,想再看看那夕阳,看看那大路和小树。可是到了晚上,它们不见了,小路灯的灯光黄晕地照在地面上,一片黑地之中带半点光圈,晚风吹拂,却已经了有了几分寒意。

我拖着疲惫的身躯走回城市,漫不经心。灯光越来越亮,人声也逐渐清晰了起来,小商贩的叫卖声在此时却是那样的亲切。该死,城市真可爱。我想,郊外也不见得比这里好上多少,至少这里有我想要的人群。走吧!回家的时候更应坚持不懈。

到家了之后,我躺在床上想了很久。当我在城市的时候,我厌恶那些吵闹的噪音,我向往着郊外,我为它着迷、为它疯狂;当我在郊外的时候,我也曾为它痴迷,回头却又大失所望,我回归于城市,却不复从前。人生如此,岁月亦如此,能有多少不落入这般的俗套?

风大了,关上了窗,明天我将在郊外还是在城市中得片刻安宁?但,今夜无眠。

太姥山小记

黄蔚雯

福建师范大学文学院本科 2014 级

前几日,闲来无事,和几个高中旧友登了太姥山。这是我第二次去太姥山,然而却是另一番体验、另一种趣味。

我们一行五人坐车到了山脚下,一出车门,便立即有了"高处不胜寒"之感。空气格外清冷,冰凉之气顿入肺腑,夹带着梅香,倒是让我这久置于密闭车厢中的昏沉沉的脑袋清醒起来。走了一小段平路,便见着了岔路,左边一侧是木梯,右边一侧是石梯,两者皆是上山之路。虽然大多数人选择了左侧,然我却坚持说上次来时,旅行团是走石梯,于是大家便随了我"背道而驰"。

随着足迹越发深入,周边之人也越发稀少,再往里些,便只剩我们五人了。路旁偶尔可见路标,但大多却也是陈旧破败,还有些竟和手中的地图不一致。显然,这是曾经的观光路线。沿途的陌生感证明了我记忆的错误。然而这美丽的错误却赠予我们别样的风景,便是那独自绽放在山间的一株白梅,不似山门梅园的锦簇繁盛,却独有一番风味,或零星地挺于枝头,或闲散地落于黄土枯叶之上,留下一片净白。

过了国兴寺,再绕过一个小水库,便是龙潭湖了。这是个不大的湖泊,加之深冬时节,水量便不多,露出岸边一米多高的黄土层。可水却是极清极绿的,倒映着周围的山岭树木、石桥雅亭。风一吹,水波漾动,那倒影便如绿油油的烟雾般迷蒙。

弃了这美玉般的湖泊,我们继续沿阶而上。随着山势愈发陡峭,这石阶也增高不少,且道路愈发狭窄。有些地方已经不容两人并肩而过了。我们排成一列,低头爬行。到了极狭窄的地方,便脱下背包,侧身贴壁,收腹缓行。我是五人中唯一的女生,体力早已不支。大家便原地休息。我瘫坐在冰凉的石阶上,大口喘着粗气,看着下面这长长的道路消失在拐角之处。这高陡的坡度,不禁令我打了寒战。大家便讨论说,这上山练的是身体,下山练的可是胆子。

稍作休息,我们又重新踏上攀途。近旁的树少了,山风却更加猛烈。因前会出了一身汗,这一吹,便只觉身上凉飕飕的。再往上爬,就更加寒冷彻骨,辛苦也忘了,酸痛也抛了。猛然间,竟发现石阶上油亮亮的一层,像上了蜡一般。原来是露水结成了冰。仔细一瞧,连叶尖上都挂着颗颗晶莹剔透的冰珠。不禁喜出望外。踏着冰阶小心地走,就到了乐章台。这是一个向外突出、依石而建的观景台,周边只有几根铁链围护。站在台上,有如悬空一般,周身便是万丈深渊,令人不敢侧目。由此而望,景色壮观开阔。一座座山岭连绵着铺展而开,直至那混沌朦胧的天际,相交相融。像极了大海,叠叠波涛,汹涌而至。绿浪之上还散布着大小不一的岩石,仿佛可听见巨浪撞击礁石的轰鸣。这儿的风尤为猛烈,好似我们一抬脚,便可将我等刮走。险要之地,不可贪恋久滞,便离去了。

在走了许久后,终于遇到了其他游客。我们渐渐地回到了主要观光路线,一路景致虽也壮丽,却总少了那独特的韵味和趣味。

台南人

吴蕊巧
福建师范大学文学院研究生 2014 级

如果让我在台湾选一座城市长住,我会毫不犹豫地选择台南,不仅是因为这里作为以前的政治中心所遗留并保存完好的建筑、悠久的历史文化以及被台湾人称道的地道美食,更吸引我的是这里的人。

初识台南是在今年的二月初。放了寒假,我瞒着家里人自己办好手续、买了机票飞往台湾——这个之前对它的认知仅仅只是停留在小学课本及旅行杂志上的地方,自己也不知道对它的执念是从什么时候开始,就这样一直持续下来从未消减。原本在台南的行程只是安排了两天,没有想到一来就爱上,深深地,就如同在断桥边上吹萨克斯的流浪音乐人所说的,你来了就离不开了。

下了台铁,拖着行李箱在烈日底下找前一天打电话订好的民宿,一路都有好心人指点,不会担心迷路。台南的街道也是那种纵横交错的,即使是方向感比较弱的人也不至于找不着北,更何况有热心的台南人在。台南的天是那种柔和的蓝,不似垦丁那样蓝得热烈,也不似冬天台北的天蓝得有些苍白。冬天的台北是多雨的,而台南则常常是艳阳高照。找到住的地方,屋主在得知我没有规划路线后,热情地帮我找来地图,给我建议安排一天的行程。

在这里,随意走进一家小店,都是很有年代感的老店,店主会热情地招呼你坐下,墙壁上挂着已经被空气氧化得发黄的老字画,让人感觉在这儿坐着不仅仅只是为了吃东西,更多的是欣赏这些艺术品。到店的时候已是下午两三点,店里除了我再没有别的什么客人,店主一家都到前厅呷茶聊天,五代同堂的大家庭，着实让人羡慕。年过九旬的老阿婆拄着拐杖过来跟我说话，尴尬的是我不会闽南语，虽然一句都没有听懂，但是也能够感受到阿婆满满的善意。

走街串巷的时候，不要着急赶路，直接奔往目的地。每一条街、每一条小巷都有独特的风景等着游人去发现、去探索。偶尔怀疑自己走偏得太离谱，自己在一边自言自语被旁边的人听见，还没来得及开口向他问路时，可爱的台南人会先一步告诉你想要的答案。如果他刚好不赶时间，他会让你上车直接载你过去，即使是走路的行人，也会坚持把你带到他认为接下来你可以自己走的地方。这就是台南人。

台南孔庙里一位慈祥的老阿伯，每天上午会在孔庙义务讲解，下午就去晒太阳、钓鱼或是喝茶。跟阿伯聊了很久，听他讲台南的历史文化、台南的风土人情。我不是一个特别爱和别人讲话的人，但是喜欢听别人说，整整一个上午都消耗在这里，已经很久没和一个人聊天聊这么久。后来老伯赠字一幅，并用台南人独有的口吻说："你来了怎么能让你空手回去呢？"真的是一个可爱的"老头儿"。小道边的草坪上繁花似锦，由于是热带气候的缘故，这里的花的色彩格外浓烈，就如这里的人的性格。说再见的时候阳光正好，风也在跳跃，时间太紧促，连告别都是匆匆。

尽管已在台南多加了行程之外的两天时间，但想要真正了解、深入感受这个城市是远远不够的。在飞机起飞离开陆地的那一刻，看到机场上空飘扬的旗帜，我并没有觉得伤感。因为我相信，比任何时候都笃定，我还会再来，来台南，见这里温暖的人。

霜颜华鬓旧梦追

蔡安妮
福建师范大学文学院研究生 2014 级

此地,便是梦里的敦煌。

氤氲的轻雾中飞天妖娆的舞步,漠漠黄沙下喃喃的佛语,穿越千年呼啸而来的西域的风和那一弯卧于鸣沙的如浅金般的月……

落日,给孤世而立的敦煌镀了一层黄金,如天堂,如伊甸,隔绝了尘世的染缸。汉风唐雨的痕迹犹在,驼铃声声,依稀是丝路商队踏沙而来,长安的华服、苏杭的甘茶、和田的脂玉、中亚的宝马,敦煌的集市热闹非凡……

我们就这样闯入了这个西北小镇,想象中的荒凉被一片丰茂的绿洲取代,脑海中的朔风也飘散着成熟葡萄的果香。这个孤独地躺在沙漠中的小镇,或许用袖珍形容最为贴切,美丽精致,让人流连。

迫不及待地拥抱鸣沙山,当视线所到之处都是黄沙,当目光之极就是天边,被都市困住太久的我们尽情跳跃、呼喊。气喘吁吁地攀爬,终于站在山顶,眺望那泓清泉,眺望千百年来不知出现在多少游子梦中的那弯月。没有想象中的湛蓝,但一波翠绿已足够令人魂萦梦牵。想起余秋雨《文化苦旅》中的《沙原隐泉》,想起作家在翻越沙山后"偶遇"月牙泉的惊心动魄,大漠中如此一湾,风沙中如此一静,荒凉中如此一景,"给浮嚣以宁静,给躁急以清冽,给高蹈以平实,给粗犷以明丽",天下只有月牙泉才能给人以如此震撼。从山上滑沙而下,耳边是窸窸窣窣的沙声,鸣沙因此得名。捧一捧沙,尽情地挥洒到空中,敦煌的风来,落到发间、脸上、身上,竟有"吹面不寒杨柳风"的细腻,都说"春风不度玉门关",我看敦煌的沙也有春风的温柔。

急急向泉水奔去,泉水清澈、静谧、纤瘦、婉约,就这样静静地躺在她本不该出现的地方,让人忍不住嗔怪:漫天黄沙、狂躁飓风为何未将她掩埋?丝路上的商旅,抑或匪帮的马队,在一望无际的大漠中突遇这样一汪清泉;那种绝处逢生的惊喜怕是一生也难以忘怀的吧。"晴空万里蔚蓝天,美绝人寰月牙泉;银山四面沙环抱,一池清水绿漪涟。"明净的水色不知融入了多少过客的思念。

"天衣飞扬,满壁风动。"人说,看莫高窟不是看死了一千年的标本,而是看活了一千年的生命。面前的两层岩壁就是举世闻名的莫高窟,这让我们多少有些惊讶,也许珍宝不一定都闪烁着珠光宝气,这样低调的华丽才更让人心驰神往。斑驳的壁画、破损的彩塑,这种无奈的缺憾美看在眼里依旧是心上的伤痕,一百年前被王道士发现的藏经洞依旧豁然洞开,狭小的空间让人难以相信这里曾经收藏着最精美的文化。每每进入一个洞窟,都是屏气凝神,生怕惊动了想象中普度众生的佛陀、参禅苦修的僧侣、虔心参拜的信徒,更怕扰乱了霓裳羽衣、顾盼生辉中汉唐遗存的精魂。我们能听懂的只是流传下来的佛教故事、奇闻轶事,能看到的也只是流动的色彩、细致的描绘,而莫高窟拥有的却是一种文化、一种信仰,玄秘、洁净、高超,"在它的怀抱里神人交融,时空飞腾,于是,它让人走进神话、走进寓言、走进宇宙意识的霓虹"。

敦煌,梦里的敦煌,眼前的敦煌,让人仿佛恍如隔世。飞天的轻绸已然在风蚀中褪色,驼铃飘散在大漠深处,筚路蓝缕的商队也只留下模糊的背影,甚至那落日、风沙、断崖、戈壁,都蒙上了沧桑的尘埃,人马喧腾,集市繁华,也已不是旧时的人家。

  平沙大漠敦煌,残窟冷穴知谁
  繁华弹指飞。
  凭风侧耳听佛语,孤客叹凄回。
  落寞飞天犹轻舞,戍客羌笛尚独吹。
  忍看青灯照壁空廊在,料得霜颜华鬓旧梦追。

——佚名《梦敦煌》

XIN JI ▶
心疾

心疾

王星雅

福建师范大学文学院本科 2013 级

　　平地惊起了一声响雷,大雨倾盆。商业区内,人群四散,灰色的、黑色的厚重衣服下,一张张苍白的面庞融成了一片水花,狠狠砸在浸湿的沥青路面上。慌乱中,老人挎着一个菜篮,被挤得步履蹒跚,逮住一个机会,老人顺着人群挤入了路边的公交车站。尽管为了避雨,车站里挤满了人,没有了冰冷雨滴的刺痛,老人还是缓缓叹了一口气,挺直了腰板。

　　连成一片的灰色雨帘倒映在老人浑浊的双眼里,老人显得有些迷惑,她静静地放空了一下大脑,这才想起,一分钟前,自己原本是出家门买菜的。岁月让她的面庞不再紧绷,同时也使她的大脑变得零碎,她的记忆变得模糊而拥挤,"忘记"这个词,仿佛天生就该形容她现在的状态,这个状态是什么时候发生的,她也记不清楚了。刚开始,越是使劲思考,大脑越是拥挤,她的头开始疼痛,她感到一阵心悸,她的大脑被从前的、过去的、记忆的片段充斥,唯独缺少了上一秒的记忆。她还记得,曾经的自己最是记忆力好,用土话说,是个拎得清的女人,家里的一切物什,只要经过她的手,都不会忘记。隔壁的老姑婆借她家的土地,说是借,其实是摆明了不还的,过了几个月,欺负她年纪小父母又早逝,想要独占了去。当时她是怎么要回的?她记得她找上门去,当着全大队的面,把她借出去的田地的状况说得明明白白,才让那姑婆看到,她尽管年纪小,也是不好欺负的。是啊,不好欺负,她想起年幼的弟弟,就不得不变得泼辣坚强。弟弟呢?弟弟……

灰色的雨帘击打着地面,溅起的水花沾湿了她的布鞋。她突然感受到一阵心悸,不得不大口地喘了一口气,初冬带着凉意的潮湿空气带着安抚的气息进入她的口腔,这才平息了那一股剧烈的刺痛。她突然想起了之前仿佛看到过一种草药,在城市的钢筋水泥之间居然长出了一棵草药,这才使她停下了脚步,她看了一眼左手空空的菜篮,这才记起自己并没有买到菜。那棵草药呢?她回想起在马路边上看到的那棵草药,虽然模糊,她还是认出了那草药边缘独特的锯齿。真是暴殄天物,她想那草药是可以去火的良药,过去的时候只要上火,没有药,她就跑到田边上,在村南那一面的田埂上,零星长了许多这样的草药,叫什么名字,她也不知道,谁告诉她的,她也不记得,但是她就是知道,这草药是良药。可惜现在的人都不识货,非要花钱去医院买药,那么好的良药,就算长了一大丛在地上,也没有人回去采了。可是在城里竟然有一株草药,这可真是不可思议的事,城里的土地可不比村里,她最清楚不过,她带着弟弟走遍了村里的每一个角落,她知道村里的土地,那种混杂着土狗、鸡鸣和树木香味的土地和那条清可见底的河,连这雨珠子也比不上那条河一半的清澈,她记得那种河水漫过土地的气息,是熟悉的、心安的气息。跟随孩子住到城里之后,就再也闻不到那股气息了,她的眼睛如今不太好了,鼻子倒是灵得很,在这里,她只能嗅到一些陌生的气息,陌生的人、陌生的土地、陌生的城市。有的时候,她会觉得自己能够被空气吸走,远离一切的陌生,回到熟悉的土地上去。她偶尔觉得如果真的能够回去,她也是愿意的。她漫不经心地想到,一些杂乱的记忆向她袭来,只有放空大脑,她才觉得好受一些。

眼前的雨帘逐渐变得断断续续的,周围的人群开始蠢蠢欲动,不少年轻人冲出了车站,冲入雨里,逐渐化成一个灰色的小点,再远,她就看不清了。就像是弟弟一样,这个念头强势地插入了她的大脑,她这才想起,弟弟是走了,她们都老了,然而弟弟比她老得要快,仿佛一夜之间,就没了声息。这是什么时候的事情,不记得了。好像,在这之后,她就染上了心疾的毛病。她漫不经心地想到,记忆一时之间有些混乱得不能整理。于是她只好再次放空自己,不再为难自己的大脑。孩子们都劝她去医院治疗心疾,她却是坚决不去的,原因嘛,不记得了。

雨逐渐停止了,车站里的人抱怨着,都离开了拥挤的公交车站,一秒钟之内，CBD 又恢复了之前的人潮拥挤。一个身着布衣的老人仍然静静地伫立在公交车站中，她的右手边挎了一个空菜篮，仿佛仍然与繁忙的城市隔着一层雨帘。

散落的清香

吴金明
福建师范大学文学院本科 2012 级

淡香

喜欢咬着一支竹签,于口齿处噙着那一份大自然的幽香。那是一种沁人心脾的香,总叫人精神一振,随着那一份香悠然飘飘,仿佛置身那竹林深处,静坐于竹下,任思想随着竹香一起慢慢散开、散开……

然后拿着毛笔,取一点墨,让心情在墨香处晕开,凝成忧愁,化成花,在宣纸上任意开放;成诗,与窗台的绿叶弄青,那一缕绿魂随着墨香,和着那满屋的书香,萦绕着梦,让梦在这无尽的意境中睡去,形成那一幅精彩绝伦的画。

总喜爱这淡淡的竹香、淡淡的墨香、淡淡的绿香、淡淡的梦香、淡淡的画香。

古亭

柔须披风。

微风将垂落成帘的老迈树须掀开,揭开一个读书人神秘的闺房——亭。四翼卷起,透露出浓厚的古典建筑气息,散发出一种馨香,直达心扉,环绕于魂,使灵魂也有了一种萦绕的幽香,令人醉心。

士人是幸福的,能够常常拥有这种香,与亭同饮共吟,游目骋怀,陶醉山水。酒香与亭香酝酿出诗味,飘飘洒洒地刻在缠绵的竹简上或融入成花的水墨中,同诉一段纷飞着柔情的历史。而亭也何其有幸,目送了多少长亭古道的别情离恨,也静听了多少栏杆拍遍的壮志悲怀,收留了多少羁旅的倦客,存留了多少不朽的诗篇。

只是历史已然过往云烟,往事越千年,焚烧的是亭自己历史的柔情,遗留的却是我永久的心伤。再也没有了醉翁那潇洒的身影,没有了王羲之挥墨兰亭的兴怀,也没有了"绕堤柳借三嵩翠,隔岸花分一脉香"的那份雅趣了。醉翁亭与沁芳亭都不在了,那份几十岁老翁与十几岁孩童共同拥有的喜爱无人继承,即使人们一再重修复建,它们也只是一座空壳——它们的魂早已泯灭在时间的灰烬中。旅游观光的人迹,徒留虚张的声势和造作的怀旧,盛装之下,是更破旧的古亭在奄奄一息地回忆着历史。

轻轻踏在亭旁的古道边,却没有了芳草连天、暖风拂柳的胜景,唯有落木萧萧、黄叶搅风,在倾诉曾经的辉煌。

卷起一本书,想踏入古亭,给它添一丝生气,让它拥有往日般的精神,却发现没有士人般的才气,我终究是不配入亭的。回首告别,但见古亭独留在黄昏中,枯坐愁肠。

解愁

秋天。

一叶枫在风中零落,它从多少人颗颗滴血的眼泪中凝结成这满眼的殷红?风搅着飘落的叶,从秋天的指间滑落,幽荡在我的心头。拾起一叶枫,清晰的脉络不断向四周延伸,像一只疯狂的手。正如忧愁寄生于我的神经中,随着神经的蔓延而肆虐,直延伸到我的心,徒然伸出那只手将我包住。

我愿将忧愁化成一叶枫,锁在风中,任它流浪。但有什么锁可以锁住忧愁呢?忧愁是诗的精灵,优美地围绕着你打转,你伸手捉它不住,低眉却上心头。

手中的枫脱落了,从我眼前飘过,飘向天尽头,寻找那一地香丘。

秋风落叶愁煞人,尘香落尽,留我顾影独徘徊。

谁的童年不犯二

徐敏
福建师范大学文学院本科 2012 级

在一个台风天,和好友在学校楼梯上随意坐下,躲在一把伞下,聊儿时的趣事。任凭风打着伞。

这样的感觉,像极了一幅刀刀的画,旁边写着:"我们飞快转着伞柄,把水珠斜斜地洒向对方,衣服都湿了,我就不认输。南南说,我们以后就是好朋友了。"南南是刀刀的好朋友。

"在我七八岁的时候,那时候手机还没有普及。在外面打电话通常都是拿着 IC 卡到电话亭,也许碰上类似这样的下雨天,碰上雨滴顺着透明的塑料板划下时还能够伺机偷听你说话的下雨天。爸爸给了我一张 IC 卡,跟我说这是打电话用的,卡里有钱。然后我研究了很久,愣是没看出来钱在哪。一张薄薄的卡里面是纸币还是银币呢?后来,我找到一把剪刀,期待着看到夹藏在里面的钱。我艰难地剪开卡,却发现什么也没有。然而我很坚定爸爸不会骗我,于是我剪得更卖力,将卡剪成了一块一块。我很失望,就像拿到了一个精美包装的糖果,却发现里面是空气而已。"我说。

朋友听后,恶狠狠地笑了我一遍又一遍。算是交换吧,她也说了个自己的故事。

我们挪了挪发麻的屁股,继续碎碎念着,打发时间等雨小了。我张望着前方的体育场地,似乎隐隐还能听到一阵一阵的趿鞋声,越来越远,似乎成了影像中看不见的小点。

然后她缓缓说道:"小时候吧,看电视总是奢侈,总是每时每刻防着妈妈。"

回忆时总是不自觉拉长目光,也或许是大风中小雨模糊了我的视线,我看到她的目光渐渐延长,一路滑下长长的湿漉漉的楼梯。

"估摸是小学一二年级的时候吧。妈妈留我一个人在家,但是放话说不准看电视。妈妈走后,我偷偷开起电视,边看边注意外面的动静。后来隐隐听到妈妈的脚步声,我急忙关掉电视,强装镇定。但是害怕妈妈说电视怎么是热的,慌慌张张装了盆凉水就往电视上倒……结果,你应该可以想象。"她难掩的笑意溢满眼眶。

诗人林雪这样说道:"我是个没贴足邮票的小姑娘,让生命投向远方。"

大概没贴足邮票的小姑娘是"二"过很多回吧,意外在春天、夏天、秋天、冬天的季节里遇到意外,而昂首在季节之外。

在每个人的大脑中,都会有一个专门的区域,记录那些让我们陶醉、令我们感动、赋予我们的生活以美丽的一切。那个区域叫"诗化记忆"。

对大多数人来说,童年的记忆都在其中。甚至那些不具备美好童年的孩子,对于诗化记忆,也并不是望尘莫及。在他们的大脑中同样也存在那样的一个区域,以此来记录美丽的愿望和对未来的期许。每个人的诗化记忆中,或多或少都贮藏着一些"二"事,也许简单到甚至你很难将它划分在"二"事之中。但是,只要是能让你傻笑的事,我想都属于"二"事。

然后,不置可否,我们似乎迷了路,就在那漂白过的森林里。

甚至我们还可以清晰地看到童年就这样分崩离析、猝不及防地轰然倒塌,而后只能在尘土飞扬中模糊回望,凭记忆勾勒。这样的感觉,就像在下雨天,你撑着伞,路过的人却突然扯走了你的伞。你莫名其妙,你想要发作,却突然发现你不得动弹,只能在雨中静静等待一个给你送伞的人。而无奈的是,那个人却迟迟不来……

记得那天,后来雨停了,可是风还是没停。这样的景象似乎有点奇怪,因为记忆中的台风天,台风和雨是不能够分离的,就像你很难分离清楚阳光下手电筒的光和阳光。

她说,谁的童年不犯二呢?

月升起了

夏林溪

福建师范大学文学院本科 2012 级

11月某夜,本该是一个月朗星稀的夜。可是拨开窗户,今夜无月。

年年月夜,本该有一个人望着月,守着夜。只是今年今夜,无人无月。

"姥爷!我回来了!"我刚到村头,就急着喊出口。

不知道是不是我那激动的喊声有幸划破了星空,一时惹得村里的狗吠声四起。这狗声让我这个怕狗的人心里有些微微的害怕,不过只是微微的,因为我有姥爷,他会一声声跟我说:"不怕,看狗敢来我不打跑它们!"尽管现在想来,以姥爷的身板,打跑那些农村的大狗应该已经是很吃力了。

我一路跑着冲进家门。月色正好,老家的天空总是月色很亮,星星热闹如沸。姥爷家院子里枯草越长越高、越长越多了,干瘪枯黄的身体吃力地支撑着耷拉着的脑袋,病态似的,它们高高矮矮不齐,只是到处可见,一个大院子,半面都是枯草,月光照下来,映了一摊的倒影,漆黑了半面墙。月也照在姥爷的身上,照着姥爷的脸。姥爷穿着发灰的青布大褂,重重地倚着门,右臂僵硬而缓慢地冲我左右摆着。

"快进来,外头冷,屋里生着火。"姥爷一边说一边挪着步子进了屋去。

"可算回来了……路上累吧。"姥爷挪了下步子,转过身,艰难地关上门,又摸索着上下摇晃了好久才关上了两扇大木门。

"嗯,还行吧。对了姥爷,我再过年要高考了,放假就不回来了,过年(再过一年)再回来啊。"

"噢……嗨,老往家赶也麻烦,还危险,好好考试,考个好大学!"我没注意看姥爷的脸,我没注意听姥爷的语气,我没注意体会姥爷的心情。

"姥爷,等我考上大学就回来看您!"我自顾自烤着火。

夜,静谧。一切都值得享受!躺在床上望着房梁的感觉是那么安详,那木材发霉的味道是如此清新,就连发潮的被子都让人感觉是那么难以体会到的舒适。在姥爷家,晚上出去都可以不用电灯,月光皎洁。天恩赐的光,足以照亮夜空、照亮心房。

姥爷家的后院,一样的杂草丛生的地方,歪歪扭扭长着几棵不高的树,似乎是杨树的品种,只可惜没长成杨树的体型。姥爷选了两棵还算健壮的树,为我绑上粗麻绳做了个秋千。我在秋千上玩,越荡越高,越荡越远。姥爷起初在背后推我,陪我一起玩,可是不一会儿就累了,只得挪了些脚步,倚着一个歪着的小树。那树树干也就巴掌般粗细,从中间歪向一边,又曲曲折折地向上生长,就这样的树,别说倚靠了,就连扶我都不敢,可是它却把姥爷承载得很稳……

"咳,咳,咳,咳……"起风了,姥爷越咳越重。

"姥爷,您回吧,风大了,别着凉了,都咳嗽厉害了!"

"再陪你玩会儿。"

……

"不玩了,走,咱回。"我搀着姥爷回屋,姥爷一直咳嗽没止,一直没止。

要走了,那一年,走得比每年都要早。

"姥爷!等我考上大学了,就回来看您!"我几乎是喊的。"姥爷,等我!我考上大学就回来看您!"心里一遍遍重复喊着,声嘶力竭。

"唉,我等着。"

好像是一场梦境。飘忽间,转瞬即逝。深秋,落叶凋零一地,秋雨渗骨寒绽,洗去了铅华,清明绝净,却埋葬了姥爷的回声。那句"唉,我等着……"。

夜深风竹敲秋韵,万叶千声皆是恨。故倚单枕梦中寻,梦又不成灯又烬。

我只能望着天空,寻觅月光,寻觅星。总听姥爷说,人死了会化作天上的星星,伴在月亮旁边。我望着天,您走的那天,真的升起了月,月光皎洁,旁边伴着一颗星,如此明亮,它望着我,我望着它。

星如人,因团聚而沸腾。月如情,因不灭而温婉明亮。

月色皎洁照亮天涯。只是,星空璀璨,团聚才最美。星空璀璨,才能让月色更暖人心扉。

听说,姥爷总是靠在门口,望着村头,盼。姥爷这一盼就是半辈子,直盼到日渐不支,直盼到对门由靠到倚,最终,也没能盼到……

夜月,夜里岁月模糊一片,错过就无法重演……

姥爷,姥爷,我只能一遍遍祈祷,祈祷您在天堂会拥有健康,会摆脱所有的痛苦悲伤。只可惜,一生的劳苦,即使晚年,依然守着贫穷和痛苦,对不起,姥爷,没能让您过上好日子,没能让您见到一片新的世界。您说您不想来北京;您说,您要守着家里,守着姥姥;您说,您是真的老了;您说,您想死在家里,就在自己的土地……姥爷,姥爷……我总是说,我总是想,等两年我就长大了,我考上大学,一定回家看您;我说,我要孝顺您;我说,我要医治您,彻底治好您,我说,我要带您来北京,让您也看看,现在的新世界;我说……但是呢,我却连一碗热汤都没为您端过……姥爷,姥爷,我好想再看看您;姥爷,姥爷,我好想再听您叫一叫我……姥爷,姥爷,我好想再在您的身边坐上一坐;姥爷,姥爷,我拿什么,去兑现我的承诺……

姥爷,姥爷……

我只能这样叫着,徒劳徒劳,能做什么?能做什么!只是空口说说……

是谁说过,树欲静而风不止,子欲养而亲不待?

……

看月又升起了,只是月色旁边的那一点星,那么明亮。

是谁?在哪里升起来的?

我追着月光,裹着月冷。

迷路与出口

许秀婷

福建师范大学文学院本科 2012 级

  走过了这一生将近三分之一的路程,却经常在半夜惊醒。回想起白天发生的事情,今天的衣服还没洗,今天的论文还没开始写,今天忘记给父亲打个电话说声生日快乐……这么多的思绪一拥而上,原以为今天看完了一本书,今天写了关于过去一年的总结,今天整理好了文学史的复习梗概等等的圆满行为就能为逝去的"今天"画上个句号,可是每次的惊醒总觉得心里空落落的。这股空虚就如同墙角斑驳的裂缝让光线上了一层灰,却突然被一阵风扰乱了满身的灿烂,什么都没留下来。这时候总会有个想法浮上心头,究竟自己走过的二十几个春秋乃至那未知的剩下的人生碎片是为寻找什么而活?越想越睡不着,都怪夜里的寂静赋予了这个疑惑太多骄傲,以至于它非得用它最响亮的号角声吵醒昏睡已久的骚动灵魂。

  人的一生挥之不去的三种情感总是萦绕在心头,看似简单却又繁杂,以为只要定好开端,它就会像三维坐标一样,各自往不同方向直走,可是却没想到,它其实更像头发丝,发尾朝下排列,但是久久没有打理一次的话,发尾就会打结,死死缠绕在一起。而要让它们分开只有两种办法,要么耐心地一根一根地梳理,要么果断地用剪刀咔嚓一声掉地。在这三种感情中探索追求的人亦是如此,虽然常常避免不了剪不断理还乱的复杂情绪,但是却又不得不找到一个合适的方法来与这些情绪和平共处。

亲情

本该在人生走过三分之二的年头才遇到的大悲却提前了几十个季节与我相遇了。前一秒还共同呼吸着这个世界的空气,后一秒却天人永隔。当棺木合上的那一瞬间,我知道这辈子再也不可能有机会去拥抱最亲的她。

农村总是有个老观念,家里一定要生个男孩。为了我的弟弟,父亲母亲四处"跑路",躲避着,直到产下我弟弟为止。我上面还有两个姐姐。我和弟弟都在年头出生,在寒冷的冬天。半夜睡到一半,邻居一声叫,衣服都来不及穿,父亲母亲就从矮小的临时通道爬出去,母亲挺着一个大肚子笨拙地跟着父亲跑到荒山野岭,以地为床、以草为被的夜晚时常有。曾经,母亲在那崎岖的小道里跌倒过多次,也掉进湖里,父亲把她拉上来后,回不了家拿换洗的衣物,全身湿漉漉,忍受十二月寒风的吹袭。一忍就是一个晚上。父亲更是为了保护母亲不小心踩空掉进野井里,差点爬不上来……当然这些事情都是在长大后听父母亲回忆过去时才知道的。

这么多的艰辛,可是他们还是挺住了,也是因为他们的不容易,才有后来的我们,四张嘴巴在家里等着他们两双手来撑起这片天,压力有多重可想而知。正是因为如此,心里总是对他们存在着一种敬意,所以从小到大我们四个孩子对他们的称呼都停留在上一辈的叫法,没有撒娇似的"爸爸""妈妈",而是选择乡下的叫法"母啊""爸啊"。这种生活的经济压力、这种称呼注定了我们无法像同龄人的家庭一样与父母那样亲昵,他们起早贪黑地出门挣钱,打小我们就知道他们不容易,所以非常乖巧懂事,自理生活,这样也让我们从小就非常独立,然而这样的独立也更加拉大了我们与父母之间的距离。

不过随着家庭经济的好转,初中时他们在我们身边的时间变多了,渐渐地我们会与他们谈心,他们也会告诉我们很多小时候的故事。一起到田里耕作、一起喝同一壶茶、一起观看每晚的八点档大剧等等,这都是我们亲近的一种方式。前阵子回家父亲在小酌一杯之后眼里含着泪光说,他知道从小欠我们这些小孩子的太多了,他也知道后来的弥补也无法让我们回到过去。听到他说这句话的时候,在饭桌上的我们都沉默了,眼里不争气地滴下水来。我们心里都明白,虽然长大后的亲昵也无法填补小时候缺失的那一块,但是还是很感恩,至少那个时候的我们生活在一个被满满的爱包围的家庭之中。对,只有那个时候,我们一家六口在一起的时候。

我所有的幸福生活就终止在了那一天,2010年9月9号。一通电话,带走了所有的美好。父亲母亲在外出工作回来的路上,出了车祸,父亲没事,可是他却当场看到与自己同甘共苦了二十几年的妻子倒在了血泊当中。一路狂奔到医院急诊室,映入眼帘的是整件白色衣衫都被染红的坐在地上的父亲,还有那张白色病床上躺着的人儿。

"脑部受到了重击,估计在车祸现场就过世了,已经没有心跳了。"医生像在背公式一样毫无表情地说了这一串。"不,我不相信,求求你了,医生,拜托你救救她,你摸摸,她的手还是热的,你怎么可以说她没有心跳了呢?不可能的,不可能的!!!……"看着一动不动的母亲,脑海中出现的尽是她的笑容,怎么会这样?这到底是怎么了?拉着医生的双手,我几乎快向他下跪了,可是,这样求医生,也求不回来我的母亲。当下我没有哭,看到角落的父亲,倏地一下我跪在了地上。看着来来往往的人,投来同情的眼光,还有趴在病床边上哭的姑姑、阿姨。整个人的思绪都乱了,因为我还是不相信这是真的。后来,他们把母亲抬上了救护车,我们一起上了车,救护车把我们送回家。一路上我握着母亲的手,眼泪再也忍不住了,我多么希望在白布底下的这个人儿能创造点奇迹,哪怕是手动一动也好。可是,可是为什么这双手越变越凉?

一路上不敢号啕大哭,怕惊吓到了这个一生温柔的女人,就这样眼泪不停地掉在了她的手上。

望着那棺木前的遗照,哭到眼泪都干了、嗓子哑了,可是就算这样也不能让躺在冰冷的棺木里的那个人儿醒来。从事发到处理好后事,总共十一天。这十一天,是我这辈子最不想想起的时间,但也是我这辈子绝对不能忘的回忆。

我怕忘了之后,我也把她忘了。

到现在已经走过了四个没有母亲的年头,用一个大家都知道的谎言骗自己说她只是去了一趟很长很长的旅行,于是大家渐渐释怀了。很庆幸我的父亲用他粗糙的手再次为我们撑起了一片天空,给了我们双份的爱,连着母亲的那一份。所以我也常常想,在这个浮浮沉沉的世界里面,我们总是想往外闯,却没想过也许在某一个你从不留意的瞬间,你原以为一直都在身边的人事物就突然不见了。十几岁时总是想逃家,最终跌跌撞撞才懂得家比荆山之玉更珍贵,现在我总是特别珍惜在家里的每一秒,去朋友家、亲戚家串门也不爱多耽搁。

家人的陪伴是多么的可贵,如同空气弥漫在我们身边,虽然常常会忘记它的存在,但是它依旧默默地守护在我们周围,不离不弃。

友情

每天与我们擦肩而过的人千千万万,能够认识并做朋友都是一种缘分,我珍惜着与他们在一起的哭与笑,那才是最真实的生活。

友情是什么?我也曾经疑惑过,为什么人活在这个世上就一定要有朋友?一个人一样能活到老,反而自由自在,不必去猜测别人的心情,也不用担心自己一不小心就伤到别人的心灵。在那么复杂的朋友圈中生活,有时候很累,每个人的个性都不同,活在一个圈子里总要懂得磨合,然而磨合的过程中经常让人觉得烦躁,一句措辞、一种口气、一个眼神都得小心翼翼,生怕一个不小心就成了一辈子的疙瘩。不过当人真的遇到事情的时候,发现一直陪伴在身旁的不是恋人也不是父母,而是那一群有着不同脸庞、个性迥异却拥有相同的一颗关怀我的心的朋友,用心经营的友情久而久之就成了像亲情一样常驻。就像刚来榕城上学的那一个秋天,对家人的思念、对环境的不适应等带给我太多情绪了,那也是第一次让一直自以为强大的我滋生了从未有过的无助感。不过好在有这么一群朋友,在身边的或者不在身边的,是他们让我明白了这些愁绪不是生活的全部,伤心的泪水总会在欢笑声中被蒸发,如同长袖衫抵御初秋的威力一般。

所以友情究竟是什么,我也说不清楚,但是在我眼里,它就似盐巴一样,单尝太咸,可是一道菜少了它,其他调料再多再好也吃不出这道菜的美味。也许刚开始追寻的是让人能咽下去果腹,最后却变成了一种必需品,在生活这道充满酸甜苦辣的大杂烩中,友情如它,到后来成了不可缺少的陪伴。

爱情

宫崎骏曾说过一句话:"你住的城市下雨了,很想问你有没有带伞。可是我忍住了,因为我怕你说没带,而我又无能为力,就像是我爱你,却给不到你想要的陪伴。"

也许现在谈起爱情总显得有点稚嫩,毕竟那些所谓的学生时代轰轰烈烈却从未接受生活压力考验的爱情看起来总觉得有点可笑。曾经在那个青涩的年华里喜欢过一个人五六年,一直以来我们都是处在一种比朋友过之但又不及恋人的模式中。在不捅破那层纸的时候,经常因为一次小吵小闹就开始伤春悲秋,"错过了就回不去了"这种字眼常常挂在嘴边,可是等真正失去的时候却害怕有人跟你说,"人总是这样,终于到了懂得珍惜的年纪,却偏偏什么都走散了。"拥有就是失去的开始,所以当我一步步接近爱情的时候,我也正一步步地在走在失去它的路上。

我很珍惜这个当我和他相处的时候总能放松自己的精神得到短暂的乌托邦世界的少年,可是现实太现实了,我也曾幻想过我们可以以这种相处模式幸福到老,可是谁都能想到,这最终只是一场梦。在捅破那层纸之后,他是被我这么多年的坚持感动了,但是感动当下的施舍总是容易让人后悔,没错,那份来之不易的爱情它存在过,但是它却没有让我享受到故事结尾的幸福。只是梦里我让自己幸福快乐了一把,幻想着周围的人都有一个好的归宿,包括自己。可是一切幻灭过后我却突然发现,他们都很幸福,只是我,身边并没有留下他。也许他是"爱"过我,可是并没有爱到最后罢了。

渐渐地我明白了,不过就仅是因为人都只选择自己愿意相信的,比如,"他觉得我不错"、"我不漂亮但是我可爱",再比如,"他还喜欢我"等等,可是却从没想到,想送你回家的人,天南海北都顺路,不喜欢你的人,连拐个弯碰个面都觉得是多余。其实心里明白的事太多了,可是我依旧靠着自己愿意相信的那一点点理由来解释我现在所有的心情。人与人之间都是存在三角关系的,我放不下的你有得不到的她,在另外一个圈子里照样轮放着同种步伐。然而你只望着她却看不到身后为你撑伞的我,多么可笑的行为,对吧?

我想,在这个猜不透看不透的感情世界里,也许寻找的也是一种陪伴,一种能让自己安心的陪伴。只是过去的就让它过去吧,与其做那些不切实际的幻想,还不如努力地充实自己,那个时候也许我们会回过头说,谢谢他当初那么奋力地将我推开,我才能遇到一个更好的自己,找到一个更好的另一个他。

生命必须有裂缝,阳光才能照得进来。路上有坎坷,人才会变得坚强起来。

阿尔贝·加缪在《西西弗斯的神话》曾经说过:"一个人只要学会了回忆,就再不会孤独,哪怕只在世上生活一日,你也能毫无困难地凭回忆在囚牢中独处百年。"想起这段话时,我内心小小激动了一下,没错,就是"回忆",当初拥有时的幸福回忆,无论亲情、友情抑或爱情,这才是夜里被惊醒的一切原因的答案!也许我们这一生寻找的就只是能在岁月微凉之时,有那么一点回忆来取暖吧,这样即使有再多的空虚寂寥、再多的思绪万千,也驳不倒曾经在那段岁月里面虽败犹荣的我们。

感觉

何 思

福建师范大学社会历史学院本科 2014 级

到商场买衣服的时候常常有这样的体验,有的衣服一眼就能相中,而有些衣服虽然朋友导购交口称赞,但自己心中总觉得怪怪的少了些什么。

而经历多了,便常常能够发现,衣柜里我们穿得最多的,往往是我们瞬间就喜欢上的衣服,而那些犹豫挣扎再三才购置下的新衣,也就年年岁岁如新,寂寞地躺在一个角落里。

不止是衣服,其他物件也如是,一盆鲜花、一本书,有时遇到它们就如遇到多年未见的旧情人般,心为之雀跃跳动,不知不觉中,目光被它们黏住,手也不自觉伸出。

人人都有第六感,人人在初遇它们时都一样的敏锐。只是内心的欲求常常为其他世俗纷扰蒙蔽泯灭,买一件衣服时尚能勉强遵循直觉,而遭逢到人生中无形且一眼望去前途迷茫的岔口,许多人便丢盔弃甲,在直觉面前挣扎逃避开去了。

年轻之时最是心气稚嫩,定力未成,在选择朋友时就显出了那份举棋不定的混沌与迷茫,在日常交往中不愿断言,也不愿相信感觉。见人一面,话题生涩而乏善可陈,继续深入交往,却更如凉白开般饮之无味。曾经读到一个作家的领悟,瞬间就被打动,"到了这个年纪,便已学会不再因短暂的喧嚣热闹而一味迁就,交到知己很好,若交不到,静享一人孤单也好。"

朋友圈里,嘈杂热闹;酒桌之上,觥筹交错。但当褪去了如木偶般华丽却僵硬的晚装,在夜深如水时静默审视自己,才发现原来自己繁忙一场,赔去的是时间和笑脸,换来的是疲惫和心累。

感觉这东西听起来很玄,它仿若浮在半空,你看不到抓不着,于是从原来的笃信变成了患得患失的质疑。常常佩服那些内心有坚定信仰的人,不单在与人交往时利落自如,不拖泥带水,面对抉择时也不愿将就委屈,真正做到心无桎梏身自由。

两条道路俱是雾气缭绕,每个人到了岔路口,心内都曾有过茫然,但就是一道道这样的选择,遗下庸碌的大多数,也成就不平凡。我曾深深为卡尔维诺愿成"文学败类"的勇气所吸引,在那个信念混乱、人人附庸的年代,在那个氛围古板的生物科学世家中,写作登不上大雅之堂也不入流,但他似乎一直无所畏惧着,从默默无闻到文字巨匠,终是将原来弱小飘摇的希望培植成郁郁的苍天之树。

而相形之下时下人顾虑更多,年轻人像身处沙丁鱼罐头堆中般竞争激烈、举步维艰,于是在理想前畏畏缩缩、踟蹰不前。多少少年向往拼搏奋斗,向往大城市的繁华富丽,但也常屈从于现实安逸,在小天地间心有不甘却懒散蹉跎,任拼搏成为旧梦,并嘲笑他人对此的渴盼与追求。

在大城市中确有许多庸碌平常的人,他们心怀热烈憧憬却一生平凡,还伴有许多挣扎而不能破茧的阵痛,但他们毕竟向上争取过,曾经怀着最滚烫的热望向阳光最多的地方伸展,纵使最后被岁月摧折打磨,相比起那些逼仄处的胆怯狭隘者,也算没有枉活过,也算活得光荣。

每个人都有梦想,但大多数人怠懒,他们的梦想因此被碾进尘土,锁进盒匣,不复高贵。学生时代会在选择专业时犹豫不决,有自己的喜好却在亲人你一嘴我一舌的渗透下失了定见,最后在一片混沌中选了与自己兴趣相悖的方向;许多人的心底深处都珍藏着一个环游世界的梦,梦着丢下满身疲惫尽享心灵欢愉,但其中的大多数却被琐碎的日常生活缚住手脚,到白发苍苍、牙齿松动时尚不能实现,最后迟钝、麻木,甚至在看到有人变卖家产穷游世界时附上一声轻嗤。

任何愿望实现后的自由欢畅,其实都有代价。能将一瞬间的感觉加以珍重并努力追寻的人,往往在岁月淘洗下练就了一颗朴实而无畏的坚硬心脏。

任何愿望也没有所谓的高高在上和卑贱低微。浩浩世界、芸芸众生，每个人都有自己想要的活法，那直觉想要拥有的，对个体来说都是同等的美好而高贵。

在电视剧中曾经看到一个孤独的美食家，他没有伴侣，独来独往，以敲打制作工艺品谋生，将余钱尽用在大街小巷的佳肴珍馐上。在别人眼中他那样古怪，但他脸上那副沉静而满足的笑容，足以将世间一切纷扰相隔，为自己开辟一片最宁谧的心灵净土。

感觉其实也并不玄虚，在喧闹的大千世界中，它往往成为最真、最可触摸到的存在。将感觉加之绵延珍惜，将人生活成一场想走就走的旅行，常常耗尽平生孤勇，尝到百态心酸，但当一路风光涌进双眼，便觉得曾经沧海瞬间变成了云淡风轻，变成了值得。

这是不是我旅行的意义

李曼媛

福建师范大学经济学院本科 2014 级

我总是会注意到些"无意义"的细枝末节。今天去参加了一个活动，突然发现身旁的男生戴着的竟是"福建师大附中"的校徽，除了文字略有不同，其他制式甚至字体与师大校徽毫无出入。这样的相像，却又这样的不同。它们就好像是高中的我们和现在的我们。

那时的我们盼望着大学，也许你没有一个明确的目的地，不确定自己将去往哪所学府，但是我们有一个共同的方向——奔向高考，奔向毕业。模拟考试一环接一环过去，紧张、压抑、激动、期待，那些情绪被我们手中的笔搅拌着，相互掺杂，酿就百般滋味。终于，高考结束了，可我觉得从那一刻开始，我的时间开始加速地流逝。毕业前与同伴约定好的事情还没有做完，可突然我就填好了志愿，收到了通知书，离开了我的河北，来到了我的福建师大，开始了我的分期旅行。

从此故乡再无春秋，只有冬夏

一切都来得让我毫无防备，我还没有去看一场陈奕迅的演唱会，我还没有去好好露营一次，我还没有学会做许多好吃的菜……三个月的假期不够长，这些想做的事情还没有做完；三个月的假期又太长，以至于提笔写下自己名字的感觉都变得陌生。

第一次踏在福州的地面上，那种直白的闷热便席卷而来，亚热带这个词汇就这样从书本上跳到了我呼吸的空气中。我只静静地站着,倒是不足以流汗,可是这份"温暖"太过陌生了,然后我才发现我真的到了一个离家两千公里的地方。要习惯福州的热,真的是一场不易的征程。换上从未尝试过的无袖短裙,手里不离一把古风折扇,包里随时备着晴伞和防晒霜,变换着使用了多种吐槽方式也不足以表达我抓心挠肝的燥热。使我大汗淋漓、满满"夏意"的秋天终是过去,湿冷的冬季又杀了个措手不及。

这里的冬天很湿润,温度不低,却来得刺骨。我曾以为挨得住零下十度的我是不怕十度的福州的,可是那个十二月却让我后悔为什么没多带件羽绒服来。哪怕秋裤是中老年的时尚,我也要多套上这一层来让自己保持一只恒温动物的骄傲。湿冷的空气悄悄从脚心钻入,侵袭到全身,这份冷让我怀念起家里的暖气。这才惊异地发现:我离开家有三个月了。我是个独立、爱自由的女生,所以不怕离家,但是离家久了,才能体会那种想念的心情,才知道一通给家里的电话只是隔靴搔痒。我想要的是回家,结束这次旅行,回到我的零下十度,回到我的下雪天,回到那间拥有暖气片的屋子里。

终于我开始习惯福州的极致冬夏,可我却找不到我的保定春秋了。这是不是我旅行的意义?

做不成"一只学霸",却也不是"六十分万岁"的类型

高中不断消耗着理综卷子时,老师们说上了大学你们就解放了。于是,我们以为大学就是随性逃掉我们不喜欢的课,期末前通宵复习就万事大吉,能够谈一场轰轰烈烈的恋爱……

九月份重新拾起笔很容易,但是学习能力似乎被落在了家里或者丢在了火车上。熟悉的英语单词怎么也想不起来如何拼写,没有图片的书本文字难以阅读,高数也很快把我们踢出了"新手玩家区"。同时,各类组织琳琅满目,纷纷向我们挥手示好,呼喊着期待我们的加入。我们在各式各样的活动中收获新鲜感和归属感时,半期考悄然而至。也许是因为第一学期时间不够充裕,半期考并没有像老师们最开始介绍的那么正式。这也导致了剩下的日子里,我们依旧沉浸在初入大学的兴奋和混沌中不亦乐乎。元旦来了,小长假来了,可是期末也来了。期末考试并不是什么意外的事情,可它的到来却真的让我们惊讶不已:

"我的第一学期要结束了？"两周的时间让我们去复习、重温甚至自学、预习，我禁不住去回想这一学期我究竟做了些什么？是写了几篇不到火候的通讯稿，还是小组完成了一份实操性不强的策划书？

我开始反思我这八分之一的大学时光，但是更重要的事情是学习，其实回顾昨天也是对今天的浪费。不再像高中一样靠语感捞分，我开始抄写单词；不再像听故事一样学某本书，我开始真的阅读它里面的内容；不再用"套本节所学公式"的方法写高数作业，我开始学习解题的方法。我不是"六十分万岁"的类型，即使只剩两周的复习时间，我也希望我能考得多一些，不要被学霸落下太远，更不愿意发生挂科这种事故。我羡慕学霸们的坚持，羡慕他们的自制力，羡慕他们的通文达艺。最后的成绩，只能说对得起期末的复习，但也不是多么好看的样子。

一份"九十未满，六十以上"的答卷，秉承中庸之道，可是埋藏着许多被荒废的时间。这是不是我旅行的意义？

我们现在过的每一天，都是余生中最年轻的一天

当我离家又还，我的故乡用她侵肤不入骨的寒冷迎接了我，久违的微微细雪让我心头微微颤动，这是我心心念念的地方。我可以倔强地回答别人说我不想家，但是我不能忽视归家时我自己内心真实的欢呼雀跃。我回来了，带着一箱子的旅行故事，现在我想将它打开，细细回味。

第一期旅行结束了，我适应了那陌生的气候。我懂得了如何照顾好自己，每天习以为常地看看天气预报，及时备好合适明天生存的衣物。偶尔像英国人一样以调侃天气为谈天的起点，其实心里早就默许了它的任性，并且还适应了口味偏甜、清清淡淡的饭菜，适应了有些老师同学不普通的"胡建"普通话。不得不承认，年轻真好，我们的适应能力还是很强的。

火车·旅途

程丹丹
福建师范大学公共管理学院本科 2012 级

这一次一改往日提着一大袋零食上火车的习惯，只提了一件装衣物的行李、一瓶矿泉水就上路了，爸妈怎么硬塞给我一些点心我都果断拒绝。一是因为东西多了实在难提，二是因为我对火车越来越"过敏"，仿佛多吃一点东西胃里就会不舒服。理由足够充分，得以潇洒上路。

这是我第几次坐火车我已经记不清了，反正每次从家到大学的这一段路程我都执著地选择火车。对火车的偏爱之情应该是建立在我童年的记忆之中，那个时候随着大人们乘坐火车长途跋涉去往那个很远很远的地方，行程的终点是爸爸妈妈所在的城市。小时候最幸福的事情就是去爸爸妈妈那里，一直在乡村爷爷奶奶身边长大的小孩看到城市里种种车水马龙、华灯璀璨的景象以及各种新奇事物，自然是心花怒放。可如今长大了，见得多了，再仰望那繁华的市景似乎也找不到当初那一种惊愕之喜了，对于火车的感觉也就淡了。从我踏上火车的那一刻起，便开始了我一个人的旅程，本就不坚强的人在这种氛围的烘托下更加自怜，于是从心底里筹划着用沉默去消磨着漫长而枯燥的旅途。

本想一直躺在床上一觉睡到终点，但是二十个小时真是个不容轻视的时长，说它漫长我都觉得是低估了它。被那干冷的空调吹得快要虚脱，实在受不了的我终于爬下床铺选择了一个靠窗的位置坐下来。天色渐渐变暗，火车上那个熟悉的叫嚷声又开始来回穿梭了，推着装满盒饭零食小车的工作人员从火车的这一头到那一头，在她殷勤的呼唤声中，一些人心甘情愿地掏钱，但大多数人还是倾向食用自己携带的桶装方便面,在开水的浸泡下散发阵阵浓香。唯独我还是把手托在下巴的位置,眼睛呆呆地注视着车上形形色色的人们。就在这个时候,有一个中年男人坐到了我的对面,吸引了我的注意力。在与他眼神相遇的一刹那,他给了我一个温暖的微笑,我清楚地看到了那个微微上扬的嘴角呈现出了美丽的月牙形状。这个美丽的微笑或许是习惯的礼貌,但却打破了一丝这喧嚣中的沉寂——淡然一笑总好过行色匆匆的冷漠,至少让我感觉不那么寒冷了。接着,在持续了很久的沉默以后他开始和我搭话,一句简单的寒暄:"你吃过了吗?"于是我们之间的畅谈由此拉开了序幕。我从没带任何食物说起到不断解释原因,接着便是想方设法婉拒他的馈赠,结果最后还是没能成功,和他一起吃起了泡面。他不停和我说不吃饭对身体的种种危害,我们边吃边攀谈,越聊越觉投缘,也在聊天中得知了各自的一些情况。他是莆田人,居住在福州仓山区,在福建农林大学教书,有一个正读初三的女儿……知道了这些的我倍感亲近,天南海北的相遇,我们竟然是去往同一个地方的两所校园,我去学习,他去教学,这难道不是一种缘分吗?

时间在攀谈中似乎流逝得更快,不知不觉间,如这车窗外的风景在迅疾后退,渐行渐远直至寻不到踪迹。这一路的闲聊与交谈,消磨了许多我难以煎熬的时光。

很多似曾相识的景色和很多不期而遇的人,如那互相交叉的直线,一个交集之后只会愈来愈远地延伸。下车后,他道了一句:"姑娘,后会有期!"然后我们分道扬镳,奔向各自的终点。也许会再见,也许是永别。人生本来就像是一趟旅途,沿途的风景再美,也会随着列车在疾行中一闪而过。

人生,总会有许多次的温暖邂逅,同样也会有许多次的擦肩而过与不辞而别。于我,也只能是照常背起我的行囊,向我的归属奔赴,再自然不过。但唯有懂得珍惜沿途的美景,才能缅怀逝去的美好曾经。

SI YI ZOU LANG ▶
思忆走廊

时光里的成长

薛回回
福建师范大学文学院本科 2012 级

第三个冬天，不知不觉已经在这个校园里待了这么久，刚刚过去的冬至预示着冬天的真正到来，又开始了一年一度缩手缩脚的日子，又可以给自己制造各种各样偷懒的理由了。不过，南方的冬天到底不像北方那样寒冷肃杀。推开窗，依旧是一片绿意甚浓的大榕树。走在校园里，偶见落叶，也不是那种万物凋零的感受。尤其是一场雨后，树叶经过雨水的洗刷绿得格外耀眼，甚至给人一种一派生机勃勃的景象，只有走出门去，湿冷的空气迎面而来，才知刚才看到的是一片温暖的假象。这样的季节最宜静下来读书思考，也正符合了期末各种论文铺天盖地的氛围，还是说真正爱读书的人不用去挑季节的适宜与否，随时随地一本书坐下来就可以打发半天？只有时刻为自己找偷懒的理由的人才会在这种期末将至的冬天想到这是一个适宜读书的时节。从第一个冬天到现在，时间过去了一大半，但好像只是不经意之间一样，我都来不及仔细琢磨自己收获了些什么，只发现时间匆匆而过，开始的豪情万丈与现在的猝不及防形成了鲜明的对比。"流光容易把人抛，红了樱桃，绿了芭蕉。"不知我所诉说的状态是不是能与千年前下笔的词人的心境相契合，或者说，只是我抛弃了流光而已。

南方的冬天不知道算不算来得比较晚，和家里通话，爸妈早就开始说家里好冷了。而我总是以"这边还好"这样的话回复着，这里的十二月份确实也是还好。每次走过学校的小操场远远望去，会隐隐约约地看到一片山，这总让我联想到"日暮苍山远"这句诗。虽然有时候不是傍晚，但诗句与眼前景象如此完美的契合,我也就顾不上时间是否对得上了。下面的那句"天寒白屋贫",让我想到这白屋究竟是一穷二白的白,还是白雪皑皑的白?远处的那片山上究竟会不会在某个不知道的角落有这样的一处小屋子,然后里面住着一位与世隔绝的隐士,打猎归来与犬为伴,不知道他是享受寂寞呢?还是不甘独处?想了这么多又突然发现这首诗终究太冷了、太孤单了,于眼前这片略显青翠的山不太合。其实人如果群居久了,是会突然想找个地方只自己安安静静地待着的,孤独也是一种境界,就是看自己能否享受得了。在过去的两年里,也不知道有过多少次落单的情况,虽说身边舍友同学很多,但每个人有每个人的事,总有些时候只剩下自己。不能否认,每次面对这种情况,多少总有些怅然若失,或许该学着和自己相处。两年前的这个时候,初来乍到的新鲜感逐渐消失,从未离开过家的我开始发现之前特别想要逃脱的高中岁月,开始成为回忆最集中的点,在这样的感觉里回忆起的过去,自然感受不到当初经历时的那份煎熬了,只剩下点滴细碎的幸福了。从褪去新鲜感的开始,我居然发现自己处理不好这种最简单也最复杂的一个人的时候。那时,每天骑上自行车就可以回家的日子就成了自己最想回去的过去。在这样一种大家似乎不会遇到或者不会处理不好的感觉里,也不知道过了多久。

  经历了南方总是阴雨连绵的一个冬天,最有感触的场景便是细雨迷濛中远处楼房里透出的依稀的灯光,暖暖的总让人觉得有家的味道。离家很远的第一个冬天,虽没那么冷,但一个人时望去的远山与灯光,还是寒意阵阵。时光流转,第三个冬天我已经不再看当年的远山与灯光了,却渐渐懂得了千年以来一直在文人笔墨间流转的思念与乡情。小时候,读杜甫的《月夜》,只记得老师告诉我们的是诗人对家中妻儿的思念,只是一个个硬邦邦的字眼,而在自己也经历与之并不太一样但彼此相似的乡情后,才有那么一点领会到诗人笔下的"遥怜小儿女,未解忆长安"是一种多么深刻的思念。诗人想象着清冷月夜,妻子抬头望月,思念着远方的自己,但身边只有还未懂事的孩子,她的相思之情又该向谁倾吐呢?想着闺中守望的妻子,月光的清辉落在她的手臂上可能会很冷吧,但自己却没有办法为她披上衣服,没有提及思念,但思念之情已力透纸背。或许现在的我理解起来依旧肤浅,但我想这思念至少是真实的。不同的阶段带来不同的感受,不同的经历也会带来不同的感受。不知是在哪本书里看到过这样的场景,远在异乡的游子望着夜空中的一轮明月说,不知我们看到的月亮和我们父母看到的月亮是不是一样的,不过就算不一样,也是同一轮月亮。相隔千里的父母与自己看到的是同一轮月亮,那么即使无法见面,这也是一种安慰。想到谢庄在《月赋》里说"美人迈兮音尘阙,隔千里兮共明月",远方的良人与自己音尘隔绝,地虽千里之隔,而明月却可共享。良人与父母,思念的对象虽然不同,但想念都是一样的。可明月虽然一样,无奈"川路长兮不可越"。清醒地想到这一点,任凭多么豁达的心胸,想必也只能临风而叹了!"海上生明月,天涯共此时"也是这样的一种感情。同一片月光下、相同的时刻,无法见面的时候,不知道身边这些相同的事物是会增添相思之情,还是会给这相思之人带来些许的安慰?不知道后来月夜思乡的诗人有没有在回到家中后在清冷的月夜为妻子披上外衣?不知道同一片夜空下的相思之人后来有没有再见?还是只要记得所有月夜的思念都化作"此事古难全"的自我安慰和"但愿人长久,千里共婵娟"的美好祝福?只要人事长久,相隔千里看同一轮月亮,也是幸福的。又或者这些都不重要,重要的是诗人在千年之前为我们留下了这份古人式的浪漫情怀。素月千里,微霜湿衣,古今同一轮明月不知照进了多少异乡人的梦,照碎了多少游子的心。

在这片远山灯光与月亮之中不知道过了多久,好像和印象中永远下不完的雨一样,不知不觉、悄无声息地慢慢消失了。乌云散开,阳光开始一点点地出现。时至初夏,在一场场几乎数不清的雨水的洗涮下,一切事物仿佛都褪去了最初的青涩,开始展现出原本应有的热情。夏天像一场让人还来不及准备的盛宴,把所有的新生与美好全部都铺到了眼前来。不记得最开始的远山和灯光是怎么渐渐隐去的,也许近的美好远比远处模糊的影像要让人觉得真实,也许南方盛夏的热浪蒸发了这已氤氲许久的回忆与想念。我不再想这两座相隔千里的城市连天气都顾不上它们一样,有时候,远或者近,都只是自己心里的一个距离。第一年的端午,这里的天气凉意阵阵,还下了好几场我一直都称之为乱七八糟的雨。那个时候和远在哈尔滨的同学通话,她说,心乱一切都乱,心安一切都安。其实雨下得一点都不乱,乱的只是我自己。放下电话,又开始追根溯源这种乱从何而起,大暴雨的六月让周围的热情冷静了下来,走过一年,我烦乱的是还没有处理好最简单的问题还是依旧不会面对自己?

雨水里的端午节和节日里激增的手机话费突然之间让自己变得格外想念起"故人"来，好像自古以来的故人也总与雨水有着各种各样的奇缘。无论是风雨之夜故人的来访还是一人独自漫无目的的等待，与潇潇雨声陪伴，心中有一份期待，总是美好的，不论最后只是自己一人的"闲敲棋子"还是等来了故人的促膝长谈，这种古人与雨水的奇缘就此成就了一段关于友谊的佳话。同样的雨，思念着远方时候的雨和回忆着故人时候的雨却是两种不一样的感受，前者是冷的，而后者却是暖的。而且，春和夏，总是带着一种不言而喻的生命与希望。记得读到那首陶渊明的"仲春遘时雨，始雷发东隅"时，感觉文字间充满了热情与蓬勃向上的力量瞬间，一种恰到好处，不早不晚，按时而来。不过这些还远远不够。这样一个众蛰潜骇、草木横舒的季节，与守信的雨水一起出现的还有那翩翩而来的新燕。说是新燕，也是旧识，因为"新巢故尚在，相将还旧居"，只为守信而来。在这样的仲春时节里等到了如约而来的春雨和旧相识的新燕，生活又会充满了怎样美好的希冀？等来的是人还是物，又有什么关系？虽然说，"最难风雨故人来"，但谁说这物一定会不如人？其实不论是物还是人，打动人心的还是放在心底的信和情吧。所以在风雨之夜还肯冒雨前来拜访的，那一定是至交！我一直都觉得，雨夜卧谈的风雅程度一点都不输给秉烛夜谈或乘月起兴。记得前几天又一次读到了苏轼与张怀民的承天寺之游，解衣欲睡时见月色而欣然起行，不过月光虽美，更难得的却是有一个肯与自己一起分享这种闲情的"闲人"。读完后便觉这种文人的闲情逸致倒也蛮美的，但好像初中时学习这篇课文时无论老师怎样讲解我好像都未曾领会这种文人雅趣，或许是领会了一点，现在忘了而已。读完这场说走就走的月下漫步，还是想到了我一直都喜欢联系在一起的雨夜和故人，白居易"能来同宿否，听雨对床眠"的诚挚绝不输苏轼的起兴而邀。听雨本是一件雅事，更何况是邀请一个能够听得懂雨的人和你一起听雨呢，即便窗外是一片梧桐夜雨的凄凉，屋内也一定处处充斥着一种发自心底的温暖。"斜支花石枕，卧咏蕊珠篇"，更别添一番雅趣。或许根本不用去管是不是所谓"花石枕"或者"蕊珠篇"，我想风雨夜已经没有比这屋内有一搭没一搭的闲聊更能温暖人心的了。

　　雨夜卧谈的雅致和温暖在脑海里飘荡了许久，却发现自己好像只有端午节的雨而故人却难来，南北相隔这么远的两座城市，要来也绝不是一件简单的事。

那就只能用电话线连起来了,虽然不如面对面地谈,但总好过没有办法谈,或许雨夜用手机和一个在千里之外的故人闲谈,日后回想起来也依旧不减雅趣呢!聊着同一季节冰雪世界和阳春三月的差别,突然让我想到了"折梅逢驿使"的古人,他说"江南无所有,聊寄一枝春"。江南没有什么可寄的东西,刚好在折梅的时候遇到了驿使,那就把这一枝春色寄给远在陇头的故人吧。多么别出心裁的心意啊!一切源于一个巧合,又是这么的自然没有半分的刻意。试想远方的朋友一定是一个与作者情趣相投之人,不然诗人怎么会折梅相寄呢?这其中的情与趣,恐怕只有挚友才领会得了。这种美好又带着点奇妙的故事,读过后总会有一种让人想亲自尝试一下的冲动,或许我可以把西湖边上的一枝花折下来寄到远方的冰雪世界,但现在没有驿使,只有快递,这恐怕没有人愿意帮我寄吧,最后只好想想算了,这一抹冬天里的春色,我只能用照片寄了。不过还好,不论是照片还是梅花,远方的朋友总是感受得到这一枝春色里的意义的。

　　远近、相聚、分离,在第三年里也习惯了所有这些,从夏天到冬天再回到夏天,远山、灯光、明月、夜雨、梅花,这些事物在我的概念下被赋予了一层新的意义。没有想过有一天自己的想念能够在古诗里找到这么多的共鸣,回想从刚踏进这里到现在,身边的一切从陌生到一点点熟悉到变成一种习惯,此刻,不再让自己陷入重重回忆之中,亲情、友情、远近相安,感谢那些一路陪伴成长的人和事,我想,这又是一份未来的美好回忆。

以箭为翅

杜婷婷
福建师范大学文学院研究生 2014 级

每一步，送走的都是一段光阴。

最美不是繁花的怒放，而是她的枯寂。

一年，叶子黄了、绿了。

很多面孔渐渐变得越来越模糊。

初见时的纯粹在衣衫褴褛的现实面前捉襟见肘。

我的心，如风中的蒲公英。

所有漂泊的过往似乎都是为了在途中与文学相遇。

也许，从幼年开始读《安徒生童话》与《格林童话》的时候，神已经悄然在我的心中播下热爱文学的种子。

因为心中另有一个艺术世界，所以与现实世界难免时有龃龉。

生活，本就是柴米油盐、家长里短中酝酿的琐碎。你不可能跟大多数人谈文学、谈艺术，因为他们更关心的其实是天气好不好、钱够不够用的问题。

真正的文学，永远只是少数人的信仰。

厨川白村说：文艺是"苦闷的象征"。

热爱文学的人，不经意间便有被苦闷情绪绑架的威胁。

接近文学内殿的过程，也是一个内心感受逐渐细腻化、纯粹化的过程。

在狂风暴雨之后看见碧天晴空，不是每个人都能领略的风景。

能亲近文学，又能有所超越，这种进退自如的从容需要深厚和宽广的心灵土壤。

文学,有时像一支凌空而来的利箭。她穿透你的皮肤、血肉,直抵你的灵魂深处。你窥见了人生残月般的不完满,参透了人性善与恶肆意的纠缠。

但文学,又不仅仅是一支击碎我们白日梦的利箭。

她还是我们做梦的伊甸园。

一个真正品得文学滋味的人,自会有一种冷静、超越的人生态度。

一个真正热爱文学的人,也自会是一个诗意栖居的人。

当我们以旁观者的冷静态度去观照文学这盏灯照亮的人生黑暗,文学这支箭对我们灵魂的刺痛便有了一份生命力受阻后尽情翱翔的崇高诗意。

犹如一个夜行的人,孑然一身,风雨如晦,在旷野中走了很久很久。然后,雨停了,天晴了,一间朴实的乡间小屋突然出现在面前。屋主拉开门闩,轻轻地,只说了一句:"你去哪了?我一直在等你。"

文学,是我的翅膀,用箭锻打。

以箭为翅,孕育的是沉甸甸的坚实。毕竟,羽毛铺就的翅膀轻盈有余、厚实不足。

以箭为翅,我在最广漠的荒凉里感受生命最初的甘醇。我的大悲哀里内隐的是与本源自我坦诚相见的大欢喜。

人,需要单独的时刻,需要文学的滋养。不如此,你不能发现星河的秘密,你不能理解飞鸟的嬉戏,你也不能享受与每一朵花、每一棵树邂逅的诗意。

所以,下次,当你看到一只白鹭独自徘徊在曲曲折折的林荫小路上,对一颗星凝眸,对一朵花微笑。别去可怜她,真的。也别去惊扰她。她不寂寞,她有家。

她,正在回家的路上。

她的翅膀,凝结着箭一样的风霜。

思忆走廊

周飞
福建师范大学文学院研究生 2014 级

一

八大山人的鱼和鸟，会让我想到卡夫卡的眼睛，一样凝神的透射目光。偏偏是二者在宗族社会发展到毫无生气和工业大爆炸的晦暗世纪中，给时代刻下清晰的印象。在叫人平庸的时代，冷漠或狂放都是反叛，一种摆脱常规的姿态。

"否定"是怀疑，"肯定"易入偏执；我们能确切指出那已经错的，却不知道暂时对的何时会走向它的反面。否定比肯定容易，但难在一以贯之，前面的二人做到了。

二

艺术家往往是完美主义者，他们设想一夜把世界扳到合乎理性的轨道上来，殊不知现实世界才是它本来该有的样子。若真如艺术家所想，便又没意思了：阿基米德手拿王冠，并没把它看得比石块更好玩。

我将向你展示一种耽于幻想的人。他与你说话，却仿佛自言自语；眼睛盯着这里，又像看着别处，可终究除了虚空什么也没看见。在他脑子里正搭建另一个世界，于是烟灰抖落、电话铃响、婴儿爬出摇篮、龙头水漫出到地板上，所有的这些都与他无关啦，仿佛世界对他停摆了几秒。这便是艺术家的特质，总是在生活中走神的可爱家伙。

三

读帕斯卡尔像是和上帝本身对话;读蒙田是听智者坦陈肺腑;培根呢,售卖社会哲学的讲师。喜读帕斯卡尔和蒙田的思邃精微,继之的去功利的,喜读培根的重现世行动。说一本书影响了读者,毋宁说书中志趣与己暗合,点燃了自身体内早先已存在的因子。调换读者的菜谱,取有余以补不足?不可,那便是对不起读者,亦对不起著者,还是由他们自去搭配。若没时间,读懂自己即可,比前面都好。

四

直觉是诗,是激情。我们感官触及的世界才是对人有直接影响的,但也不能忽视知识、科学对感知判断的左右,利用这些触须,我们似乎触及更为广阔的领域;知识经验加长了我们的手臂。

我们对科学的依赖、确信不疑,有可能将科学推崇成一种新"宗教",这种宗教以比之前任何宗教都强有力的"牺牲"精神,攫取人类的身体、欲望、信仰,它广泛地存在蔓延到生活的所有细胞,直至你被牢牢缚住,竟怀疑起感觉的真实。钟表使我们相信时间是线性可分的,我们对气候的感觉被等值于温度表上的冰冷数字。

五

博尔赫斯在《两个国王和两个迷宫》中讲到,沙漠才是比墙更可怕的迷宫。那么城市也是个迷宫,建筑的、思想的,里面布满环形隧道,站在天空的高度才看得明晰。

在某自然博物馆,仿真"树架"上插满各种鸟兽标本:鹰、豹、山猫、蝴蝶,水下有鳄鱼、海星,游人围着盘旋楼梯上下,透过玻璃罩摄影参观,母亲教孩子认各种生物。我听见它们的吼声、咆哮声。人类会造出安徒生的机械夜莺,对此,时间和我都不怀疑。

六

此时我正在石柱的走廊散步,脑子里抓着几条思想线索爬行;如果像艺术家那样追求完美,此时的语言就无法准确反映思想。

好吧,告诉你我眼前的景物:廊檐左侧是渐呈衰败的钢铁工厂,绿皮屋顶,狭长矩形的白墙;走廊末尾草地上躺着个碎了半边的陶罐。对于我,这是些"现代自然",我受不了封在玻璃和墙内,而宁愿听机器嘈杂的噪音,它们让人感觉到存在。

那些了解生活热情、深趣的人,是善于将身边单调风景、人事陌生化的人。剥去附着在生活周身的一层层意识、观念、利害的沉疴,才现出事物本身简单而骇人的真实。

七

子在川上曰:"逝者如斯夫。"所罗门在幼发拉底河畔喊出:"这一切都会过去。"其实,在哪条河川并不要紧,这乃是无所不在的时间之河啊!在远古时代,时间被像蛋糕一样按年月切碎之前,古民们抓不住时间,能明确指出的只有"现在"。但那才是纯粹的时间,叫人陷入绝望的时间,像荒芜无尽的空间。

"过去从没有死去,它甚至都没有过去。"它像根一样存在于现在的枝干和未来的果实中。过去和未来只是同一个恒定现在的两个幻影。

八

我没到过海边,但童年记忆中,那次姨夫家水库里坐船的印象,就是海。渐次开阔的河滩,到极缓处,便是耒耜状的水库。两岸随视线朝相反方向愈隔愈远了,尽是青葱的松林;右侧山脚下掩映的盘山路,黄土如带。一切都俯身到碧水里了。渔船晃荡,水波、清新的风荡开了——我才七岁,我以为看不见的海那边有着美好的一切。

我想表达什么?印象!它们刻在时间的岩岸上。未来见到真的海时,我仍将以那印象为最初的海。

九

我们这样漫无边际地走着、谈着,长廊将引向何处?不要为此烦忧,重要的是抓住灵感突现般的意象,生活整体我们无能为力。就像中国古代的笔记、小品,冷不防地将你从牵牛星带到西泠印社,又蓦地指给你看堂前花落。

榕树的记忆

王冬妮

福建师范大学文学院本科 2012 级

在我家吃饭时是没有"食不语"的规矩的。不知怎的,突然聊起了我的第一个小学学校——我在小学阶段由于父母工作需求先后换过三所学校,老妈漫不经心地说:"你那小学前些年被当成危房给拆了。"我愣了一下,应和着"哦"的一声,却突然想起来,小学校门口有一棵大榕树。

记忆中,那是棵生命力极其旺盛的榕树,树干老态龙钟,盘根错节,却依然生机勃勃,树皮又干又硬的,突兀的脉络像是栖伏在人体皮肤上的静脉。庞大的树冠上,密密的枝叶紧紧地挨着,层层相叠,阳光几乎无法渗漏下来,只余一片清凉的阴影。从树冠深处延伸出许许多多的须根,新生的细嫩的须丝柔柔地在半空中招摇,而那些很早便已存在的老须则直直地扎到地上、扎进土里。我那些年幼的伙伴们总是淘气地将那些老去的垂在地上的须根整把整把地打成结,任它像秋千晃悠晃悠。

那是我所见过的最耀眼的树,阳光暖暖地、懒懒地栖伏在散漫的叶片上,浅浅地镀上一层金膜。远远望过去,那巨大的树伞仿佛笼罩着一层柔和的光环,岁月安谧。

事实上我只在那个小学待了两年,之后便转到其他学校了。忙碌的学习生活让我没有多余的时间去怀念某种东西。

有意无意地逛到旧小学,面目全非,一片荒凉。我下意识地找寻那棵榕树的身影。远远望去,榕树像一个风烛残年的老人落寞地蜗居一隅,依旧是那刻满沟壑的树干，只是些许树皮脱落。稀疏的须根静静地垂下来，有些泛黄的叶片垂在树梢，无言地凝视着我。

面对这样一棵榕树，我不禁怀疑记忆中的那棵榕树是否真的存在过，心里更多的是一种难过。

人大抵都有一种怀旧的情愫，不要以为只有年纪越大的人才越是喜欢怀念过去。其实有时候会很不耐烦父母总是喜欢在自己耳边讲着一些陈芝麻烂谷子的旧事，却在同朋友炫耀似的讲起自己童年时候最得意的经历时，恍然发现自己与父母是如此相似。

小学写作文时喜欢用一种大人的语气，比如"打开记忆的匣子……"。现在想来，这确实是最适合用来写回忆的句子了。可不是，每一次怀念过去都像是打开了一个珍贵的匣子一样，小心翼翼又迫不及待，小时候所发生的事情历历在目，扳着手指念叨着如数家珍，反倒是长大后的事情倒是模糊了许多。直到现在我还记得七岁时自己闯祸而被父亲教训和罚站，结果趁父母不注意爬进床底下睡着了的事情，甚至是因为贪玩耍赖不想洗澡而被老妈拎着锁到门外，然后扒着大门痛哭流涕这样丢人的糗事，现在回忆起来总能令自己嘴角上扬。

回忆总是令人难以忘怀，然而承载记忆的载体却并非永恒。不是被时间摧毁或者篡改，而是人的本性所致。人就是这样一种生物，他们一边怀揣着对过去日子的思念，一边跌跌撞撞不顾一切地想要拥抱未来，于是常常出现：吃着山珍海味，想着馒头咸菜；睡着席梦思却念着住宿时的硬板床……总是喜欢在家里摆上过去的老照片，也总是迷恋地追寻一些早期的玩意。

有人说旧不如新，"喜新厌旧"仍是现代惯用的一个词，但怀旧却是一种经久不衰的元素，它会悄然潜伏在你的大脑皮层，等待一个猝不及防的时间，给予你一个不禁热泪盈眶的机会。

一阵清凉的风拂过，树叶沙沙，旁边旧操场上的一架简单的秋千沾满了泥沙。

未解忆锦官

曹怡丹
福建师范大学文学院本科 2014 级

原来的心情,是无比轻快的。

在暗夜里,空无一人的长街上,只有暖黄的街灯抚慰着这座城市安睡的灵魂,我的身影在晨风中被镂空成一块灰黑的阴影,仿佛用尽了几个月的力气,在地上描下了铅灰色的安宁。然而,与这萧索的冬晨不同的,我的心洋溢着期待,幸福像家人煲好的香菇鸡汤一样,快要满溢出来,是热腾腾冒着渴望的沸泡的。一直以南方人自居,却是来了此乡才意料到原来南可以更南,想到将要北去,仿佛我这个南方人也不地道起来。踩着快节奏和人群一起下到了月台,不自主地停下了片刻,顺着眼前的列车延伸出的"那端"豁然明亮,仿佛一段将尽的隧道,迎接着每一个羁客的归程。迎来送往,悲欢离合,从古至今,这里算是把人世间的情感都给看尽了,可是,月台只是不动声色地注视着,少许浅薄,又太过匆匆。

列车平滑地驶在归途上,天蒙蒙亮了,跨过茫茫的江面,一轮红日升在水面上,碧波漾漾,轻拥起中心那温暖的倒影,流向朦胧的远方。隔着明亮的车窗,穿梭过这片开阔,忽想起几个月前听到的那句"无尽的远方都有无尽的人们与我有关"……

儿时的我最喜爱坐在父亲的自行车后座上,沿着熟悉或陌生的街道听父亲讲述家里的老故事,即使是街边一棵壮硕的再普通不过的老梧桐,父亲也会指着它给我讲小时候挨奶奶训的记忆。虽然我耳朵已经听出老茧,却依旧认为这是在阳光盈盈、长满梧桐的林荫街上能听到的最好的故事。自行车轻轻地停在府南河一岸，父亲把我放下车来，我便开始奔跑，迎着凉爽的河风，将自己的脚印镶满了河岸，五彩的风车随风旋转，灵动了整条河流。

一觉醒来，窗外已换了一派景色。傍晚时分，白茫茫的雾弥漫在整个山间，靠近车窗的灌木、树枝奋力地从浓雾中挣脱，向路过的人们展示它们的浓绿以及颤抖着的灵魂。突然，那个我想要看清的前方，陷下一条沟堑，骤降的海拔使得浓雾犹若被划破的伤口，露出一块黑色的皮肤——我定睛下视，一条溪谷出现在列车轨道的下方。很快列车又消失在了一条幽暗的隧道中，车窗只留下我恍惚的影子……"上有六龙回日之高标，下有冲波逆折之回川。"茫茫然中突然兴奋起来，蜀道之难仿佛一个欢快的预兆，过了山城，越来越靠近那个魂牵梦萦的梦往神乡。

想起那座"来了就不想走的城市"，在美食与休闲里缓缓流淌着它的年华，兼有北方的洒脱，又蕴藏南方的诗情。我的记忆里，它是温柔的，却充满力量。老人们在鹤鸣茶馆的笑语里度过一个午后，在杜甫草堂里相约锻炼话家常，周末踱步浣花溪，夜晚重登望江楼……尽管未曾有江南的杏花春雨，锦官城的青石板小巷却也诉说着情话。可于我，一晚梦今华，年轻人早起穿梭在公共交通上，冬晨，豆浆与包子的香味飘浮在雾气里，忙碌的上班族，奔跑的中学生……昔日一句"安得广厦千万间"的梦想悄然实现，灯火十里，万户飘香。前年的一晚，和同学一起到城市最高的建筑锦绣天府塔上看到了家乡的夜景。寒风猛烈，黑夜予人宁静，静默地俯瞰这座生我养我的城市，竟被灯火辉煌的样子感动到无言，橘黄色光带切割着城市，光怪陆离的霓虹斑斓了人家的梦。它到底是一座古城，我心疼它这些年来遭遇了很多，现在愈合着地震的伤口，一面不停勃发，繁华与声色，堂堂正正地映红了两个字——发展。

杉本博司说："我以为真正的美丽，是可以通过时间考验的东西。时间，有着压迫、不赦免任何人的腐蚀力量，以及将所有事物归还土地的意志。能够耐受这些而留存下来的形与色，才是真正的美丽。"我试图用镜头去记录下故乡的老街梧桐，水井青砖，街口转角一声"叮叮糖"，喊的是老成都，居民楼边阵阵黄桷兰香，飘的是老成都，茶碗里泡的是老成都，自家油辣子碟里潲的也是老成都。可是夜生活的喧嚣也淹没了远屋的一声狗吠，城市光幕的斑斓也吓哭了母亲怀中的婴孩……不远万里，我的辞去与归来，风尘仆仆，一刻也不愿耽搁的归程,我的故土,是否美丽依然？土地依然？山水仍相逢？

  我终于下了列车,站在了这片土地上,归属感拥抱着我,像欢迎一个归来的孩子。可是,这块土地,因为它的无言,也扛着缄默的重负,上游城市建筑排放的废气、污水、化学物在这片平原上肆意蔓延,以不为人知的污秽侵蚀着昔日的天府之国,这片土地承担了太多,步履变得滞重,它的每一步跨越都踏出了生命的重量。我终于回来了,却好像在怔怔地看见它仿佛离我远去……然而决策者也无法为之买单,只剩下愤怒的觉醒者,尝试唤醒沉睡的同乡人。

  我也想听听那冷雨,重听雨滴划过天际、轻弹在木屋上的声音。雨水顺着瓦檐流下,流淌过昔日的风霜雨雪、梦里桥乡。锦官的美,是不施粉黛的,它一直藏在朦胧的山水之中,要你问求才能赏到,它不需要日渐华丽的珠宝加以装扮,也不需要外在过多的肯定,洗尽千年风雨,它本就该清丽、干净。

  半个月后,我想我又将与它分别。下一次,我又将以怎样的心情踏风而归、乘歌而至？

逝去了,草原魂

孟苏凡
福建师范大学文学院本科 2012 级

《狼图腾》的封面是黑黝黝的,下方有两只绿莹莹的狼眼睛。尽管这本书重印了上百次,版本却一直没有变过。

多年前就曾在家里见过爸爸阅读它,自己也曾好奇过,只是封面上那直勾勾的目光实在令当时年幼的我胆寒无比,就搁置了。一直到上了大学,空闲的时间多了起来,才又有机会接触到了这本书。

之前在和周围同学开玩笑的时候,我总是常常自称为"一匹来自北方的草原狼",但在真正读过了《狼图腾》之后,我似乎再也没有那么说过了。因为草原狼实在是一个值得我们敬畏的物种,或者用书里的话说,是没有人可以随意亵渎和践踏的神灵,是腾格里(蒙语意为上天)派下来掌管草原的使者,是我们这样的凡人不能与之比拟的。

《狼图腾》也使我这个来自内蒙古的人对自己生存的地方有了深入的了解。即使我不是蒙古游牧民族,不住在草原,我也爱自己的故乡,也有一种可以说是草原情结的东西吧。特别是到离家千里之外的地方来读书后,感觉更是浓烈了不少。

很难界定这本书到底是哪一类型的小说,如果说是虚构的,可是它的的确确是作者姜戎,在三十多年前那个特殊的时代,作为一名北京知青去内蒙古边境的额仑草原插队,长达十一年的时间里的真实经历构成的。如果说它是纪实的,它又有着很多奇妙的亦真亦幻的想象成分在。

就像书的前言里说的一样,"这是世界上迄今为止唯一一部描绘、研究蒙古草原狼的旷世奇书,阅读此书,将是我们这个时代享用不尽的关于狼图腾的精神盛宴。"这样的描述确实是一点都不为过的。这部数十万字的书由"陈阵"这一主人公(想必也就是姜戎先生自己了)以第一人称的方式讲述,但实际上真正的主角却是不会说话的狼。

书里的草原人民在放羊放马的时候遭到狼群偷袭时的场面逼真而刺激,让人读到精彩的地方每每有欲罢不能的感觉,俗一点说就是看得简直是"爽呆了"。狼群极善于利用地形、天气等自然因素作战,这在草原人眼里是"腾格里的帮助"也是有道理的。组织严密,不打无准备之仗,骁勇善战,耐得住等待,极富团队意识,不惜粉身碎骨……狼身上有着太多值得人去学习的地方。然而受到儒家思想影响极深的汉民族却是把狼的地位看得相当低下的,像是狼心狗肺、狼狈为奸、声名狼藉、引狼入室……随便举几个带有"狼"的成语,就可以看得出来汉民族把狼看做是一种大害了。所以这本书的后一部分讲到有农区领导进入额仑草原去带头捕杀狼群,并下令要将狼赶尽杀绝……让人在读的时候一边恨之入骨,心疼狼的生存,一边却又不得不承认这个事实。这似乎也可以解释,当年成吉思汗带领的区区十几万蒙古骑兵,为什么能够横扫欧亚大陆了。因为他们是狼图腾的崇拜者,身上流淌着狼性的血液,而并不像汉人一般懦弱,喜欢求和而不是战争。为什么明明蒙古游牧人作为马背上的民族,几千年来信仰的却是总给他们造成很多损失和伤害的狼?因为没有了狼,或许这个民族也早已不存在了。

即使如此,我们还是很悲哀地看到了草原狼群的悲剧性结局,它们最终还是在农区领导的指示下,被杀死,或者被赶出国境再也不见了。这时不禁想起书里毕利格老人悲愤的感叹:"狼再狼,也狼不过人心哪!"内蒙古大草原失去了它的守护神,今天也早已没有了昔日的美丽和生机,而且它也正在一步步沙化着、消失着,最终魂归腾格里……

我国北方地区也不知从什么时候开始在春天悄然刮起了沙尘暴并且连年愈演愈烈……

而我们,却只能眼睁睁地看着这一切的发生……

水

阎恺祺
福建师范大学文学院本科 2013 级

我喜欢水，喜欢漫步在闽江畔，喜欢徜徉在汾水旁，只为看那缓缓流淌的水。

水，它满是温柔，却又充满着坚强。这里它温顺，北国它硬寒，但它的硬与软只在于一瞬间。上一秒看见它的柔软，下一秒就会见识它的坚韧。它载舟覆舟、润物毁物，全在一瞬间。

所以，天下莫柔弱于水，而攻坚强者莫之能胜。水从山顶流下，"溪涧岂能留得住，终归大海做波涛"。它寻山谷而下，顺田野而饶，穿城市而过，奔江湖而去，直到万川入海。它时而桃花流水中轻软，时而裂天拍地般狂放。能屈能伸，能收能藏。它倚靠涓涓的小溪，跳过奔腾高丈的瀑布，冲打尖锐的崖石，荡漾这平坦而宽阔的平原，亲吻那浩瀚无边的海洋。它流到最低处，又能跃到最高处，悄无声息地就去了高空——云是水的舞蹈，雨是水的吟唱，雪是水的凝结。水就这样在洼处和高处，观望着世事人间。无论在何时何地，总是激动不已，欲狂欲歌！

你从那细小的夹缝中流淌，兴冲冲地来了，如孩童般嬉笑、追逐，在天真中去探寻着前路的奥秘；如少年一样在捕捉每一个憧憬，如青年赶赴每一次朝阳。你来了，你跑着、笑着、舞着，没有带任何的污垢，只为了追逐这样的世界。你越跑越激动，越笑越狂欢，越舞越精彩！

你总是不问前方有何物，因为你只有选择一个方向，那就是前方，你奔跑着、追寻着……

天地的宽广,世间的浩渺,你总是想知道,总是想阅览这美好的世界,在曲折迂回中,你没有叹息;当跌入万丈奔腾的峡谷,你没有哭泣,你坚强地拍打坚硬的磐石,义无反顾地迈向希望。

我惊讶于你平镜般的沉稳,也陶醉于你如凤翔般的飘逸;我感动于你排山倒海般的汹涌,也留恋于你那坚持不懈的情怀。

在奔流中,你反复地、反复地在破碎和重组间徘徊。你不断地体验生死的轮回,你不断回忆着连绵起伏的一生。

温柔的你、不屈的你、坚强的你,在崎岖的小河中,你忘情奔流在生的旅途中,为了你的理想,你不怕落入谷底深渊;为了能终归大海做波涛,你忘了碰击石头的酸疼;为了理想,你忍受着山野的孤独与荒凉。你追逐着,追逐着……

想想看,我有水的意志吗?上善若水,可水同样有着无穷的力量呀!如果我们追逐的理想,要经历过无数次的失败和磨难,我会持之以恒地坚持吗?

我有水的毅力吗?如果我所追逐的理想在寂寞阴冷的密林里,我会反抗寂寞与孤独,毅然决然地踏上征程吗?

我有水的勇气吗?如果我的选择要经过生死抉择,我会选择死亡而去挑战未来的理想吗?

我不清楚,或许,我连想都没有想过。

你为理想不断追逐,先是淙淙,再是潺潺,浩浩然而又滔滔去,在激荡与奔鸣中,挥洒着你的激情、你的执著,最终江入大海,到达你理想的终点,化为无限的浩瀚与壮阔,酿造另一种新生,追逐另一种激昂壮丽的人生。

你让我知道我的无能与软弱,我在生命中无限向往,我想做一次你,流过涓涓的小溪,跳过万丈的峡谷,越过孤寂的原野,去那心之所向的地方!

听雨

林辰靓
福建师范大学文学院研究生 2014 级

  雨渐渐变大，重重地拍打在金属质地的遮雨檐上，响起滴答滴答的回声，仿佛在讲着一个时间的故事。它已习惯人们的忽视，可它仍然喋喋不休地在雨季来临时讲那些事儿，有些人仍不为所动，而有些人渐渐动情了。
  江南的雨是秀气的，绵绵软软使人心醉。在烟雨朦胧的楼台中，纸伞与青石板的偶然相遇，催化出一段段缠绵悱恻而又捉摸不定的感情，在坊间一代代的流传，最终成就了一段段佳话。
  曾几何时，雨成为诗人笔下的常客。夜雨寄北、雨打芭蕉，多少情感因雨而起。在游子眼里，雨，常常能勾起远方的思念，但它也可能是在吹奏一曲离别的笙箫。一场雨过，打湿了前方的路，却无法消磨游子初出茅庐的斗志。一场风雨的洗礼，并没有使这位年轻人顿悟。初阳升起，踏上行程，走在湿润的小路上，呼吸着清新的空气，迎着朝阳走向远方。但前行的路似乎并不平坦，一场雨的钱行似乎只是告别的开始。渐渐地，游子变成了士子，极力攀登权力的最高峰，也忘记了初来的目的。世间的纷繁复杂让人感到窒息，名利场上的尔虞我诈使他忘记了自己是谁。梦虽美好，却也短暂。大梦初醒后，一切都失去了，空留异乡，他又变回了那个孤独的游子。一盏孤灯，火苗时隐时现，就如心一样起伏不定，不知在纠结着什么。雨又一次来到了身边，湿润泥土后透出的味道是如此似曾相识，掌上的滴滴细雨也是那么的亲切，仿佛将临别那夜的一切又重新带到眼前。雨依然滴答滴答地拍打着房檐，讲述着这些年远方那个家的思念,是那么的真切、那么的清晰、那么的悲凉……夜,过去了,载着雨的云朵也飘走了。但云里又重新包裹着一个远方游子的梦,飘向远方的那个家。

如今,雨似乎来也匆匆、去也匆匆。古时一盏烛灯,微弱的灯光下,听着窗外的雨声,品着茶,思考着生活与人生,听雨也使心灵逐渐净化。现在,人们已很难静下心来思考这一切,光带给人们战胜黑暗的勇气,在夜里给人注入无限的活力。大雨来临,各色霓虹灯装点下的城市充满着氤氲之气,人们步履匆匆,神色茫然,总感到无所适从。莫名的孤独感,使人难以排解。可是,他们却忽略了一位常来光顾的朋友——雨。独坐于窗前,泡一壶香茶,静心听听窗外的雨声,抑或是一种洗尽铅华的享受。

雨有声,亦无声。有些人依旧听不出雨的味道,有些人听着雨已经开始启程,而有些人听着雨踏上了归程。

雨影

纪悦
福建师范大学文学院本科 2012 级

淅沥……淅沥……

滴答……滴答……

还以为福州这个城市是一个极其少雨的城市,雨是少见的,大雨更是稀罕的。然而今天却遇见了一场由小雨演变的大雨。

是你所爱的雨天,和家乡那儿一样的雨天。我在想,这是不是在一千五百公里之外北回归线那头,你轻轻哼唱一首《下雨天》唤来的一场雨,一场越过迷离的时间、越过灰色的空间的雨呢?满天的雨珠儿,翻山越岭,飘过来了,满腔涩涩的思念,飘过来了。

我爱这一场突如其来的雨。

看——

黑色的云母屏把天空一点一点地遮住,光线在谢幕,只露些惨白的微光。天空开始啜泣,几滴细雨试探性地亲吻着沥青的地板,我的眼睑,我的脸颊。忽而雨丝如情思一样在空气里游荡开来,一缕一缕,不间断,那么细,却那么清晰。

乌云瞬间似浓烟翻滚,是绿皮火车的烟囱突突突地吐着告别还是出发的烟雾吗?没有预告,情绪瞬间爆发了,大雨从天空中泼下,整座城市似乎要被大雨颠倒,随着坠落的雨滴,尘埃落定,叶子颤抖下垂,迎光的被滋润过的叶子微明,背光的暗沉地绿着。

入夜了的路灯灯光,洒落在坑洼的路面;雨,滴在一摊摊水里头。一个个小宇宙,星光点点、闪闪烁烁。谁说雨中无星空？谁说不相见就不美好、不甜蜜呢？

我爱这一场美丽的雨。

听——

这是最原始的音符,这是最纯粹的乐音。雨,滴落入凡间,与不一样的生灵触碰,有不一样的声音,有不一样的灵魂。雨滴一层一层地跳过叶子,顺着榕树的气根,摇曳着温婉的调子,像奶奶曾经给我哼唱的童谣和妈妈那支柔软的安眠曲,更像深夜里头,我的专属电台通过光纤传来的那真切又缥缈的歌声。这是江南的调子,那般细腻悠长。

斜风的指使下,冷雨敲窗。啪嗒啪嗒啪嗒。轻轻重重轻轻。轻轻地奏响沉沉地打击,大有着大珠小珠落玉盘的调儿。玻璃窗上的一颗颗水珠,各自寻找着自己的路径,或许是顺畅的直线,或许像毛毛虫一般蠕动前行,在窗子上描着深深浅浅的足迹。甚是安静,我仿佛听到了雨滴滑动的声音,仿佛听到了诉说的想念。

家的那边也在下雨吗？

想必北回归线的雨来得更多、更猛烈吧。

想必那些急躁的大人们行色匆匆埋怨着湿漉漉的皮鞋和溅到裤脚上的泥巴吧。

想必那些小巷子里的小毛孩也在冒着被爸妈批评的危险干着我们曾经在雨中干过的傻事吧,管它穿的是不是水靴,看到水坑就用力地踩,要在这相当平静的水潭子上多开出几朵水花才好。

伞面上也是可以开花的,只要旋转手中的小伞,滑落伞面的雨滴顿时变成纪律严明的小将,整齐有序地一列列从伞上冲锋而出。孩子大概都爱这自己制作的像他们的心一样晶莹剔透的水晶珠帘吧,一串珠子,一串咯咯的铜铃笑声。

或许小毛孩们更喜欢玩这个被家长骂的系数更高的游戏,双手紧紧握住伞柄,用力地把伞逆风地甩,硬生生地让风把原本圆弧状的伞面往上翻起。那时候,谁的伞翻不起来,是要遭小伙伴嘲笑的。

用指尖轻轻地推了推窗子上的一颗雨珠儿,大概因为助了她一指之力,她脱离了伙伴的步伐,甚是快速地往下坠落。指尖不自觉地沿着这颗雨滴的路径在窗子上游走了一遍,我疑惑她会不会后悔选择的这一条路?会不会后悔接受这样一个奔走的速度呢?一路上,走过的风景、跨过的国度又可好呢?

雨水洗涤着空气,洗涤着绿榕,洗涤着我的眼眸,洗涤着我凌乱的思绪。一滴雨,一滴湿漉漉的灵魂,是海洋的叹息,是苍穹的眼泪,是鲛人的珍珠,是思念的韵味。

我终于知道,雨天为什么可以让你那么开心。雨洗涤了空气、净化了心灵,这份指端的清凉、心间的宁静,是阳光不能给予的。被大雨困住的城市,可以停下脚步,轻轻回首锈迹斑斑、青苔点点的旧时光;可以思索这一条路和那一条路走过四年的光阴和距离,叩问往日劳碌飘忽的灵魂;还可以安静地想念,越过那重重的山岭和厚重的空气。

都说好雨知时节。这大概不仅是自然的时节,还有心灵的时节。好雨是懂一个人的心的,轻轻抚慰着伤痕,默默传送着温情。

爱上你爱的雨天。

我更愿意相信,这雨,是翻山越岭而来的雨,一滴一滴,细数你的影子。

所谓伊人

黄欣欣
福建师范大学文学院本科 2012 级

"伊"是她的网名,也是她最喜欢的一个字。这个字的确又诗意又文雅,但是我私下里觉得她和《诗经》中所描绘的"伊人"形象相去甚远。

我和我的好友伊已经认识十年有余。伊同她的远房祖先、东晋才女谢道韫一样富有灵气和智慧,也同另一位远祖谢灵运一样洒脱不羁。跟她在一起的几年青春岁月无不是晃荡在笑声中的。如今想来,仍觉得那些年真是黄金一般的岁月,因为有伊。

伊这个人的洒脱不羁是出了名的。远到毕业多年的学长,近到她家隔壁的阿婆,听到她的名字,心里无不是冒出"假小子"三个字。伊永远比同龄人高出一个头,短短的头发显得很帅气,却经常被听不懂人话的理发师理得狗啃一般。她经常骑着紫色的爱车到处跑,在平坦的没有人的马路上飞驰,不时酣畅淋漓地大笑。每当她眨巴着无辜的眼睛露出一副天真无邪的表情,你会以为这是怎样一个乖巧的女生,哪知下一秒她就弄出了惊天动地的声响——不是踢翻了凳子就是打翻了茶杯,再不顾形象地发出一声高分贝的尖叫,直教人血压飙升、心脏骤停。在她身边待得久了,我活活练出了八风不动的绝技。

别看伊在生活中迷迷糊糊、笨手笨脚、状况百出,她的心思可够缜密的,经常能发现一些生活中难以发现的美。比如,她把红蓝墨水溶在一起,装到钢笔里,这样就写出了漂亮的紫色字迹。发现了这样的技巧之后,她孜孜不倦地计算红蓝墨水的比例,力图调出最完美的紫色。有时候在放学的路上,她忽然将一处稀松平常的树木指给我看,我这才发现,那棵春雨浇过的树不知何时已经冒出了淡黄色的小蕊,平凡而又可爱。我们经常沉迷于发现这样平凡而又了不起的探索中。

伊的文学素养不错,理科思维也很好。她说得出金庸大侠小说的经典桥段,也算得了卫星绕地球飞行的角速度,可谓是"能文能理"。有时候我真想撬开她的脑袋看看里面究竟装了些什么,为何她可以将一张一百五十分的数学试卷填得满满的,逆天地拿了一百四十几分——不管那试卷的难度有多大。不过好戏还在后头呢:当发了试卷,她指着满卷清秀的字迹,懊悔地对我说,她把最后的得数算错了,这是她考不了满分的原因。我一看那失误的地方,简直差点吐出一口老血:这小祖宗不是将简单的加减乘除算错,就是漏看了一个零。那试卷上的错误若是有自我意识,都觉得自己的存在简直不可思议。

伊就是这样一个孩子气的人,会做一些十分孩子气的事。她会奶声奶气地跟我撒娇,会轻易地掉眼泪,也会发呆,也会叹气。有时候她固执地不听爸妈的劝告,率性而为,表现得极其叛逆,然而我知道,一切尽在她的掌握之中。伊是个多愁善感的孩子,她会被白娘子和许仙的生离死别感动得"水漫金山",也会四十五度角仰望天际,说那朵云有点像处于分裂中期的洋葱表皮细胞。对了,她爱哭的本性也是人人皆知的,但我更喜欢的是她破涕而笑的表情,就像雨后的彩虹,美丽不可方物。

伊的创造性思维常常让老师赞不绝口,一道我怎么做也做不出来的物理题,她可以想出三种不同的解法。她还会讲一些我听不懂的物理原理,为的是论证某件东西发明得不够完美,最后提出自己的改进方案。我一度怀疑二十年后她会不会忽然捧个诺贝尔物理学奖回来亮瞎我的钛合金狗眼,不过她并不打算在科学的殿堂里混了。高考后我得知她大学的专业报的是电子信息,这让我觉得可惜,未来怕是少了一个改变世界造福人类的伟大科学家了,但她却说自己天生好动,在实验室里坐不住。我说那你可以去学生物啊,去野外考察,享受探索自然的乐趣,反正你生物学得那么好,经常考满分的。谁知她一改以往的嬉皮笑脸,只是淡淡一笑,并不接话。我想经历了高考的风风雨雨之后,她终究是长大了,不再是那个孩子气的伊了。我看不透她淡淡笑容后面真实的表情,也无法揣测她的内心所思。伊一向很有主见,或许她想用别的方式建设祖国造福人民，也未可知。我知道在复杂多变的性格背后，命运正被她牢牢地把握在自己的手里。

　　拥有孩子般天真面容的伊最终选择了远行。在她离开前的最后一次会面中，我们谈到了未来。当时我看到她的眼里闪烁着对未来的期待和对另一座城市的幻想。我忽然看到了一个新时代的"伊人"。离别自然是万分不舍的，可是我更高兴看到一个"伊人"成长起来，她依然保有单纯的本性，却更加理智与成熟。新时代的伊人，可不只是君子之好逑，更是独立、乐观、豁达的女子。她敢说敢做，她个性鲜明，她应该是暗沉夜色中的一抹鲜亮的色彩，她应该是冬日里一道明媚的日光。

　　那天伊向我抱怨说，自己去了青岛几年，居然又长高了，一米六九的个子一点都淑女不起来了。我对着电脑屏幕傻笑了很久，仿佛看到一个脱离了稚气的伊人亭亭地立着，迎着海风，她那早已蓄起的长发高高地飘起。

　　远古时充满诗韵的伊人站在水之洲上，与我远远地相望着；而新时代的伊人，在我们走到人生的转折处之时，竟也与我远远地相望了。

山

吴佳颖
福建师范大学文学院本科 2012 级

你心目中的山是什么颜色？是如淡淡雾霭般缥缈的烟青色,还是大片大片浮在宣纸上的水墨色？我们所看到的山,或许是我们对它的期待吧。

认识一座山,最好的方式是亲自登这座山。通过图像所看到的山与亲眼所见的是有出入的,毕竟这其中或多或少掺杂了主观色彩,人们更倾向于用相机捕捉美的事物。

我第一次见到石竹山,是通过朋友拍摄的照片。她是雨后去登山的,这点令我尤为羡慕。照片里的石竹山氤氲在淡淡的山雾里,经雨水冲刷后,干净的山路、抖擞精神的树木,一下子浮现在我眼前,潮湿的空气沁人心脾。

终于,我也有了亲眼见见它的机会(之前由于各种原因,出行计划久被搁浅)。大年初三那天,阳光并不充足,却很适合出游。一行五人,几经转车,才到达山脚下。目之所及,便是一片湖了。湖水是干净澄澈的碧青色,让人有种心被揉碎而置于茫茫水波里的几近失神的错觉。岸边是几幢小楼和漆成蓝色的木船,倒也与湖景相得益彰,仿佛它们就该是如此被安置在这里,而不是由人的意愿决定的,多么合理的存在。可惜的是,我们并没有足够的时间欣赏湖景,毕竟爬山要耗费大量的时间。

因为山上有寺庙,又是逢过年,山里有不少人,这与我预想的大不相同。对于信仰,我无可指摘,但在山中拜佛而燃放鞭炮,这就难以忍受了。不时响起的一长串鞭炮声,挤在狭窄山道上的人们,打破了我对安静的山里的期望。山,应该是能让人放下身心重负的地方,这里需要的是宁静而不是喧嚣。

我不知道它的具体高度,只是一直前行,直到身上出了薄薄的汗,我们便到一个小凉亭里休息。凉亭里坐满了游客,亭子中间是一个算命的摊位,摊主正与一个中年妇女为价钱争执。我作为一个旁观者,只是默默地听着他们的对话,就像是在观察别人的生活,没有开头,也等不及结尾。

休息之后,我们继续前行。越往高处走,人愈少,树木则愈多了。我一直觉得,天然的树木才是最美的,它们不用遭受公园里或是路边的树被修剪得整整齐齐的命运,而那些夸张或是讨巧的形状,对一棵树来说实在是太诡异了,那不是它们该有的面目,或者说,这是一种个性的丧失吧。山里的树是幸运的。我喜欢它们随意自然生长的样子,不论树枝以哪种角度弯曲都不会被修剪。这样的树木,有着最本真的颜色。有的是四季常绿,那些最为纯粹的绿色,只适合生长在山里。有的叶子已经发黄,落寞地站在一片绿意里。掉落下来的枯叶旁边是一些碎石,或是某块只露出一角的大石头,偶尔有几处密密长着的低矮的杂草,我心里有种说不出的快意。

我们走在山道上,是否可以真正体会到山是什么样的?往往我们身在其中,却忽视了它。我用手去触摸石头,形状难以描摹,它们突起的不规则的棱角让我有种实在的感觉。静止在照片里的无法触及的山与岩石也变得真实了。石缝中的杂草,岩石表面的青苔,石头上斑驳的颜色,无一不在传递着古朴的气息。从前也有许多人,是怎样注视着它?

渐渐地走得久了,我们又慢了下来,停下看看四周。高处的视野很开阔,所看到的石竹湖的范围也更大了,而湖面更加朦胧、遥远,就像我未曾近距离地看过它。湖面上的小船成了细长的条状,一个小岛静静而又惬意地躺在湖中,岛上同样是郁郁葱葱的树木,那么密,似乎岛上只有树木的存在。在光线的作用下,湖水的碧色也有了深浅之分。靠岸的那一片是黯淡的墨绿,在远处的那一片则是清亮透明的淡绿。湖面泛起的水纹,浅白又轻柔,我下意识地想起了美人的梨涡,二者形状虽不同,却有相同的美感。不多时,我们继续前行,虽体力不支,只因抱着到达山顶的念想。

同伴不时告诉我大概还有多少路程,这既令人泄气又不得不为之打起精神前进。到达山顶时,我不住地喘着气,终究还是到达了啊!遗憾的是,山顶狭小,并没有可以坐的地方。一瞬间,我不禁懊悔何必紧赶慢赶地往上走,那些风景,一直在路上,而终点,是我们总会到达的地方。我望向四周,一边是其他山头,一边是建筑物,站在高处固然使人恐惧,但也有一览众山小的特殊体验。

　　而下山,就比上山显得要从容多了。人常常如此,有了要做的事,便会迫不及待地完成它,而忘记了我们可以更为从容地生活。如果有机会,我会用漫长的时间来欣赏一片湖,而不是将它耗在疲惫的追赶里,毕竟在喘息的间隙里看到的风景太过短暂。我终究还是无法触及那座环绕在雨后鲜湿空气里的山。

铁道旁异物

康晓玲

福建师范大学文学院本科 2012 级

  绿皮车扭动疲惫的身躯，缓慢地爬行着，车厢人头攒动，焦躁不安。他们相互挤压些微的空间，似缝隙里求生的小草。冬天的死寂瞬间在这节车厢凝滞，代替它的是不尽的婴儿啼哭、小孩打闹和大人聒噪……年味被阵阵吆喝啖尽，渐无痕迹。

  一节一节的车厢，重复着一样的无趣，进行着一样的生死别离。它们输送着满目尘垢的山里人，略有疲倦，却奔流不息。时光在一个一个站点目睹他们上车下车，偶尔在打盹的间歇，目光所及之处便是点滴难言、丝缕心酸。

  铁轨横亘在那里，蜿蜿蜒蜒，表皮早已磨出锐利的光，显得那样老练，还夹带着一丝犀利。铁轨下的枕木几乎都是黑压压的，间歇被几根水泥做的木床置换了，显得分外鲜明。年老的岁月多出几道梗，似几处疼痛过后的痂。

  眼睛一阵泛酸，发现异样之处，像极了白天出现乌云、鹊巢中飞出乌鸦、豆芽菜里尝出了牙刷的口感……这种感觉好奇但又极其不喜欢。眼镜戴上一看，这种感觉越发强烈。那些黄黑的一块一块是人类的排泄物。因为极其熟悉，所以丝毫不觉怀疑，而且更加确定这一排排有顺序又颜色分明的排泄物出自哪里、源于何人。

  绿皮车重新启程，沿路望去，那些黄黑的一团团堆积得很远很远。对世人来说，这场景无非是在不那么"公共场合"的公共场合随地大小便，这可真的煞风景。埋怨过后，远走过后，心无挂碍，欣欣向荣。谁会在意不远处的那橘黄色的一点一点挥动着铁铲,敲打着铁钉,触摸着铁轨,目送着前方……他们好像离我们很远很远。

那是些在恶劣的工作环境,栖居着不一样却也一样的铁道工作者。他们皮肤黝黑,双手龟裂,毛发混杂,衣衫凌乱。但他们慈眉善目,面带微笑,洁白的口齿下显露常年饱经风霜的干练与踏实。这些"橘子"们,可能背井离乡,也可能家就在铁路的附近;可能拖家带口风餐露宿,也可能孤身一人埋头苦干直到夕阳尽头……他们类似颠沛流离的流浪汉,却不似他们四海为家般自由,坚守在自己的岗位,或偏居一隅,或现身山野,或在城市边缘,看着火车穿梭而过,任热风扫遍全身,怨悔自在心中。也就在心无旁骛的时候稍稍放松,大体感觉此刻生活和诸多人别无二致……排泄物解释一切日常、一切规律。

轨道两旁鲜明干枯的排泄物,赤裸裸地杵在那里,没有任何恶意,风透过微启的车窗,也失了本该的恶臭。旁边的小草肆意地长着,比周围的高出了好些个头,因为一种滋养,眼中看见了敬仰,看见了希望。当城市公共厕所四处林立时,文明塑造的深情在市民的微笑中尽显。在铁道两旁,卑微的小草乘势而上,在火车呼啸而过的时候,也顺势舞蹈一番,以示"橘子"们的勤俭。一切皆可辜负,切勿误了一桩深情。

铁道旁边的排泄物,触及着微弱的生命,阐释着一个群体夜以继日的坚守。我们谈论伟大,那伟大的人物、伟大的人格……而今,联想起来,弱小者应该牢牢被我们铭记。弱小不似卑微,卑微是一种自我心态,而弱小是他人赋予的角色定位。我们可以改变世人如何看待自己,却不能轻易改变自己,"叛变"往往不是针对自己做出的逃离。我们铭记的某种时刻,就像一张张定格的老照片,充满质感,掺杂些许回忆:如若他们黝黑的脸庞、真诚的微笑,他们弱小的背影支起了强大的庇护所,他们些微举动造福一方百姓。在小山村里,有的脚印里含着汗水泪花,那踩在泥土上的,除了落后的开垦,还饱含着其他人一生不曾轻易担着的负重。

简媜说过,深情是一桩悲剧,必将以死来句读。那是悲观者,用抽丝剥茧般的透悟夹带冬日冰凉的风和春雨飞雾的凉,给人以伤逝之感。如今深情化作一堆春风润雨的粪土,以及其丑陋不堪的样子交代着铁路工作者的一生。

火车一次又一次经过,沿途风景美与不美,请张开眼睛。

问中医几度秋凉
——对百年来中西医论战背后的文化思考

张晗妮
福建师范大学文学院本科 2012 级

  一个世纪以来，伴随着西学东渐，在医学领域的中医和西医的论战从没有停止过。显然，在现今的中国，西医大行其道，传统的中医被边缘化了，过去，甚至有人提出过废止中医。在中西医之争的背后，其实是两种文化的较量和交流，中医在中国的命运沉浮，其实是传统与现代、民族性与科学性的文化心理的冲突表现。如今，我们应该怎样来看待？怎样重新审视"传统"？

  明清时期，以西方传教士为桥梁，中西医曾有过初步的渗透，但未曾互相产生大的影响。当时尚未成熟的西方医学，并没有撼动根植于中华文化土壤中的中医的地位，而中医也没有干扰西方医学发展的步伐。

  清末民初，风雨飘摇中的神州大地开始全方位地面临西方文化的强烈冲击，文化界、思想界、政治界发生了巨大的震动，整个中国传统文化都遭到前所未有的抨击、批判，西方文化却受到推崇提倡，以不可阻挡之势蔓延到社会生活的方方面面。中西文化的冲突表现在知识界，就是知识分子的分化和论战，文化守成派和激进派势同水火。而与中国传统文化血脉相连的传统医学就这样被推上了风口浪尖，激进派视其为糟粕，为它贴上"腐朽"、"愚昧"的标签；守成派极力通过疗效与国粹进行自我辩护。

  在中西医论战中，大致出现了三个派别。

一是中西医汇通论。该思想流派抱着"择其善者而从之"的态度,主张吸取西医学中的长处补充到中医学里。持这一观点的医家大多承认中西医各有短长,主张求同存异,"不存疆域异同之见,但求折中归于一是",但实际上却带有明显的重中轻西倾向。他们用西医理论解释中医的理法方药,用以论证中医药如何符合西医对人体、对疾病的正确认识,以此证明中医的科学性,认为只有可以印证和说明中医经典理论的西医理论,才是可取的。二是废止中医论。持该论调的一方以"中医不科学"作为论据。持"废医论"的第一人俞樾更对中医进行了全盘否定,到了20世纪初,废中医思想更是登峰造极,以余云岫为领袖,1929年,他导演了一场全面废止中医的闹剧,并激发了一场震动全国的轩然大波。他提出的《废止旧医以扫除医事卫生障碍案》虽然最终被取消,但对中医的打击是巨大的。他所提出的对中医基本理论的否定,基本上被舆论接受,他从俞樾处继承的"废医存药"的观点,几乎被认为是中医科学化的唯一道路。三是中医科学化派。经历过废止风波后,中医界力图在"科学"的语境下寻求生存,认为只有将自身纳入近代科学体系,才能与西医平等对话。"中医科学化"派论者认为对传统中医应该"取其精华去其糟粕",对中医理论的评价和判定却是建立在科学的基础上,试图以"科学化"来改造中医,却适得其反,其思想本质是承认"中医不科学"这样的命题,传统中医的理论精髓荡然无存,结果必然导致中医西医化,最终使中医走向消亡。

"中医汇通论"持有门户之见,却用对方的标准来衡量自己。"废止中医论"的第一人俞樾很大程度上因为原本美好温馨的家庭的成员相继离世,将愤懑迁怒于中医,带有强烈的主观意识和感情色彩。而余云岫本身的理论水平就有问题,他对阴阳五行的理解简单而武断,没有触及阴阳五行学说的哲学本质及其蕴含的辩证法精髓,忽略了自然科学背后的哲学基础。而"中医科学化"论者始终将中医和科学对立起来,以科学为唯一尺度改造自身,其实早就失去了阵地。

纵观这三种论调,我们发现那个时代的中国人在面对异质文化的冲击时的普遍心理,很多人都持着二元对立的思想,在传统与现代、民族性和科学性、旧与新、中与西之间摇摆不定,或将传统与复古、守旧、落后、愚昧等贬义词联系在一起,视传统为阻碍民族进步、导致国家衰落的根源。而"科学"就是西方文化的代名词,"西方文化"就是"先进"、"现代化"的代表。在这种浪潮的侵袭下,就连中医界内部都发生了动摇和分化。时至今日,"中医是否科学"仍是个横亘在人们心中的一个巨大的问号。

对于"中医是否科学"这个问题,我认为这个问题的提出从一开始就没有把中西方文化平等看待,或者说对"科学"的推崇达到了迷信的阶段。"中医是否科学",即用科学的尺度衡量中医、衡量中国文化。教科书告诉我们,中国文化博大精深,《易经》、阴阳五行、天人合一,似乎玄而又玄,难以捉摸,又说中国文化重经验轻理论,没有真正意义上的科学。由此是不是可以判断作为中国文化的一部分的中医也是不科学的?但是,我们在用"科学"这个概念的时候,西方文化的价值观是先入为主的,体现在医学上,"科学"就是西医院里的各种大型精密仪器,各种密密麻麻的检测数据,还有层出不穷的新药,是一刀下去就能看到的疾病根源。所以,人们把西方的科学等同于真理。但我们发现,科学总是日新月异,三十年前的科学成果在今天很多都已经被推翻了,有人说这是发展,但如果想到今天的所有科学成就在若干年后都会被推翻,而越来越接近原先被科学嗤之以鼻的所谓的糟粕。人们对这样永远自我否定、自相矛盾的"科学"深信不疑,却将绵延了几千年的兼容并包而不曾发生本质改变的传统视为愚昧。真理若是经不起时间的考验那还是真理吗?

西医侧重于"术",而中医是"道"与"术"的结合,中医的"道"是根植于中华传统文化的几千年来不断被验证丰富的中国人的生存法则,中医的"道"是科学无法解释的,在目前科学的认知范围以外。科学带领我们走着一条'鬼打墙'式的认识道路,今天是正确的理论就是明天的错误理论。可以说,正是科学认识的反复性反而昭示了中国'道'的真理性。

在现代化的浪潮中,传统文化早已日薄西山,这是近代以来中西方文化交流的结果。几千年来,中华文化从未曾断绝,这与中华文化兼容并包的特性有关,即使外族入侵,华夏文化也以其强大的生命力顽强地延续下来,并使外族折服于它。也就是说,中华文化在和其他文化的交流中始终保持主体地位,中国人始终保持着共同的文化自觉,对自身文化的特质有着清醒的认识。但这一百多年来,传统文化遭到了前所未有的毁灭性的打击,历史已然成为历史,但今天的我们在高举着抵制"文化霸权主义"的大旗的时候明显力不从心,我们已经惯用西方文化的价值观来衡量我们的文化。这并不是说拒绝文化交流,而是在交流的同时要有相当的文化自信。看世界杯,中国足球为什么不行的话题一再被提出来,照理说,我泱泱大国,人口这么多,怎么就培养不出一支有战斗力的足球队呢?就体质来说,中国人和欧美人就有很大的差异,中国人的体质是"阴"性的,而欧美人则相反。数据表明,身高1.8米左右的欧美白种人,肠子的长度大约是5.4米,肠长倍数为3;身高1.7米左右的亚洲黄种人,其肠子长度大约为8.5米,肠长倍数为5。肠子的长短是区别食草动物和食肉动物的标准之一。这导致两者的性情也不大一样。欧美人普遍易兴奋,有激情、好创新、好冒险、好出头,而亚洲人脾气较为温和、柔顺、内敛。体育竞技是建立在体能人人平等的基础上的,这又被引申为人和人之间是一样的。我们接受了西方所注重的人与人的可比性,却忽略了可比性也是相对的。西方人"阳盛"的体质决定了他们在竞技体育上的相对优势,所以我们无须因为足球输给别人而丧失信心,这不是东方思维。我们为什么不可以提出一套东方理念,制定自己的游戏规则,而不要一直在别人制定的规则中反复证明自己不差呢?我们接受奥运会"更高、更快、更强"的口号,嫁接西方的竞技体育理念,可我们学到精神了吗?退一步来讲,那是西方文明的土壤催生的精神,我们可以借鉴,可有必要照搬照抄而失去自身的精神气度吗?我们是在奥运会上夺了很多奖牌,但是否证明我们就是体育强国了呢?我们离全民健身有多远呢?我们只不过在用奖牌的数量为自己谋求一个"体育强国"的名号,催生的不是体育精神,而是急功近利。

一百年前,我们推崇西方的"德先生"和"赛先生",喊着"打倒孔家店"的口号,在一定程度上是以此否定封建王朝所赖以支撑的道统,探索新的社会制度。国家的贫弱,使知识分子内心充满了对传统的挣脱和对现代性的渴望,历经百年的沧桑,这一个世纪的文化断层毕竟造成了难以弥补的缺憾,深深影响了现代中国人的思维方式。表现在医学领域,我们学到的不是科学精神,而更多的是对于科学的迷信。中西医在理论上似乎水火难容,在实际操作中倒也相安无事,但在"相安无事"中,两者的地位是不对等的。现代的中西医结合,往往是"要方不要法",中医的文化内涵得不到应有的发挥。中医的特点决定了它的精髓不是西医仿效其抓几百种草药,研制成中药成分的胶囊就能体现的,这就失去了它的"道"。另外,西医的医生通过课堂教育和集体训练就可以造就,可以迅速地复制,而中医却不是通过大力扶持就能成就的。中医的窘境,折射的是整个中国文化的命运,而要为中医找到出路,最根本的还是从培植它赖以生存的文化土壤入手。

中国人讲'根',根是历史、是传统。埋在土里的历史是无枝无叶的,必须要得到当代的阳光和雨露才有枝有叶。枝繁叶茂时我们只觉得与当代有关系而不觉得与根有什么关系,只有当这一代的枝叶凋零时,我们才会在叶落的过程中认识到什么是归根。当代中国人,只有重新认识我们的传统,寻回我们民族的根,才能更好地进行中外文化交流,否则,所谓的文化交流就只是对异族文化的妥协,对外的卑躬屈膝,对内的苦无支撑,对先人的无法交代,对后代的难辞其咎。

你为什么觉得丑会对你不利

冯欣颖

福建师范大学教育学院本科 2014 级

古有沉鱼落雁闭月羞花来形容貌美如花的女子，也有用东施效颦来揶揄一些其貌不扬又刻意追求外表的女子。然而我在思考，美丑究竟对一个人而言有什么意义。

不可否认，人都是乐意欣赏美好事物的动物。

在这个所谓看脸的社会，面试面的是脸，相见恨晚相的是脸，一见钟情钟的是脸，似乎没有一张清新脱俗的脸，就没办法顺利精彩地生活。

于是其貌不扬的男孩女孩们顾影自怜，自怨自艾。

于是整形行业应运而生，割个双眼皮、垫高鼻子、削尖下巴几乎成了每个"人造美女"的追求。女孩们恨不得整成范冰冰，男孩们恨不得整成韩国欧巴。

如果可能，谁不愿意长得美若天仙、风流倜傥呢？

但是身体发肤受之父母，我们如何苛责得了？哪个孩子出生不是被父母含在嘴里怕化了、捧在手里怕摔了？如果被他们知道我们因为他们给予的身材容貌而感到自卑甚至不堪，他们该多么黯然神伤呀！

天生丽质固然会捋顺一些你生活的阻力，但是，颜值高的就该洋洋得意地对生活无为，颜值低的就该对美好未来望尘莫及吗？

"记得考电影学院的时候，很多人说我有病，说：'就你？长那么丑能考上吗？'记得我刚毕业的时候跑剧组，很多人说包贝尔，'就你的长相不要演戏了，一辈子出不来！'。记得他第一次演男一号的时候，很多人说，他是谁？他凭什么演？每一次都有人站在角落里，对你的梦想指指点点！可我从来没有停下，因为梦想是自己的，与他人无关。"包贝尔在微博中曾这样自述。而今，他被我们年轻一代所熟知，拥有《致青春》、《一路顺疯》、《临终囧事》、《画壁》等代表作。当包贝尔走进我们大众的视野，恍若给予当初鄙夷和嘲笑的人当头一击。长相不优确实会在你梦想前进的道路种上荆棘，增添险泞，但一颗心，绝不会因为追逐梦想而受伤。一个追逐梦想的人，绝不会因为容貌的不出众而止步不前。

"深凹的颧骨，扭曲的头发，淘气地露齿而笑，拥有一副五英尺、一百磅的顽童模样，这个长相怪异的人有着拿破仑一样的身材，同时也有着拿破仑一样伟大的志向。"这是国际权威财经杂志《福布斯》对马云外貌的描述。也许你对青年演员包贝尔不熟悉，但对阿里巴巴创始人、作为中国互联网领袖级人物的马云，你一定略有所闻。马云有着毋庸置疑的"捉急外表"，但他并没有因为自己的相貌而觉得自卑。他认为，自己是"丑而不陋"，"丑"是天生的相貌，而"陋"则是一种精神状态，一种对待他人、对待生活、对待工作的态度。他不过分纠结于先天的外表，更注重于丰富武装自己的头脑。现在当我们谈及马云，再多对他外表的嘲讽也在他的成功面前黯然失色。因此，每个人都要善于发现挖掘自己的优点，只有依靠自身的努力和奋斗，才能实现自身的价值。

相貌是一张皮囊，当你的脸庞布满了皱纹，便只剩下了气质。而气质便是由生活的历练、修养内化而成，这远比一张脸蛋来得迷人，是别人偷不走、换不来的。分辨美丑的标准，难以界定，不论你长得多么惊悚，也总会遇到把你视如美玉的眼缘人。

奥黛丽·赫本的胸部也会下垂，何必纠结于美丑。当成龙足够出名，他的大鼻子便成为他的特征。当周迅足够出彩，她的大嘴唇也被美名为性感。做好自己，当你足够强大了，便能赋予缺憾以骄傲！

那么你，为什么还会觉得丑会对你不利呢？

WANG SHAN RU MO YI DENG MING ▶
万山如墨一灯明

万山如墨一灯明

郑文静

福建师范大学文学院本科 2013 级

    我讨厌在昏黄的路灯下彳亍独行。特别是下着毛毛雨的夜晚。

    被晕染成与古旧医院的灯光无二致的惨黄色光柱从头顶罩下,仿佛下一刻就会被吸进外星人的异类活体实验室里充当实验品。那种恐惧的感觉慢慢从头顶灌下,再游行于你的周身经脉,最后汇集于尾椎骨上的一点,表现为生理现象就是你无可抑制地打了个寒战。

    多可怕啊!

    更可怕的是,你还无处可逃。

    好吧,以上只是我的臆想。

    我讨厌路灯、讨厌昏黄的灯光,不是因为外星人的活体实验,是因为我拒绝一切能让我想起她的事物。

    就像减肥的人拒绝甜品、戒烟的人拒绝香烟。

    因为他们知道,一旦触碰,又是一场万劫不复的沉沦。在痛苦里快活,在快活里挣扎。

    而我拒绝你,是痛到了极致的清醒。

青墨染指

    细语微凉。

    轻柔缠绵的熏风抚过脸庞,吹散了丁香树后的低声絮语,那些情话最终被谁放在心上?

青葱年华,更像是被墨香熏染的一段岁月。淡写一幕醉生梦死,奢华几句梨花清词。

似乎再大的忧愁,也能在心中缱绻衍化成为淡淡的欢喜。

当然,因为介质是你。

多可怕啊,你几乎全面入侵了我的过往流年,如丝如缕,附骨之蛆,再也甩不开、忘不掉。

真想问问你是不是故意的,就这样毫无预兆地闯进我的生命里,而后悄无声息地离开。如同一场杏花春雨。

只留下我,轻拥着一段回忆,在余下的半阙浮光里,融化了自己。

而我无法拒绝想你,只能拒绝长街上你陪我漫步过灯影幢幢。

笺落人散

桃花落,木棉开。日复日,又一载。

浓郁的茶香,被浅泡了数次,终于只剩下了一品素水,无色无味。

信手研墨,洒落一纸独白。我把一心的绵绵碎语蘸满笔尖,却不小心,遗落在了想你的字里行间。

最后一次见你,也是在长街下的灯影里。

你转身,从此我的世界兵荒马乱。

意绵绵心有相思弦,指纤纤衷曲复牵连。

相思浓时,心已转淡。

还是那条旧时的路、那盏昏黄的街灯、那些萦绕在耳边的絮语,只是回眸时,却发现自己已然茕茕独影。

风声,渐密渐稀。

时间的罅隙,若影若离。

看着岁月的篝火,燃成了灰烬。

到最后,我还是哽咽着把那一句想你,潜进了心里。

人·路灯·影

丛龙洋

福建师范大学文学院本科 2013 级

这是一个寂静的晚上。街上车水马龙，外面灯红酒绿，做生意的都吆喝着招揽生意，逛街的都反复地挑挑拣拣。我，无可奈何地选择了行色匆匆。这世界上有很多种选择，我指的是对于活着。这是个关于一人、一影、一路灯的故事。

忽然有那么一天，我呆呆地望着自己的影子出了神。我想，冬天一定是等不及，不想让人们过多地留恋秋季的美好，就马不停蹄地赶来。我的气息在寒冷的空气中先是化作一缕白烟，继而消失不见。我在这条走了很多次的路上，看着那些陌生人的影子，来来往往，拉长、压缩、再拉长，真的是好生热闹。我真的很想插足其中，可是很明显我与这幅画面是格格不入的，一滴墨在这样一幅烘托暗夜气氛的画中是不该出现的，因为这样活得不够鲜明。

于是我选择回到了自己的光明下。寒冷的晚上，路灯散发出的微弱的光，是这个冬季给我的最后一点温存。没有路人会为一盏路灯停留，他们忘了没有这一小片亮光，他们会怎样的不自在。于是我安静地站在它的下面，赶紧把心事拿出来翻检一遍。我向路人兜售我过往的故事，我是个商人，我始终不忘自己从小到大的理想。"天下熙熙皆为利来，天下攘攘皆为利往。"我却做得像个不求上进的乞丐一样，实在讨不到活下去的东西，便向路人讲述我的悲惨，赚取几滴同情的眼泪。有时会有走累了的人，停在我的对面，慢慢地听我讲述完那些经年不变的故事，同我一起哭泣一会儿，还不等他们开口，我便说，上路吧，不能停啊,努力地去追赶吧,不要落在别人后面。其实,我是有私心的,路灯的温热太少了,它已不能再温暖多一个人。

　　人生是一条叫做匆匆的路,在这条路上,我们要与千千万万的人擦肩而过,抬眼间很多人彼此剩下的只是倏忽的一瞥,奈何都只是我的过客,不过擦肩,而我也是他们旅途中万千匆匆过客中的最无趣的那一个,仅此而已。此去经年,回忆终会有所删减,也许路灯下那个白痴似的我也会成为人们茶余饭后的笑料之一,然而我并不在意。

　　我艳羡路灯下那个被光线拉长放大的影子,它拥有这世上所有的光明,逃离于一切的黑暗,它不需要在光明里伪装,不屑于在暗夜里苟且。它可大可小、可长可短、可有可无,最重要的是它从不孤独。我站在那里,与它总是双脚相连;我躺在那里,与它重叠在一块。从不言语,倒是我每每对着它低语喃喃。我抬头看星河或是黑暗里,便不知道它还在不在那里,只是在低头寻它时,它就在那里,我对它点头,它也对我点头。我决定走向光明或黑暗中去,它竟也不在意,只是那身子被拉直或是拉得更长,直至消失。它可算我最可贵的朋友,它从不言语,我找它时它就在那里,我不想见它时,它便消失。

　　我曾竭力设想过影的想法,也曾经读过《影的告别》,我揣测影终究是没有那么通灵的,所以大可不必为它披上任何神秘的外衣。影的眼里大概只有光明,不知晓那些叱咤风云的人物或是格物致知的学者或是卑微如蝼蚁的小民有没有在黑暗里找寻过影,至少我是花过时间和心思寻过的,也的确什么都没有找到。大抵影与黑暗是相克的,或许影也需要伪装在黑暗里,骗过一切,包括自己。又或许在黑暗里的影才是自由的、本质的,而光明里的影是伪装的,在光明里影与人总是系在一起。影十有八九是想着脱离光明和人的,它与光明和人才真正是格格不入,它不想让自己暴露在众人眼前,更不想自己出现时总要做可有可无的影,最不想在光明与人心的撕扯下变得面目全非。

　　路灯也不言语,我和影子在不在,它都在那里,成排地立在那里。早些时候太阳下了山去,它就任由电流穿过自己,大概这世上不能没有影,或者这尘世中不可或缺光明。然而,路灯却不能左右光明、左右自己的影,或者它从来就看不到更看不懂影,或者它本就不知道有影、有自己,所以它只是路灯,一排排没什么两样。终归它尚能照亮黑暗,映出一切的影,然而它的影就在那里,不偏不倚。我望着路灯的影出神,颇为得意于可以驾驭自己的影,转而我又恐惧,不是恐惧这影、这路灯,而是恐惧我自己。我恐惧在这路灯下,在这昏黄的灯光里,我这歪歪斜斜的影会被有心人发觉,我慌忙抬起头,入眼处皆是一片行色匆匆,终于长出了一口气。在这喧闹的人海里有几人记得自己有影?有几人知道停下脚步看看自己和别人的影?又有几人在乎或者想要回头瞥一眼那被流年撕碎的影呢?

你我少年时都曾在光明里追寻过影,那时有数不尽的时光;你我少年时都曾在黑夜里有过美梦,再美也美不过想象;你我少年时都曾在心灵里许下诺言,那是生命的最初印象。没人知道何谓开始、何谓终止,没人知道何时开始、何时终止。可能是由于没人还在乎开始,没人再害怕终止,也许生命就是如此。

每次设想生命最后一刻的光景和感悟都会不同,最初感觉压抑到窒息,不得不停止设想,后来,便习惯了设想。我无法想象弥留之际是否还会记得曾躲在城市的角落里,在这昏暗的路灯下,这人、这影相顾无言。我不愿负人,更不想负影。我只期盼在我的世界完全消逝的时候,我能和我的影一起直挺挺地立在那里,不偏不倚。

人,抬眼看见的是光,俯身对得起影,一人、一影、一路灯,是谓一生。

人生不过赤裸裸地来,留下直挺挺的影,罢了。

雨·回忆·幻想

张广玉

福建师范大学文学院本科 2012 级

一

今年的冬天没有下雪。原本下雪这事儿就不怎么能和我所居住的江南小城扯上太大关系，幼年记忆中的冬天是少有雪的侵袭，只是近些年来气候变化剧烈，雪也就每年冬天赶着这场原本不需要赶赴的约会。

其实这种不请自来往往是落得主宾双方皆心有不快，潮湿的空气中，江南的雪都是断续而来不能似华北东北平原的铺天盖地一番尽兴，可是却也总是来得出乎人们意料，落个措手不及。所以，在江南的冬天，洁白的雪可能还不如细雨能惹人欢喜，至少在我是这样。

细雨如愁思，最是惹人恼。从小到大，我们历经了多少的雨天，有多少记忆和故事的背景是点滴细雨或者倾盆大雨，大概都数不清楚。每个人的记忆都是一本书，我们一路奋笔疾书而有条不紊地翻页，以为一定是留下一张张密密麻麻的书卷，回头看时，却发现竟然是一本无字天书，不见一滴着墨，知道内容的只有我们自己。余秋雨先生在《夜雨诗意》中写道"不知道历史学家有没有查过，有多少乌云密布的雨夜，悄悄地改变了中国历史的步伐。将军舒眉了，谋士自侮了，君王息怒了，英豪冷静了，侠客止步了，战鼓停息了，骏马回槽了，刀刃入鞘了，奏章中断了，敕令收回了，船楫下锚了，酒气消退了，狂欢消解了，呼吸匀停了，心律平缓了。"一个人的记忆都已如无字天书般无证可查，更何况是浩瀚的历史长河了。

故事总是模模糊糊,细节也总有出入,纵使记忆超人,当我们再次回想那些在雨中发生过的故事,内心被雨水浇灌过的柔软湿润之处,还留有一片青苔遮盖。

二

又是一个雨夜,也是一个雨夜。我在一所不知道能否称为我母校的校园里转悠,如同掉进了一个迷宫。

高中母校如今已经搬迁至城郊,建了崭新气派的新校区,百年历史的老校区已经转手给了另一所公办初中。我漫步在这个曾经的校园,如今的陌路,头上顶着沥沥细雨,心里却觉得有一股莫名的火热。人世之中,悲欢离合聚散,皆是常事,却也尽是无奈惹人怅然,可最让人思绪难平的,可能还不是故地重游的物是人非,而是连身边的花草石木都已经变化了身份。

眼前的环境和几年前的场景其实并没有变化,腊梅还是立在粉红色行政楼旁,挽着绿色的栅栏,脚下有几朵被雨打落的花朵。可是为什么和记忆中的又不一样了呢?是记忆泛黄不再真实,还是眼前腊梅的气息已不再如同当年?我低头下坡走向学校大门,夜晚时分,校门外的城市,车水马龙、灯红酒绿,喧闹到仅凭耳朵就可以听到。我心中的火热还在,越走向大门,越离开学校,我越能感觉到内心的汹涌,一种情绪正在把我死死困住,无法逃脱。我猛一驻足,回头看看漆黑的学校,一滴雨水从夜幕苍穹上自由落体而下,正中天灵盖。身边的恋人把我的手微微捏紧,说:"怎么?走不走?"

我恍然大梦初醒,抱紧了恋人,微笑走出校门。夜雨之中,最有诗意的,其实未必是在回忆里寻找自己的影子,而是雨中漫步之时,身边能有所爱之人。

心中火热,依然继续燃烧。

三

我们总是自觉孤独,故而愿意去回忆里看望看望自己,所图的不过是打破那一份空虚寂寞。可是眼前所见也常是虚妄,更遑论心中的勾画,想必自然是更不能清晰、真实到哪儿去。

电视、电脑、手机把我们压缩在一个网络密布的牢笼之中,我们无法穿梭也无法摆脱,只有那如毛细雨能够点滴渗透进来。我喜欢在雨天的时候,借着雨把我和世界阻隔开来,躲在家中,做一些毫无理由的幻想。我幻想我是一个单细胞生物,在亿万年前的海底遨游,身边没有拘束,没有语言,也没有任何肢体的动作。我只需要简单的蠕动就可以享受无拘无束,我并不需要思绪以扰乱我的心智,因为我生命的长途与能量可能还不足以支持我来进行任何一次具有哲学意味的思考,我只需要蠕动,被大海感知,被海底的空气感知,被海底所能见到我的生物感知,我就能察觉到我的存在。孤独,这两个字并不在我的认知范围之中。

可是,我还得回到亿万年后来,扮演一个相对进化完全的灵长目人猿科动物。窗外是淅沥沥的细雨,我感谢这雨,在纷繁复杂的生活中,保护我的不是我所居住的房屋,而是时不时从天空上降落的甘霖。社会生活越来越复杂,我不得不接触更多的人、了解更多的事。人们把记忆力当作一种能力、一场比赛来进行攀比,似乎在赛马一样,看看谁能够记得更多绕口的名字、更多陌生的脸庞。所以,在这个时代诉说孤独,就像一个无赖在为自己的无能辩解。

好在我这个无赖多少有点自知之明,并且做一个百无聊赖的无赖未必不好。毕竟,我可以静静躺在床上,听窗外的雨,想心中的人。

征途永远是星辰和大海,而不是自建龟壳。最终,我将冲破风雨的阻隔,拥抱你,拥抱世界。

我们的旅行,还在路上

刘云帆
福建师范大学文学院本科 2012 级

> 走过千万条路,
> 看过千万种风景,
> 最绚烂的风景,莫过于人生
>
> ——题记

有许多人仍在追问,旅行的意义究竟是什么。在我看来,旅行便是心的放逐、灵魂的自由飞翔。

旅行,旅行。何谓旅行?既要"旅",也要"行"。既需要用双眼去看,又需要用双脚去行。在信息技术高度发达的现代世界,有许多人相信,足不出户便可看世界。可在我看来,若要真正地看清这世界、看懂这世界,足不出户是万万不可的。你不身临其境,又如何真心感受?真真正正迈开双腿,大步向前,一足一印,世界尽收眼底。光出去走也不够。更重要的是,要用心去感受,用心去看。你若无心看风景,即便双脚迈出再多步,走过再多路,也不过是形式上的走马观花而已,体会不出真正风景的价值所在。只有用心感受,才会收获颇多。身临其境了,用心感受到了,这风景自然也就是你的了。这样的旅行才是意义非凡,这样的旅行才能使心灵真正的被放逐、灵魂得到真正的自由。

我们本从自然中来,终也将回归于自然。自然之景,无奇不有。自然孕育出了一切生灵、一切美好以及善的事物。自然赋予了我们一切的一切。我们热爱自然,热爱这片土地。所以我们更应该出去走走,看望这个哺育了一切生灵的伟大母亲。我们未走过的路还有很多条,未欣赏过的风景也有许多种。我们的旅行,还在路上。

某部电影中有这样一句话:"如果你不出去走走,你就会以为这里是全世界。"的确,坐井观天地做一只井底之蛙确实不好。出去走走吧,趁着年轻,趁着这正如鲜花般的年龄,出去旅行吧。

外面的世界很精彩,但外面的世界的确也很无奈。一个人总要经历些什么,才能真正成长。旅行如此,人生亦如此。

每个人在生活中总会遭受到这样或那样的磨难,而后才会明白"天将降大任于斯人也,必先苦其心志,劳其筋骨,饿其体肤,空乏其身"。未经历挫折苦难的人生怎能叫一个完美的人生?所有的苦难终将过去,但非所有人都能以正确的心态来对待。就好比冲上一杯果珍,倒好水后,看着杯中的果珍慢慢沉入水底。那并不均匀的果珍如雪花般在水中飘舞着、跳动着。若你此时喝上一口,那感觉定是会酸到骨子里的。但若你肯往下喝第二口、第三口……一口一口地喝下去,你便会发现,那果珍竟愈发甜起来了。喝到最后,那甜会沁入你心中,叫你十分难忘。真可谓是"酸尽甘来"啊!但你若喝了第一口便放弃了,那而后的甘甜自然也是体会不到的了,这是多么大的遗憾与损失啊!就像人生,遇到艰难苦难,你若不气馁,坚持不懈地做下去,即便没有成功,这又何尝不是一种人生经历与人生体验呢?反之,若你中途便放弃,那结果只可能是失败。

人的一生便是一道独特的风景。有的人将自己的人生变为绚烂的风景,格外引人注目,留人驻足。而有人的人生风景却是单调乏味,使人兴趣全无。为何会出现这样的情况呢?原因很简单,不同的人,所选择的人生道路不同,岁月描摹的人生风景便不同,有人精彩,有人黯淡。由此见得,选择正确的人生道路是极其重要的。

现代化使生活速度大大加快,人们却更易迷失于这样的现代化大都市之中。忘记自我,忘记人生的追求,忘记心灵的归属,也忘记了停下脚步,看一看身边的风景。凡尘的世界固然多彩,但真正绚烂的却是一片净土。那片净土,是心灵的净土。在那片心灵的净土之中,没有利益、金钱、诱惑等一切物质的东西。有的只是善良、美好、单纯这类人类最真实的品质。那些物质东西在凡尘中虽然极力被人们所追求着,但在这片净土之上,这些物质欲望只会变得自惭形秽、羞见于人。

那么,要去哪里才能寻找到这片心灵的净土呢?其实很简单,去旅行吧!放飞你的心灵,放逐你的灵魂。"行在心里,心在路上。"毕淑敏老师曾写过一本书,名叫《蓝色天堂》。经历了环球旅行的她,所看到的、感受到的,与原来也大不一样了。在生死面前,她看到了生命的力量。在旅途中,认识到了自己的真正价值所在。她见证了这世上的美与丑、善与恶,经受住了大慈大悲。人生本不就应该如此吗?经历一圈后,又回到了人生起点,唯一改变的,便是对于人生的看法。这便是旅行最宝贵的价值所在,认识到了自己想得到的究竟是什么。

读过很多本写游记的书,有的是旅行家所写,有的是文人所写,还有更多的是不知名的小人物所写。第一次阅读余秋雨的《行者无疆》这本旅游随笔,字里行间都充斥着一个学者的文化感。与我之前所阅读的旅游随笔相比,余秋雨笔下更加温暖,更有文化韵味。这本书写了他所游历的欧洲各国,带给他不同的文化体验。最后,他用"一行字母,一片墓地,一份图表,一个城堡,一群闲人,一块巨石,一面蓝旗"来概括这次旅行中最让他感到震撼的地方。

他说:"一切不幸的遗产都与我们有关,我们不能超越历史,因此都是道德上的病人。我们曾经习惯于口是心非,习惯于互相嫉妒,习惯于自私自利,对于人类的互爱、友谊、怜悯、宽容,我们虽然也曾高喊,却失落了它们本身的深度。但是,我们又应相信,在这些道德病症的背后,又蕴藏着巨大的人性潜能。只要把这些潜能唤醒,我们就能重获自尊。"

想一想余秋雨的这些话,不是没有道理。现在又有多少人看似正人君子,背后又心怀鬼胎。又有多少人自私自利,冷漠如磐石。其实,他们的本质并不是这样,人性的开端是善。只要他们寻回良知,寻回自己真正的内心,就会得到善。而这也正是作为人本身所应当具备的品质。

他说:"那些国际的危险力量未必是我们的主要敌人,那些曾给我们带来过不幸的人也未必是我们的主要敌人,我们的主要敌人是我们自己的恶习:自私、嫉妒、互损、空虚。"

没错,我们最大的敌人便是我们自己,我们身上有着太多人性的弱点,我们身上有着太多的恶习。或许,旅行也是一种方式,去发现我们自己身上的缺点、不足。这时,我们便会发现,只要我们肯用心改正,没有什么是我们所完成不了、做不到的。战胜了我们自己,克服掉我们的缺点,我们便战胜了最大的敌人。

"在信息远未通畅的年代,遥远的距离是一层厚厚的遮盖。现在遮盖解开了,才发现远年的账本竟如此怪诞。怪诞中包含着常理:给别人带来麻烦的人,很可能正在承受着远比别人严重的灾难,但人们总习惯把麻烦的制造者看得过于强悍。"

我们往往更容易去相信我们的眼睛所看到的、耳朵所听到的,但我们却忘记了,可能我们所看到的、所听到的并不是事情的真相。我们有着太多的自以为是、太多的骄傲,所以在没有真正的了解之前,不要去轻易地说,轻易地做。只有用你的双脚去丈量每一寸土地,用你的心灵去挖掘每一个真相,你就会发现,其实事情并没有我们想象得那么简单,其实事情要复杂很多。

"最不符合逻辑的地方,一定埋藏着最深刻的逻辑。"

看似每一件不寻常事情的背后,都有着最简单深刻的道理。这些道理将会指引我们的一生,带着我们去寻找未来的方向。所以,我们更加要多出去走走、多出去看看,当你的心灵真正得到了净化,未来的道路也就变得明朗了。

"哥伦布表明了流浪者的本性:不问脚下,只问前方。"

不断的行走,不断的感悟,前方等待着我们的是一片未知。

因为从小受到家庭的影响,父母很爱去远行,所以在我很小的时候,便开始了属于我的独特旅程。一开始我只是很喜欢出去玩耍。可后来,在不断的行走中,在不断的感受中,我慢慢地开始享受旅行的过程。其实去哪里真的没有那么重要,重要的是多看看、多走走,心胸也变得开阔起来。面对着自然,就会更多微笑。哪会有那么多的烦恼,你看,我们是多么的渺小,自然却是那么的伟大。在这个宇宙中,我们只是小小的尘埃,是极其渺小的存在。但是,我很感激这份渺小,它让我知道,这个世界上不是只有我们的存在,还有更多、更多的有意义的东西,我们应当感激。

每当我坐上火车,就会不自觉地向窗外看,不想在眼底错过每一片风景。每一眼都是财富,每一眼我都想贪婪地获得。火车的车窗随着窗外的风景在不停地变换,有些风景就这样一闪而过了,可能有些地方我们一生都不会再去第二次,就像有些人,可能我们错过了,就再也不会遇到。生命就是如此的神奇,它让我们相遇、相识、相知，却又让我们不得不相离。无论我们以哪种形态存在，对于我们的生命来说，都是弥足珍贵的。有的人，你再也不会遇到有的地方，你再也不会去到。奇妙却伤感，感激命运，在回忆里留下浓墨重彩。

有一句话是这样讲的："父母在，不远游。"离开家，方才知道什么叫做故乡。独自从北方来到南方求学的我，这种感觉更是深刻。今年已经大三了，已经三年没有看到故都的秋了。落叶还似以前那么金黄？三年前的我，一心只想离开家，去看看外面的世界，想过早挣脱开我以为的父母为我创造的温柔的牢笼。可是时间越久，却越是想念家乡的味道，想念爸爸的唠叨和妈妈的体贴，想念着故乡的一草一木。我想，或许这就是成长的代价，也正是成长的意义吧。

在我心烦意乱的时候，在我情绪低落的时候，我知道，有一个地方，一直在等待着我的归来，那便是家。

人生就好似一个被打乱的魔方。你越是想要将它转顺，就越是失败，便越发乱。这时，千万不要轻言放弃。当你在人生道路上迷失了自己，不妨听听心灵的声音，顺着心的方向。或许你一直所头疼的小方块就这样的完整了。有时，心的声音，才是正确的声音。

我们都曾经历过失败和苦难，也都曾经历过许许多多的不顺利与不如意。不如去外面看看，去外面走走。你就会发现，原来走走停停，你便会寻找到你最初的起点。但当你回来时，心态却有着很大的改变与成长。这就是旅行所教会我们的最宝贵的道理。

"人生就是这样，像一盒巧克力，你永远不知道下一颗是什么味道。"歌舞诗酒趁年华。趁着我们还年轻，去旅行吧，让你的心行走在路上，用你的青春去谱写一曲人生中最美丽的篇章吧！

我们的人生仍在继续，路过的风景也愈加美丽。我们的旅行，还在路上。

外婆

林宝丽

福建师范大学文学院本科 2012 级

外婆不高,有点驼背,目测身高不过一米五五,轻微罗圈腿,走路有点内八,但这毫不影响她的走路速度。如果你俩一起走,尊老爱幼的你还想着要不要去扶一下她,可是她不知不觉就哒哒哒地走在了你的前面。

本来按照我的思路想介绍一下外婆的姓名,可苦思冥想了半天,意外地发现我竟不知外婆叫什么,她是姓林？还是姓李？或许有些人会讶异,觉得不可思议。在我幼儿的时候,老妈就郑重其事地告诉我,见到长辈要懂得叫人,这是我们那认为小孩有礼貌的行为。我确定有听老妈的话,各种叔叔阿姨什么的,喊得那叫一个顺溜。但是至今为止,爸妈还是没有告诉我长辈们的全名儿叫什么,凡是我知道的,都是从大人们的交谈中得知,一一对号入座。而外婆,作为家里"位高一级"的长者,自然被直呼其名的机会微乎其微。偶尔也会有邻居找外婆,远远地你就可以听见操着一嘴本地口音的隔壁大婶叫唤外婆,他们也是有礼貌的一辈,乡下人的语音系统中,都会在名儿的后面加个"婶"什么的,或者在名儿前面加个"阿",以表示亲切。

事实证明,其实从来没有需要用到她名字的时候,没有信件、包裹要签收,也不用缴水电费。外婆,基本上是个文盲,不认得几个字,也不知道以前扫盲的时候,覆盖范围有没有到他们村。每到大年三十,我们通常会在奶奶那边吃过饭,接着去舅舅家和外婆一起看春晚。不识字这一点显然妨碍了她享受电视这一福利,所以只好发挥她"能说会道"的本领——唠嗑,从七大姑八大姨的某某儿子最近结婚生子了,讲到明天应该把老白鹅杀了给我们好好补一补。至于我们小辈儿的最怕的就是外婆"开口"了,上了年纪的外婆有点自顾自地讲,她的声音远比董卿的声音还要有"吸引力",一开讲就源源不断。外公早在我出生之前就已经过世了,外婆就这样自己一个人过了十几年,我想,这也是她排忧解闷的方式之一吧!

早些时候,肉还很金贵。在物质紧缺的岁月里,家里的肉都是给男人们吃的。外公是吃小灶的,家里的大部分肉都是他一个人吃,而其他人则是稀饭配点咸菜,要不就是红薯将就着。有小孩儿受不了馋的,趁着她不注意想夹一块,被她瞥见了,难免逃不了一顿骂,至于剩下的肉就接着热一下,下一顿继续给外公吃,别人不得碰。

外婆重视男,轻看女。或许是生活逼得她要这么做。外公是在一厂做陶瓷雕塑师,领着工资,还开了个小班教授弟子雕塑技巧,用现在的话说就是赚点外快。在那个年代,即使人口众多的外婆家也可以勉强度日了吧!儿子们自然便是要子承父业的,只是到最后,两个儿子谁也都没有继承到外公的手艺。女儿中有想跟着学的,可是外婆金口一开,说:"家里要忙不过来的!"她们的"梦想"就此破灭。不过儿子也未必贴心,都说家家有本难念的经,外婆与大儿媳妇的关系不佳,闹矛盾的时候,大儿子总是有点偏向媳妇去的。外婆提起时就要抹两把泪,感慨自己不受重视,"我老了,没有用啦……"

不过这并不耽误她爱他的儿子和女儿们。每到有什么土鸡土鸭要杀着吃的时候,便叫二儿子把几个小妹都唤回来一块儿吃顿好的,因为她说,现在生活好了之后,要公平一点了,儿子不能"独食"。

外婆一把年纪,近年来,或许是到了耄耋之年,觉得应该要好好享受生活。她对儿子说想要台DVD,说没事的时候可以听个小曲。这个容易,儿子们第二天立马扛了台DVD回去给她装上,不知为何却一直被搁在那里,她很少再去看。外婆又回去照顾她的几只鸡鸭、一亩三分地去了。其实,外婆都是一个人住在乡下,她住不惯城里,每到七点多,就要唠叨,这么晚了还不睡觉……有一回,外婆又突发奇想,不知怎么的就说要买台洗衣机回去,儿子们说买回去也没地儿放啊,乡下那么脏,还不得把洗衣机弄脏咯。尽管好说歹说,就是敌不过外婆的执拗,儿子们最终妥协,给她置办了台洗衣机。不出所料,等到过年去外婆家的时候,洗衣机外部已经蒙上了一层灰,洗衣机上堆满了大大小小的杂物。

最让我们感到意外的是她八十大寿那次,儿女们尊重外婆的意见,每回都会问她你要什么。外婆说了,这次她不要金手链什么的,这些即使送来了她也不要。儿女们就纳闷了,以往也都是这样子,搞不懂今年要什么了! 后来,从我老妈的转述中,我知道了外婆是看到了邻居的儿女送了部手机,她眼馋了,于是她也想要部手机(这是老小孩不是?),而且还要求不要老人机(其实她不懂老人机是什么的,只是听别人说而已),于是在大伙儿的合作下,买了部大红色的手机(还是老人机),对她说这部手机和她第几个女儿的手机还是一样的呢,半推半就地说服了外婆。还好,教了半天,外婆终于学会了接电话是哪个键。只是,每到有事儿想找她的时候,毫无意外,她的手机都是暂时无人接听,或者就是您拨打的手机已关机,因为外婆都会忘了充电。

今年,愈发地感觉到外婆的身体渐渐不如从前了。外婆的左腿一直不利索,平常看不出来,前几个月,感觉到膝盖阵阵疼痛,一检查才知道,膝盖骨早已不堪重负了。

最近,我的舅舅和阿姨们时常上我家来聚聚,酒到酣处,二舅感慨地对我们说:"其实,你们是不知道啊,你外婆私下跟我讲过,她现在已经存了一笔钱是给你们的,等到她走了之后,要我把这些都发给你们这几个外孙,而且每个都要有……"

时间的手翻云覆雨,孩子慢慢长大,外婆的背越来越弯。

过完这个年,外婆八十六岁了。

外婆家的那缕花香

谭佩

福建师范大学文学院研究生 2014 级

表姐过生日,天空飘着毛毛的细雨,带着南方冬天特有的湿冷气息,让人们恨不得将脖子以上全部包住,似乎只有这样才能抵御这透骨的寒冷。表哥开车载着我、母亲和外公外婆。外公外婆老两口年纪大了,腿脚不方便,宴席散了之后,表哥又开车先将外公外婆送回了家,母亲问我要不要到外婆家坐一会儿再回家,却被我一口回绝,表哥发动了车,在引擎发动的那一刻,心里有几分庆幸又怀着一份愧疚。老两口现在住的这个家是一大片临时安置棚中的一小间,他们原来住在小山坳里,政府为了发展经济,便利交通,将原本的小山沟填成了平地,原来青山绿水的小山村现在成了宽阔平坦的大马路,原来一到秋天便能看到外婆忙碌身影的茶山现在已经找不到了,那些采茶的人们也消失了,唯有那些堆起来的红壤昭示着这里是种植茶树的绝佳之地,原来村民们外出用的小摩托也被停放在狭窄的安置棚外一辆辆崭新的小轿车所替代。这片安置棚里到处都是新的气息,却留下了那些被岁月压弯的背影在踽踽独行,也让我童年留在那片青山中清甜的记忆连一点可以依存的实物都找不到了……

小时候最开心的事就是放假去外婆家,那里有我家没有的风景和情趣。外婆家在一处山脚下,迎面的是一座茶山,一开门便是满眼的绿,一年四季都是如此。门前种着一大片竹子,从我懂事起它们便在那里,每到春天,春雷会惊醒那些藏在黄土里的笋子,一夜春雨过后,就会看到冒尖出来的毛茸茸的春笋。我不爱吃笋,总是觉得像是在吃竹子,却极爱它刚从土里钻出来的样子,可爱极了。我和小表姐只差了一岁，调皮劲儿不相上下，每次喜欢把那些刚冒出来的笋拔下来，而无一例外每次都会被外婆发现。她会指责我们，她说那些小笋子都是可以长成大竹子的，等它们长大了砍下来有大用处，我们这样把它们拔出来实在是造孽，说完后就会去捡起那些小笋儿，还一边喃喃道："可惜了，可惜了。"每到这时候我和小表姐便会相视一笑，在外婆身后做着鬼脸然后笑嘻嘻地跑开。

外婆家西南角上有一方小潭，潭中的水是从山上流下来的，夹带着一丝泥土的味道，晶莹剔透，水底覆着泥巴、沙子和一些小石子。到了暑假的时候，我就会跑到外婆家拉上小表姐一块去那里玩，将双脚浸在潭水里，清凉之感从脚底涌上来。小潭四周被丛生的杂草围住，一边的岸上有棵大树，树身大半都倾斜在小潭上，把阳光都挡住，只有一点点透过树影洒在水面上，那才是"疏影横斜水清浅"。每到春末夏初之时，树上会开满小白花，表姐告诉我那叫"燕子花"，花开之时会散发出阵阵淡淡的花香，它的香味虽淡却很持久，随着流动的空气可以传播很远，每次闻到那阵花香总是会让我心头一颤。到了开始落花的时候，它们便都落到了小潭里，刚开始只是一小点儿一小点儿的，但是后来会成片地掉落，落英会随着水流走，最后也不知道流到了哪里。潭水滋养了大树，大树便用那满树的繁花来回报这方清甜的小潭。长大后我去过很多地方，走过很多路，看过很多美景，的确有一些让人流连忘返的，但是从来没有那漂在小潭上的"燕子花"让我如此心神荡漾。

读高中的时候，舅舅将外婆家前面那片竹子砍掉了，说它们影响出行，他们把门前的地夯实填平刷成了水泥路，垒上了高高的围墙，西南角上的"燕子树"也不见了，下面的小潭被黄土和垃圾填满了，去外婆家那条一下雨就会泥泞不堪的路也被干净的水泥路替代了。可是似乎也是从那时候开始，我不再喜欢去外婆家了。在我上大学的时候，那个小山村被政府征收了，外婆他们从那个小山坳搬出来，还拿到了大笔的拆迁费，小山村里的人开始过上了富足的生活。那些朴实的农民体会到了一夜暴富的滋味，再也不要面朝水田背朝天，再也不用生活在到处是家禽粪便的地方，再也不用一出门看到的除了山还是山，他们开始往四处奔走，寻找他们从前向往的美好生活，而我却看到了外公外婆坐在安置棚前望着那处被夷为平地的他们生活了几十年的家的方向。

这一场拆迁将山沟里的人拆得四散,填平了原来的崎岖,拉开了人的距离,推倒了那些老房子,也掩埋了一代人的生活,我似乎变成了与这片充斥着新气息的安置棚格格不入,成了一个活在过去的人,那些童年的记忆变得无处安放,犹如无体的魂,找不到归宿。

十八岁的妈妈，十八岁的我

蔡安妮
福建师范大学文学院研究生 2014 级

不大的简陋的教室，四周已显斑驳的墙壁，四方黑板上拥挤的模糊的粉笔字，整齐地堆在桌子上的一摞摞纸质粗糙的书本，因通风不畅而有些闷热的空气，埋头在书本中的一个个面容青涩的学生……十八岁的妈妈安静地坐在教室的一角，看着书本上密密的小字，轻轻皱着眉头，微微泛黄的灯光柔和地洒在她的身上，投影下一抹浅浅的影子。

蓝蓝的清澈的天空，纯白色轻盈的云，远处高高低低的丘陵上参差地生长着绿树，地里金色的油菜花灿烂地开放，成群的蝴蝶在花丛中翩翩起舞，路旁熙熙攘攘的嫩绿小草和淡紫色的野花……十八岁的妈妈背着小小的包裹，微笑着走在回家的小路上。阳光的照耀下，路上的泥土显出明亮的金色，暖暖的轻风吹过，空气中飘着淡淡的青草香。

深蓝色的夜幕中星星调皮地眨着眼睛，弯弯的月亮在树梢之间捉着迷藏，池塘边的柳树轻摇婀娜的身姿，几间旧式房屋错落分布，大人们坐在树下谈天，精力充沛的小孩子大笑着追打嬉闹……十八岁的妈妈恬静地坐在外婆旁边，听她们说话，也不插嘴，只是微微扬起嘴角，晚风轻轻拂动她的发丝。不远处，虫鸣和流水声融合成美丽的乐曲。

记得小时候，妈妈总会跟我讲她小时候的故事：小时候的妈妈家境不好，没有漂亮的裙子，长年穿着旧旧的式样单一的衣服；没有多样的零食，流动小贩叫卖的廉价奶糖在她眼中都是一种奢侈品；没有丰富的娱乐生活，和很多小孩挤在一起看电视也会笑得很开心……然而,那时候的生活,尽管贫苦,尽管拮据,在妈妈看来却也是很幸福的。十八岁的妈妈还在上高中,在破旧的教室里上课,吃着不怎么好吃的伙食,住着陈旧简陋的学生宿舍,放假要走很长的路回家,但妈妈每次提到那时的生活,总是带着浓浓的幸福感。妈妈偶尔会感叹,真希望可以一直那样子,希望时间可以停滞在那时。

十八岁的我,过着简单却温馨的大学生活,可以在温暖的图书馆里看书,可以在明亮的教室里上课,可以住在不大却舒适的寝室里,可以吃到各种各样的美食,可以和爸妈撒娇买各种漂亮的衣服,可以和朋友在游乐场里大声地笑,可以因为电影里的人物情节傻傻地沉思。

可是有时候,我会幻想在草长莺飞的春天,坐在长着浅浅青草的田埂上,叼着青涩的桔梗,闻着空气中的青草香味,自在地晃动双腿,眯起眼睛对着蓝天微笑;幻想在烈日炎炎的夏日,挽起裤腿,下到田里,踩在湿湿的泥土上,偷偷地摘一片大大的青绿色的荷叶,遮挡午后刺眼的阳光;幻想在瓜果飘香的秋天,和姐妹们一起,拎着篮子满山跑,采摘甜美的山果,笑着争抢果实,然后拎着满满的竹篮,沿着弯弯的山路回家,一路走一路笑;幻想在白雪飘飞的冬晨,和弟弟一起在家门前堆一个精致可爱的雪人,给它带上漂亮的围巾,冷风在脸颊上留下两圈红红的印迹,却还是仰着头开心地笑。

十八岁的我,过着幸福快乐的生活,但是,那些妈妈小时候的种种幸福,已经随着时间的流逝,渐渐消失在我们的生活中了。现在的我们,习惯在高高的钢筋楼房中过蜗居的生活,不与邻里来往;习惯和朋友一起上街购物,买很多不必要的玩意;习惯对着小小的电脑屏幕,在各种各样的网络信息中穿梭流连……

有时间,我想回到妈妈长大的地方,回到宁静美丽的乡间,去听流水和虫鸣的交响曲,去看油菜花和蝴蝶的回旋舞,去找寻那些遗落在时光中的美好,让心在年华流转中慢慢沉淀。

最是一脉心香

王莲华

福建师范大学文学院本科 2012 级

　　生活在一个宗教氛围浓郁的小地方，在区域文化的长期浸染下，似乎每个人都或多或少地受到香的影响，至少也会对其有所了解。香，作为礼佛仪式的必需品，早已不知不觉地融入我们的生活，进而扎根于我们的思想观念中。也正是因为这种渊源，作为香的盛产地——达埔镇，成为我们记忆中铭心刻骨的一部分。

　　我总是不明缘由地对有历史底蕴、文化积淀的事物有着近乎偏执的痴迷。且不论，香文化作为中国文化传承的一部分，经历了多少历史的沧桑，一路走来。就说篾香的生产历史，也可追溯到三百多年前的明末清初。然而，我与香的渊源也许还不止于此，除了对宗教仪式的耳濡目染外，也因为小时候父亲从事的制香工作。也许，打从那时候起，就开始与之结下了不解之缘。

　　闲来无事，总喜欢到寺庙走走，到底是出于怎样的矛盾心情，一面希望寻着一处"山光悦鸟性，潭影空人心"的所在，一面又总是不由自主地往烧香礼佛的人群中挤。寺庙里那古朴典雅的大香炉，总是叫我为之痴迷，有时甚至会站在边上痴痴地看上半天，目光随着那一缕缕袅袅青烟缓缓地升腾、升腾……阳光下，就真的能感受到"日照香炉生紫烟"的绝妙意境。那一脉"人间烟火"承载了几多悲欢、几多哀乐，且不去计较，单是那一炷炷香前，双膝跪地、双手合十、闭目祈求的虔诚，就足以诠释香的全部内涵。因为信仰，每一份期待，都不忍遭到背叛。穿梭于佛寺，置身在这个香雾缭绕的世界，总不免在恍惚间有一种羽化登仙的遐想,却只在转瞬间又回到人间。只是人世似乎也由此多了几分禅意、一点佛理,不知道王维的"行到水穷处,坐看云起时"是否也是在这种心境下吟出的绝唱。

香,不止于拜神礼佛的功能。焚香、品香作为一种生活情趣,历来备受文人雅士的青睐。就香的功用这个意义上看,我们很欣喜地看到,永春香跨越了传统意义上的宗教用途,向更广阔的品香、熏香等领域拓展。"盥手焚香弹夜月,桐香兰味两氤氲",此焚香弹琴之趣也。焚香操琴、焚香读书、焚香静坐、焚香品茗,此古人之雅趣。而我们这些庸人,偶尔附庸风雅,也不失为一种生活情趣。快节奏的生活步调,有时总不免厌倦,于是需要寻找一处空间,置上香炉,焚起檀香,收获馨香盈室。焚香有宁神、静气、修心之效,身体在这里放松,思维在这里安眠,感情在这里停泊,没有俗事的纷扰,远离尘嚣。然后,时间被无限地延长,空间被无限地拓展。那一抹幽香随心潜入,淡而悠远,吞吐思绪的芳郁,如岚的缥缈,如露的溟濛,如泉的甘洌,满腹的心事都陶醉在沉沉的酣梦里。

如果要寻一种融贯古今中外的意蕴丰富的事物,我想香必定是一种选择,而且是为数不多的一种。无论是其功用目的还是内在精神,都是古今一致的。篾香作为永春的地理标志产品,身为永春人的我们有义务将其传承下去,在继承传统工艺的基础上,加以科技的创新;此外,我们还应该增强品牌意识,让永春篾香在真正意义上"走出去",拓展其销售区域、生产区域;还可以对香的功用做进一步挖掘,不断推出新产品,增强市场竞争力。当然,这一切经济效益的取得,必须立足于香本身的内涵,即文化意义的挖掘。

简简单单的一炷香,以其特殊的意蕴,有时可以洞见很多很多。也许是一个时代的万千气象,也许是一个地域的兴衰沉浮,也许是一个人的浮世清欢,只愿那一脉心香,万古流芳。

我的那一年

沈观生
福建师范大学文学院研究生 2014 级

我是一个念旧的人。对于自己经历过的点点滴滴,有作刻意的记录和保存。当然,最为客观真实的印证即为相册里一张张的照片。张爱玲在《连环套》中说道:"照片这东西不过是生命的碎壳;纷纷的岁月已过去,瓜子仁一粒粒咽下去,滋味个人自己知道,留给大家看的唯有那满地狼藉的黑白的瓜子壳。"照片本身只是一张张冰冷的胶纸,可贵的是照片背后所承载的个中滋味,即浸润其中的情感汁液。

2014,对于我来说,不仅仅是一个简单的年份、数字,而是一个人生阶段的结束、一段新征程的起点,是人生中的一个转点。这一年,经历了太多太多,感触也颇多。

一直以来,我都有出去外面看看的想法,以弥补大学就在家门口上的缺憾。于是,选择了考研,自然也就选择了离家稍远的福建。2014 新年伊始,没有闲暇沉浸在新年的欢喜中,却投入了紧张的备考,以参加两天的研究生入学考试。紧接着,就是过春节、复试、毕业论文答辩等一系列烦琐的事,件件都新鲜并难忘。

说起毕业那段日子,脑中不由自主地出现电影《匆匆那年》里千禧年跨年时的那场景,响起动力火车那首《当》——"让我们红尘作伴活得潇潇洒洒,策马奔腾共享人世繁华,对酒当歌唱出心中喜悦,轰轰烈烈把握青春年华",欢快而热闹,人们都沉浸在一片喜悦的氛围中。四年的时光,四年最美好的青春,沉甸甸的,沉得让人有点喘不过气来。在赣州,在赣师,这座感情的熔炉里,掺杂着友情、爱情、师生情、考研时的革命战友情,炉火越烧越旺,似乎永不熄灭。只是,毕业也意味着分离,意味着各奔东西,也就不免带着一份淡淡的忧愁,但是大伙都只是用那句"以后还会再见的"来掩饰内心的那份不舍。纵使大家都明白聚散匆匆、风吹云散是世间常有的事,但这事真降临到自己头上时,所谓的"明白"就显得那么的苍白无力、不堪一击。我想,人都只有到分离时、将要失去时,才懂得珍惜,才意识到一个人或一座城在自己心目中的分量是有多么重。

我终归毕业了,把景楠、林妹妹、朝兰等一一地送上车,心中纵有不舍,也唯有默默地祝福她们。毕业的阴霾还没有散去,跟跟跄跄地走进了九月,也就是说离开熟悉而亲切的赣州的日子到了。随着列车缓缓地驶动,带着我走向一个我心往之的地方。

在列车上,期望与焦虑,对新生活的一种美好的期待和对未知的将来的一种莫名焦虑并存。在闽的近五个月里,渐渐地习惯了这里的生活,内心的焦虑也慢慢地褪去了。人生,就是一场盛大的遇见。在这里,有着一群敬业的老师,亲切可爱的朋友,我能遇上,不可不谓是我的幸运。以前,玩心比较重,看书学习的时间较少,此是我暗暗自责之处,常反省戒之戒之,但一直自持力不够,三天打鱼两天晒网似的看看停停。来到这新环境,老师丰厚的知识、同学的勤奋好学都很好地带动了我学习的热情,同时也看到了自己的浅陋,更加激励着我积极向上。

在学校时,最喜欢的是早上不紧不慢地吃完早餐,悠闲地来到图书馆,找到自己的那个老位置,坐着拿出自己的书细细品读。不必刻意地要求自己读多少多少页、完成多少量,只是求一个心灵的宁静和畅达。在读一本书时,我不仅能忘却了我自己,而且更能获得了我自己。在安静的图书馆里,靠在椅子上翻看自己感兴趣的书的心情,我是在寂寞的人生旅途上寻找着新的伴侣。时不时外出旅行也是我所喜爱的,从书本中走出,去贴近大自然,走进繁华世事。记得和老乡一起去爬鼓山,上山的路上偶遇一对来自东北的老夫妇,亲切而和善,跟他们拉拉家常,悠闲轻松地登上了山顶,此不亦乐乎;下山路上,邂逅一对来自河南的爷孙,小孙儿才两岁,十分可爱,逗着他欢笑地下山,此亦不亦乐乎。凡此种种经历,都是值得珍藏的宝贵记忆。

如今,2014已成过往,时间的齿轮继续飞速地向前旋转,不因某个人、某件事而停歇。唯有捧着一张张照片时,脸上微微发笑,心中泛起的那一抹涟漪久久不去……

相思

陈星典

福建师范大学文学院本科 2013 级

"花自飘零水自流。一种相思，两处闲愁。此情无计可消除，才下眉头，却上心头。"耳畔，有些年代的小木椅晃晃悠悠的声响，手里，折折叠叠，一件一件。思绪开始飘飘忽忽的声响，断断续续，哽咽声，泪水，吧嗒吧嗒黏在地板上，久久不肯离去，仿佛想要洞穿地板，狠狠地在这地里扎根、发芽、成长，但长的不是挂满泪水的树，而是长满了的相思。

我的相思，便是乡思。

我仿佛是个厦门人，这里的一切都那么熟悉，这里给了我故乡一般的感觉。在窗口，窗前那栋建筑挡住了我的视线，我厌烦了许久的长满玻璃的反光钢铁水泥怪，以往总是拼命阻挡我望向星辰大海，在我"最需要的时候"反射出强烈的亮光。今日，我却忽然有一种错觉，其实它也蛮可爱的。街边马路上的红灯又开始闪烁，总是这样，一个路口的红灯闪烁后，下一个路口的红灯便蹭地亮了起来，仿佛就在那里。泪水在眼里打转，模糊的视线让我只能分辨出颜色，但是，我不想把泪水抹掉，眼前好美，好像是彩虹的颜色，金黄的、蓝的、红的，那些沉积了些许年代的高楼，那么近，又那么远。嘴上呼出的气息，玻璃起了白雾，让我再也看不见了。楼上的打桩声还在我耳边绕环，"空空空"、"空空空"，哦，原来是他还在这里，一直没有离去。

唉，怎么忽然间这么安静？原来打桩声也要跟我一样离开了呀。安静，让我有点无所适从，感觉失去了点什么。妈妈刻满岁月痕迹的美丽面容之下带着家庭主妇的大声呵斥声,弟弟稚嫩而又略带着小大人的争吵声和爸爸循循善诱的充满男性气息的声音,随着打桩声的停止而响起。人家都说,夜深人静的时候最想家,现在大太阳晒得我很刺眼,但我还是思家。相思相思,我在这里,我却思念着这里,那些景、那些情,我都在深深思念。原来,我思念的不是厦门这地,而是那些我一路走过、生活过的地方。这里,有我的亲人,有我的爸爸,有我的弟弟,有我的母亲,这里就是那颗泪水的家,无论在哪里,我的泪水总在这里,一个生活在这里时厌烦这里却又不愿出门的游子的最柔软的地方。"请还未上车的乘客尽快上车。"大门关上了。我的相思,开了。车飞驰,心也在拼命往回,往着那个我扎根的地方。望着窗前,厦门快速地向我的反方向逃跑,在大太阳的照耀下,华美,如彩虹。车依旧在飞驰,车外模糊的印着家乐福的大建筑虽印着蓝蓝的厦门记号,却难以吸引住我的目光。望着熟悉又陌生的大街小巷渐渐走远,如同石沉大海,没有波澜。呀,走远了才发现,我的相思不是乡思,而是相思,相思的只是陪伴着我的那些亲人,相思的只是拥有他们的回忆。

一种相思,两处闲愁。才下眉头,却上心头。

岛上清景
——记八月份青岛旅行

黄露佳
福建师范大学文学院本科 2014 级

  山东省青岛市，一开始对这个城市的所有认知仅仅停留在青岛啤酒。是在一位好友的极力推荐下，才产生了去青岛旅行的冲动。

  拖着行李走在寻找酒店的路上，两旁全是葱郁的树木，像是铺展开的一匹墨绿绸缎，消散了太阳的炙烤，却不妨碍阳光从叶的缝隙里漏出。斑驳的树影在水泥地上随风蹁跹，一股清新的味道。

  隐隐地，窥见有什么被这片绿的跃动掩藏了。走近了，原来是一栋栋黄墙红瓦的德式小洋楼，每栋都只有两三层楼高，颜色也基本相同，但是奇怪得很，这楼就是各有各的韵味。像是有故事、有历史的人，只默默地藏在树后，等着有心的人去发现、去挖掘、去探究。

  大海，是青岛最文艺的魔力。

  在青岛市南区，沿着路走，底下是礁石或沙滩，再远处就是海了。要是想，你可以立马脱下鞋走过去，走到海里去。像个没长大的孩子，试图踩住浪花，用手舀起一瓢泼向跟前笑闹着的陌生人，他们也同你一样，全是孩子气的行为、孩子气的笑容。海把你、把所有人都变年轻了。若是第一次看到海，千万记得要捧起点海水，小小地抿一口，海是咸的，你惊讶，虽然你很早就从课本里知道这个常识。

  玩累了，就提着鞋在海边走走吧。走到夕阳落山，看余晖晕染礁石与海，那景与晴日或黑夜里都不同,那是独属于这个时候的景。夕阳把人的影子拉长又拉长,拉进了海里。定定地站着,目光极力搜寻着海和天相接的那一线,什么也不想,整个世界都悠闲着,跌入琐碎却明媚的生活里。

啤酒,是青岛最世俗的魅力。

青岛啤酒,应该全国人民都知道。但青岛人民对啤酒的热爱真是会远远超过了你的想象。在水果摊前挑水果,听到有顾客朝老板吆喝,要啤酒。在你正疑惑的时候,老板会拿着一个塑料袋,在摊前立的类似邮筒的东西旁打啤酒。呀,原来这类似邮筒的东西里装的是啤酒,原来啤酒还可以用塑料袋打来喝。就像我们打水、打酱油一样,打啤酒对青岛的居民来说是再正常不过的一件事情。大到五星酒店,小到路边烧烤摊,到处都有啤酒的身影。

晚上八九点,你若还走在路上,绝对会看见有人摆着小桌子,围坐一起,吃点卤味、海鲜,搭配着必不可少的啤酒,聊着世俗的话题,过着最随心所欲、悠闲自在的生活。

空气,是青岛最清新的神力。

因为空气的清新干净,青岛上空没有雾霾弥天,有的是蓝到不像话的天,配着朵朵恣意变化的云,就像是活的油彩画,明亮你一天的心情。八月份青岛的温度是温水,恰到好处。坐在公交车或者的士里,不必像其他城市那样打开空调,推开窗就好。风带着海水的味道拂面而来,消散了暑气,深吸一口气,那清新的空气是大自然的馈赠。

这一趟青岛之旅,于我来说就像陶渊明发现了桃花源一般,惊喜、悠然又有趣。没有魔都上海的繁华绚丽,没有帝都北京的恢弘气派,它就只静静地坐落在中国广大土地上的一角,伴随着世俗,以自己的方式文艺着。

向日葵的眼泪

王怡
福建师范大学文学院研究生 2014 级

向日葵也会哭泣,只是那些泪水盛在圆圆的花盘上,被阳光晒干,被风吹干。人们误以为被蒸发掉的是露水,其实那是向日葵最真实的眼泪。

每个人都有自己的向日葵,可能是自己,也可能是身边最好的朋友,或者只是普通朋友。但他(她)一定曾给你带来这样或那样的感动,微妙而细腻。

曾经你对向日葵说过:你的文字像你的心一样飘逸。请你坚持,坚持你最初的梦想。最后飞翔,飞向胜利的彼岸。你就像向日葵,阳光、率真、执著。度过漫长的黑夜,必能迎来清晨第一缕阳光。

也有人说:向日葵无论多么崇拜太阳神,可是狂风和暴雨却从来不懂得怜香惜玉。你不再是生活在襁褓里的怯生生的婴儿。要学会坚忍,要学会成长。信念是一种强大的力量。相信吧,一些不美好都只是在为胜利做铺垫。

就这样,向日葵成了很多美好词汇的代名词。比如乐观,比如开朗,比如坚强……

可是谁又知道向日葵的背后,也暗藏着汹涌的波涛。看似平静,确是澎湃。

黑夜。都是黑夜惹的祸。

夜深了。天空被乌云压得死死的,透不过气来。

向日葵狠狠地睁大眼,借着稀薄的月色,想看清周围的一切,但一切都只是徒然。除了能看清自己枝条上几片刚生长出来的小嫩叶,她什么也看不见。

她,惶恐。她,不安。

泪,悄无声息地流了下来,带了点低低的啜泣。她不敢大声地、放肆地哭。因为她怕打扰到那些熟睡的小生灵。她,更多地选择沉默,还有沉默。

此时的她,眼角边流淌的都是最真实的泪滴。她卸下了白天微笑天使的面具,真切地感受着自己的心跳。她从不轻易地在很多人面前流泪,她只想带来更多的快乐和更少的悲伤。虽然自己微笑的力量是那样微不足道,她也因此感动和满足。

向日葵是害怕黑夜的,却又热烈地渴望黑夜。黑夜总是能给她带来宁静和安详,甚至是死亡的肃穆。她总是在这种时刻想起过往,想起那些曾经给过她爱和呵护的人。因为黑夜,她开始去了解死亡、理解死亡。虽然还不能坦荡荡地释怀,但至少学会了成长。

向日葵慢慢长大,眼里褪去了曾经的无知和渴望,逐渐有了一丝对未来的笃定。可是在这样的黑夜,思绪总是那么万千和迷离,会忽然很想念,想念远方的她,想念同桌的他,想念陌生的他……好多好多,不知道他们在哪里,过得好不好。那些曾经不经意的微笑、谈吐、擦肩,都让她回味许久、感动许久。某些人的某些事,或许别人一辈子也无法再替代了,它们就这样驻足在时间的某个角落,形成独有的气息,渐渐深入骨髓。任岁月老去,也永远年轻。

古老的钟声在零点时刻,沉稳地响彻心扉:又是一天的跨越。

向日葵总是在新旧交替的时刻,安稳睡下。疲倦的她忘了擦去眼角的泪水。月亮心疼地把那仅有的一点点光亮温暖在了她那单薄的身子骨上,希望她的梦可以甜一点,再甜一点。

或许,向日葵真的梦见很多美好的事和物。在迎接太阳升起的那一刻,她的脸上绽放出了灿烂的笑容,那么明媚和生动。

向日葵的眼泪早已蒸发,寻不见任何踪迹。现在最重要的是,她的眼里只有太阳。她只想好好把握一天里这珍贵的阳光。因为她深信:阳光的力量可以带着她走向她所期盼的未来。

未来的路,在我们脚下蔓延开来。

遇见最幸福的生活

温家宁

福建师范大学文学院本科 2012 级

在一块占据面积最小、阴影最深的地方,每个人安放着一张无人在意也最沉寂的脸,我们迫不及待将它拾起,微微吐出一口浊气,眼前变得异常明亮清晰。这个孤独、奇怪的气氛竟然使我们兴奋起来,周围的空气也变得轻松惬意,一切准备就绪后,我们才战战兢兢站在镜子面前,认清自己,面带平和与安然。

只有当四下无人的时候,我们才饰演真正的自己。在这里,我们丝毫不担心脸上皱纹狰狞的样子是否让对方毛骨悚然,丝毫不在乎不规则甚至粗鲁的语言环境是否让别人郁郁寡欢,也丝毫对自己的所作所为不管不顾。我们在这样原本狭窄的空间里品尝到了无边无际的味道。偌大的自由里,我们不被要求写出隽永的文字、说出凝练漂亮的故事,我们表现着一往无前的冲动与勇敢,不去在意是否换来一身寥落无人的落幕还是万人空巷的盛举。这样的时间短暂却令人满足,但每当日出催促我们醒来,每当走出自己的空间,我们却不约而同地各自戴上费尽周折制作的面具,挂上精心调制的微笑,不由自主地选择最累的生活。

我们总是选择最累的生活。路过拥挤的街道,想方设法控制住脸部的肌肉,尽力藏着自己的落寞或欢愉,不愿意有人关注自己,对周边跳动的信息和风景殚精竭虑。我们不允许它们与自己纠葛不清,也不希望自己在公共场所成为瞩目的焦点,因为我们缺乏自信。

我们总是选择最累的生活。赶上准时停靠的公车,或是扑到最不需要表达情感的后座，选择一种最沉默的姿势，尽力一言不发地与窗外陌生的风景对弈，装作对车内的情况一无所知；或是夹在热闹的人群当中，像个失意却好强的吟游诗人，一动不动地寻找下一句安慰自己的灵感，担忧自己由于表情不当而备受指责；又或是充当着电子工具的奴仆、颈椎病的候客，封锁着自己。我们不允许自己一丁点儿的陋习被发觉，也不喜好自己与陌生人发生交流，因为我们笃定、安静是高素质的体现。

我们总是选择最累的生活。走进来之不易的工作岗位，囚禁自己于等级森严的牢笼中，抑制住心里多变的情绪，极力生产出千篇一律的表情，一一承担着各种压力和复杂的挑战。我们牺牲自己的精力和心情，竭尽全力成为一个无所不能的强人，承受不起他人丝毫的怀疑和异议。我们将自己迁移到了他人挑剔的眼光中，在乎着周围飘来的看法和意见，恨不得将它们贴在脊梁骨上，戳着自己挺起腰杆前进，而这时的我们完全成为由他人拼凑起来的拼图。我们不允许自己输在起跑线上，也不愿意停下脚步歇息，因为我们渴望他人的肯定，畏惧他人的议论。而一旦这样，在他人的眼中，我们已是被包装成临危不乱、面对各种疑难杂症都能够迎刃而解的英雄，因为我们总是在他人面前表现得完美无缺，总是第一时间迎合他人的需求。这样一来，我们的处事标杆越来越高，我们的生活越来越累，我们会被自然而然地描述为不苟言笑、冷峻清高或是和蔼可亲、大大咧咧等等，决定权都不在自己。

我们总是这样，选择最累的生活。难以在现实面前勇敢地袒露心声，难以在他人的视线之下表白心迹，把任何其他人的表情变化、态度转化、看法和目光当作衡量自身价值的标杆，甘愿做一个别扭的、不真实的自己，却固执地享受着这份虚假和痛苦，还自以为是地认为这是处世之道，这是人情世故，这是哲学理论，这是生活教会的知识和道理。

我们原本心属远方，却不得不屈服于近忧；我们希望自己能飞得更远、更自由，却发现畏惧的不是远处的阳光而是四处的目光。如此一来，我们在他人客串、自己主导的虚假天地里扮演着外表光鲜亮丽、内心艰涩难堪的角色，活得不像自己，总是背着太多人的影子，变换不同的身份和方式，或清高，或谦卑，或官腔官调、阳春白雪，或大呼小叫、下里巴人。我们小心翼翼地做每一件事情的同时还得兼顾世俗人情，我们不由自主地变得多疑敏感、一惊一乍。

就这样,我们选择了最累的生活。我们或是年纪尚轻或是正值壮年,却都已被这种生活拖累得老态龙钟。我们是不是该无比怀念孩童时代?那时的我们善待自己,享受自由,无忧无虑地以自我为中心,不懂得迎合他人的目光,更浑然不在乎谁的看法。纵然,我们一意孤行地做错了很多事儿,遭来很多责骂,可拨云见日后我们依然嘴角上扬,发自内心愉悦的模样真像是录像带里的一切美好事物的集锦。看来,越长大不仅是越孤单,越长大也越是复杂和疲惫,而很多疲惫都是自己选择的,因为我们的自信越来越飘忽不定,我们的自卑越来越随处可见,而我们的自负总是伴随着日渐拔高的价值标杆,我们的生活可能越来越好,但总是越来越累、越来越无所适从。

为什么要这样?为什么把自己囚禁在这个狭小的圈子里?为什么把别人的目光做成行走的镣铐?为什么不去撕破这张蛊惑人心的网?我们选择的这种生活太累了。回顾这段令人厌倦的行程——在拥挤的街道,行色匆匆的人,谁会在乎我们的欢笑和落寞?谁会花费时间驻足观看一个四处躲藏的自卑的人?陌生的人不会关注你的皱纹或白发,不会疑惑你的穿着或打扮,他们控制不了你,你又何须折磨自己?在平淡的汽车上,没有人会在意你的沉默或自语,更不会有人对你的抢座怀恨在心,你是在意车内的人情还是窗外的风景没有人会耿耿于怀。我们总是期待做一个高素质的人,但过分刻意的安静只会让你显得局促不安,像个傻子。而在其他任何环境里,我们该醒悟过来,只有肯定自己才是生命的重心,别人的言论或是看法就像过往云烟,选择好的拍照留念于心,而不好的就让它随风而去。

不要太在意别人设下的无心陷阱,做没有负担、真实的自己,这样一来,我们的生活会轻松惬意,也会使自己发挥得更加游刃有余。

从今往后,焕然一新的我们,路过拥挤的街道,自信得像清晨的微风,迈上阳光明媚的公交车,选择最合适的座位和姿势,安静的时候用微笑传递心情,遇到人情也不选择假装看风景……

轻轻卸下在自己内心装载超额的别人的目光和影子,狠狠丢下最累的生活,永远铭记住自己的样子。解开镣铐开始学习和工作,尽己所能不逞能,哪怕起起伏伏也是演绎真实的自己,摘下面具开始享受和回报生活,感恩自己的独一无二,即使坎坷崎岖也将用自己的脚步开拓,那才是我们能遇见的最幸福的生活。

远方的辛夷坞芙蓉

郑 睿

福建师范大学文学院本科 2013 级

在四季如春的地方，难得登山的人们或许并不会觉得山间的四季有什么不同，只不过是平时走路闲暇时瞟一眼的地方。然而，对于都市里的人们来说，一座山便是整个自然，一只虫便是所有生命，因为机械般狰狞的笑容席卷了大都市，所以一切天然的都显得珍贵，而恰恰人们总是把贵重的东西无限放大，以弥补匮乏的遗憾。

学习之余，闲得的周末，来到森林公园登山，也算返璞归真。山脚下一眼望不尽的云梯，通向未知的远方，更接近天的地方。一旁的缆车划向天际，殊途同归，沿途风景也各异，并没有优劣的分别，只是因喜好不同、身体状况不同而选择不同罢了。难得浮生半日闲，有耗得起的时光，我便选择了徒步登山。不知道自己会不会中途放弃，也不知道会不会到达不了终点，但是似乎并没有谁规定每件事都要做到几乎完美。含一口清泉，却并非饮尽一汪泉水，尝甘即可。

刚开始登山时一鼓作气，脚步总是会轻快些，目光总是在搜索着什么，婴孩般的好奇心直至成年也不会消逝。到了半山腰上，一起上来的人也都拉成了队伍，有的已经快步走到了山顶，有些还在山脚下张望。驻足望着朦胧的远山，影影绰绰，忽远忽近，若即若离，淡淡的雾霭，缥缈地浮在山巅，恍如期许的梦幻，曾经真切的向往，而今就在眼前。小时候的我常常幻想里面藏有天使的羽翼，漫天霞光在青草迷雾中圈圈晕开，似乎伸手能捧在手心，却又快速地从指尖悄悄滑落。但是幻想常常说出口就变了味，在孩子们的眼里，世界充满了谜语，可在长者眼中，早就一眼看穿那对应的谜底。"只不过是山罢了。"谜面解开了，霞光是不是也就散了？就算长者附和着孩子们美丽的答案，露出童稚般的笑容，谜面那时还是笼罩着迷雾，但是等到孩子们也变成长者的时候，恐怕连猜谜的想法都荡然无存了。无论童时还是成人，无论谜面是否存在、是否解开，对于那缥缈的远方，人们总是存在一种情愫，因而向往一苇彼岸，登高驻足眺望，也才会有忘我的追求、甘之如饴的奉献。月圆是画，月缺是诗，因为那一钩新月总能引起遐想蹁跹，有的远方或许因为未曾到达，所以愿意款款而行，做一个有如来自远方但却不存在到达希望的人。

登临山顶，这可不是原始森林，而是开发后的景区，地上摆满了用树桩安放的用来彰显休闲娱乐的桌椅。登山必与品茶相伴，为寻得都市中可抵十年尘梦的感慨。木勺舀上茶叶放进盖碗中，刚烧开的水慢慢浇淋，蒸汽携带着茶香袅袅上升。突然我感受到一种久违的熟悉又遥远的春的气息涤静心间，脑海一片空灵。儿时在一片新绿中游戏，吮吸着一方方清透的碧蓝，而今只能在一杯新茶中品味春天的田野。记得几年前驱车沿着残留脑海中遗梦的轨迹，回到那儿时的故土，一路前行生怕打破十多年前的斑驳时光，但又向往探寻那无忧无虑的银铃般的欢笑。但是在这一架架银色雄鹰将地球变成村落的时候，这里同样没能幸免，除了街道牌是原来的名字，不仅年年岁岁人不同，且岁岁年年花已枯。一幢幢摩天大楼拔地而起，一条条高速公路飞速延伸，一座座卧波长虹将天堑变为坦途，林立的高楼，闪烁的霓虹，喧嚣的市声。曾几何时，人类以改天换地的豪情向远方的未来进军。山林变成绿地，原野变成棉田，湿地变成农场，人们热血奔涌，似乎书写着这个村落未来的永恒新诗篇。我停在了路牌那里没再进去，或许很多事情留在回忆里，心会更充盈一些，美好的回忆总是可以让人们自觉翻阅流连，不堪的回忆却总是会不经意间刹那出现，凿出一个空洞，颤颤颠颠。

一路漫步，触碰着石板上的青苔，在山底仰望山顶，在半山腰仰望山顶，在山顶稽首天际，希冀远方。我们曾几何时不是生活在通往未来的路上，置身于铺置的未来幻想中？或许经常追逐着就忘了儿时的那份童言无忌，我们以自己的啼声开始了旅程，又在亲人的啼哭中结束自己的人生，我们离开了母体而生，又离开了世界而死，我们被一把推上人生的舞台，又被一把扯下来，赶着练习，赶着表演,赶着上场,匆匆下台。安禅未必须有山水,灭却心头火自凉。纵使步履匆匆,风雨兼程,但心有桃花香,甘愿为一株辛夷坞芙蓉,心有净土,诗意栖居,华枝春满,天心月圆。

支教札记

何 丹

福建师范大学文学院研究生 2014 级

平和第一天

五点左右迷迷糊糊醒来一次，不得不接受一个现实，本人已置身在平和一个十一人间的大宿舍，四周电线，转个身，床也跟着转。感谢上铺有个总开关，才没人睡。每个人都睡得忐忑，上铺的怕摔下来，下铺的怕被上铺砸，如此看来，完全无须顾忌。山风依旧，当清晨的第一缕阳光从折叠门下射进来的同时，传来了一个"利好"消息——停水了。依稀记得昨日浴室没电，拿小台灯排队洗澡的壮景，踩在水泥色的地板上，让我重温了小时候在外婆家洗澡的画面。唯一欣慰的是环境，山下一片柚子林，花香扑鼻，只是浓烈了一点。

平和第十八天

像第一天一样，没有惊喜，停水依旧。普希金说过："假如生活欺骗了你，不要悲伤，不要心急。"我们选择忍耐。停水是件很无奈的事。估计是太久没下雨的缘故，"山泉"自然就少了。娜娜说再没水明天就去小溪洗澡，一句玩笑话，自嘲中浸透无奈。"天将降大任于斯人也，必先……"一遍遍不痛不痒地安慰自己。

第十八天，还在路上，歌声解忧，欢乐的歌却听出悲伤的曲调。

平和第二十天

咽炎又犯,药片无效,空气中弥漫着不远处那家小诊所飘散来的"欺骗"讯号。传说中的"小蜜蜂"的魅力也仅仅留驻在了传说里面。

平和第六十七天

熬夜弄多媒体课件,零点时分,电脑突然死机,弄了一晚上的成果,来不及说再见。无奈,熬夜。早上六点多再次修改PPT,赶不上吃早饭,就空着肚皮囊飞奔到教室上课。

四节课下来,毫无倦意,依旧神清气爽。结束以后,叶姐——文科班正牌语文老师,破天荒地表扬说:"第三节课的开头部分上得不错!"摸着头,眯着眼笑,她那么无欲无求的一个人,应该无法体会咱们这种吃货对于食物的依赖程度。叶姐也舒心地笑了。这时才近距离觉察到她眼角的纹,爬山虎般四处逃散,一脸倦容。深深体会到当老师特别是好老师的不易,不仅需要兴趣,且要倾注极大的耐心。不过,只要你坚持的东西是自己喜欢的,就算累,也是快乐的。

平和第八十六天

阳羊,生肖羊,寓意三阳开泰。在年段办公室的位子选择和我不谋而合,且不说这个和我来自同市同区同性别人儿的相似点了,钟爱在傍晚打乒乓球直至逐渐看不清对方的脸。每次打完都抱怨不在状态,死不承认是自己球技差的缘故。喜欢弹钢琴,最爱那首"长亭外,古道边,芳草碧连天",心照不宣地在告别会上弹此首曲子,擅长在"特殊场合"用家乡话交流,互相鼓励和安慰。

清香是我们这里面说话最温柔的一个,和我一样喜欢吃土豆丝和鱼。最近突然迷上了侦探悬疑片,胆子小又忍不住要看,于是,惨叫声在屋子里荡气回肠。善良,偶尔固执己见。

河琴,虔诚努力的基督教徒,和她谈话总是充满斗志和力量,每次到我的班上课都要把我们几个实习老师夸一遍。十足大姐范儿,成熟气质型,勤俭持家,具备传统莆田女的一切优点。看视频喜欢放出声,放肆爽朗,与播伊司的关系剪不断理还乱,很会照顾人,公认的谁娶谁走运。姐妹花儿俊英一样有着爽朗的笑,笑点负值,打开与她的对话记录,绝对三句一小笑、五句一大笑,合仄押韵,顿挫抑扬。

时常一起玩语言的艺英姐,在我备课遇到瓶颈时,总能停下手中的活儿,给我提些建议,不痛不痒,无关紧要。

平和第一百天

灵通岩,一个人间仙境,分不清是被雨还是露弄湿了脸颊,只能说高处不胜寒。这是一个处处受虐却觉得很值得再来的地方,几个人浩浩荡荡地来回坐了四个小时,爬了竟六个小时。真是个值得回忆的地方。原来,灵通岩是由一座主峰和许多小山峰连接而成,要想到达主峰顶,必须踏遍诸峰。因此,这次爬山任务的艰巨程度可想而知。我们一行人,似唐僧师徒西天取经,出发前也立下了豪言壮语:其路漫漫兮,不达峰顶,誓不罢休。

路,早被露水打湿,而且高险处没有多余的扶手,由于鞋底被太多矫情的泥土镶嵌,一再滑倒。小伙伴们对此很是同情,身手敏捷者,纷纷以身试险,提前告知哪块石头比较稳固和结实,应该踩哪里,还时不时地停下脚步,转身叫我的名字,听到应声,方才继续前行;走在后面的人没看到我,隔段时间也会喊喊我,为我加油鼓劲。我们就这样,一唱一和地到达了山顶,总算有惊无险。最后,到达一个没有泉水、没有寺庙、没有佛像,堪称"三无"的奇葩山顶,亲身体验了"一览众山小"的滋味。灵通岩,雄伟壮观,惊险陡峭,绝无羊肠小道,所以结局是——原路返回。壮哉!好一部"东西游记"!

多年来,一直坚信"做任何事情要靠自己"的言论,习惯没有人帮助的日子,习惯单打独斗,就算孤独。这次爬灵通岩,再一次被团队力量温暖乃至点燃,真真正正地感受到"众人拾柴火焰高"这句话的内在含义,渐渐敞开内心幽闭的那扇窗,原来,外面的世界是这么精彩!

"美好的事物总是短暂,但是却成为我一生的财富。"给孩子们的离别赠言里总有这样一句。也许我们只是误入平和的匆匆过客,时间会冲淡一切,但是在我们心中,第一次是谁也无法磨灭的,也是唯一。多少年后,待我们再有机会踏上这片长满蜜柚的土地,内心依然是欣喜,依然记得曾经在这里发生的那些事、那些人。

无论你翻越高山还是渡过海峡,这茅屋永远凸显。那缕缕炊烟,终化成一条柔韧的丝绳,一头拴着栅栏,一头系着你的心。

我不怕矫情

翁田瑶
福建师范大学文学院本科 2012 级

有时候，我一不小心点开从前自己写的日志或者心情，会被吓到：天啊，我竟然曾写过这样的字句吗？陌生得仿佛和我没有任何瓜葛的心情和故事，真是出自我的手？而也不过三四年的光景，我才发现，二字打头的年纪悄悄过去了两年。

记得有位老师曾说过，很多东西，过了我们现在这个年纪，就感受不到了。属于年轻的悸动、敏感、困惑、迷茫，曾经的棱角分明，都会随着年深月久，一点一滴被生活打磨成圆润的线条。

年轻的时候，看见在寒风中瑟瑟发抖的乞讨老人，心酸与愤怒齐齐涌上心头，给过微不足道的帮助，便扭头不忍再看一眼。年岁增长，你见此情此景，视如草芥，漠然以待，嗤之以鼻。

年轻的时候，情绪波动得就像坐过山车一样，时而跌入最低点，时而欢呼雀跃奔上最高峰，触发点常常是细微琐碎的小事，你以为全世界的心情都跟随你转动，地球会因此放慢旋转速度。年岁增长，你才知道，自己不过是世间一粒再小不过的尘埃，改变不了自转公转、该转还转的所有星球。

年轻的时候，一株夹缝中生存的野草、一只冻僵在栈道上的蚂蚁、一丝从头顶树叶罅隙里流泻的天光、一个坐在巷口打盹的老人家，都能咀嚼出生命的千变万化和隽永滋味。年岁增长，你嘲讽那些举着相机对准日出日落拍个不停的年轻人，一如父亲当年对你说的那句"拍这些乱七八糟的干什么"一样，你终于也长成了那样的大人。

年轻的时候,是啊,多少人还记得年轻的时候?偶尔记忆的闸门会打开,是因为他们看了某本回忆逝去青春的小说,看了某部讲述那些年的电影,然后自己的回忆似乎也被这些轰轰烈烈的情感洪流挟裹而去,明明那不是属于你的生命体验,因为大家好像都曾有过,所以,嗯,我也是这样的。可是每一个人都不一样啊,年轻时候的你我他,真的都是带着粉色系的温暖少年?

事实上,年轻的我们都是独一无二的生命个体,因为还未被社会这个大染缸浸染,我们还不是千篇一律的大人们,每一颗年轻的脑袋里,都有天马行空的奇思妙想,都充斥着对这世界浅薄却真切的认知和体验,直接、单纯、冲动、丰富,会犯下无数错误,会做出许多蠢事,跌倒、受伤、流泪,被打得七零八落,然后重新站起来,再看到眼前那片大海时,还是一如既往的兴奋,只因为年轻就是足够骄傲张扬、足够从头再来的资本。

所以,我喜欢听爸妈说他们年轻时做过的傻事胜过听他们吹嘘年轻时他们有多优秀,因为傻事让人记忆深刻,傻事饱含着的才是最直接、最真实的成长经验。

也因此,我多感谢自己喜欢记录那些念兹在兹的情绪,喜欢拍下每一个触动我的瞬间,不管收获的评价是"多矫情啊"还是"装文艺呢",那又有什么要紧?

十六岁的你无法理解六岁为班级郊游激动得一夜未眠的你,所以三十岁、四十岁、五十岁的你,肯定无法理解二十岁的你会愿意写下看起来矫揉造作的文字留作纪念,而那其实也是为了提醒自己,我也曾年轻过。直到有一天,我也会对我的孩子说,没关系,我懂你。

怕什么矫情,总有一天,你的笔尖流不出这样的字句,你的眼睛会忽略一切和你无关的风景,你甚至连提起笔、抬起头的时间和勇气都没有。因为任何东西都有保质期,"我年轻的时候"亦如是。

写给最亲爱的你

孙星

福建师范大学文学院本科 2012 级

　　你时常听到别人哼唱,哼唱着姜育恒的那首《再回首》,而你唯独对"曾经在幽幽暗暗、反反复复中追问,才知道平平淡淡、从从容容才是真"这一句不愿认同。总说"孤独王子"唱得未免太超然了,一生反复追寻,就只得出了平淡是真的结论。

　　你告诉我:"平平淡淡才是真,说到底不就是自甘平庸、自甘无为吗?"我最亲爱的你,我想告诉你,曾几何时,那些像你一样的带着中学彩色的梦走进大学校门的莘莘学子也在高喊着"平平淡淡才是真",认为只要"与世无争,恬淡一生"便可无忧无虑地生存,颇有要把老庄的"无为"思想发扬光大之势。是什么让你丰富的校园生活渐退了缤纷的色彩呢?又是什么让你的真实凝固,不再有来自内心深处的热血沸腾?是因为你没有走进梦想中的象牙塔?是因为你未走出自我困惑的地带?还是因为你的心真的不再年轻,确实把一切都看得平淡了呢?不!都不是!主宰世界的依然是你,放弃世界的仍然是你。

　　我最亲爱的你,我想告诉你,只因为你不能正确地估计自己,也不能正确认识社会。那种求平淡的心态,仍是不思进取的借口。也许,你曾经也想要有所作为,却不知道从何做起,所以只能跟着感觉走,在各种世事面前远离本真状态,被泥沙俱下的时代大潮裹挟着四处漂流。因此,当你疲倦地走过无数个三百六十五里路,你才发现留在身后的除了那份平淡,什么也没有。不再回头的,不只是那古老的辰光,也不只是那些夜晚的星群和月亮,还有你慢慢溜走的青春。

　　我最亲爱的你,我想告诉你,四年,你正有幸拥有着这四年,但多少人的四年已一去不返;更还有多少人在为能拥有这四年而埋头于题海和各种各样的模拟考试中呢?当初你从他们这种状况中走出来,走进许多人梦寐以求的大学,难道就是为了追求"平平淡淡才是真"吗?

　　我最亲爱的你,我想告诉你,在你四年的每个日子里,倾注了亲人的多少关怀和温暖,还有许许多多的眸子里时时刻刻地流露着的对你的期待。在亲人面前,在那些关注你的人的面前,你又有什么理由去认为"平平淡淡才是真"呢?难道你付出你的金色年华,挥洒着父母的血汗仅仅是为了换取这份平平淡淡吗?是啊,小到为了每个家庭的付出,大到为了那如水流逝的时光,你不能这么轻易就认同"平平淡淡才是真"。

　　最欣赏把撒哈拉沙漠变成人们心中的绿洲的三毛,也最欣赏她的一句话:"即使不成功,也不至于成为空白。"成功并不垂青所有的人,但所有参与、尝试过的人,即使没有成功,他们的世界却不是一份平淡,不是一片空白。我最亲爱的你,我想告诉你,世上不过只有一个天才贝多芬,也不过是只有一个神童莫扎特,更多的人是通过尝试、通过毅力化平淡为辉煌的。毅力在效果上有时能同天才相比。有一句俗语说,能登上金字塔的生物只有两种:鹰和蜗牛。即使不能人人都像雄鹰一样一飞冲天,但至少可以像蜗牛那样凭着自己的耐力默默前行。

　　我最亲爱的你,我想告诉你,努力行走的人最美丽,他们身后永远有一行深深浅浅的脚印,那些印记记录着他们人生中最美丽的光景。